Robert Schweichel

In Gebirg und Thal

Novellen

Robert Schweichel

In Gebirg und Thal
Novellen

ISBN/EAN: 9783741125164

Hergestellt in Europa, USA, Kanada, Australien, Japan

Cover: Foto ©Andreas Hilbeck / pixelio.de

Manufactured and distributed by brebook publishing software
(www.brebook.com)

Robert Schweichel

In Gebirg und Thal

In Gebirg und Thal.

Novellen

von

Robert Schweichel.

Berlin.

E. G. Lüderitz'sche Verlagsbuchhandlung.

A. Charisius.

1864.

Inhalt.

—

Das weiße Kreuz in Ormont.

1.

Wenn dem Reisenden in der Schweiz die Schönheit der Natur noch etwas außer ihr zu bewundern gestattet, so haben vielleicht das nächste Anrecht die Straßenbauten, durch deren Kühnheit und Großartigkeit der menschliche Geist mit der wilden Erhabenheit der Natur siegreich wetteifert. Schroff und trotzig ragt der Fels zu den Wolken empor, der Mensch berührt ihn mit seinem Hammer, und gehorsam beugt er den Nacken unter den Fuß, und Geschlechter, welche für die Ewigkeit getrennt schienen, reichen sich nachbarlich die Hände. Gleich den Epheuranken, die ihre Wurzelklammern in den Stein treiben, hebt sich das Gewinde breiter, sicherer Straßen an den Felswänden empor, läuft längst denselben fort, wird hier zur Brücke über den Bergstrom, und springt dort über den gähnenden Abgrund.

Ein solcher in der That bewunderungswürdiger Bau ist auch derjenige, welcher von Aigle im Rhonethal nach Ormont an den Fuß des Oldenhorns, einer der Diableretspitzen, führt. Noch vor wenig Jahren nur war diese im Zickzack an der fast senkrechten Thalwand gemächlich aufsteigende Straße kaum mehr als ein Saumpfad, und der Tourist, welcher auf ihm durch die vielfach gewundenen Ormontthäler pilgerte, mußte einen ziemlich schwindelfreien Kopf und einen sicheren

Fuß haben, wenn er nicht den Verlockungen der Tiefe, aus
der das dumpfe Brausen der Grande-Eau herauftönt, unter-
liegen, oder auf den Steinen ausgleiten wollte, welche der
Staub zahlreicher Wasserstürze befeuchtete. Auch jetzt, wo
eine gemauerte Brustwehr diese Gefahr aufhebt und die
schäumenden Strahlen unter sicheren Brückengewölben hinab-
schießen, mag der Wanderer, von dem steten Gebrause betäubt, kaum ohne Beklommenheit in die Tiefe des schmalen,
wildbüstern Thales hinabschauen, und unwillkürlich beschleu-
nigt sich sein Schritt, wann seinem aufwärts gerichteten Auge
einer der gewaltigen Steinblöcke begegnet, die nur einer
leisen Erschütterung zu bedürfen scheinen, um aus ihrem
Schwerpunkt gerückt zu werden und vernichtend herabzu-
stürzen. Je weiter man an dem jähen Thalrande dem Lauf
der Grande-Eau entgegenschreitet, je mehr heitert sich die
bisher so düstere Schönheit der Landschaft auf. Die schwarzen Tannen fliehen zu den Bergkämmen empor, Haseln,
Birken und Rüstern überschatten den schmälern Weg und
die Abhänge bedecken sich mit saftigem Grün, mit Heustadeln
und Sennhütten. Jede Biegung des Pfades führt dem Blick
ein neues kleines Idyll vor. Endlich erweitert sich die Thalsohle ein wenig; jenseits des Wassers drängt sich ein Häuf-
lein brauner Hütten um ein schmuckloses Kirchlein. Es ist
die Kirche von Ober-Ormont, von Ormont vers l'Eglise.
Nun biegt der Thalrand zur Rechten scharf zurück, und
ein großes, sanftes, grünes Becken thut sich plötzlich auf.
Hunderte von kleinen, braunen, hölzernen Hütten bedecken
seinen Boden, welchen die Grande-Eau durchströmt, und die
mählig gebogenen Ränder. Aber damit das Auge des Menschen dieser lieblichen Schönheit nimmer überdrüssig werde

und stets mit neuem Entzücken zu ihr zurückkehre, schloß die
Natur das anmuthig reizende Rund gen Süden durch eine
nackte, in drei riesigen Absätzen senkrecht aufsteigende Fels-
mauer, deren gezackte Krone, den Zinnen eines Schlosses
ähnlich, aus ewigem Schnee hervorragt. Es ist das Oldenhorn, und hier entspringt die Grande-Eau, deren Caskaden
seine Wände mit einem Gespinnst leuchtender Fäden über-
ziehen. Das Volk heißt es das Chatelet, und meint, der
Teufel baute dies Schlößchen, welches in der Morgensonne
wie Silber blinkt, daher, um den neugierigen Menschen aus
diesem Paradiese in sein dunkles Reich zu locken, zu welchen
die Diablerets den Eingang bilden sollen. Schon mehr als
Einen hat es so verführt, und nie ist er zu den trauernden
Seinen im Thale wiedergekehrt.

Doch die Schönheit der Ormontthäler war schon lange
von kühnen Touristen entdeckt worden, bevor die jetzige be-
queme Straße auch dem gemächlichen, oder ängstlichen Reichen die Wallfahrt zu ihr gestattet. Schon damals fehlte
es in Ober-Ormont nicht an Gästen, und der Wirth, Vater
Gautier, zum weißen Kreuz daselbst fuhr ganz wohl dabei.
Es gab kein zweites Wirthshaus am Ort, und so mußten
die Fremden wohl unter das weiße Kreuz flüchten, obgleich
dasselbe vielleicht manches zu wünschen übrig ließ. In seinem
Aeußern unterschied es sich durch nichts als das Schild von
den andern Häusern oder Hütten, welche aus der Ferne gesehen, welken Blättern gleichen, die der Herbstwind über die
grünen Matten ausgestreut hat. Wie sie bestand auch das
weiße Kreuz aus Holz, und nur das Fundament war von
Steinen aufgemauert. Wie diese kehrte es die Giebelseite
mit den schmalen Fenstern, deren runde Scheiben in Blei

gefaßt waren, der Straße zu, und auf derselben prangten,
in das braune Holz geschnitten, drei bis vier Bibelsprüche,
welche den Segen des Himmels herabflehten auf den Baumeister, den Eigenthümer, seine Gattin und deren Kinder
und Enkel. Das nach allen Seiten weit überstehende Dach
war mit Schindeln gedeckt und diese mit großen Steinen
beschwert. Unter dem Schutze des Daches führte von außen
eine schmale, steile Stiege nach dem Giebelstockwerke hinauf,
das aus einer großen Stube in der Mitte und einigen Kam-
mern bestand. In dem Erdgeschosse befanden sich die Trinkstube für die Landleute, in welcher auch der Gemeinderath
seine ordentlichen und außerordentlichen Sitzungen zu halten
pflegte, und der „Speisesaal" für die Touristen, beide durch
eine kleine Stube von einander getrennt. Die Thüren dieser
beiden letztern öffneten sich auf die Küche, die der erstern
auf einen schmalen Gang, welcher von der Küche ins Freie
führte.

Die Stuben selbst waren geräumig, doch kaum sechs Fuß
hoch, und Decken und Wände mit Getäfel von Tannenholz
ausgeschlagen, welches Zeit, Staub und Rauch dunkelbraun
gefärbt hatten. Zum Schmuck dienten denselben bunte Litho-
graphien, die Vergnügungen der vier Welttheile darstellend,
und ein kleiner Spiegel in schwarzem Rahmen, der im
Mittelzimmer des Erdgeschosses über einer Art Sopha hing,
dessen Kissen mit Heu gestopft und mit gestreiftem Baum-
wollenzeuge überzogen waren. Grobe Strohsessel und Tische
von gebeiztem Tannenholze bildeten das übrige Mobiliar,
unter dem sich indessen die Gastbetten in den Giebelstuben
auszeichneten. Sie waren so breit, daß man auch der Quere
nach darin schlafen konnte und boten Platz für drei Per-

fonen, wie fie es fchon des Oeftern hatten beweifen müffen. Wenn Pierre Gautier im Herbfte feine Ernte berechnete, fo fand er jedesmal, daß fich die Zahl feiner Goldftücke um ein Anfehnliches vermehrt hatte. In Folge deffen richtete fich fein Kopf mit jedem Jahre ein wenig höher auf und wuchs zugleich fein Gewicht in der Gemeinde. Aber feine Berechnungen fagten ihm auch, daß fein Gewinn fich in demfelben Maße vermehren müßte, in dem die Zahl der Fremden zunähme. Es unterlag für ihn keinem Zweifel, daß viele nur der fchlechte und gefährliche Weg vom Befuch der Ormontthäler abhalte, und er ruhte nicht eher, bis er den Rath und die Gemeinde von den Vortheilen überzeugt hatte, die Allen aus einem vermehrten Fremdenverkehr er- wachfen müßten. In Folge deffen erging denn eine kläg- liche Petition an die Regierung, welche, von der Gerechtig- keit der Bitte überzeugt, auch bald darauf den Bau der neuen Straße in Angriff nehmen ließ. Als die Kunde da- von nach Ober-Ormont gelangte, pflanzte der alte Schul- meifter des Ortes, Herr Perche, längs der hintern Seite feines Gartenzaunes junges Hafelgefträuch. Die fchwanken, gefchmeidigen Gerten erfchienen ihm als die geeignetften Blitz- ableiter der hereindrohenden Kultur. Er fah den Frieden aus dem ftillen Thale fcheiden; die einfachen, fchlichten Sitten, die guten, alten Sitten dahinfchwinden wie den Schnee auf den Bergen und mit dem Vortheil auch die Verderbniß emporwachfen. Ach, rief er, haben unfere Vorfahren darum die Fremden aus dem Lande gejagt, daß wir ihnen heute Straßen bis in das Herz unferer Gebirge bauen? Mit Stahl haben wir fie vertrieben, mit Gold werden fie uns wieder unterjochen! So fchrie er wie Kaffandra unter den

jubelnden Trojanern Wehe! Wehe! und wie die Stimme
der Seherin verhallte auch die seinige ungehört oder ver-
spottet.

Für Vater Gautier ward der Erfolg der Petition zu
einer neuen Stufe des Ansehens. Er selber erschien sich als
ein Wohlthäter der Gemeinde, und wenn die Reisenden den
Straßenbau als ein glückliches Unternehmen priesen, so
richtete sich seine breite Gestalt hoch auf und seine grauen
Augen und runden Wangen strahlten von geschmeichelter
Eitelkeit. Flossen nun auch die Ehren des neuen Straßen-
baues auf sein Haupt und die klingenden Vortheile zunächst
in seine Kasse, so ward er darum doch nicht übermüthig.
Im Gegentheil, Niemand konnte mit einem „Geringeren"
leutseliger reden als er. Nach wie vor bediente er die ein-
kehrenden Fremden mit der ihm eigenen wortkargen Würde.
Nach wie vor in Hemdeärmel und die Mütze auf dem Kopfe,
wartete er geduldig die Bestellung des Gastes ab. Er war
nicht zuvorkommend, aber auch nicht zudringlich, und wenn
er die Ankommenden auch schweigend und mit einer nach-
lässigen Berührung seines Mützenschirms empfing, so war
er doch keineswegs unfreundlich. Mit den Gästen zuerst eine
Unterhaltung anknüpfen zu wollen, fiel ihm nie ein, noch
fragte er je Woher? Wohin? Im Ganzen liebte er es
nicht sehr, mit Fragen behelligt zu werden, die mit seinem
Geschäfte nichts zu thun hatten, und wenn ein wißbegieriger
Fremder in der Hoffnung an ihn sich machte, von ihm
etwas über die ökonomischen und politischen Verhältnisse der
Gemeinde und des Cantons zu erfahren, so verwies er ihn
kurz auf die Zeitungen, diese für den Uneingeweihten sibyl-
linischen Bücher. Sein ganzes Benehmen schien dann zu

sagen: Ihr eſſt meine Speiſen, ihr trinkt meinen Wein, ihr ſchlaft in meinen Betten, oder auf meinem Heu: dafür nehme ich euer Geld und damit Punktum. Was darüber, iſt vom Uebel. Ob ſich Leiſtung und Gegenleiſtung in der Wirklichkeit ſtets ſo genau die Wage hielten, mag dahingeſtellt bleiben, und ebenſo, auf welcher Seite wohl das Darüber vom Uebel war. Für Gaſtwirthe und Künſtler fehlt es noch immer an einem gerechten Maßſtabe ihrer Leiſtungen.

In der Trinkſtube der Bauern ſah man ihn im Sommer ſelten. Es fehlte die Zeit. Doch im Winter, wann der Schnee Thal und Höhen deckte, und Ormont in ein Eiland verwandelte, führte er dort auf ſeinem Armſtuhl am Ofen den Vorſitz, und unterhielt ſich entweder mit den angeſehenſten Leuten des Orts über Gemeindeſachen, Krieg und Frieden, oder brütete mit halbgeſchloſſenen Augen und die Daumen um einander drehend, über ſeine Gülten und ſaumſeligen Schuldner. Dann und wann ließ er ſich auch wohl herab, die Beſtellung eines Gaſtes, welche überhört worden war, dem dienenden Geiſte laut und langſam zu wiederholen. In höchſt eigener Perſon einer ſolchen Beſtellung zu entſprechen, lag von ſeinem Ideenkreiſe fern ab. Auch hätte es ſich für einen Gemeinderath nicht geſchickt, den Kellner von Leuten zu ſpielen, denen er wie ein Hirt der Heerde voranzuwandeln berufen war. Entſtand ein Streit unter den Zechern, ſo genügte meiſt ein Wort von ihm, oder ein energiſcher Fauſtſchlag auf die Tiſchplatte, daß die Gläſer aufſprangen, die erhitzten Gemüther zu beſchwichtigen. So lange er unter dem Zeichen des Kreuzes regierte, war es zwiſchen ſeinen Gäſten zu keiner ordentlichen Schlägerei oder gar zu einem Messerziehen gekommen. Und so lange ich die Augen offen habe, soll's auch nicht dazu kommen, sagte er. Wollt ihr euch die Schädel einschlagen, so thut es draußen! Letzteres thaten sie denn auch oft genug, wenn es Vater Gautiers Machtspruch zwar gelungen, die äußere Ruhe für den Augenblick herzustellen, aber nicht die Gemüther zu versöhnen. Obgleich für gewöhnlich nüchtern und mäßig, geben die Bewohner von Ormont ihren Landsleuten am blauen Busen des Leman doch an Strubelköpfigkeit nichts nach, wenn der Kirsch- oder Weingeist einmal Macht über sie gewonnen hat, und übertreffen sie wohl an Nachhaltigkeit der Leidenschaft. Es ist noch etwas von jener queren Zähigkeit in ihnen, mit der sie einst „die Wohlthaten" des Bären zurückwiesen, als dieser schon längst auf dem silbernen Berge im grünen Felde sich festgesetzt hatte.

Vater Gautier war Wittwer. Seine Frau war im ersten Kindbette gestorben. Seitdem führte deren Schwester das Regiment in der Küche. Sie war eine alte Jungfer, aber die Leute nannten sie stets Frau Rabut. Es hatte derselben keineswegs an Freiern gefehlt; sie hatte jedoch alle Parthien ausgeschlagen, um ihr Herz einem braven Burschen zu bewahren, der unter Frankreichs Adler bei Austerlitz gesiegt und gefallen. Die Wirthschaft ging unter ihrer Leitung so glatt, wenn auch ein wenig geräuschvoll, ihren Gang, daß Vater Gautier durchaus keine Veranlassung fand, seinen Wittwerstand aufzugeben. Zudem war sein Herz für weibliche Reize und Liebenswürdigkeit nicht besonders empfänglich, und je höher er auf seiner golbenen Leiter hinanstieg, je mehr verlor er die schönere Hälfte des menschlichen Geschlechtes aus dem Gesichte. Ja, er hätte

im Lauf der Zeit wahrscheinlich ganz vergessen, daß er einmal so etwas wie verheirathet gewesen sei, wenn ihn nicht
die Anwesenheit seines Kindes zuweilen daran erinnert hätte.
Um Margots willen wies auch Frau Rabut alle geheimen
Anträge ab, dem stattlichen Manne hier oder dort ein wenig
die Augen zu öffnen. Eine Stiefmutter dünkte sie für das
Mädchen keineswegs ein Segen, obgleich sie ihm eine
strengere Zucht gewünscht hätte. Die gute Frau zankte und
keifte zwar so viel als möglich im Hause herum und mit
Jedermann, Margot hatte jedoch mit dem Scharfsinn der
Kinder bald bemerkt, daß es doch nur kalte Donnerschläge
seien, mit welchen sie die Leute zu schrecken und sich ein
Ansehen zu geben suchte. Sie konnte es nicht über ihr Herz
bringen, ihren Drohungen die That folgen zu lassen, und
Margot konnte mit ihr machen, was sie wollte.

Wenn Vater Gautier etwas schwerfällig Langsames hatte,
was ihm die Leute, und er sich selbst, als Würde auslegten,
so schien durch die Adern seiner Tochter statt des Blutes
Quecksilber zu rinnen. Wie eine kleine, wilde Hummel
schwärmte sie überall umher und am liebsten mit den Buben. Die Mädchen waren ihr zu zahm und hatten ihr zu
viel Angst für ihre Fähnchen und Zöpfe. Was würde Frau
Rabut nicht dafür gegeben haben, wenn Margot für die
ihrigen nur ein ganz klein wenig Angst gehabt hätte; denn
sie wurden auf den Streifereien und Bergfahrten mit den
Buben hart genug mitgenommen. Wenn sie aber mit glühenden Wangen und wild zerzausten Haaren vor der Tante
stand und ihr lachend die Löcher wies, welche ihr die ab-
scheulichen Hecken ins Kleid gerissen hatten, oder ihr den
Fuß entgegenhielt, von welchem der Schuh auf eine ganz

unbegreifliche Weise verloren gegangen war, so hatte diese oft die größte Mühe, statt zu schelten, das kleine, wilde, hübsche Geschöpf nicht abzuküssen.

O du Unband! du Unband! schrie sie wohl, indem sie eine Faust machte, wo bist du wieder gewesen?

O nirgends, Tante, antwortete Margot, indem sie das schwarze Haar aus dem erhitzten Gesicht schüttelte, Rolands François hat mir nur das neue Vogelnest auf dem Stein gezeigt. Und sie wies mit der harmlosesten Miene von der Welt über die Grande-Eau hinüber, wo sich aus niedrigem Buschwerk und Tannen ein einzelner bemooster Felsblock wie ein kantiger Pfeiler wohl an die vierzig Fuß hoch erhob.

Gott der Gerechte! rief Frau Rabut, im Schreck die Hände zusammenschlagend, da droben! Willst du denn mit Gewalt den Hals brechen? Aber laß mir den François, den Taugenichts, nur wieder über die Schwelle kommen! Und wenn François kam, — er ließ gewöhnlich nicht lange auf sich warten, — so gab es gewiß ein Donnerwetter und eben so gewiß hinterher einen Apfel. François wußte aus Erfahrung, daß seine Märtyrertugend nicht unbelohnt bleiben würde, und so hielt der braune Krauskopf der Strafpredigt mit scheinheiliger Demuth Stand, indem er seitwärts nach Margot schielte, die ihm ein Gesicht schnitt. Hatte die brave Tante in dieser Weise ihr Herz erleichtert und ihr Gewissen beschwichtigt, so nahm sie Margot mit sich auf ihre Kammer und kleidete sie frisch an und strählte und glättete die zerzausten Haare sorgfältig aufs Neue. Es war für sie eine stille Freude, das Kind sauber herauszuputzen, obgleich sie wußte, daß schon in den nächsten zehn

Minuten all der Nettigkeit ein grausames Ende gemacht
werden würde.

Das änderte sich allerdings in etwas, als Margot die
Kinderschuhe zu eng wurden, und der Schmetterling seine
Flügel aus der Puppe herauszustrecken begann. Und es
waren gar artige Flügel, die da zum Vorschein kamen. Sie
lief nun nicht mehr so unstät in den Bergen umher, doch
um so beweglicher ward ihre Zungenspitze. Wenn ihr ein
lustiger Einfall durch den Kopf blitzte, und es fehlte ihr
fast nie an einem solchen, so mußte er auch heraus, gleichviel, ob die Umstände gelegen waren oder nicht. Dieses und
die Geradheit, mit der sie den Leuten ihre Meinung in das
Gesicht sagte, verursachte ihr dann manche Abgeneigtheit im
Dorfe. Aber sie achtete nicht darauf. Sie liebte ihre Freunde
bis zur Tyrannei, und wer mit ihr böse that, selbst wenn
sie ihm entgegenkam, den schalt sie einen Narren und ließ
ihn laufen.

Gnade Gott dem Burschen, der die einst zur Frau be-
kommt, sagten die Alten, die sich Wunder wie weise dünkten,
weil sie wußten, daß hinter ihren Bergen auch noch Leute
wohnten, und manche Dirne spiegelte sich in ihr, wie der
Pharisäer in dem Zöllner und dankte ihrem Schöpfer, daß
sie nicht sei wie Margot. Den jüngeren Burschen aber, die
auch wie sie an nichts weiter dachten, als an die augenblickliche Freude des Daseins, war sie gerade recht. Sie
that nicht zimperlich mit ihnen, und auf dem Tanzplatz war
sie unermüdlich. Da glühten ihre Wangen wie früher, wenn
sie mit den Buben auf den Bergen herum geklettert. Franz
Roland war ihr auch jetzt der liebste, obgleich sie sich mit
Niemand öfter, als mit ihm zankte. Auch ihm war die

Musik nie zu schnell und alles in allem war er unter seinen Altersgenossen der aufgeweckteste und waghälsigste. Ja die reine Freude am Dasein blitzte ihr hell aus den großen schwarzen Augen und all ihr unruhiger Muthwillen, mit dem sie die Leute in ihrer Umgebung neckte und plagte, floß aus der Quelle des kräftig aufschäumenden Lebens. Wo sie ging und stand, und was sie trieb, sie mußte schwatzen, lachen und singen, so daß das weiße Kreuz einem großen Vogelbauer glich. Die Tante aber meinte oft, sie sei das wahre Kreuz im Kreuze, und für sie war sie's in der That, nicht weil sie von ihr mehr zu leiden hatte als Andere, sondern um der Zukunft willen. Sie machte ihr um so größere Sorge, als ihr der wilde Rosenstrauch immer mehr über den Kopf wuchs und die Knospen sich immer reizender und reicher entfalteten. Das Mädchen zählte fast sechszehn Jahre. Sie war also kein Kind mehr, und welche Gefahren mußte ein so unerfahrenes, lebhaftes und hübsches Geschöpf nicht in einem Wirthshause laufen, zumal die Tante zu vielfach beschäftigt war, um stets ein wachsames Auge auf sie haben zu können.

Frau Rabut hielt es für ihre Pflicht, ihren Schwager darauf aufmerksam zu machen. Sie that es bei der nächsten Gelegenheit, da sie mit ihm allein war, und setzte ihn dadurch in keine geringe Verlegenheit. Er rückte an seiner Mütze und fuhr sich ein über das andere Mal mit der fleischigen Hand über die Stirn. Er hatte sich Margot nie als herangewachsen gedacht und wußte nun nicht, was zu thun sei.

Natürlich wißt ihr's nicht! bemerkte die gute Frau etwas scharf. Denn ihr habt nie an das arme Ding gedacht, weder als klein noch groß. Andere Leute würden stolz auf ein so hübsches Kind sein, und sie hätten ein Recht dazu; aber ihr habt nur Sinn für den leidigen Mammon. Und für wen scharrt ihr das schöne Geld zusammen und legt es auf die hohe Kante? Für euer Kind, nicht? O ja, ihr denkt an sie!

Vater Gautier hörte sie offenbar nicht, sonst hätte er es gewiß an einer derben Erwiderung nicht fehlen lassen. Er war aufgestanden und langsam ans Fenster getreten, in der einen Hand noch das Zeitungsblatt haltend, aus dem er im Begriff gewesen, seinen gewohnten Mittags-Schlaftrunk zu sich zu nehmen. Er starrte hinaus auf die frühlingsgrünen Matten, während die Schwägerin fortfuhr:

Und wenn ihr es für Margot zusammengeizt, warum thut ihr nichts für sie? Der Wildfang muß unter andere Zucht, wo er Respect hat und was Rechtschaffenes lernt. Das einzige Kind eines Mannes, wie ihr seid, sollte sich doch auch wohl vor den Leuten sehen lassen können. Sie hat nicht Ursache, sich ihres Gesichts zu schämen, selbst vor all den feinen Damen aus Lausanne und Genf nicht, die den Sommer über bei uns herumstolziren, und wenn sie sich herausstaffirte wie sie — und sie könnt's vielleicht leichter als manche von ihnen, des reichen Kreuzwirths Margot, — da möchte ich doch wissen, ob ihr Eine von ihnen das Wasser reichte.

Vater Gautier drehte sich hier nach der Sprechenden um und schaute sie eine Secunde lang an. Dann sagte er: Es ist eitel Thorheit, was ihr da redet, Schwägerin! Blick und Ton aber verrieth, daß ihm die eitle Thorheit dennoch schmeichelte.

Freilich ist's eitel Thorheit, fuhr sie fort, mit seidenen Lappen und Spitzen und all den Flittern, und Gott verhüte, daß ich wünschte, die Margot thät's, obgleich sie's kann. Es taugt nimmer, wenn der Mensch aus der Art schlägt und ein Pfau sein will, da ihn unser Herrgott als Saatkrähe geschaffen hat. Eine tüchtige Wirthin und dereinst eine brave Hausfrau, das ist's, was die Margot werden soll, und was ihr und euch Noth thut. Seht, Schwager, wenn ich auch in allen Dingen nach dem Rechten und eurem Besten ausbin, und auch zu euch gehöre von wegen meiner seligen Schwester, so ist's doch halt nicht mein Gut und mein Haus, wo ich für walte und schaffe. Es ist ein eigen Ding um's Eigen, und glaubt mir, das Gesinde denkt's auch, und so ist der wahrhaftige Respect und Gehorsam nicht da. Da dacht' ich, wenn die Margot das Regiment in die Hand nähme, da wär's Recht. Aber das geht nun nimmermehr. Seht, Schwager, die Zeiten von gestern sind nicht die von heute, und was gestern gut war, ist's nicht auch heute. Die Leute, die zu uns kommen, sind's besser gewöhnt, als wir es ihnen bieten können und sie es anderwärts im Lande wohl finden. Unsere Kost ist ihnen zu schlicht, zu derb, zu bäuerisch, und unsere Manieren sind's auch.

Das traf den Wirth wie ein Wespenstich. Unsere Manieren, rief er zornig aufbrausend. Unsere — bäuerisch — von wem sprecht ihr? Ich denke, ich, der Wirth zum weißen Kreuz, weiß, was Art ist. Damit schleudert er das Zeitungsblatt, das er zusammengeballt hatte, von sich auf den Boden.

Freilich wißt ihr's, entgegnete die Frau, welche in diesem Stücke nicht wenig stolz auf ihren Schwager war, obgleich sie sonst seine Schwächen und Fehler ziemlich scharf durchsah.

Aber wir Andern verstehn's nicht besser, und da kränkt's doch, wenn man sein Bestes thut und man's den Gästen trotzdem ansieht, daß es ihnen nicht behaglich ist, daß sie unzufrieden sind.

Die Anerkennung seiner guten Lebensweise besänftigte Vater Gautier, und er nahm jetzt wieder auf seinem Lehnstuhl Platz, indem sich der letzte Rest seines Grolls in ein unverständliches Murmeln auflöste.

Und das ist's eben, was ich euch sagen wollte, nahm Frau Rabut, an seine Seite tretend, von Neuem das Wort. Die Leute sollen nicht schlecht reden vom weißen Kreuz, und so dacht' ich an euren Bruder, den Bäcker und Weinhändler in Bey. Thut die Margot auf eine Zeit zu ihm ins Haus, daß der Wildfang hier nicht zu Schaden komme und lerne, wie's bei feineren Leuten der Brauch ist in Küch' und Keller, in Reden und Manieren. So sind wir die Sorg' los und die Margot wird's euch danken, wann sie zu Verstand gekommen sein wird.

Und was wird euch die Margot danken, wann sie zu Verstand gekommen sein wird? rief hier eine helle Stimme von der Treppe her, und Margot selbst lehnte in das offene Fenster herein.

Ich möchte doch wissen, Tante, was ihr zu Verstand kommen heißt, wenn ich's noch nicht bin? Oder — und mit einem Schwung saß sie auf dem Fensterbrett — heißt ihr graue Haare den Verstand? Dann hat's noch gute Zeit. Also sagt's nur gleich, was ich euch danken soll; denn alte Leute haben ein kurzes Gedächtniß.

Ihre Augen blitzten die beiden Alten munter an, die Tante aber rief:

2

Willst du wohl gleich da herunter! Schickt sich das für
eine Dirne, so da zu sitzen und mit den Füßen zu schlenkern?

Statt zu gehorchen, setzte sich Margot erst recht fest,
indem sie dem Vater zurief: Aufgepaßt, jetzt kommt der
Tante Leiblieb, das Zanken!

Diese lief auf Margot zu, um sie gewaltsam von ihrem
Platz zu vertreiben; kaum war sie jedoch in deren Nähe,
als dieselbe ihre Arme, die sie bisher in Trotz über einander geschlagen, um den Hals der Tante schlang und die
alte Frau unter lautem Lachen so kräftig an sich preßte,
daß sie sich nicht rühren konnte.

Laß mich los! laß mich los! schrie Frau Rabut, welche
sich vergebens frei zu machen strebte. Doch Margot hielt
sie nur fester und lachte nur ausgelassener. Selbst Vater
Gautier ließ ein behagliches Brummen hören. Je länger
er das blühende Kind anschaute, je mehr fand er, daß die
Schwägerin nicht zu viel gesagt habe. Wie sie da mit
ihrer Tante scherzend rang und lachte, den hellen Muthwillen in allen Mienen, gefiel sie ihm immer und mehr.
Jetzt bückte sie den Kopf herunter, drückte einen schallenden
Kuß auf den Mund der sich vergebens Sträubenden und
die Arme von deren Nacken lösend, glitt sie vom Fensterbrett hinab und rannte lachend die Treppe hinauf. Auch
Vater Gautier lachte, während die Tante, welche in Folge
ihrer Anstrengungen ganz roth geworden war, ihre ver-
schobene Haube zurechtrückte und mit den Worten: Der Taugenichts! der Taugenichts! wieder zu ihren Geschäften eilte.

Ueber Vater Gautiers volles Gesicht glitt es noch von
Zeit zu Zeit wie der Wiederschein eines innern Lachens.
Das Schelmengesicht seines Kindes stand fort und fort vor

seinem geistigen Auge, und es begann sich in ihm der Stolz
oder die Eitelkeit auf ein Gut zu regen, das er bisher nicht
gekannt oder geachtet hatte. Margot trat als ein neuer
Factor in das Spiel seines Ehrgeizes, dessen Entwürfe sich
nun klarer und bestimmter in seinem Kopfe auseinander zu
legen begannen. Sein Kind gab ihnen einen festen Halt,
während ihm die Worte der Schwägerin den Weg zeigten,
auf dem ihre Ausführung gelingen mußte. Ja, die Margot
mußte in die Stadt. So dachte er, während er auf seinem
Armsessel den Versuch machte, den versäumten Mittagsschlaf
nachzuholen. Aber er dachte nicht an das alte Sprüchwort:
Wem der Teufel ein Ei in die Wirthschaft legen will, dem
giebt er eine hübsche Tochter. Noch verstand er die Predigt,
welche das Bohren des Todtenwurms in dem Holzgetäfel
der Wand seinem Ehrgeize und seiner Eitelkeit hielt.

2.

Als François hörte, daß Margot zu ihrem Oheim nach
Bex würde, begann er sich mit jedem Tage unbehaglicher
zu fühlen. Er ward unruhig und reizbar. Das Herz regte
sich in ihm, und er verstand dessen Sprache nicht. Nie hatte
er so viel an Margot gedacht und nie war er mit ihr un-
zufriedener gewesen. Denn sie freute sich offenbar auf die
Veränderung, weil es eben eine Veränderung war, und in
ihrer doppelt guten Laune neckte und plagte sie ihn mehr
denn je, ihm und auch sich manche gute Stunde ihres letzten
Zusammenseins verderbend.

Er war nur einmal in seinem Leben in Aigle gewesen,

und er erinnerte sich der Beklommenheit, die ihm die schmalen Straßen zwischen den hohen Häusern verursacht hatten. Er begriff nicht, wie man dort ausdauern, oder gar vergnügt sein könnte.

Ja freilich, neckte ihn Margot, welche an ihrer Ausrüstung nähend, in der Mittelstube am Fenster saß, während er draußen stand, wenn dein dicker Kopf alles begriffe! Begreifst du doch kaum, daß die Häuser Thüren haben. Warum kommst du denn nicht herein?

Ich mag nicht, entgegnete er, es ist mir zu eng drinnen.

So geh'! rief sie, und den Kopf auf ihre Arbeit neigend, nähte sie eifrig fort.

Er ging aber nicht, und sie fühlte, daß er sie fortwährend anstarrte. Das machte sie endlich ganz unruhig und ungeduldig. Der Faden, mit dem sie nähte, zerriß.

Mein Gott, sagte sie mit erheucheltem Erstaunen, bist du noch da?

Ja, antwortete er, und da du meinst, ich versteh' nichts, so sage mir doch, was du in der Stadt sollst und willst?

Was kümmert's dich, was ich soll? äußerte sie. Aber was ich dort will, kann ich dir sagen, und lachend setzte sie hinzu: Eine Dame will ich werden.

Du und eine Dame! zuckte er die Achseln.

So, versetzte sie, meinst du, ich könnte nicht auch wie sie trippeln und mich winden und schmiegen und lispeln und zimperlich thun und doch mit den Augen herumwerfen?

O ja, das kannst du schon, gab er lachend zu. Aber mit solchen breiten Händen, wie die deinigen, und einem solchen Mohrengesicht sah ich noch mein Lebtag keine Dame!

O, dafür giebt's Handschuhe in der Welt, und was das

Mohrengesicht anlangt, rief sie schnippisch, was kümmert es dich und was gafft du es an, wenn's dir nicht gefällt?

Ich gaffe dich gar nicht an!

Ist mir auch gleichgültig, ob du danach siehst oder nicht, fuhr sie fort, indem sich ihre Wangen rötheten. Und für dich ist's um so besser; wirst es nicht vermissen!

Dir scheint es auch gar leicht zu werden, von all beinen alten Bekannten wegzugehen, sagte er unmuthig. Und du kennst die Leute nicht einmal, zu denen du kommst.

Ich soll wohl gar greinen, du Narr!

Nun, daß du dich darüber freust, brauchst du den Leuten auch gerade nicht so offen zu sagen!

Warum nicht? Was liegt mir an euch Allen. Und siehst du, weil ich die Leute hier alle auswendig kenne, darum gehe ich eben weg. Ich will auch einmal andere sehen.

Die werden auch was recht's sein, meinte er verächtlich.

So gut wie du alle Tage, entgegnete sie scharf. Und daß du es weißt, so grob wie du sind sie gewiß nicht.

Sie nahm ihre Arbeit zusammen und ging weg. Er stampfte zornig mit dem Fuße und, nachdem er einige Augenblicke noch gewartet, ob sie nicht wiederkäme, entfernte auch er sich.

Gut, grollte er ██████████████ nn ihr nichts an uns liegt, mir ist's auch ██████████████

Er ließ sich au████████████ den Tage, die letzten, welche Margot unte████████████ Dache zubrachte, nicht wieder im weißen Kr████

Es war ausgemacht worden, daß die Tante Margot in Orion erwarten sollte, und so brach diese denn in der Frühe

des festgesetzten Tages, von der Schwester ihrer seligen
Mutter begleitet, dahin auf. Ein Hirtenknabe trug, in ein
Tuch geknüpft, ihr nöthigstes Gepäck. Ihre andern Sachen
sollten mit der ersten Gelegenheit über Aigle nachkommen.
Vater Gautier gab ihnen noch das Geleit durch's Thal.
Dann stiegen sie rechts vom Chatelet die frischgrünende Alm
im Zickzack, Einer hinter dem Andern, hinan. Da lag nicht
weit von ihr abwärts der moosige Stein unter den Tannen,
auf den Margot mit François geklettert, um den Vögeln
ins Nest zu schauen, und sie richtete die Blicke auf ihn und
nach ihm zurück, als ob sie etwas erwartete oder suchte.
Die Sonne ging über dem Thalrande hinter ihnen auf. Es
war ein reiner, klarer Frühlingsmorgen. Die Föhren erfüllten die Luft mit ihrem harzigen Wohlgeruch, die Finken
schlugen in den Büschen, der Bach murmelte und rauschte
zur Seite der Wanderer und hinein klang das Geläute des
auf den Abhängen weidenden Viehes. Margot schritt stumm
hinter ihren beiden Gefährten her. Sie schaute oft zurück
und in den Tann, aus dem zuweilen eine Kuh mit großen,
glänzenden Augen sie ansah und dann den Kopf schüttelte,
daß die Glocke an ihrem Hals leise klang. Es war doch
nicht so leicht von Hause fortzugehen, als Margot gedacht,
und mit jedem Schritt ▓▓▓▓▓▓ ward ihr das Herz größer.
Sie blickte nicht mehr ▓▓▓▓▓▓▓▓▓ seitwärts, nicht mehr
hinab nach dem sch▓▓▓▓▓▓▓▓▓uf dessen Ufersteinen
hier und dort eine ▓▓▓▓▓▓▓▓stand, noch hinauf
nach den eben bezoge▓▓▓▓▓▓▓aus deren Kaminen
der Rauch in leichten ▓▓▓▓▓▓▓elte. Ihr Auge hing
an dem schmalen Fußpfade vor ihr. Sie hätte weinen mögen,
aber sie schämte sich.

Eine schroff aufsteigende Gebirgswand, welche im Bogen vom Chamossaire daher kommt, und diesen mit den Vorbergen der Diablerets verbindet, durchschnitt jetzt quer das Thal. Sie scheidet die hochgelegene Wiege der Grione von der Grande-Eau und man nennt sie das Kreuz. Der Weg führte jenseits des Baches zwischen dunkeln Föhren und schimmernden Kalkblöcken jäh zur Höhe, wenn man die unregelmäßigen Stufen und schmalen Ränder, welche das Vieh mit seinen Hufen in den Boden geprägt und ein verworrenes Spalier bloßgelegter Baumwurzeln und Regenfurchen einen Weg nennen will.

Die Wanderer stiegen zum Bache hinunter, den sie überschreiten mußten. Aber zu ihrem Schreck fanden sie ihn noch von dem geschmolzenen Schnee geschwollen, und die Schrittsteine lagen tief in dem wirbelnden Wasser begraben. Ihr Suchen nach einem anderen Uebergange war vergebens, und rathlos standen sie da.

Wir müssen ihn durchwaten, sagte endlich Margot entschlossen und setzte sich auf den Boden, um sich ihrer Schuhe und Strümpfe zu entledigen.

Es geht nicht, entgegnete Frau Rabut, wir können auf den schlüpfrigen Steinen nicht feststehen, und das Wasser würde uns umreißen. Ich habe nicht Lust zu ertrinken!

Zurück gehe ich nicht! rief Margot.

Aha! dort ist Jemand! schrie plötzlich der Bube und wies über den Bach, wo in diesem Augenblicke eine männliche Gestalt hinter den Büschen auftauchte.

Und schau, Margot, rief die Tante verwundert und erfreut, es ist François!

Er war es wirklich. Schon seit einer Stunde erwartete

er sie hier, Jagdtasche und Stutzer auf dem Rücken und in der Hand den langen Alpenstock.

Was schafft ihr denn da? rief er mit verstelltem Erstaunen, an das Ufer kommend, wo er stehen blieb und sich mit beiden Händen auf seinen Stab lehnte. Wollt ihr herüber?

Margot war auf ihre Füße gesprungen, während einen Augenblick das Blut lebhafter in ihre Wangen trat. Alle Bangigkeit und Traurigkeit war damit auf einmal hinweggeschwemmt, und sie rief: Nein, Dickkopf, wir wollen nur fischen!

Thorheit, eiferte die Tante und bittend setzte sie hinzu: Komm, François, und hilf uns hinüber.

Er winkte ihnen, weiter am Bache hinabzugehen, bis sie an eine Stelle kamen, die allerdings etwas breiter war, an der aber das Wasser auch sanfter floß. Dort streifte er die Schuhe von den Füßen, schlug die leinenen Beinkleider bis über die Kniee hinauf und watete dann zu den Reisenden hinüber.

Nun, sagte er, nachdem er zuerst die Tante hinübergetragen, zu Margot, welche nachdenklich dastand, was läßt du mich warten?

Statt zu antworten, schrie diese aber der Frau zu: Nicht wahr, Tante, es schickt sich nicht für eine Dirne, sich von einem Buben auf den Arm nehmen zu lassen?

Freilich nicht, lachte die Tante. O, du Querkopf.

So flieg denn hinüber! murrte François ungeduldig!

Ja das will ich! entgegnete sie und rannte mit ausgebreiteten Armen gegen das Wasser. Da faßte er sie und hob sie leicht auf, und ihre Arme fielen um seinen Nacken zusammen.

Der Bube wartete nicht, bis man ihn holte, sondern ahmte François' Beispiel nach. Alle Bier klommen nun zu dem Kreuze hinan, François dicht hinter Margot, die er hinaufschob und stützte, wo es gar zu jäh und beschwerlich war, während die Tante sich mit Hülfe seines Alpenstocks wacker emporarbeitete.

Gelt, Margot, sagte er einmal, die Leute von Ormont sind doch zu was gut. Wirst lange warten können, bis sich deine Leute in Bex die Füße um beinetwillen naßmachen.

Sie sollen's auch nicht, François, meinte sie, sich auf ihn stützend, sie möchten den Schnupfen davon kriegen.

Weiter sprachen sie nichts. Als sie aber oben auf dem Kreuze angelangt waren und erathmend stille standen, da wies François zurück nach der Heimath, deren äußerer Thalrand den fernen Horizont begrenzte und sagte: Es kann doch nirgend schöner sein als daheim! Du wirst doch oft nach Hause denken müssen an die alten bekannten Gesichter! Sie sind einem doch die liebsten auf der weiten Welt, Margot!

Margot antwortete nicht. Die Hände vor sich gefaltet, folgte ihr Blick der Richtung, nach der sein Finger deutete. Lange stand sie so und schaute, und ihre junge Brust hob sich höher; und als sie ihr Auge endlich abwandte und zu dem Gespielen ihrer Kindheit aufschlug, da war's feucht, und ein tiefes Gefühl überschauerte ihn aus demselben.

Sie schieden. Er blieb und sah ihnen nach, bis sie in dem tiefer liegenden Gehölz verschwunden waren, und auch dann stand er noch lange droben, auf seinen Bergstock gelehnt, das Herz voll Traurigkeit und Glück.

3.

Muß doch auch einmal hin und sehen, wie weit sie mit dem Straßenbau sind! äußerte der Kreuzwirth einige Tage nach Margots Abreise.

Frau Rabut war eine kluge Frau; aber das Gesicht, das sie jetzt in ihrer Ueberraschung machte, war so dumm als möglich. Hätte ihr Jemand gesagt, die Sonne stehe still und die Erde bewege sich um dieselbe, sie hätte nicht überraschter darein schauen können. So lange sie das Regiment im weißen Kreuze führte, hatte ihr Schwager das Haus nicht verlassen, außer Sonntags zum Kirchengang. Nun wollte er gar nach Unter-Ormont und vielleicht noch weiter hinaus. Herr, du meine Güte! rief sie, als sie wieder ein wenig zu sich gekommen war. Mehr sagte sie nicht. Was hätte sie auch sagen sollen? Sie kannte ihren Schwager. Er brauchte viel, sehr viel Zeit, um mit einem Entschlusse ins Reine zu kommen; doch einmal entschieden, führte er ihn aus, die breite Stirn voran, gerade aus, vorwärts. Auch redete er von seinem Vorhaben nie eher, als im Augenblick der Ausführung, und dann galt ihm kein Einwurf. Ebenso war's jetzt. Er hatte ein reines Hemde angelegt, dessen steifer Kragen bis über die Ohren hinaufstand, so daß sein Kopf darin wie ein Kohlkopf in einer Papierdüte stack, den Sonntagsfrack von dunkelblauem Wollenzeuge an, den Sonntagshut auf dem Kopfe, und vor der Thüre stand bereits das Berner Bankwägelein mit dem stattlichen Braunen, den der Knecht kurz am Zügel hielt. Hab' wohl auf das Haus Acht, alte Frau! rief er noch der Schwägerin zu, als er schon auf dem Wagen saß. Weiß noch nicht genau,

wann ich wiederkomme! Und fort trabte der stattliche Braune
mit dem stattlichen Kreuzwirth. Der Knecht starrte dem Roß,
Frau Rabut dem Schwager nach.

Die Verwunderung der guten Frau verwandelte sich allmälig in Besorgniß. Sie hatte immer gehört, daß es nichts
Gutes zu bedeuten habe, wenn Leute, die ihr ganzes Leben
lang ruhig gesessen haben, in ihrem Alter sich zu regen an-
fingen. Sie stürben dann gewöhnlich bald. Vater Gautier
dachte indessen an alles Mögliche, nur nicht ans Sterben,
und wohlgemuth fuhr er ins Land hinunter. Jetzt sollte
das rechte Leben erst anfangen. Er nickte immer zufriedener
mit dem Kopfe, je weiter er der neuen Straße in ihren vielfachen Windungen an den Felsenwänden hin folgte. Sein
Werk war sie! Freilich hatte er den ersten Anstoß zu ihrem
Bau gegeben; ob aber wirklich zu seinem eigenen Glück,
wie er wähnte, wer mochte das jetzt sagen? In jedem Falle
war sie es, die ihn aus seinem Lehnstuhl und seinem Hause
jetzt hinaustrieb. Einen Brunnen hatte er sich in ihr er-
öffnet, und nun hatte er nichts als ein Glas der reichströ-
menden Röhre unterzuhalten. Er hatte nicht gedacht, daß
sie so reich strömen würde, und gewaltig sprudelte ihm das
Wasser über die Hand. Das weiße Kreuz war für den
vermehrten Fremdenverkehr viel zu klein geworden. Das war
ihm lange im Kopfe herumgegangen. Er mußte bauen!
Das sah er wohl ein; allein es ward ihm nicht leicht, sich
dazu zu entschließen. Die angeborene bäuerische Zähigkeit
rang lange mit der Habsucht und dem Hochmuth. Aber die
Straße stieß ihn fort. Sollte er warten, bis ein Anderer
ihm zuvorkam und das Wasser, das er nicht auffangen konnte,
zu sich leitete? Freilich gab es in Ormont nur eine Schenk-

gerechtigkeit und die besaß er; allein ein Hôtel konnte man
ihm hinstellen. Zu einem solchen würde die Regierung die
Erlaubniß nicht verweigern, das wußte er. Der Gedanke
machte ihm manchen Wintertag in seinem Lehnstuhl, manche
Nacht in seinem Bette heiß. Selber ein solches Hôtel hinzusetzen, davor erschrak er anfänglich. Aber die Habsucht
söhnte ihn allmälig mit der Vorstellung aus, und der Hochmuth flüsterte ihm zu: was Andere können, könne er auch.
Hatte er die Straße ersonnen, so könne er auch ein solches
Haus hinstellen. Er wollte den Leuten in Ormont zeigen,
was sie an ihm hätten.

So fuhr er auf der Straße, die ihn forttrieb, dahin
und mit seinem Braunen vor. einige der ersten Hôtels am
See, um sich das Wesen einmal anzusehen. Es kostete ihn
ein schmachvolles Geld; aber die Lehre war an ihm nicht
verloren. Das Ding erschien ihm durchaus als keine Hexerei;
aber solche unverschämte, nichtsnutzige Schlingel, wie er die
Kellner überall fand, die die Welt zu kennen wähnen, weil
sie eine Elle Tuch zu taxiren wissen, die sollten ihm nicht
über die Schwelle. Er empfand ihre Flegelei mit kaum be-
meistertem Ingrimm an sich selber. Er, Gemeindevorsteher
von Ormont, und die Bursche wagten es, ihn über die
Achsel anzusehen, ja standen ihm nicht einmal Rede, und
hätten ihn wohl von der Thüre abgewiesen, wenn es auf
sie angekommen wäre. Auf die Wirthe dagegen in schwarzem
Frack und weißer Weste, die mit Bücklingen vor die Thür
sprangen, so oft eine Extrapost vorfuhr und dienernd hinter
den Fremden hertrippelten, schaute er mit geheimer Verachtung herab. So vergab er sich nicht. Da war er doch ein
anderer Mann, und geflissentlich pflanzte er seine athletische

Gestalt neben die geschniegelten Männlein und weidete sich im Stillen an seiner kolossalen Ueberlegenheit.

Nach acht Tagen kehrte er von seiner Rundschau heim. Den Baumeister brachte er gleich mit. Der machte nun Risse und Pläne, und endlich zeichnete er ein Haus, so groß wie ein Schloß mit einer Veranda und Terrassen. So sollte das neue weiße Kreuz werden. Vater Gautier gefiel das Ding schon, allein so hoch und vornehm hinaus wollte er doch nicht. Das könne am Ende doch über die Kräfte gehen, meinte er. Aber der Baumeister schlug seine Bedenklichkeiten durch die Kostenberechnungen aus dem Felde, und Vater Gautier baute auf den Kostenanschlag wie auf das Evangelium. Zahlen, die waren seine Sache. Frau Rabut schüttelte jedoch trotz aller Zahlen den Kopf und die Leute in Ormont desgleichen.

Das Gebäude sollte dem Chatelet gerade gegenüber auf der ersten Anschwellung des Thalrandes aus der Ebene, neben einer kleinen von Birken umstandenen Felsengruppe zu stehen kommen, so daß man von den Fenstern aus das ganze Thal mit seinen sanften Höhen und braunen Hütten, die Gaskaden der Grande-Eau und darüber die Spitzen und Hörner der Diablerets übersehen konnte. Der Platz war vortrefflich gewählt, allein Vater Gautier mußte denselben erst kaufen und, da der Eigenthümer seinen Mann kannte, so kam er ihm ziemlich hoch zu stehen. Auch ging darüber viel Zeit verloren; denn es pressirte den Steinmartin, dem er gehörte, gar nicht. Das Geld ließ derselbe gegen die üblichen Zinsen und auf beliebige Kündigung stehen. Er brauchte es vorläufig nicht, denn er war selbst ein wohlhabender Mann, dem an die funfzig Stück Vieh auf den Almen ringsum weideten.

So konnten die Erdarbeiten zum Bau erst im August beginnen. Da stellte sich aber ein anderer Uebelstand heraus, es fehlte an Arbeitern. Die neue Straße nahm alle verfügbaren Kräfte in Anspruch und wollte Vater Gautier sein Unternehmen nicht bis zur Vollendung jener hinausschieben, so mußte er den Arbeitslohn der Regierung überbieten. Er that's.

Nun begann denn der Bau und erfüllte Thal und Höhen mit regem Leben. Da wurde gegraben, gekarrt und gemauert, Steine gebrochen und Bäume gefällt. Die Berge hallten von dem Krachen der niederstürzenden Stämme und dem Sprengen der Felsen. Auf den schmalen Gebirgspfaden knarrten und ächzten die Räder der Fuhrwerke, welche mit kräftigen Zugkühen bespannt, das Material zur Stelle schafften, und im Thale klang der Spitzhammer des Steinmetzen und das Schnauben der Sägemühle unaufhörlich von Sonnenaufgang bis Abend. Und jeder niederfallende Arm, jeder Fußtritt von Vieh und Menschen pochte an die Geldkiste des Kreuzwirths. Da schwellte ihm doch mancher heimliche Seufzer die Brust, wenn er sah, wie das Geld in Strömen davon ging, welches er bei Tropfen gesammelt hatte. Auch fehlte es nicht an manchem tüchtigen Verdruß und Aerger.

Frau Rabut hatte dabei natürlicher Weise auch ihre Leiden. Der Bau vermehrte ihre Arbeiten in Küche und Wirthschaft, daß sie oft kaum wußte, wo ihr der Kopf stand, und des Zankens mit den Mägden, denen durchaus keine Flügel wachsen wollten, war kein Ende. Da war es für sie jedesmal wie ein Sonnenstrahl durch Nebel, wenn von Onkel oder Tante in Bex ein Bericht über Margot einlief. Margot selbst schrieb aus sehr einfachen Gründen nicht. Sie hatte es wohl in der Schule so weit gebracht, Buchstaben ziemlich ähnlich nachzumalen; daß man aber die Buchstaben dazu anwenden könnte, die eigenen Gedanken auszubrücken, war weber ihr, noch sonst Einem in Ormont in den Sinn gekommen. Dazu war ja der Schulmeister da, und hätte der die Kinder alles lehren sollen, was er selbst wußte, so hätte ihm kein Mensch weiter nachgefragt und er ruhig verhungern können.

Die gute Frau Rabut vergaß indessen nicht, daß auch noch andere Leute in Ormont sich freuten, etwas von Margot zu hören, und das Lob, welches in jenen Briefen ihrem Liebling gespendet wurde, hätte ihr die Seele abgedrückt, wenn sie es für sich allein hätte behalten müssen. Sobald sie deshalb nach Empfang einer solchen Botschaft von Hause abkommen konnte, strich sie das Haar unter ihrer schwarzen Seidenhaube glatt, band eine reine Schürze vor, und eilte zu ihrer Freundin, François' Mutter, hinüber.

Das kleine Heimwesen der Frau Roland lag höher am Berge hinauf. Das Haus war an zwei lebensgroßen, hölzernen Figuren, einem rothjäckigen Soldaten und einem Türken erkennlich, die, von unzähligen Kugeln durchbohrt, unter dem vorspringenden Dache hingen. François hatte nämlich auf den beiden letzten Schützenfesten den Meister-schuß gethan und war in Folge dessen seit zwei Jahren König, oder wie man in der französischen Schweiz sagt: Abt von Ober-Ormont. Diesen äußern Ehrenzeichen ent-sprach in der saubern Küche so manches blecherne und kupferne Geräth, welches seine sichere Kugel bei diesen und ähnlichen Gelegenheiten erworben hatte. Die Küche der

Frau Roland war überhaupt mit dergleichen Geschirr reichlicher ausgestattet, als die meisten Haushaltungen des Ortes, und die kleine, rastlos thätige Frau rühmt gern, daß ihr das Alles keinen Rappen gekostet habe. Es waren Schützenpreise, die ihr seliger Mann nach und nach davongetragen. So auch der schöne silberne Pokal auf silberner Platte und das halbe Dutzend Löffel und Gabeln von demselben edlen Metalle, welche in dem Schranke in der Stube prangten. Von ihnen sprach jedoch Frau Roland nicht gern. Nicht als ob sie nicht stolz auf sie gewesen wäre, wenn sie gleich, wie sie sagte, zu nichts zu brauchen seien; sondern weil aus dem Pokale die gekrümmten schwarzen Spitzen einer Anzahl Gemshörner herausschauten, deren Anblick ihr noch jedesmal das Herz umkehrte. Denn eben auf der Gemsjagd hatte ihr Mann vor etwa fünf Jahren das Leben verloren. Sein Leichnam aber war nimmer aufgefunden worden.

Unter solchen Trophäen aufgewachsen und mit der Geschichte einer jeden von Kindheit an vertraut, wäre es in der That ein Wunder gewesen, wenn nicht auch bei François der Stutzen den Sieg über den Pflug und den Milcheimer davongetragen hätte. Er wollte ein Schütze wie sein Vater werden. Allein sein Ehrgeiz blieb nicht bei den silbernen Ehrenpreisen der kantonalen und eidgenössischen Schützenfeste stehen. Schon als Knabe hatte ihn sein Vater einige Male mit sich auf die Gemsenjagd genommen, um ihm als Zutreiber zu dienen, und dadurch auch in ihm jene Jagdlust erweckt, deren Opfer er selbst geworden war. Das Geheimniß, welches trotz aller Nachforschungen dieses unglückliche Ereigniß und dessen Schauplatz umgab, quälte und reizte François unaufhörlich. Es trieb ihn zu Unter-

nehmungen, vor denen selbst der unerschrockenste Gemsjäger
zurückgescheut wäre. Wie schroff und verwittert der Fels-
zahn, wie schwindelnd der Grat, wie klaffend oder unzu-
gänglich die Schlucht: er mußte hinauf, hinüber, hinunter.
Jede fliehende Gemse dünkte ihn ein Führer zu den bleichen-
den Gebeinen seines Vaters. Er mußte ihr folgen. Einmal
in den Bergen war er wie verzaubert. Diese Tollkühnheit
machte ihn zu einem der glücklichsten Jäger und ebenso
angesehen unter der Jugend, wie der Kreuzwirth unter den
Vätern war.

Indessen drängte doch das erwachende Gefühl für seine
muntere Jugendfreundin jenen dämonischen Trieb in seiner
Seele zurück. Er dachte auf seinen Gebirgsstreifereien öfter
an das Geheimniß, welches für jeden Liebenden in den Augen
seines Mädchens liegt, als an das, welches die Moderstätte
seines Vaters verhüllte. Der Blick, mit dem ihn Margot
auf dem Kreuze angeschaut, wich ihm nicht aus der Seele.
Es durchschauerte ihn jedesmal, wenn er sich ihr dunkles,
feuchtes Auge lebhaft vorstellte, und einigemale erklomm er
den Wilden-Stein, eines der Diableretshörner, in keiner anderen Absicht, als um einen Blick auf Bex zu werfen. Mit
seinem Fernrohr konnte er die einzelnen Häuser unterscheiden,
und er fragte sich, in welchem sie wohl wohnen möchte? Er
wäre wohl gern einmal nach Bex hinabgestiegen, aber er
schämte sich. Auch meinte er, daß es ihm alle Leute ansehen
müßten, warum er käme, und die Vorstellung, darum aus-
gespottet zu werden, ballte seine Fäuste. Die Berichte der
Frau Rabut verringerten seine Sehnsucht nicht. Sie waren
wohl schön und glühten ihm tief ins Herz hinein; aber
so ein Wort von Margots dunkelrothen Lippen wäre doch

etwas anderes gewesen. Ach, wenn er nur einen Vorwand gewußt hätte!

Da dachte er, es müßte die Margot doch auch freuen, wenn sie einmal von Hause einen Brief erhielte, und den könnte er ja hinabtragen. Was in dem Briefe stehen sollte, darüber grübelte er nicht. Das würde der Schulmeister schon wissen, meinte er, der ihm denselben aufsetzen sollte. Er mußte bei sich selbst über seine Schlauheit lachen. Glücklicher Weise fiel ihm noch zu rechter Zeit ein, daß die Sache doch nicht ganz richtig sei. Es seien doch wohl nicht seine eigenen Briefe, welche der Postbote bei den Leuten herumtrüge. Dann dachte er, er könne wohl einmal zum Markte nach Bex gehen. Allein die Bewohner von Ormont besuchten denselben nie. Es war nicht der Brauch, und so schickte es sich auch nicht für ihn. Ganz Ormont würde sich darüber aufgehalten haben. Endlich, da es wieder Frühling geworden war, glaubte er das Rechte gefunden zu haben. Er hatte oberhalb Anzeindas, bei den Quellen des Avançon, eine Gemse geschossen, und als er sich nun niederbeugte, um sich nach der anstrengenden Jagd mit einem Trunk zu erquicken, da war's ihm, als flüsterte ihm das von den Schneefeldern herabsickernde Wasser zu: Folge mir! Folge mir! Mit strahlendem Gesicht sprang er auf, und stieß einen Jauchzer aus, daß die Felsen weithin wiederhallten. Lag doch Bex kaum fünf Stunden davon am Ausfluß des Avançon ins Rhonethal. Die Gemse wollte er der Margot bringen, und das mit den Hörnern und Füßen zusammengehackte Thier auf den Kopf schwingend, begann er mit der Sicherheit und Leichtigkeit einer Ziege die Felsen hinabzuspringen. Er dachte auch nichts weiter, als bis er auf der Brücke stand, welche

in der Nähe von Charnemay über den Avançon führte.
Da fragte er sich, was Margot für Augen machen würde,
wenn er so plötzlich, wie aus der Luft gefallen, vor sie hin-
träte mit seinem Geschenk. Er hörte sie lachen und ihn
fragen, was sie denn damit anfangen sollte? Wie sie ihn
mit seinem Grratthier hänseln würde! Und in der That, was
sollte sie auch damit? Er pfiff zwischen den Zähnen hinaus,
und seine Hand fuhr unter die Kappe verlegen ins Haar.
O, das war doch dumm! Aber konnte er die Gemse nicht
ihrem Oheim bringen? Das ging schon. Und ihm sagen,
sein Bruder, der Kreuzwirth, schicke sie ihm? Nein, das
ging nicht. Lügen konnte er nicht, und vor Margot am wenigsten. Ihr Lachen würde ihn verrathen, selbst wenn er es
versuchte. Er meinte, sie müßte ihn kennen bis ins tiefste
Herz hinein und alle seine Gedanken, und er ward feuerroth,
vor ihr lügen zu wollen. Dem Oheim aber gerade aus zu
sagen, es sei ein Geschenk von ihm, das er brächte, das
ging gar nicht. Da müßte der Mann gleich weg haben,
warum er käme, und der brauchte es besonders nicht zu
wissen. Es war eine verteufelte Geschichte, von welcher
Seite er sie auch ansehen mochte, und wieder pfiff er halb-
laut und langsam. Allein der Pfiff blies die Verlegenheit
nicht fort. Da machte er rechts um, und statt nach Grion
hinabzugehen, stieg er nach Taveyana hinauf, und über
das Kreuz nach Ormont hinunter, wo er gegen Abend und
nicht in der heitersten Stimmung anlangte.

Vater Gautier, dem er wie gewöhnlich seine Beute
brachte, äußerte, die käme ihm gerade recht; er erwarte
Gäste! Und Frau Rabut begleitete diese Worte mit einem
schlauen Blick von der Seite. Dann sagte sie draußen in

der Küche zu ihm: Du François, ich weiß was! und sich
neben dem schlanken, breitschultrigen Burschen auf die Fußspitzen hebend, daß sie sein Ohr erreichte, flüsterte sie: Die
Margot kommt! Damit gab sie ihm einen Stoß mit dem
Ellenbogen in die Seite und lachte. Er starrte sie mit weit
offenen Augen an, und sie berichtete, daß der Oheim geschrieben hätte, während er in den Bergen gewesen sei, und
sie Margot noch diesen Abend erwarteten. Die Tante und
deren ältester Sohn kämen mit. Da hätte er einen Jauchzer
ausgestoßen, wie am Morgen im Gebirge. Rundum drehte
er sich auf dem Absatz, und es fehlte nicht viel, so hätte er
er die Großmagd, die ihm zu nah kam, abgeküßt. Beim
Kopfe hatte er sie schon. Die schrie auf, Frau Rabut lachte,
und der Knecht, welcher eben das Holz zum Abendfeuer
brachte, murrte, er möchte das sein lassen. Hast Recht,
Hans, rief er, ihm mit der flachen Hand derb auf den
Rücken schlagend. Jedem das Seine! Und um sein Unrecht
gut zu machen, zog er ihn mit sich in die Schenkstube und
bestellte einen Schoppen. Aber es litt ihn nicht lange beim
Wein. Es litt ihn nirgend. Als es zu dunkeln begann,
wagte er es endlich, der Erwarteten entgegen zu gehen.
Nur sehen wollte er, nicht gesehen werden. Er ging eine
tüchtige Strecke auf dem Wege nach Unter-Ormont hinaus.
Es wurde dunkler und dunkler. Endlich kam ein Wagen
schnell dahergerollt. Sein Herz sagte ihm, daß sie es sei;
aber es war bereits zu finster, um sie zu erkennen. Er
folgte dem Gefährte, so schnell er vermochte, und als er
vor das weiße Kreuz kam, da stand richtig der Wagen,
und der Knecht, welcher das Pferd eben ausgespannt hatte,
bestätigte seine Ahnung. Ja, sie war da; aber sich mit

seinem sehnsüchtigen Herzen in die Familie des reichen
Wirths einzudrängen, das wagte er nicht. So mußte er
sich wohl oder übel bis morgen gedulden.

4.

Der folgende Tag war ein Sonntag. Schon das erste
Geläute fand François an der Kirchthüre. In seiner Ungeduld hatte er selbst auf seine Mutter nicht warten mögen.
Er war allein, und es dünkte ihm eine Ewigkeit, bis man
zum zweiten Male zu läuten begann. Nun ward es allmälig überall lebendig. Aus allen Häusern, auf den
Höhen und im Thal, traten Menschen heraus und schritten
bedächtig gegen die Kirche heran, kamen hier die Halde
herab, traten dort aus dem Tann, und wandelten dort die
Hecken entlang neben dem Wasser. Auf allen Pfaden,
Stegen und Wegen kamen sie unter dem Glockengeläute
daher, die Gebetbücher in den Händen, und zogen an François vorüber in das Gotteshaus. Manche Dirne blickte
seitwärts nach dem hübschen Burschen, Andere stießen sich
im Vorbeigehen an und kicherten verstohlen. Er merkte es
nicht, er schaute nur nach der Straße, woher Margot kommen mußte. Aber sie kam immer nicht. Sie putzte sich
noch in ihrer Kammer, und Frau Rabut stand dabei und
schaute ihr zu. Sie war heraufgekommen, um ihr beim
Ankleiden behülflich zu sein, wie sie früher an den Sonn-
tagmorgen gethan. Allein Margot hatte ihre Dienste abgelehnt, und die gute Frau war fast böse darüber, namentlich
darüber, daß sie ihr nicht einmal die Zöpfe flechten sollte.

Das war immer ihre Freude gewesen, und sie bildete sich etwas darauf ein, daß es Niemand so gut verstände wie sie. Als sie jedoch sah, welch ein noch zierlicheres Geflecht Margot zu Wege brachte, schloß ihr Bewunderung und Verwunderung den Mund. Sie hätte ihre Nichte dessen nimmer fähig geglaubt und noch weniger dieser Sorgfalt, welche sie Stück für Stück auf ihren Anzug verwandte. Sie mußte unwillkürlich lachen, denn ihr kam die Margot von früher in den Sinn, die nimmer unter ihren Händen hatte still halten oder ruhig sitzen wollen, und sie erinnerte ihre Nichte an jene wilde Zeit der zerrissenen Röcke, verlorenen Schuhe und zerzausten Haare. Margot lachte herzlich mit, aber zugleich erröthete sie, und sah auf einige Augenblicke von ihrem Bilde im Spiegel weg, bis Vater Gautier, der bereits vor dem Hause ungeduldig auf- und abstampfte, murrend hinaufrief, ob sie denn noch nicht fertig sei? Gleich! Gleich! scholl es aus beider Munde zur Antwort durch das offene Fenster. Ein solches Gleich! Gleich! der Frauen bedeutet aber gewöhnlich ein doppeltes Warte! und das Warten war, trotz seines Phlegmas, des Kreuzwirths Sache nicht, am wenigsten auf Leute, welche von ihm abhingen. Wahrscheinlich würde sich seine üble Laune derb ausgelassen haben, wenn er sich nicht in der Gesellschaft seiner Frau Schwägerin und deren Sohn Louis, eines jungen Menschen von etwa dreiundzwanzig Jahren befunden hätte. Er that sich Zwang an, um ihnen zu beweisen, daß man auch auf dem Lande Art haben könne. Die Frau Schwägerin meinte beschwichtigend, es eile ja nicht. Die Leute würden heute alle nur Augen für Margot haben, da müßte sie doppelten Fleiß auf ihr Aeußeres verwenden, um den Bauern

mit Eins zu beweisen, daß des reichen Kreuzwirths Tochter
etwas anderes sei, als so eine Landbirne in kurzem Mieder
und schwarzem Filz, welche nie über ihre Dorfberge hinaus-
geschaut hätte. Und ich denke, ich habe etwas aus ihr gemacht! schloß sie dann, indem sie mit wohlgefälligem Stolze
zuerst auf ihren Schwager, dann an ihrer eigenen kleinen,
wohlbeleibten Gestalt niedersah, den brennend rothen Shawl
etwas von den fleischigen Schultern zurückschob und die
Falten ihres grünseidenen Kleides mit der beringten Hand
glatt strich. Wollen sehen! murrte Vater Gautier, und
seine Stimme klang wie das Knurren eines gereizten Hundes,
den man streichelt.

Uebrigens, nahm die Schwägerin nach einer Weile wieder
das Wort, muß man es einem hübschen Mädchen schon verzeihen, wenn es ein wenig eitel ist. In Bex hießen sie das
Kind immer nur die Alpenrose. Ich glaube, mein Louis
war's, der den Namen aufbrachte. Aber nun scheint es mir
doch, sie sollte endlich fertig sein. Damit warf sie den Kopf
in den Nacken und rief mit etwas fetter Stimme:

Margot! Margot!

Gleich! gleich! tönte es zurück.

Endlich, als das Geläute in Vers l'Eglise zum dritten-
mal anhub, öffnete sich droben die Thür, und Margot trat
heraus auf die Treppe. Frau Rabut folgte ihr. Wie sich
das Mädchen in dem einen Jahr entwickelt hatte! Sie war
größer geworden, und voller wölbte sich der Busen; doch um
den Leib war sie schlang und die ganze Gestalt biegsam wie
eine Elfe. Purpurn schimmerte das Blut durch die bräunlichen Wangen, kirschroth glühte der Mund. In den schwarzen Augen loderte das alte Feuer, aber es flackerte nicht wie

sonst wild umher: es brannte stetiger und klarer hinter den langen dunkeln Wimpern. Daß sich die geschwungenen Brauen über der feinen, ganz leise abgestumpften Nase vereinigten, gab dem blühenden Gesichte einen entschlossenen Ausdruck, doch mäßigte ihn das Grübchen in der rechten Wange, in dem wohl noch der alte Schalk wohnte und lachte. Sie trug ein vielgefältetes Kleid von schwarzem Wollenzeuge, das wie Atlas glänzte. Eng umspannte es den Oberkörper und weit-gepufft bis zum Handgelenk die Arme. Auf den spiegelnden Haaren thronte ein breiträndriger, italienischer Strohhut mit blauen herabflatternden Bändern und künstlichen Blumen. Weiße baumwollene Handschuhe bedeckten die Hände, in denen sie das Gebetbuch mit goldenem Schnitte und das sauber ge-faltete Taschentuch hielt. Als sie die Treppe hinunter stieg, knarrte und ächzte es bei jedem Schritte. Aber das waren nicht die Stiegen, sondern Margots Schuhe.

Seid nicht böse, Vater, sagte sie, ihm die Wange rei-chend, daß ich euch habe warten lassen.

Der Vetter trat herzu und bot ihr einen Blumenstrauß, den er während des Wartens von dem Beete am Hause ge-pflückt hatte. Sie dankte ihm mit einem freundlichen Blicke.

Seht, flüsterte Frau Gautier ihrem Schwager zu, indem sie ihn lauernd von der Seite ansah, unsre Kinder bilden doch ein hübsches Paar. Was meint ihr?

Ja, murmelte er, sich in Bewegung setzend, sie gleicht ihrer Mutter, die galt ihrer Zeit auch für das schönste Mädchen in Ormont.

Frau Rabut war, die Arme in ihre Schürze gewickelt, oben auf der Treppe stehen geblieben, und aus allen Zügen ihres runzligen, gutmüthigen Gesichtes leuchtete der Stolz

der Liebe. Sie war bei sich so ziemlich der Meinung ihrer
Schwägerin, ohne deren Aeußerung gehört zu haben. Der
Vetter gefiel ihr ganz wohl. Es war ein gewandter hübscher,
blonder Bursche. Nur däuchtete es ihr, für einen Krämer-
gehülfen, der Louis war, schicke sich ein Schnauzbart eben
so wenig wie für einen Pfarrer. Dazu trug er den seinigen
so steif und spitz zugedreht, daß sie ihm Anfangs nicht
ohne Lachen ins Gesicht hatte sehen können. Er hatte sie
immer an Mignon, ihre Katze, erinnert.

Die Frau Schwägerin hatte dagegen keinen so günstigen
Eindruck auf sie gemacht. Dieselbe hatte gar keine Notiz
von ihr genommen, sie gar nicht als zur Verwandtschaft gehörig betrachtet. Die Verwandtschaft allein fiel bei Frau
Gautier nicht ins Gewicht. Wer nichts hatte, war in ihren
Augen ein Lump, verwandt oder fremd. Sie selbst stammte
aus einer wohlhabenden Familie und hatte ihrem Mann ein
hübsches Vermögen zugebracht. Darum befahl sie auch im
Hause und in der Backstube. Sie hatte das Heft fest in
der Hand, und selbst der wüsteste Geselle zitterte vor der
rothbebänderten Haube der kleinen dicken Frau Meisterin.

Mehr jedoch als die Zurücksetzung hatte Frau Rabut
der Tadel gekränkt, den die Schwägerin über ihre Bett-
tücher ausgesprochen: Sie sei an so grobe Bettwäsche nicht
gewöhnt.

Ei sieh doch! nicht gewöhnt an so grobe Bettwäsche,
hatte es da in der guten Frau aufgeschrieen, doch hatte sie
nichts gesagt, und ist doch manche Dame zufrieden gewesen,
die wohl in ihrem Leben nicht daran gedacht hat, daß es
auch solche Wesen wie Frau Gautier in der Welt geben
könne.

Doch nun fiel ihr ein, daß es die höchste Zeit sei, an den Mittag zu denken, wenn sie mit Ehren bestehn wollte. Und das wollte sie gerade vor der hochmüthigen Frau Schwägerin; sie wollte ihr beweisen, daß sie auch ihre Sache verstehe, wie es in Ormont der Brauch ist, und hinab eilte sie in die Küche.

5.

In der Kirche hatte der Gesang der Gemeinde bereits begonnen, als Vater Gautier mit den Seinen erschien. Langsam und breit schritt er an ihrer Spitze durch den Mittelweg. Ihm zunächst folgte die Frau Schwägerin, und ihr rothes Tuch zuckte wie eine Feuerflamme durch das Gotteshaus, schlug in alle Köpfe und Herzen hinein, und brannte die Andacht in denselben aus. Der Gesang schwankte und flatterte hin und her wie ein Schiff im plötzlich umspringenden Winde, und es fehlte nicht viel, so wäre das Steuer dem Schulmeister entschlüpft. Mannhaft kämpfte er jedoch gegen Wind und Wogen der Neugierde, und glücklich gelang es ihm endlich, obgleich mit unsäglicher Noth, das Fahrzeug des Gesanges in den Hafen des letzten Accordes zu bugsiren. Allein die Andacht kehrte nicht wieder, und während der ganzen Predigt drehten und reckten sich die Hälse unaufhörlich, um einen Blick auf das rothe Tuch, Margots blaue Bänder, und des Vetters spitzen Schnauzbart zu gewinnen. Und wem es gelungen, der mußte in der nächsten Minute wiederhinsehen, ob auch Alles noch da sei. Es war ein ununterbrochenes Rücken und Rühren, Scharren, Flüstern und Rauschen.

Vater Gautier achtete alles dessen nicht. Er hatte seinen gewohnten Sitz der Kanzel gegenüber, und denselben hatte man ihm auch heute frei gelassen. Dort saß er unerschüttert, unerschütterlich wie ein Fels im bewegten Meere, und seine grauen Augen schauten unter den schwarzen buschigen Brauen unverwandt auf den Pfarrer. Kein Wort desselben entging ihm, und von Zeit zu Zeit nickte er unmerklich mit dem Kopfe und schnaufte leise, als wollte er sagen: so ist es, wir beide verstehen uns! Das war in der That seine Meinung, und sein Stolz, die Predigt zu fassen wie Keiner. Auch sprach er nach der Kirche noch gern mit seinen Bekannten über den gehörten Vortrag, legte ihn in seiner Weise aus und zeigte seine Ueberlegenheit. Es wollte ihn fast bedünken, als redete der Pfarrer eigentlich immer nur zu ihm, und heute hatte er dieses Gefühl mehr als je. Wirklich verließ ihn das Auge des Geistlichen kaum auf eine Sekunde, aber die Ursache war die allgemeine Unruhe und Unaufmerksamkeit, und Frau Gautier an ihres Schwagers Seite. Der schüchterne Mann war nicht gewohnt, vor Stadtleuten zu predigen, und Frau Gautier, welche so majestätisch dasaß, als es ihre kleine korpulente Gestalt erlaubte, starrte ihn beinahe aus dem Concept. In ihren Mienen war indessen wenig von frommer Sammlung zu lesen, und eine alte Bäuerin meinte gegen ihre Nachbarin: die sieht auch aus, als wollte sie sagen: da sitz ich, nun bewundert mich!

Aber schwer reich muß sie sein! flüsterte die Andere. O die Gautiers, die haben's Alle gepachtet!

Margot hatte die Blicke züchtig niedergeschlagen, aber sie konnte es doch nicht lassen, von Zeit zu Zeit verstohlen umzuschauen. Es war ihr so wohlig; das Gotteshaus, der Gesang, der Pfarrer, der Schulmeister, das Alles heimelte sie an, und sie mußte nun sehen, ob auch die Andern noch die Alten wären, ob sie noch alle dawären, die altbekannten Gesichter. Wo ihr Auge einem Andern begegnete, da hätte sie gern ein Zeichen des Wiedererkennens gegeben, wenn es sich nur an der heiligen Stätte geschickt hätte. In ihrem frühern unstäten Wesen hatte sie im Grunde Niemandem besonders nahe gestanden, und die Zeit, wo ein süßes Geheimniß die Mädchen eng aneinanderschließt, war für sie noch nicht dagewesen; allein in dem Gefühl wieder daheim zu sein, dachte sie nicht daran, noch daß sie oder die Andern sich innerlich verändert haben könnten. Manche äußerliche Veränderung entging ihr nicht und verwunderte sie. Wie doch die Charlotte so stark geworden! und die Nase der Annette noch spitzer! Wie schauten die Augen der sonst so schüchternen Louise jetzt so keck und herausfordernd! Und wie sie sich mit grünen Bändern herausgeputzt hatte, obgleich sie gelb wie eine Quitte war! Die Geschmacklosigkeit kam Margot gar zu lächerlich vor, und sie bemerkte dergleichen allmälig mehr und mehr. Es zuckte und zitterte um ihren hübschen Mund. Sie hatte Mühe, nicht laut aufzulachen, und zugleich erröthete sie vor den weit aufgerissenen Augen, mit denen sie von Allen wie ein Wunderthier angeglotzt wurde. Wie dumm! wie echt bäuerisch.

Den François sah sie nicht. Der saß hinter dem Steinmartin und dessen Ehehälfte und verwünschte den breiten Rücken des Einen und den Bienenkorbhut der Andern, die ihm Margot verdeckten. Sie war nicht weit von ihm vorübergekommen, und ihre Erscheinung hatte ihn durchzuckt wie ein Blitzstrahl. Einen Augenblick war alles vor seinen Blicken verschwommen, siedend hatte es ihn überlaufen, und vor seinen Ohren war ein gewaltiges Brausen gewesen. Seine Mutter hatte die ganze Zeit über fast nichts zu thun, als ihn an den Schößen seines Leibrocks auf die Bank zurückzuziehen. Er wollte immer aufstehen.

Das war ein Gottesdienst, wie die ältesten Leute in Ormont keines ähnlichen sich zu erinnern wußten. Endlich scholl das Amen durch die Kirche. Was es bestätigte, die Wenigsten wußten es; fast Allen klang es wie eine Erlösung. Frau Gautier äußerte trotzdem zu ihrem Schwager, sie hätten einen vortrefflichen Pfarrer, der verstände es, Einem das Herz zu rühren!

Der Kreuzwirth aber schüttelte den Kopf und sagte: Er hat schon Recht: es ist Alles eitel, und mitnehmen können wir Nichts; aber wie die Lilien auf dem Felde leben, das können wir auch nicht!

François war einer der Ersten vor der Kirchthüre.

Grüß Gott, Margot! rief er mit freudestrahlendem Gesicht, als diese kam, ergriff ihre Hand und preßte sie so gewaltig, daß das Mädchen vor Schmerz aufschrie. Er grüßte und wandte sich zu dem Vetter, dem er fast den Arm aus dem Gelenk schüttelte. Louis hielt indessen den Druck seiner eisernen Faust mannhaft aus. Auch der Tante wollte er die Hand reichen in seiner Freude. Die aber betrachtete ihn mit hochmüthiger Verwunderung von Kopf bis Fuß und drehte ihm den Rücken zu.

Mußt Handschuhe anziehen, wenn du die anfassen willst! höhnte eine Stimme aus der Menge.

François machte ein verblüfftes Gesicht. Margot mußte

darüber lachen, auch der Vetter; und sie lachten unverhohlen,
und es lachten alle Umstehenden. Der gehänselte Bursche
ward roth bis unter das Haar. Sein dunkles Auge blitzte
zornig auf und mit gewaltigem Griff packte er Charles,
den Sohn des Steinmartin, der ihm zunächst stand und
ihm ein Gesicht schnitt. Dieser war gleichfalls kein Schwäch-
ling. Mit einem Ruck schüttelte er den Gegner ab, und
beide umfaßten nun einander wie mit eisernen Klammern
zum Ringkampf. Einige ältere Männer eilten indessen hinzu und suchten sie zu trennen. Der Platz vor der Kirche
schien ihnen zu einem solchen Kampfe doch nicht passend.
Allein ihr Friedenswerk wäre ihnen ohne die Erscheinung
des Geistlichen wohl nicht gelungen. Erst der wiederholte
Zuruf, daß der Pfarrer komme, brachte die Ringer auseinander.

Frau Gautier hatte die spöttische Bemerkung über sich
wohl gehört; verächtlich warf sie den Kopf in den Nacken
und wollte ihren Arm in den des Schwagers legen. Der
aber sagte, indem er sich den Schweiß von der Stirn wischte:
Geht nur voraus, Frau Schwägerin, ich komm' schon langsam nach. Und sagt der Alten (er meinte Frau Rabut),
sie soll das Essen bereit halten; die Predigt hat mir einen
rechtschaffenen Hunger gemacht.

Frau Gautier entfernte sich etwas eilig, und ihre Hut-
bänder flatterten hinter ihr her im Winde. Sie hätte vor
Wuth weinen mögen. Endlich brach der in ihr kochende Zorn
in eine Fluth bitterer Bemerkungen über die Anmaßung
und Ungeschliffenheit des Bauernpöbels aus. Margot suchte
sie vergebens zu beschwichtigen, Louis aber machte ein
spöttisches Gesicht und sagte: Laß es nur gut sein, Base!

Du weißt ja, die Mutter muß täglich ihren Aerger haben, sonst ist ihr nicht wohl, und seit unserer Abreise von Bex hat sie pausiren müssen!

Und wer ist an dem täglichen Aerger schuld, schrie sie, wenn nicht meine eigenen Kinder. Und auch du, Margot. Sich mit einem Tölpel so gemein zu machen! Habe ich mir darum all die Mühe gegeben, dich aus deinen bäuerischen Kleidern, Gewohnheiten und Manieren herauszuschälen? Du solltest dich schämen! Aber freilich, der Apfel fällt nicht weit vom Stamm.

Margot ward roth; Louis zuckte mit verächtlichem Mitleid die Achsel und summte ein Lied vor sich hin, wobei er von Zeit zu Zeit verstohlen einen finstern Seitenblick auf die Mutter warf, die sich immer tiefer in den Zorn hineinredete. Sie wollte keine Stunde länger in einem Hause bleiben, wo man nicht die geringste Achtung für sie hätte.

Die Luft weht scharf bei euch, Margot, bemerkte Louis trocken. Ich glaube wirklich, sie ist der Mutter nicht zuträglich, und es ist daher ein wahres Glück, daß sie schon morgen nach der Stadt zurück muß.

Als er aber im weißen Kreuze einen Augenblick mit Frau Gautier allein war, trat er dicht vor diese hin und sagte mit leiser drohender Stimme: Jetzt ist's genug mit dergleichen Narrenspossen. Glaubt ihr, ich hätte Lust, mir das schöne Vermögen durch die Finger schlüpfen zu lassen, weil euch der Hochmuthsteufel blind und dumm macht? Fahrt nur mit eurer eingebildeten Beleidigung gegen den Oheim heraus, und ihr könnt sicher sein, daß er uns beiden die Thür weist. Seid ihr hochmüthig, er ist es noch mehr. Und darum habt ihr der Margot doch nicht ein Jahr lang geschmeichelt und ihr den Kopf verdreht, weil ihr an ihr einen Narren gefressen habt?

Frau Gautiers kleine Augen funkelten wie Dolche, doch der Wiedereintritt ihrer Nichte schnitt ihr die Entgegnung ab. Indessen verfehlten die Worte ihres Sohnes ihre Wirkung nicht, und sie zeigte dem heimkehrenden Schwager wieder sonnige Mienen.

Doch es schien, daß der Kriegsgott Mars den Tag regierte.

Als Frau Gautier sah, wie vortrefflich ihrem Schwager die Suppe mit dem eingebrockten Brode und namentlich der rosige Speck und die Schnitz*) schmeckten, äußerte sie, er möge nur einmal zu ihnen nach Bex kommen, da sollte er erst gewahren, was eine gute Küche sei. Die gute Frau Rabut wurde blaß wie das Tischtuch und wieder roth, als ob alle Heerdfeuer der Welt in ihr brannten. Sie legte den Löffel weg und netzte die Lippen mit der Zunge. Ein gewaltiger Zorn brauste in ihr auf, und er wäre ungeachtet Margots bittenden Blicken losgebrochen, wenn Louis nicht gerufen hätte: Um Gottes Willen, glaubt ihr nicht, Tante, ihr ganzer Küchenzettel besteht aus sechsmal Grünkraut mit Rindfleisch und Sonntags Rindfleisch mit Grünkraut.

Man lachte, und Margot wußte in ihrem Herzen dem Vetter Dank für seinen Scherz. Frau Gautier hätte sich wohl zur Vertheidigung ihrer Ehre erhoben, denn sie war trotz allem eine gute Wirthin, und Margot hatte bei ihr in der That etwas Tüchtiges gelernt, wenn nicht der Fuß ihres Sohnes den ihrigen mit bedeutungsvollem Druck gepreßt hätte. Louis bewies durch seinen Appetit, daß er keines-

---

*) Getrocknetes Obst.

wegs die mütterliche Küche vermisse, und Frau Rabut schaute ihm mit Wohlgefallen zu.

Später führte Vater Gautier seine Tochter und Louis nach dem Bauplatze, wo sich bald um den stattlichen Mann eine Art Hofstaat bildete. Es behagte dem Kreuzwirth sichtlich, daß dieser sein Unternehmen pries, und er blickte geringschätzig zu denen hinüber, die sich vorsätzlich von ihm fern hielten, oder bei seinem Kommen davongingen. Der Neubau war Manchem im Dorfe nicht recht, den Einen wegen des Lärmens und mancherlei Unfugs, an denen es die fremden Arbeiter Sonntags nicht fehlen ließen; den Andern, weil deren Anwesenheit Brod und Wein vertheuerten. Andern endlich, weil der Einfluß des Wirths in der Gemeinde ihrer Eifersucht schon jetzt zu hoch gewachsen war. Bei Diesem und Jenem kamen dann auch schwerere Sorgen in Betracht. Zum Bauen braucht man Geld, und Vater Gautier gehörte nicht zu den langmüthigen Gläubigern.

Besonders angenehm klang diesem das Lob des reichen Steinmartin. Denn der Mann hatte etwas in der Gemeinde zu bedeuten und war für gewöhnlich mit seiner Anerkennung mehr als zurückhaltend. Er selbst war für Lob und Tadel gleich unempfänglich, eine zähe Natur, die sich eher verhärtete als weich wurde, und voll ächt bäuerischer Pfiffigkeit. Vermöge dieser Eigenschaften hatte er sich vom armen Geisbuben zu einem der wohlhabensten Heerdenbesitzer Ormonts emporgeschwungen und rühmte sich desselben gern. Auch Margot sagte er einiges Angenehme und mit seinen kleinen stechenden Augen auf Louis deutend, fragte er sie scherzend, ob sie sich auch gleich den Bräutigam mitgebracht habe? Es lag dabei ein eigenthümlich lauernder

Ausbruck in seinen Blicken. Doch achtete Margot darauf
nicht, und als sie seine Frage verneinte, lachte er und
meinte: Auf unsern Bergen wachsen doch andere Burschen.
Sollst nur sehen, was mein Charles für ein Bub geworden
ist. Dort ist er auf dem Stand. Er forderte Vater Gautier
auf, dorthin mitzukommen, und dieser war's zufrieden.

Es entging Margot nicht, daß die jungen Bursche daselbst alle nach ihr schielten; sie aber nahm eine Miene an,
als kümmerte sie sich um alle Bursche der Welt nicht, und
nickte vertraulich den auf- und abspazierenden Mädchen zu,
welche ihre Grüße mit erröthender Befangenheit erwiderten,
als wären sie auf schlimmen Gedanken ertappt, und hinterher die Köpfe zusammensteckten, flüsterten und kicherten.

Nun Louis, sagte Vater Gautier, nachdem man eine
Weile den Schützen zugeschaut hatte, laß doch auch einmal
sehen, was du kannst. Ein ächter Schweizer darf seinen
Stutzen nicht über Gewürz und Kaffee vergessen!

Dieser meinte, wenn es erlaubt sei, möchte er wohl einen
Schuß thun.

Man gestattete es gern, denn man hoffte, sich über den
Städter lustig machen zu können. François, welcher auch
dort war, lieh ihm seine Büchse, und Margot rief ihm neckend
nach, er möchte nur der armen Luft nichts zu Leide thun.
Bald darauf feuerte er, und die Kugel schlug in das Cen-
trum. Eine allgemeine Stille folgte dem Knall. Der Kreuzwirth aber rief: Ei, was der nicht kann! Könntest dir auch
einen Preis am Schützenfeste über drei Wochen herausstechen,
wenn du mithieltest. — He, was meint ihr, wenn er Mitglied würde? So wandte er sich an die Versammelten.
Niemand antwortete. Es war offenbar keinem recht, auch

Louis nicht, der nicht gern den Daumen von dem Knopf
seines Geldbeutels rückte. Doch zeigte er sich sehr bereitwillig,
auf den Vorschlag des Oheims einzugehen, bei sich hoffend,
die Abgeneigtheit der Schützen würden denselben hinter-
treiben. Der Oheim aber, voll Verdruß über das Schweigen,
rief mit fast herrischem Tone: Weigern könnt ihr's ihm
nicht, denn er ist von wegen seines Vaters so gut Bürger
von Ormont wie ihr!

Da unterbrach Charles das noch fortdauernde Schweigen
und vor den anmaßenden Mann tretend, sagte er, er wisse
nicht ob es sofei, wie der Herr Gautier behaupte; das aber
wisse dieser wohl selbst, daß die Aufnahme nicht auf dem
Stande, sondern in allgemeiner Versammlung vorgenommen
werden müsse.

Unsinn! murrte der Wirth mit glühenden Wangen, und
der Steinmartin gebot seinem Sohne, den Mund zu halten;
allein dieser achtete nicht darauf.

So ist es der Brauch! rief er bestimmt. Und euer
Neffe weiß jetzt, was er zu thun hat.

Ein beifälliges Gemurmel dankte dem Sprecher, dem
der Steinmartin seinerseits mit einem wüthenden Blick die
Faust in die Rippen drückte. Was geht's dich an, du
Dummkopf? murrte er, während Vater Gautier sich voll
Groll entfernte. Er wußte es ganz wohl, daß es die Sta-
tuten der Gesellschaft so vorschrieben, wie Charles gesagt,
und doch ärgerte den hochmüthigen Mann der Widerspruch.
Der Steinmartin eilte ihm nach, um das Benehmen seines
Sohnes zu entschuldigen.

Margot war das Zwischenspiel zwischen Vater und
Sohn nicht entgangen. Sie mußte über diesen Ausbruch

der väterlichen Zärtlichkeit, die ihr eben nur den Sohn gerühmt hatte, herzlich lachen, und dieses Lachen klang bezau-
bernd in François' Ohr. Wie lange hatte er dieses Lachen
nicht mehr gehört!

Hast es noch immer nicht verlernt, dich über die Leute
lustig zu machen? redete er sie an, und aus seinen Mienen
leuchtete die Freude, daß es so war.

Hast es ja heute Morgen selber erfahren, gab sie
scherzend zur Antwort.

Freilich rief er; aber da klang dein Lachen ganz anders.
Das warst du nicht.

Sie ward roth und reichte ihm die Hand. Er drückte sie
innig und kräftig, indem er ihr tief in die schönen schwarzen
Augen schaute.

Margot vergaß, dem Vater nachzugehen, und er achtete
nicht darauf, daß der Vetter unterdessen mit seiner Büchse
sein Pulver und Blei verknallte. Dennoch hätte er hinterher nicht sagen können, wovon sie eigentlich mitsammen
geredet.

Louis brachte endlich die Büchse zurück, und alle drei
verließen den Stand.

Voll innerer Glückseligkeit ging François neben beiden
her und schaute leuchtenden Auges bald in den Himmel,
bald auf die reizende Mädchengestalt an seiner Seite.
Margots Versuche, ihn in das Gespräch zu ziehen, lockten
meist nur verkehrte Antworten aus ihm heraus. Der Weg
vom Herzen zum Mund ist gar weit, zumal bei Menschen,
denen die Rede von Natur nicht leicht zu Gebot steht, und
wo das Herz voll Liebe ist, spielt der Verstand meistens
eine klägliche Rolle. Wer ihn dann suchet, findet ihn nicht.

Wie Mancher, selbst in anderer Lebensstellung wie François, der allgemein und mit Recht für geistreich galt, hat diesen Ruhm durch die Liebe eingebüßt! Geistvoll aber, das macht die Liebe. Vor dem beseelten Auge sinkt es wie Schleier hinweg, und Tiefen öffnen sich, welche dem profanen Blicke ewig verschlossen bleiben. Hätten es seine Gefährten verstanden, François die Zunge zu lösen, er hätte ihnen wohl auch Dinge verkünden können, daß sie gerufen hätten: Er ist des süßen Weines voll!

Louis war dagegen um so gesprächiger. Er trieb allerlei Späße, so daß Margot kaum aus dem Lachen herauskam. Dazwischen half er ihr Blumen pflücken und sagte ihr Schmeicheleien, die ihres Eindrucks weniger verfehlten, als die stumme Huldigung in François' glücklichen Mienen. Der Letztere war fast versucht, den Vetter für närrisch oder seine Complimente für Spott zu halten. Margot war's wie ihm gegangen, als sie zuerst in die Stadt kam; allein ihr Ohr hatte sich leider nur zu bald zum Glauben gewöhnt, und das Gift mit Wohlgefallen in sich aufgenommen.

Louis hatte es sich vor Allen angelegen sein lassen, sich ihr angenehm zu machen, und es gefiel ihr an ihm, daß er den Geldstolz seiner Mutter nicht theilte. Zudem war er meistens so drollig! Es kam ihm nicht darauf an, Possen zu treiben und über sich selbst zu spotten, um Andere zu belustigen. Daß einem solchen Benehmen Mangel an Selbstachtung zu Grunde liege, und er das letztere vielleicht nur that, um als gutmüthig zu erscheinen, das fiel Margot nicht bei. So trieb er's auch jetzt; allein er gab sich selbst nur dem Gelächter preis, um auch der Andern spotten zu dürfen und dem arglosen François Fallen zu stellen.

Seiner gewandten Zunge fiel es nicht schwer, den Aeußerungen desselben den Charakter der Tölpelhaftigkeit aufzudrücken; nicht schwer, die Schmeicheleien, die Margot jenem in ihrer muntern Laune nahe legte, selbst aussprechen und ihn dadurch noch ungelenker und plumper hinzustellen, als er in Wirklichkeit war. Dazu spielte er die Unterhaltung allmählig auf Gegenstände, die François fern lagen, auf Personen und Beziehungen, die dieser nicht kennen konnte, und veranlaßte dadurch auch Margot, leicht erregbar wie sie war, in ihrem städtischen Firniß vor François zu flittern. Das Gefühl, wieder daheim zu sein, hatte bisher wie ein verhüllender Schleier darüber gelegen; der sank nun, und sie wußte es kaum.

François verstummte endlich ganz. Ein Weh schnitt in seine Seligkeit hinein. Das war die alte Margot nicht mehr! — In der Nähe des Wirthshauses verabschiedete er sich; doch grüßte er nur Margot. Der Vetter erschien ihm als ein gar zu verächtlicher Geselle. Er hatte es wohl gemerkt, wie sich derselbe auf seine Kosten vor dem Mädchen groß zu machen gesucht, sich erst zum Spaßmacher hergegeben und dann sich überhoben hatte. Wenn Margot den lieben könnte — aber nein, es war nicht möglich.

Daheim verflog Margots gute Laune seltsam schnell. Sie ward still; sie fühlte sich abgespannt und mißgestimmt. Als sie sich auf ihrer Kammer zur Nacht entkleidete, sang sie nicht, wie es sonst ihre Gewohnheit war. Sie versuchte es wohl, aber sie brach schnell ab. Es war ihr, als ob Wort und Ton nicht zu einander paßten. Auf einem Tischchen unter dem Spiegel standen in einem Glase die Blumen, welche ihr der Vetter auf dem Spaziergange gepflückt hatte.

Sie nahm und betrachtete sie. Sinnend sog sie den Duft
ein. Plötzlich stellte sie das Glas mit einer haftigen Geberde weg. Der Geruch war ihr zu streng: er benahm ihr
den Kopf. Es war überhaupt so schwül in der Kammer,
und dieselbe ihr nie so niedrig vorgekommen. Ihr Stübchen in Bex war hübscher und zierlicher gewesen. Manche
artige Spielerei, Geschenke ihrer Verwandten, hatten dasselbe
nach Mädchenart geschmückt. Die lagen noch unausgepackt
in ihrem Kasten. Sie öffnete denselben, aber sie blieb un-
schlüßig davor stehen. Endlich warf sie den Deckel wieder
zu und trat an das Fenster, das sie aufstieß. Es war eine
sternklare Nacht, frisch und voll Wohlgeruch der Matten.
Das Rauschen der Grande-Eau tönte wie eine Geister-
stimme durch die Stille. Mit tiefen Zügen athmete sie die
erquickende Kühle ein; doch ihr Herz erweiterte sich nicht
wie am Morgen, da sie wieder den ersten Blick auf die
heimathlichen Berge geworfen hatte. Die Dunkelheit lag
jetzt wie ein Abgrund zwischen diesen und ihr. Traurig
und beklommen suchte sie ihr Lager.

6.

So war denn Margot wieder in der Heimath! Das
waren dieselben Berge, dieselben Menschen, dieselben Sitten
und Gebräuche, unter denen sie aufgewachsen war, aber sie
selbst trat als eine Veränderte in die alte Umgebung zurück.
Freilich waren die Bemühungen, deren Frau Gautier sich
selbst gerühmt hatte, nicht von einem vollständigen Erfolge
gekrönt worden, doch hatten sie in Margots Wesen, wie in

ihre Kleidung genug des Städtischen gemischt, das nun zu den
alten Verhältnissen nicht passen wollte. Zudem hatte Margot
durch ihre Entfernung den Faden der Interessen verloren,
an dem die Dorfbewohner und ihre Jugendfreundinnen ins
Besondere unter sich so lustig fortspannen. Sie wußte nicht,
welchen Hans man meinte, mit dem man Käthe neckte, nicht,
warum ein Wort, welches für sie nichts Außerordentliches
hatte, allgemeines Lachen erregte, so oft es ausgespochen
wurde, und die Mädchen waren nicht sehr geneigt, sie in ihre
kleinen Geheimnisse einzuweihen. Sie betrachteten sie nicht
mehr als Eine der Ihrigen und fürchteten, von ihr denselben
Spott zu erfahren, mit dem sie unter sich über Alles sich
belustigten, was Margot anders sagte oder that, als es in
Ormont Gebrauch war. Denn mit demselben Rechte, mit
dem man in Bex das Ländliche in Margots Tracht, Aus-
brucksweise und Manier naiv und reizend gefunden, mit demselben Rechte legten ihr die Ormonter dagegen das Städ-
tische, das sie angenommen, als einen Abfall von der Gesinnung ihres Standes und somit als Ueberhebung aus.

Sich aufzubringen, war Margot zu stolz. Auch lag es
nicht in ihrem Charakter, weder viel zu fragen, noch sich
mit halben, oder ausweichenden Antworten zu begnügen.
Wollte man sie nicht, gut, so blieb sie fort. Das, wofür
sie sich in der Stadt interessirt hatte, fand auf dem Dorfe
doch kein Echo. Allein engere Berührungen lassen sich auf
dem Lande, selbst bei gegenseitiger Abneigung, nicht vermeiden, und so fehlte es nicht an Gelegenheiten, bei denen
Margot ihrer Ueberlegenheit sich bewußt werden mußte, und,
durch den Widerstand gereizt, den man ihr entgegensetzte,
eine Geringschätzung gegen die Anderen an den Tag legte,

die man weder ruhig, noch ohne Rache hinnahm. Anfänglich
versuchte sie wohl noch wie früher, und wie's in ihrer ehrlichen
Natur lag, den Feind durch ein unbefangenes Entgegen-
kommen nach dem Streite zu versöhnen; allein es verfing
jetzt noch weniger als früher, und sie unterließ es.

Sie hatte in Bex doch so Manches gesehen, gehört und
gelernt, wovon man in Ormont keine Vorstellung hatte.
Allein die Leute wollten sich von ihr nicht eines Bessern
überzeugen lassen. Ihre Mütter und Großmütter hätten
es so gethan und seien dabei gut gefahren, und sie begriffen
nicht, warum das nun nichts mehr taugen sollte.

Selbst Frau Rabut sträubte sich gegen jede Aenderung.
Es mag wohl gut sein, meinte sie, aber so wie es ist, ist
es auch gut, und ich bin zu alt, um umzulernen! Ihren
Händen das Hausregiment zu übergeben, davon wollte sie
gar nichts wissen. Es erging der guten Frau, wie es auch
dem großen Friedrich ergangen wäre, wenn man ihn beim
Wort genommen hätte, als er müde war, über Sklaven zu
herrschen. Laß du nur die Kochtöpfe in Ruh, rief sie, du
verdirbst dir nur die hübschen Kleider mit ihnen. Lauf und
mach' dich lustig! Und Margot blieb kaum etwas anderes
übrig, als diesem Rathe zu folgen; denn die Arbeiten waren
einmal nach den vorhandenen Kräften eingetheilt, und die
Reisezeit hatte noch nicht begonnen. Ihre Thätigkeit in der
Wirthschaft lief deshalb nur so nebenher, und sie blieb
damit wie überflüssig außerhalb des allgemeinen Verbandes
stehen.

Vollends aber verschüttete sie es bei Jung und Alt durch
ihren Spott über manchen abergläubischen Gebrauch. So
spottete sie über die alten Weiber und über ihre sympatheti-

schen Mittel, zu denen die Dorfbewohner in Krankheits-
fällen gewöhnlich ihre Zuflucht nahmen, und die ihnen oft
zehnmal so theuer zu stehn kamen, als ein Arzt sammt der
Medizin. Auch lachte sie darüber, daß keine Wirthin unter
dem Zeichen der Jungfrau Wäsche halten wollte. Doch über
die singenden Geister in den Schloßruinen von Aigremont,
über die Gnomen, Elfen und Feen, welche Nachts auf den
Bergen ihre Reigen halten, spöttelte sie nicht. Sie selbst
hatte ja, wie unzählige Leute, ihre duftigen Gestalten, ihre
Gewänder und Schleier im Mondlicht auf den Höhen schwe-
ben und wallen gesehen, und noch stand ja in Ormont die
Hütte, in welcher die Fahi (Fee) mit einem Sennen, den
sie liebte, ein glückliches Leben geführt, bis ihr derselbe um
einer irdischen Schönheit willen untreu geworden, und sie
wehklagend in ihr Geisterreich zurückgekehrt war. Als Kind
war sie oft mit François nach der morschen Hütte geschlichen;
allein sie zu betreten, hatten beide nicht gewagt.

So wollte sich nirgend ein rechtes Verhältniß herstellen,
und am wenigsten das alte. Um so verlangender wandten
sich Margots Gedanken ihrem Aufenthalte in Bex zu. Frau
Gautier, welche keineswegs dumm und blind war, wenn ihr
Geldstolz nicht ins Spiel kam, hatte gleich den Plan ent-
worfen, das reiche Mädchen durch noch engere Bande an
ihre Familie zu fesseln. Darum hatte sie alles aufgeboten,
ihr die Anwesenheit in ihrem Hause so angenehm als möglich
zu machen, und sie die Annehmlichkeiten und Vergnügungen
des Stadtlebens kennen zu lehren, und Margot hatte mit
der Lebhaftigkeit ihrer Jahre und ihres Temperamentes von
den Verlockungen sich fortreißen lassen. Es waren allerdings nur die Vergnügungen eines kleinen Ortes, die ihr

Bex geboten hatte; allein die Neuheit und der Wechsel ließen sie den unerfahrenen Augen außerordentlich glänzend erscheinen. Und jetzt verlieh ihnen die Erinnerung einen neuen Zauber, der ihr die Zähigkeit und Starrheit, Beschränktheit und Ungelenkigkeit ihrer gegenwärtigen Umgebung wie in einem Hohlspiegel zeigte.

Frau Gautier, auf deren Schultern die Leitung der Bäckerei lag, seit ihr Mann den Weinhandel angefangen, war schon am Montage nach Hause zurückgekehrt; ihr Sohn jedoch geblieben. Des Oheims Aufforderung, sich an dem Schützenfeste zu betheiligen, bot ihm einen willkommenen Vorwand für den Urlaub, den er sich schon vorher von seinem Prinzipal ausgewirkt hatte. Es ist ein Unglück der Rechenkünstler, daß sie selbst die einfachsten Dinge nicht einfach thun können; zu allem müssen sie zuerst einen Ansatz machen. Louis war entschlossen, Ormont nicht eher zu verlassen, als bis er Margots Hand erhalten. Ob dieser auch die Neigung folge, war ihm nur in so fern nicht gleichgültig, als Margot schon bei mehr als einer Gelegenheit gezeigt, daß sie ihren eigenen Willen habe. Ihr Unbehagen in den heimathlichen Verhältnissen kam seinen Bewerbungen vortrefflich zu Statten.

War er doch der Einzige, mit dem sie von Bex und ihrem dortigen Leben sprechen konnte, und wie unterschied sich sein zuvorkommendes Benehmen von dem der Ormonter Bursche! Auch Frau Rabut förderte unwissentlich seine Zwecke durch manches ihm ertheilte Lob. Er hatte ihr schnell ihre kleinen Schwächen abgelauscht und war zutraulich und derb gegen sie, wie sie es liebte. Er kam oft zu ihr in die Küche, um mit ihr zu plaudern und zu scherzen,

und die gute Dame plauderte gar gern. Nicht minder geschickt bewies er sich gegen den Oheim. Sein praktischer
Verstand, seine Gewandtheit mit der Feder und im Rechnen
gewährten demselben bei seinem Bau vielfachen Nutzen, und
so erntete er auch von ihm manches anerkennende Wort,
welches ihn in der guten Meinung Margots befestigte.
Er legte allmählich eine größere Wärme und Herzlichkeit
in den ungezwungenen Ton, der immer zwischen ihm und der
Base geherrscht hatte.

Am schlimmsten fuhr dabei der arme François. Margot
neckte ihn nicht mehr wie sonst, wenn sie mit ihm zusammen-
traf. Dafür hatte er um so mehr von ihrer üblen Laune
zu leiden. Ihr war in ihrer gereizten Stimmung nichts
recht, was er auch sagte und that. Ging er, so sollte er
bleiben; blieb er, so schickte sie ihn fort; kam er, so zankte
sie mit ihm, so lange er da war, und er trug's, denn er
liebte sie. Ihr verändertes Wesen schmerzte ihn; doch mehr
noch, daß sie just ihre Neigung auf den Vetter gewandt
hatte. Er zweifelte nicht daran, daß sie den liebe, denn
gegen diesen war sie meist munter und neckisch, wie sie es
einst gegen ihn gewesen war. Hundert Mal ging er mit dem
Vorsatz von ihr, nicht wieder zu kommen, und er schaffte
dann wohl zwei, drei Tage lang mit der größten Thätigkeit
in seinem kleinen Heimwesen, um sich die Gedanken an sie
aus dem Kopfe zu arbeiten; doch es war vergebens, und er
kam immer wieder.

Früher war Margot oft zu seiner Mutter gekommen,
und es schien ihr damals nirgend so gut als bei ihr zu gefallen; seit ihrer Heimkunft hatte sie sie noch nicht besucht.
Als er sie eines Tages fragte, ob sie denn nicht einmal

kommen würde, die Mutter würde sich freuen? entgegnete sie hastig: Freuen? Nicht wahr, wie sich die Andern auch freuen, daß ich zurückgekommen bin? Es wäre euch Allen am liebsten, wenn ich gar nicht wiedergekommen wäre. Ihr seid Alle falsch gegen mich, und ich habe euch doch nichts zu Leide gethan.

Du thust dir selber mehr zu Leid als alle Andern, entgegnete er, sie voll Traurigkeit und Mitleiden ansehend.

Sie ward roth und wandte den Blick von ihm ab, aber zu seiner Mutter kam sie nicht.

Hatte er auch Recht, daß sie sich selbst das größte Leid anthat, so vertheidigte er sie doch gegen die Angriffe der Dorfbewohner aufs Aeußerste. Die dicke, hochmüthige Frau, die Tante, ist an allem Schuld, behauptete er immer, wenn man sie in seiner Gegenwart schalt. Die hat ihr den Kopf verdreht; Margot selbst ist brav! und ein Fluch und ein zorniger Faustschlag auf den Tisch ergänzten und bekräftigten seinen mangelhaften Beweis. Wenn er nur selbst mit voller, ganzer Seele an ihrer Bravheit hätte glauben können! Es ward ihm schwerer und schwerer. Ein braves Mädchen, darauf kam er immer wieder zurück, könnte einen Menschen wie den Vetter nicht lieben.

Doch welchen üblen Einfluß der Aufenthalt in der Stadt, die Anwesenheit des Vetters, und die offenen und versteckten Angriffe, die sie von den Dorfgenossen erfuhr, auf Margot ausübten, so gab es doch Augenblicke genug, in denen ihr innerstes Wesen durch den städtischen Abputz hervorbrach, wie die Farben eines alten Freskogemäldes durch die Tünche, mit der es moderne Geschmacklosigkeit überpinselt und auszulöschen versucht hat. Solche Augenblicke überkamen sie,

wenn sie allein, oder mit dem Vetter in den Bergen herum-
schweifte. Da lag in Quell und Busch, in Stein und Wald
ihre glückliche fröhliche Kinderzeit verborgen. Wo sie hin-
schaute, lachte sie ihr entgegen; wo sie hinlauschte, flüsterte
und klang es: Weißt du noch, Margot? O ja, sie wußte
noch und fühlte, daß sie, obgleich von den Menschen in der.
Heimath abgelöst, noch mit tausend Fasern der Erinnerung
in dem heimathlichen Boden wurzele. Wenn sie dann irgendwo im Schatten saßen, so langte sie wohl etwas von ihrem
Schatze hervor, und ließ es vor des Vetters Augen blinken.
Dieser fand jedoch nichts Besonderes daran; es schien ihm
eben nur Quarz und Katzenglimmer. Ihm fehlte das Kinderauge, welches sie für ächtes Gold und Silber hält, das
Kinderauge des Gemüthes, welches sich erst mit dem Tode
schließt, wenn es einmal geöffnet ward. Indessen war er
klug genug, nichts dergleichen zu äußern, und Margot nahm
sein Schweigen für Beistimmung. Hier ward auch François sein Recht, das sie ihm sonst, von ihrer falschen Stellung beklemmt und gereizt, verweigerte. War er doch ihr
steter Gefährte gewesen, und hatten sie doch gemeinschaftlich
die hübschesten kleinen Abenteuer auf ihrer kindlichen Ent-
deckungsreise der Welt gemeinsam bestanden. So tauchte
seine Gestalt immer häufiger und bestimmter in ihren Er-
zählungen auf. Ihre Laune hatte ihn zu manchem wag-
halsigen Streich veranlaßt, und wiederum seine Tollkühnheit
sie mit in Wagnisse gerissen, aus denen sie beide dann nur
durch seine Besonnenheit glücklich entkommen waren. Wie
hell leuchtete ihr Auge dabei auf, wie hob sich ihre Gestalt
elastisch empor! Und als sie ihrem Vetter eines Tages einen
überhängenden Felsblock zeigte, auf dem sie mit François,

ohne an die Rückkehr zu denken, geklettert war, schloß sie
die ausführliche und lebendige Schilderung ihrer Erlösung
von dort durch ihres Begleiters kaltblütige Umsicht und Kühnheit mit dem Ausruf: das war eine That!

Wie von Begeisterung durchglüht und getragen erschien sie,
und, die strahlenden Augen auf Louis wendend, fragte sie:
Getraust du dir das auch, Vetter?

Ihn dünkte, er hätte sie nie schöner gesehn, und es war
ihm, als könnte er sich wohl entschließen, sie auch ohne Mitgift zu heirathen. Statt zu antworten, küßte er ihr die
Hand.

Das war allerdings eine gar seltsame Antwort auf eine
solche Frage, und Margot brach in ein helles Gelächter aus.

7.

Nun kam das Schützenfest. Schon am Tage vorher
hallte das Thal von Böllerschüssen. Ein Platz wurde von
den jungen Burschen zum Tanze eben gestampft und leicht
eingezäunt, und die Mädchen brachten Tannengeflechte und
bekleideten damit die Einfassung und die Musikbühne. Einige
Schritte davon ward die Cantine aufgerichtet: ein leichtes
Bretterbach auf Fichtenstämmen ruhend, unter dem an
langen roh zusammengeschlagenen Tischen und Bänken das
Festmahl stattfinden sollte. Es war erstaunlich, mit welcher
Schnelligkeit alle diese Arbeiten ihrer Vollendung entgegen-
rückten, und Scherzen, Lachen und Jauchzen übertönten fast
das Stampfen, Hämmern und Sägen.

Ein heller milder Sonntagsmorgen blaute über dem

Thal. Im weißen Kreuz versammelten sich die Schützen,
um von hier in geordnetem Zuge nach dem Stande zu
marschiren. Die der Miliz angehörten, hatten ihre Parade-
uniform angelegt, die Andern ihren besten Staat, und in
den Knopflöchern, oder an den niedrigen breitränbigen Hüten
trugen sie Blumensträuße von ihren Mädchen. Louis war
unter ihnen. Sein Oheim hatte es sich einmal in den Kopf
gesetzt, und so war er wirklich in die Gesellschaft aufgenommen
worden. Er hatte sich täglich in der Stille geübt und war
nun sicher und entschlossen, wenigstens die Kosten heraus-
zuschießen. Auch an seinem Hute prangte ein Strauß: ein
Geschenk Margots. Alle waren mit der schweren, aber sichern
Kugelbüchse bewaffnet, Louis mit der seines Oheims, und
voll freudiger Aufregung. Mancher Schoppen ward bereits
jetzt auf gutes Glück geleert. Die Freude macht immer
durstig. François Roland war der Einzige, der still umher-
ging. Der arme Bursche dachte mehr an Margot als an
das Fest, und er blickte verstohlen nach allen Fenstern, ob
er ihrer nicht ansichtig würde.

Jetzt kam des Steinmartin Sohn, reichte ihm die Hand
und sagte: Wir haben unsern Span von neulich noch nicht
ausgefochten. Wollen's auch nicht; oder in Freundschaft!
Es war dumm von mir damals — — — du weißt schon.
Darum keinen Groll mehr. Komm und trink einen Schoppen
mit mir.

François schüttelte die gebotene Hand herzlich und entgegnete: Abgemacht! Nachgetragen hab ich's dir nicht. Aber
trinken kann ich nicht. Ich bin's nicht gewöhnt so früh am
Morgen, und dann geht's ins Blut; das giebt keinen sichern
Schuß.

Der Andere wollte in seiner versöhnlichen Feststimmung die Entschuldigung nicht gelten lassen und François mußte endlich nachgeben, wenn der eben geschlossene Frieden nicht sofort wieder gebrochen werden sollte.

Als Frau Rabut den Wein brachte, stieß sie François wie von ungefähr an und, als er aufschaute, winkte sie ihm mit den Augen hinaus. Unter dem Vorwande, sich eine Kohle für seine Pfeife zu holen, folgte er ihr bald darauf. In dem schmalen Gang nach der Küche kam ihm Margot entgegengelaufen. Sie hatte ein heißes Bügeleisen in der Hand und, dasselbe gegen ihn schwingend, rief sie munter: Platz! Platz! — Heute zeig', was du kannst; heute gilt's!

Vorüber war sie und verschwunden, und er stand noch mit lautklopfendem Herzen, als Frau Rabut ihn am Aermel zupfte.

Sie hat Recht, flüsterte sie, heute gilt's! Sie hat auch einen Preis gegeben; eine silberne Cylinder-Uhr für den besten Schuß in die Stichscheibe. Brauchst es aber Niemand zu sagen, daß die Uhr von ihr ist. Außer dir und dem Vetter weiß es Keiner. Ich weiß doch, wen's am meisten freut, wenn du sie kriegst, obgleich man's nicht wahr haben will.

Damit schlüpfte sie in die Küche, und François kehrte mit unangebrannter Pfeife zu seinen Kameraden zurück. Die erhaltene Nachricht versetzte ihn in die größte Aufregung. Konnte sie, Margot, es wirklich wünschen, daß er diesen Preis gewänne? Und wenn auch nicht, wenn auch Frau Rabut in ihrer Vorliebe für ihn sich darin täuschte, so behielt der Preis als ein Andenken an Margot für ihn doch immer einen unschätzbaren Werth. Und die Tante

5

täuschte sich doch wohl nicht; hatte ihm Margot doch selber zugerufen, er möge heute zeigen, was er könne! So wogte und stürmte es in seinem Kopfe, und unachtsam leerte er sein stets wieder gefülltes Glas.

Die Böller donnerten, und ein Trompetenstoß gab das Zeichen zum Sammeln. Unter dem Hurrah und Jubelruf der Ormonter Bevölkerung, dem Schwenken der Hüte und Tücher und fortwährendem Krachen der Böller, in welches die Trompete ihre Fanfaren fröhlich hineinschmetterte, setzte sich endlich der Schützenzug nach dem Stande in Bewegung. Drei Scheibenzeiger in weißen Beinkleidern, rothen Blusen und aufgeputzten Strohhüten eröffneten ihn. Ihnen folgte die Kapelle von Ormont, die allerdings nur aus einem Kla-rinettisten und dem Trompeter bestand, aber reichlich durch die Kraft ihrer Lungen ersetzte, was ihr an Zahl und Har-monie abging. Dann kam der Bannerträger mit der grün und weißen Schützenfahne, welche in goldenem Lorbeerkranze den Wahlspruch des Waatlandes: Freiheit und Vaterland, wies. Lustig flatterte sie in der Morgenluft, und stolz und fest, die Linke auf die Hüfte gestämmt, schritt Charles, ihr Träger, einher. François eröffnete, als noch nicht entsetzter Abt, die Reihe der paarweis folgenden Schützen. Ihm zu jeder Seite gingen Vater Gautier und der Steinmartin als Abgeordnete des Gemeinderathes, und als solche an grün und weißen Armbinden kenntlich. François war es heute unmöglich, Schritt zu halten. Bald war er, den Kopf hoch aufrichtend, seinen beiden Begleitern voraus; bald blieb er, in sich zusammensinkend, hinter ihnen zurück, bis ihn ein freundschaftlicher Rippenstoß der Folgenden daran er-innerte, wo er sei.

Vater Gautier murrte über diesen Mangel an äußerer
Würde, namentlich der Fremden wegen, deren schon mehrere
eingetroffen waren und theils aus den Fenstern des weißen
Kreuzes zuschauten, theils sich am Wege aufgestellt hatten,
und der Steinmartin stimmte ihm bei. Da ist mein Charles
doch ein anderer Bub', sagte er. Seht nur, wie der stramm
einherschreitet! Und wie die Mädchen nach ihm blinzeln!
Nun, er kann sich schon unter den reichsten und hübschesten
umthun; ich hab's ja dazu! Und er fuhr fort, ihn während
des Ganges herauszustreichen, seine Thätigkeit und Kraft
und seine Kenntnisse der Viehzucht zu loben.

Auf dem Schießplatze angekommen, löste sich die Ordnung, und Alle drängten sich um die Pyramide, auf deren
Stufen die Preise zierlich geordnet waren. Sie bestanden,
wie gewöhnlich, aus allerhand Haus- und Küchengeräth von
Blech, Kupfer, Zinn, Eisen und Messing. Man suchte sich
im Stillen aus, was man wohl zu gewinnen wünschte, und
neckte einander, indem man sich unter Scherzen und Lachen
solche Gegenstände anpries, von denen man vermuthete, daß
sie für den Andern ohne Nutzen seien. Die meisten Wünsche
erweckte die silberne Uhr, als deren Geber allgemein der
Kreuzwirth genannt wurde, und François sah unter allen
Gaben nur sie. Ein so köstlicher Preis war seit langem in
Ormont nicht ausgesetzt gewesen, und er verursachte daher
eine ungewöhnliche Aufregung unter den Schützen. Vetter
Louis war vielleicht der Einzige, dessen Pulse heute um kein
Atom schneller schlugen als sonst. Er stand, auf seinen
Karabiner gelehnt, außerhalb des lauten und muntern Ge-
wühls — ihn suchte Niemand und Niemand hatte für ihn
einen Scherz oder eine Neckerei — und seine Blicke beob-

achteten verstohlen François. Die Aufregung desselben entging ihm nicht, und ein hämisches Lachen zuckte um seinen
Mund.

Drei Schüsse verkündeten jetzt den Anfang des Kampfspiels. Die Schreiber waren auf ihren Plätzen, die Weiser
bei den Scheiben. Die Klingeln wurden gezogen, und der
erste Büchsenschuß hallte durch das Thal.

Schuß auf Schuß folgte.

Unterdessen fanden sich auch die Bewohner der nächsten
Ortschaften allmälich auf dem Kampfplatze ein. Mancher
und Manche, die in Ormont besondere Freunde oder Verwandte hatten, brachten noch ein Geschenk, das sie heimlich
auf der Gaben-Pyramide niederlegten, welche auf einem
niedrigen, mit Guirlanden und Blumen geschmückten Wagen ruhte.

Plötzlich entstand in dem Geknatter der Büchsen eine
ungewöhnlich lange Pause.

Die Zuschauer eilten nach dem Stande, und die Schützen
verließen die Kehrscheiben und drängten um die mittelste
Lücke, vor welcher die Stichscheibe aufgestellt war. François
stand dort. Während die Andern zunächst an den Kehrscheiben ihre Geschicklichkeit versucht, war er auf- und ab-
gegangen, um seiner Erregung Herr zu werden. Jetzt
glaubte er sich ruhig genug, um die drei entscheidenden
Schüsse wagen zu können.

Schon zweimal hatte er die Büchse erhoben und nach
einigen Secunden wieder sinken lassen. Seine Pulse klopften
fieberhaft. Die Scheibenkreise flossen vor seinen Blicken ineinander. Er, dessen Auge auf dem schmälsten Grat fest
und klar blieb, und der selbst da, wo sich für den ganzen

Fuß kaum Raum genug bot und links und rechts die Abgründe gähnten, seinen Stutzen mit unbewegter Sicherheit
handhabte, bebte hier und fühlte sich wie von einem Schwin-
del ergriffen. Dennoch trat er nicht zurück. Er schämte sich
vor den Zuschauern. Ein athemloses Schweigen breitete sich
über die Menge.

Abermals hob er die Büchse. Er zielte lange. Die
hinter ihm standen bemerkten, daß der Lauf der Büchse einige
Augenblicke hin und her schwankte. Jetzt krachte es. Der
Wind trieb das blaue Pulverwölkchen hinweg. Die Zuschauer athmeten tief auf; aber ihr Schweigen dauerte fort,
und schweigend zerstreuten sie sich. Die Kugel hatte nur den
Rand des innersten Centrums getroffen. François ward
bleich wie der Tod. Ihm standen freilich noch zwei Schüsse
um den so heiß ersehnten Preis frei, aber sie konnten
nimmer gut machen, was der eine gefehlt. Dazu war die
Geschicklichkeit der Mitbewerber zu groß.

Wieder zogen die Schreiber die Klingeln, und wieder
knatterten die Büchsen.

François stand einen Augenblick wie vernichtet. Ihm
war wie dem Spieler, der sein Alles auf eine Karte gesetzt
und verloren; wie dem Landmann, dessen goldene Saat ein
plötzlicher Hagelschlag zerschmettert hat. Die Blässe seiner
Wangen wich einer eben so plötzlichen Röthe. Er zuckte
zusammen, schaute verstört um sich, und verließ den Stand.
Man sah ihm erstaunt nach; aber Niemand hielt ihn zurück.
Jeder hatte genug mit sich zu thun, und begriff man auch,
daß dem gewandten Schützen der mißlungene Schuß kränken
mußte, so ahnte doch Keiner, was in ihm vorging. Wie
ein Trunkener schwankend, stieg er den Thalrand empor.

Dort warf er sich zu Boden, das Gesicht in das noch thau-
feuchte Gras drückend. So lag er lange regungslos —
und als er das Gesicht wieder erhob, war es naß. War
es vom Thau der Gräser oder von Thränen? Er wußte es
selber nicht.

Die Sonne schien heißer und heißer. Sie trocknete die
blitzenden Tropfen an den Halmen und das Naß auf François,
Wangen. Er erhob sich und ging einem nahen Föhrenwalde
zu, an dessem Rande er sich von Neuem niederwarf. Der
Schmerz über den unwiederbringlich verlorenen Preis hatte
sich, für den Augenblick wenigstens, erschöpft. Um so bren-
nender überfiel ihn die Scham, und er verbarg das Gesicht
mit beiden Händen. Selbst der Sonne wollte er den Anblick seiner flammenden Wangen entziehen.

Die Glocken läuteten zur Kirche. Von Kindheit an
gewöhnt, ihrem Rufe zu folgen, erhob er sich auch jetzt;
aber die Scheu vor den Blicken der Menschen, die Scheu
vor Margot, zog ihn wieder auf seinen Platz zurück. Er
wähnte nicht anders, als daß Alle über seine Ungeschicklich-
keit spotten müßten. Zorn überkam ihn. Er faßte seine
Büchse und schmetterte sie gewaltig mit dem Kolben gegen
den Boden. Er wollte sie zerbrechen, als trüge sie und nicht
seine Gemüthsaufregung und der unachtsam genossene Wein
die Schuld. Allein der trefflich gearbeitete Schaft widerstand, und mit den Zähnen knirschend schleuderte er das
alte treue Gewehr von sich.

Im Thale tönten die Glocken fort und fort. Seltener
und seltener fielen die Schüsse. Eine Böllersalve verkündete
den Schluß des Kampfspiels. Von der Stelle, wo er saß,
konnte François das ganze Thal überblicken, und er sah,

wie der Festzug nach der Kirche zu sich in Bewegung setzte. Den Mittelpunkt desselben bildete jetzt der mit Blumen bekränzte Wagen, welcher die blinkende Gabenpyramide trug. Mit grellen Bändern aufgeputzte Pferde zogen ihn, und weiß gekleidete Mädchen gingen zu seinen Seiten und hinter ihm her. Hoch flatterte die Fahne, und von Zeit zu Zeit trug der Wind einige Musik- oder vielmehr Mißklänge der Klarinette und Trompete zu dem Einsamen empor.

Wie eine bunte Schlange wand sich der Zug um das aufwachsende Hôtel, dessen Gerüststangen mit Birkenreisern und Tannen geschmückt waren, zur Thalsohle hinab und zwischen den braunen Hütten hindurch. Als er dem weißen Kreuze vorbeikam, löste sich eine männliche Gestalt von ihm ab und sprang in das Haus. Nach ihrer Kleidung und Bewegung konnte es nur der Vetter sein. Sollte der die Uhr gewonnen haben? durchzuckte es François mit eifersüchtigen Qualen.

Es war wirklich Louis, der in das Haus lief, um seine schwere Büchse abzusetzen und Margot nach der Kirche zu begleiten; doch nicht er, sondern Charles hatte wahrscheinlich die besten Schüsse in die Stichscheibe gethan. Die Preisrichter waren noch mit der Berechnung der Nummern beschäftigt. Eine Wolke des Unmuths flog über Margot's Stirn, als der Vetter ihr den glücklichen Gewinner nannte.

Und François ist wieder König geworden? fragte sie nach einer Weile mit gleichgültigem Tone.

Der? entgegnete er gedehnt. Ach Margot, den Spaß hättest du sehen sollen! Und nun entwarf er von François, Benehmen auf dem Stande eine so boshaft komische Schilderung, daß Margot lachen mußte. Ach! die Gedanken der

Mädchen sind wie die Fluth, die der Wind bewegt. Darunter geht der Strom freilich stät seinen Weg, wenn droben auch die Wellen rückwärts fließen. Leider sind es aber diese Rückströmungen, welche die Ufer überschwemmen und die blühenden Fluren verheeren.

Louis selbst war bei dem Schießen nicht leer ausgegangen. Während die Andern um der Ehre willen mit einander gewetteifert und den Charakter des Festes nicht verleugnet, hatte er das Schießen wie ein Geschäft betrieben, sich durch nichts irre machen lassen und den letzten Schuß mit derselben scharfblickenden Kaltblütigkeit wie den ersten abgefeuert. Da er zudem keine Zeit mit der Unterhaltung verloren, so hatte er am Ende eine ziemlich hohe Nummer zusammengeschossen und war eines guten Preises sicher.

Aber eben dieser geschäftsmäßige Betrieb eines Vergnügens war von allen Mitgliedern der Gesellschaft höchst unangenehm bemerkt worden. Es fehlte deshalb bei dem schlichten Festmahl, welches nach dem Gottesdienste seinen Anfang nahm, nicht an Sticheleien darüber. Louis achtete ihrer nicht. Auch wurde seine Aufmerksamkeit von etwas Anderm mehr und mehr in Anspruch genommen. Er hätte gern gewußt, was der Steinmartin so angelegentlich mit Vater Gautier zu verhandeln habe. Die Beiden hatten ihre Plätze neben einander, und der Erstere sprach anhaltend in den Kreuzwirthen hinein, welcher von Zeit zu Zeit beistimmend mit dem Kopfe nickte. Sie waren in ihre Unterhaltung so vertieft, daß sie die Toaste, welche auf der Rednerbühne ausgebracht wurden, unbeachtet ließen. Es war Louis nicht entgangen, daß der Steinmartin geflissentlich die Gesellschaft seines Onkels suchte, und er strebte, unbemerkt in

die Nähe der beiden Männer zu kommen, um sie zu be-
lauschen. Allein das Summen und Brausen der Versammlung, das Bravorufen, Klatschen, Gläserklingen und die
Böllersalven, welche jeden Augenblick Ormont verkündeten,
daß wieder irgend ein Hoch auf Freiheit und Vaterland
glücklich geboren worden sei, machten es ihm unmöglich, die
leise gesprochenen Worte des Steinmartin zu verstehen.
Dieser, dessen kleine Augen fortwährend umherwanderten,
während er sprach, bemerkte ihn überdies, und abbrechend
rief er laut: Da ist euer Neffe, Gautier. Das ist ein
Hauptkerl, den solltet ihr festhalten!

Vater Gautier hielt Louis sein Glas entgegen, um mit
ihm anzustoßen, und lud ihn ein, sich zu ihnen zu setzen.
Ihm schien es angenehm, das Gespräch mit dem Steinmartin nicht weiter fortsetzen zu dürfen, während dieser
einige vergebliche Versuche machte, Louis zu entfernen.

Endlich ward zur Vertheilung der Preise geschritten.
Die Richter riefen die Sieger auf, indessen weißgekleidete
Mädchen den Ehrenwein in immer frisch gefüllten Gläsern
im Kreise herumreichten. Der Wein war gut, und die Köpfe
brannten immer heller auf.

Nun fanden sich auch die Frauen und Mädchen allmälich ein. Zum Tanze aufgeputzt, harrten sie voll Ungeduld,
daß die Passagen, die der Klarinettenbläser, dem der Schuh-
macher aus Sepey mit seiner Violine zu Hülfe gekommen
war, bereits dann und wann seinem Instrumente entlockte,
in irgend einen Walzer übergingen.

Margot war unter ihnen. Auch ihr währte die Preis-
vertheilung zu lang, und einen Tanz vor sich hinsummend,
umschritt sie, sich nach dem Takte desselben wiegend, den

Kreis. Von Zeit zu Zeit blieb sie hier und dort stehen, musterte die Anwesenden, hörte einen Augenblick auf den Namensaufruf, oder mit halbem Ohr auf das Geplauder der Mädchen, und setzte dann ihre einsame Promenade fort. Dieselbe entfernte sie allmälich weiter und weiter. Der Festplatz blieb hinter ihr. Der Tanz verstummte auf ihren Lippen, wie das Summen einer sich entfernenden Biene, ihr Köpfchen senkte sich und sinnend, die Hände vor sich gefaltet, verlor sie sich zwischen die eingezäunten Flachsfelder und Wiesen. Ihr Auge schaute vor sich nieder. Licht und Schatten wechselten in demselben, wie in einem Seespiegel, über den hin und wieder Wolken laufen. Bald leuchtete es hell in ihm auf, bald ward's dunkel, tief und still darein. Achtlos schritt sie weiter, und der Wind wühlte in ihrem weiten, weißen Gewande, das wie leichter Wellenschaum um ihre schlank kräftigen Glieder spielte. Plötzlich stand Jemand dicht vor ihr. Es war François, welcher jetzt erst von den Bergen zurückkehrte. Ein wenig erschrocken trat sie bei Seite; denn sie hatte eben an ihn gedacht. Er blieb jedoch stehen, und schaute ihr mit einem tiefen Blick in das schöne Antlitz. Sie erschien ihm in ihrem Tanzputze noch viel reizender, als an jenem ersten Sonntage.

Da bemerkte sie, daß in seinem braunen lockigen Haar und an seinen Sonntagskleidern allerlei Grashalme, Föhrennadeln und Blätter hingen, und der alte Dämon kam über sie, und sie lachte laut auf.

Was lachst du? fragte er finster werdend.

Ist's nicht erlaubt? spöttelte sie. Hast wohl das Gras wachsen hören? Oder bist auf Heuschrecken ausgegangen mit dem Stutzen?

Spotte jetzt nicht, Margot! bat er halb, halb drohte er.

Du verdienst es wohl nicht? fuhr sie, dadurch gereizt, fort. Geh' nur hinunter zu den Andern, da wirst du es hören, was du verdienst.

Sein Herz zog sich zusammen.

Margot, stammelte er, wenn du wüßteft — —

Daß du gepudelt haft und wie ein Schulbube davon gelaufen bist, rief sie unbarmherzig, und in ihrem Lachen lag eine schneidende Bitterkeit.

Aus welcher Quelle dieselbe entsprang, ahnte er eben so wenig, wie sie ihrer sich bewußt war. Er warb feuerroth.

Margot, sagte er, mühsam nach Athem ringend, das ist schlecht von dir. Du haft mich immer gehänselt, und ich hab's ertragen, weil ich dir gut war, und ich wußte, daß du es nicht böse meinst. Aus Dummheit geschah's nicht von mir. Aber nun ist es anders, denn du bist anders geworden.

Sie schaute ihn mit ihren großen Augen voll an. Es lag ein muthwillig kokettes Erstaunen darin, etwas von dem alten Blick, mit dem sie früher wohl seine Empörung gegen ihre despotischen Launen aufgenommen hatte. Er aber erkannte ihn in seiner Verletzung nicht und fuhr fort: Wenn du noch die alte Margot wärst, die damals auf dem Kreuz von mir Abschied nahm, so würdest du verstehen, warum ich schlecht geschossen habe, und mich nicht noch obendrein ausspotten. Ich habe mich vor mir selber geschämt, wie ich mich vor keiner Menschenseele hätte schämen können, und hätte ich dich nicht so lieb gehabt, Margot, ich hätte die Uhr schon bekommen. Aber dein Spott zeigt mir, daß ich ein Narr war, daß du nie etwas von mir gemocht haft. Du bist ja eine Dame; freilich nur eine halbe, und das ist

schlimmer, als eine ganze. Du gehörst nicht mehr zu uns,
und gehörst auch nicht zu jenen, zu denen du gehören möchtest.
Ich und wir Alle sind dir zu schlecht, und du verachtest uns,
weil wir nicht flittern und schön thun mögen, sondern bei dem
bleiben, was unsere Art ist und uns ziemt. Ja, Margot,
wir sind rauh, plump und ungeschlacht, aber ein Herz haben
wir doch. Du putzest und zierst dich, und darum bist du
nicht besser. Du schnürst dich, um recht schlank zu sein,
und hast damit dein Herz verschnürt, daß du nicht weißt,
wie einem zu Muthe ist, der dir die Hände unter die Füße
legen möchte, und dem du zum Dank dafür das Herz zer-
trittst. Hofiren und schmeicheln soll ich dir; aber das kann
ich nicht, und da läßt du dir lieber von dem Vetter den
Kopf voll Narrheiten schwatzen, als daß du auf einen hörst,
der die Worte nicht brechseln kann, obgleich er es redlich
meint.

Ihre Wangen flammten, ihre Brust wogte, und ihre
Augen sprühten zornige Blitze. Dieser Zorn machte sie taub
gegen die Liebe und die Wahrheit, die doch aus seinen Vorwürfen herausklangen. Ihre Lippen öffneten sich ein paar-
mal zu einer Entgegnung; aber sie konnte kein Wort hervorbringen, und er rief: Und siehst du, Margot, ich hab's
nimmer geglaubt, wenn die Leute dich schlecht nannten. Ich
wußte ja, daß du sie dir durch dein Obenhinaus verfeindet
hattest, und daß Eine, die der liebe Gott so schön wie dich
geschaffen hat, schlecht sein könne, das konnte ich nimmer be-
greifen und denken. Daraus aber, wie du mich die letzte
Zeit und jetzt behandelt hast, der aus Liebe zu dir zum allgemeinen Gelächter geworden ist, daraus sehe ich, daß die
Leute Recht haben. Du hast kein Herz.

Damit schwang er sich über den Zaun und schritt quer über die ihm gehörige Wiese nach seiner am unteren Ende derselben gelegenen Hütte.

Sie stand noch einen Augenblick regungslos von dem eben Gehörten. Einzelne große Thränen rollten ihr unbeachtet über die Wangen herab. Dann durchzuckte es sie mit heißen Schmerzen. Von ihm, von François, hatte sie solches nicht erwartet, um ihn am wenigsten verdient, meinte sie, und stromweis stürzten ihr die Thränen aus den Augen. Sie faltete die Hände über dem Zaunpfahl neben sich, lehnte die Stirn auf diese und schluchzte wie ein Kind.

Was hatte sie ihm denn gethan, daß er sie so hart anließ? Ihr war's am wenigsten recht gewesen, daß er ihren Preis nicht errungen hatte. Ja, sie hatte ihm denselben gewünscht und ihn eben, als sie ihm begegnete, von Herzen wegen seines Mißgeschickes bedauert. Aber nun war es ihr recht, wie es war: er verdiente ihn auch nicht. Er war auch wie die Anderen ein beschränkter, grober Geselle. Was er nicht begriff, das mußte schlecht sein. Und wer gab ihm das Recht, sie so gröblich zu beleidigen? Was ging er sie überhaupt an? Sie war eine Närrin, sich dergleichen Gerede zu Herzen zu nehmen.

Ihre Thränen versiegten allmälich, sie richtete sich auf und warf den Kopf trotzig in den Nacken. Er sollte nicht den Triumph genießen, ihr den schönen Tag und den Tanz verdorben zu haben. Es war ja klar, die Eifersucht auf den Vetter war der Grund seines ungeschlachten Ausfalles gegen sie. Ja, dachte sie fast laut, an den möchtet ihr Alle, weil er hübsch, klug und geschickt ist, und es versteht, mit Frauen umzugehen; aber ich will's ihnen zeigen, wenn sie es noch nicht wissen, daß mir an ihnen Allen nichts liegt.

Klarinette und Trompete schlugen im Walzertakt an ihr
Ohr, sie hörte das Brausen und Jubeln der Menge, und sie
preßte das Taschentuch auf die gerötheten Augen, um die
letzten Thränenspuren wegzuwischen; strich die Haare glatt
und zupfte den verschobenen Gürtel zurecht.

Margot! Margot! rief's. Es war Louis, der sie suchte.
Sie eilte ihm entgegen.

Laß uns tanzen! sagte sie, ihn mit sich fort drängend,
und sie stürzten in den wogenden Kreis.

Sie tanzten rechts und links, vorwärts und rückwärts,
und er verstand es, die ihm unter dem Schein der Unge-
schicktheit und des Zufalls zugedachten Stöße geschickt zu
vermeiden. Allen konnte er freilich nicht ausweichen. Er
machte indessen gute Miene zum bösen Spiel und rächte sich
gelegentlich, indem er seinen Gegnern beim Vorbeikreisen
den Ellenbogen so spitz und nachdrücklich in die Weichen
setzte, daß sie mit ihren Mädchen weit wegflogen. Einmal
ward ihm der Fuß vorgehalten. Er stolperte wohl darüber,
doch gewann er, Dank seiner Geschicklichkeit, das verlorene
Gleichgewicht schnell wieder. Er war überhaupt ein gar gewandter Tänzer, und von den anwesenden Burschen konnte
es keiner mit ihm aufnehmen. Er und Margot waren unermüdlich, und unter den unparteiischen Zuschauern fand das
hübsche Paar großen Beifall.

Vom Tanze heiß, gingen sie in die Cantine. Louis ließ
Wein bringen, und Margot trank in Durst und Aufregung
ein großes Glas davon. Er leerte, auf Vergeltung sinnend,
den übrigen Theil der Flasche. Er hatte sich benjenigen, der
ihm den Fuß vorgehalten, wohl gemerkt. Sein zu voreiliges
Hohngelächter hatte ihn verrathen.

Von Neuem begann die Musik, und abermals wirbelten Beide nach ihrem Takte dahin. Margot war es, als ob sich das Blut in ihren Adern in Feuer verwandelte. Es loderte in zündenden, verzehrenden Flammen aus ihren Blicken. Eine fast bacchantische Raserei ergriff sie, und der Vetter preßte sie immer fester an sich.

Da drehte sein Gegner an ihm vorüber. Wie ein Blitz war sein Bein zwischen denen des Anderen. Der drehte sich wie ein Kreisel, die Dirne flog aus seinen Armen und, auf das nächste Paar stürzend, fiel er, dasselbe mitreißend, zu Boden. Die Nachfolgenden stolperten und fielen auf ihn. Eine dicke Staubwolke verhüllte Alle. Die Gefallenen schrien und schimpften; die Unbetheiligten und die Zuschauer lachten. Louis und Margot schlüpften in der Verwirrung aus dem Kreise hinaus. Der von Louis zu Boden Geworfene raffte sich fluchend auf und blickte nach dem Thäter um; da er ihn nicht sah, fiel er über einen Anderen her, der sich an seine Beine geklammert hatte, um sich an diesen von der Erde aufzuhelfen. Der Schlag, den der nun empfing, wirkte mehr, als die ergriffene Stütze. Mit einem Satz war er auf den Füßen, und von beiden Seiten regnete es nun Faustschläge, während die Anderen wohl oder übel um sie herumtanzten, bis die Ordner von ihrem Stricke Gebrauch machten, dessen eines Ende an einem der Ausgangspfosten befestigt war, während sie das andere fest in der Hand hielten. Dieses zogen sie hinter den Tanzenden an und fegten so, langsam an der Peripherie des Kreises fortschreitend, Tänzer und Faustkämpfer hinaus, während hinter ihnen neue Paare den leer gewordenen Raum durch den Eingang füllten.

Louis zog Margot mit sich fort. Sie hatte den Stroh-

hut vom Haupte gelöst und das Haar aus der heißen Stirn
zurückgestrichen. Sie sah reizend wild aus. Schwer hing sie
an seinem Arm. Heiß klopften die Herzen.

Die Sonne sank hinter dem Chamossaire hinweg, die
Zinnen des Chatelet glühten, ein leichter, bläulicher Nebel
schwamm über dem Thale. Mit wohlthuender Kühle wehte
die beginnende Dämmerung um die glühenden Schläfen des
Paares, welches sich in die dunkleren Schatten der Felsblöcke
verlor, die neben dem entstehenden Hôtel aufragten. Louis
warf sich auf einen der rings zerstreuten kleineren Steine,
deren Moosüberzug einen gar weichen Sitz bot. Er zog
Margot neben sich nieder. Sie athmete tief auf, und es
zitterte der Luftstrom unter der schnellen Bewegung ihres
Herzens. Er legte den Arm um sie, zog sie zu sich, drückte
sie kräftiger an sich; ein Lächeln irrte um ihre glühenden
Lippen und hingebend empfing sie seine heißen Küsse.

Da rauschte es in den Büschen, und ein lautes Hohngelächter scheuchte Margot aus den Armen ihres Vetters. Eine
männliche Gestalt schritt zwischen den Steinblöcken davon.

Es ist François! flüsterte Margot, welche aufgesprungen war.

Meinetwegen auch der Teufel, grollte Louis, gleichfalls
aufstehend.

Er wollte Margot von Neuem umfassen. Sie entwand
sich ihm jedoch und griff nach ihrem Hute.

Komm nur, komm! bat sie beklommen.

Sie gingen. Margot hatte keine Lust mehr zu tanzen;
sie wollte nach Hause. Louis war's recht, wenn auch aus
anderen, nahe liegenden Gründen.

Er hatte heute viel, sehr viel Glück gehabt.

8.

Das neue Hôtel wuchs schnell empor, aber auch manches Unkraut, dessen Samen mit dem Fundamente in die Erde gelegt worden war. Mit Ausnahme eines Capitals von zwanzigtausend Franken, welches bei einem Banquier in Vevey stand, hatte Vater Gautier alle ausgethanen Gelder gekündigt. Nun ging hier eine Summe nicht zur Zeit ein, dort eine andere ganz verloren. Daraus entstanden Streitigkeiten und Rechtshändel, neue Kosten und neuer Aerger. Manchem guten Freunde und Gevatter in Ormont mußte der Executor ins Haus. Mit der Freundschaft war es da natürlich vorbei, die frühere Süßigkeit verwandelte sich in Galle, und Vater Gautier wurde weit und breit verschrien und verlästert. Nachsicht mit dem Schuldner war freilich dessen Sache nie gewesen, und jetzt konnte er keine üben. Ein Keil trieb den anderen. Natürlich fehlte es nicht an solchen, die sich ein Geschäft daraus machten, ihm getreulich wieder zu berichten, was man hier und dort über ihn redete, und somit Oel ins Feuer gossen.

Schrien nun die Einen gegen ihn, daß er sein Geld eintrieb, so war's den Anderen nicht recht, daß er das ihrige nicht als Hypothek nehmen wollte. Auch der Steinmartin wollte ihm fast mit Gewalt noch ein Capital aufbringen. Dann kamen Leute, die gern dieses oder jenes geliefert hätten, Meister, Agenten und Speculanten, die hinter einem Bauherrn her sind, wie die Vögel hinter dem Säemann. Andere wieder wollten kaufen oder hatten schon einen Käufer für das neue Haus in der Tasche. Unter diesen Letzteren befand sich auch ein Herr Charançon aus Aigle, ein in Ormont wohlbekannter Agent, derb und grob in seinen Manieren, wie in seinen Kleidern, die ihm wie Säcke um die mageren, knochigen Glieder hingen. Seine Praxis hätte ihm schon einen Rock von feinerem Tuch erlaubt; allein das Vertrauen seiner ländlichen Clienten haftete einmal an dem groben, wie das Anderer an feiner Wäsche und goldenen Ketten. Er wußte einen Käufer, der das Hôtelwesen aus dem Grunde verstand und Mittel besaß. Mit Vater Gautier hatte er schon manches Geschäft gemacht, und derselbe war an seine Grobheit gewöhnt. Auch diesmal nahm er kein Blatt vor den Mund, und sagte er jenem, nachdem sie den neuen Bau zusammen in Augenschein genommen und nun in der Mittelstube bei der Flasche saßen, gerade ins Gesicht, daß er ein Thor sei, das schöne Geld, von dem er in Frieden wie ein Fürst hätte leben können, in ein Unternehmen zu stecken, von dem er nichts verstände. Zum Pintenwirth wäre er wohl gut, doch ein Hôtel zu führen, wie es heute verlangt würde, dazu gehörte doch noch etwas mehr; dazu hätte er weder die Manieren, noch den Verstand. Das war dem Vater Gautier doch zu stark. So etwas hatte ihm noch Keiner geboten, und er fühlte es wie einen Stich ins Herz. Die Zornader auf der Stirn schwoll ihm fingerdick an, und er schlug mit der Faust auf den Tisch, daß die Weinflasche tanzte und die Gläser umstürzten. Herr Charançon war indessen nicht der Mann, der sich durch einen Faustschlag einschüchtern ließ, wenn es ein vortheilhaftes Geschäft galt. Er bearbeitete den Wirth mit seiner Grobheit wie mit einem Schmiedehammer, und als ob Vater Gautier ein Stück Eisen gewesen wäre. Als er endlich dennoch von dem halsstarrigen

Manne ablaffen mußte, da rief er ihm noch zu: Geld ift
eine ſchöne Sache, aber Geld iſt nicht Alles. Wer ſich damit ſein Unglück über den Kopf baut, der gehört in das
Narrenhaus. Daß ihr in euer Verderben rennt, iſt klar.
Denkt an mich, wenn ihr darin ſeid. Der Mann, von dem
ich euch ſagte, kann noch warten. Lange wird es ja nicht
mehr dauern. Damit ſchüttelte er den Staub von den Füßen,
beſtieg ſein Wägelein und fuhr davon, Vater Gautier ſprach-
los und regungslos auf ſeinem Stuhle zurücklaſſend. Der
Zorn hätte ihm faſt einen Schlaganfall zugezogen, und es
dauerte lange, bis er ſich wieder erholte. Ihm ſchien es,
als ob ſich die ganze Welt gegen ihn verſchworen habe. Um
ſo mehr wollte er den Leuten beweiſen, daß er der Mann
ſei, zu zwingen, was er zwingen wollte. Dennoch konnte es
nicht fehlen, daß er bei ſich ſelbſt die fortdauernde Unruhe
und die Widerwärtigkeiten des Baues allmälich drückender
zu empfinden begann. Die Gleichmäßigkeit, in der er bisher gelebt, und ſeine körperliche Schwerfälligkeit trugen dazu
das ihrige bei.

Unter ſolchen Umſtänden war es ſehr erwünſcht, daß ſein
Neffe ſich nicht lange bitten ließ, auch nach dem Feſte noch
in Ormont zu bleiben. Louis war jung, unermüdlich und
praktiſch in allem, was er dachte und that. Seinen jungen
Schultern ließ ſich ſchon etwas aufbürden, und je mehr er
zu tragen hatte, je munterer wurde er. Ganz unentbehrlich
aber ward er dem Oheim, als nun die Reiſezeit wieder da
war und das weiße Kreuz gleichſam in einen Taubenſchlag
verwandelte. Auch an Margot kam jetzt die Reihe, zu zeigen,
was ſie könne. Und ſie bewies es.

War das jetzt ein Leben draußen und brinnen! Des

Scheltens und Keifens der Frau Rabut ward mit jedem Tage weniger. Ohne daß sie selbst es recht merkte, sank sie vom commandirenden General allmälich zu Margots Adjutanten herab. Bisher hatte die Küche der Frau Rabut zugleich als Plauderstube gedient. Da gab's immer alte Männer und Frauen, die daheim nichts zu thun hatten und nun hier die Zeit verschwatzten, und die Mägde machten es wohl wie die Meisterin. Das litt Margot nicht. Wer in der Küche nichts zu thun hatte, wurde ein für alle Mal hinausgewiesen. Stillstehen durfte ihr keiner. Ein Wink, ein Wort von ihr, und die Mägde flogen. Es war eben zu merken, daß die rechte Herrin am Ruder stand. Alles griff schneller und energischer ineinander. Margot selbst gönnte sich keine Ruhe und sie zeigte den Leuten, daß man sich trotz Kochtopf und Kessel im Aeußern sauber und nett halten könne. Sie bewies es indessen nicht nur durch sich selbst, sondern sie forderte es auch von dem ganzen Küchenpersonal und setzte es nach hartnäckigem Kampfe endlich durch.

Da der Weg zu den Fremdenzimmern durch die Küche führte, so entging auch den Gästen die Ordnung und Reinlichkeit nicht, die in dieser herrschte. Die muntere, flinke und hübsche Herrin bei dem hellen, prasselnden Feuer, das sich in den blinkenden Geräthen wie in ebensoviel Spiegeln brach, war Allen eine gar angenehme Erscheinung, und darum schmeckte es ihnen auch um so besser. Die diesjährigen Gäste fühlten sich überhaupt behaglicher in dem alten kleinen Hause, als ihre Vorgänger. Die früheren Uebelstände waren wohl noch vorhanden, allein der Neubau ließ die Klagen und Beschwerden darüber als überflüssig erscheinen. Der Mensch ist gewöhnlich schon zufrieden, wenn

er nur ernstliche Anstalten zur Abhilfe derselben wahr-
nimmt.

Das neue Unternehmen Vater Gautiers fand allgemeinen
Beifall, und die Kunde davon flog mit den Reisenden in
die Weite. Die Last desselben ruhte jetzt ganz auf Louis.
Er war es zufrieden, aber er verstand es auch, den Oheim
fühlen zu lassen, welche wesentlichen Dienste er ihm leistete.
Mit jedem Tage gewann er mehr Gewalt über den halsstarrigen Mann und, als ihm dieser eines Sonntags Nachmittags auf der Baustelle seine Anerkennung aussprach, da
nahm er den Augenblick wahr und erklärte ihm, welchen
Lohn er für seine Mühe von ihm hoffe.

Auf einem Stück Bauholz sitzend, hörte ihn Vater Gautier ruhig an. Dann sagte er: Also die Margot willst?
Glaub's dir schon; bist nicht dumm! Und er brach in ein
kurzes Lachen aus, das in einem Fetthusten endete.

Und warum nicht? fragte Louis trocken. Heirathen muß
sie doch einmal, und da sie nichts gegen mich hat, so bin
ich wohl eben so gut für sie, wie jeder Andere.

Der Kreuzwirth schüttelte den Kopf.

Daraus wird nichts, sagte er endlich. Glaubst du, ich
hätte den Bau für Gott weiß wen unternommen? Hätte
mir alle die Mühe gemacht, damit hinterher irgend Einer
sich den Mund wische, ohne einmal schön Dank zu sagen?
Mein Vater seliger hat das weiße Kreuz dort gebaut und
herausgewirthschaftet und ich nach ihm, und so soll's auch
hier sein. Das Ding bleibt bei den Meinigen.

Er hatte lange nicht so viel in einem Zuge geredet, und
er schnaufte nun von der Anstrengung. Louis ging einige
Male sinnend auf und ab; dann blieb er vor dem Oheim

stehen, spreizte die Beine auseinander und das Kinn in die flache Hand stützend, sagte er:

Hm! Geschäft ist Geschäft, Oheim, und ich denke, so ein Hôtel ist ein gutes. Einem von diesen Bauerntölpeln könnt ihr die Margot doch nicht geben. Wie? Er hielt inne und sah den Kreuzwirth mit seinen blauen, kalten Augen forschend an.

Möchte sie wohl Mancher, entgegnete dieser, Mancher, der ein anderer Kerl ist als du mit deinem pomadisirten Schnurrbart.

So! meinte Louis, den geschmähten Bart zwischen den Fingerspitzen drehend. Wohl des Steinmartins Charles? Der geht übrigens des Schneidemüllers Jeannette nach.

Es verhielt sich in der That so, und darum lachte Vater Gautier mit einiger Schadenfreude in sich hinein. Schon manchmal hatte der Steinmartin gegen ihn darauf ange-spielt, daß ihm ein engeres Verhältniß wohl recht wäre. Deutlich ausgesprochen hatte er sich jedoch nicht, und so hatte sich auch der Kreuzwirth nicht veranlaßt gesehen, sich deutlich dagegen zu erklären. Seine Tochter einem Sen-nen zu geben, ja, das wäre dem stolzen Manne genehm gewesen!

Und also, nahm Louis wieder das Wort, wenn ein An-derer nach euch die Wirthschaft mit der Margot fortführen kann, so kann ich es auch.

Vater Gautier öffnete die Augen, so weit er vermochte. Bist doch ein schlauer Bursche, murmelte er. Dann drehte er die Daumen um einander, sah vor sich nieder, in den Himmel, auf Louis und wieder auf seine Hände, und wieder auf den Neffen. In seinen Mienen zuckte es immer heller auf. Endlich erhob er sich und sagte: Nun, wir wollen sehen! Morgen ist ja auch noch ein Tag.

Und übermorgen auch einer und so in alle Ewigkeit, rief Louis. Was wollt ihr denn noch sehen, Oheim? Es ist euer Vortheil wie meiner. Sagt mir nur gleich, woran ich bin. Ihr wißt schon, daß ich mich nicht an der Nase herumführen lasse. Wollt ihr nicht, nun, so geh' ich, und ihr mögt sehen, wie ihr mit dem Bau da fertig werdet. Denn für so dumm werdet ihr mich doch nicht halten, daß ich für Andere die Kastanien aus dem Feuer holen werde.

Potz Wetter! brummte der Oheim und legte ihm seine breite, fleischige Hand auf die Schulter. Hätt' es mir nimmer träumen lassen, fuhr er fort, nachdem er ihn kopfschüttelnd mit den Augen von Kopf bis zu Fuß gemessen hatte, daß ein solcher Knirps mein Eidam werden würde. Bist fast zu klein für die Margot.

Er lachte.

Abgemacht, Oheim! Aber wenn sie die Krone aufs Dach setzen, ist die Hochzeit.

Sie schüttelten sich die Hände, und Louis strich sich vergnügt den spitzen Bart. Vater Gautier war gleichfalls guter Laune. Alle Schwierigkeiten seines Unternehmens schienen ihm damit beseitigt, und zugleich war ihm ein Wunsch erfüllt, den er seit dem Beginn des Baus öfter und öfter gehegt hatte, und der wohl auf seine schnelle Einwilligung einigen Einfluß ausgeübt hatte. Er hätte viel darum gegeben, wenn Margot ein Knabe gewesen wäre, um das Geschlecht der Gautiers im Orte zu erhalten. Jetzt hatte er einen Sohn, und nicht nur sein Werk, sondern auch sein Name sollten in Ormont glänzend fortblühen.

Auf dem Rückwege begegneten sie dem Steinmartin, welcher nach der Baustelle gehen wollte. Als ihm Vater Gautier bemerkte, daß er Niemand dort finden würde, denn die Leute benutzten jetzt den Sonntag, um nach ihren Heerden zu sehen, die auf dem Ollon und den Höhen des Pays d'Enhaut weideten, kehrte er mit ihnen um. Louis eilte ihnen voll Ungeduld nach dem weißen Kreuze voraus. Von dem Wetter, dem Stand des Flachses, ihren Kühen redend, folgten die beiden Männer langsam nach. Dieses Thema gab auch heute wieder dem Steinmartin Veranlassung, sich seines wachsenden Wohlstandes zu rühmen. Auch heute, wie am jüngsten Schützenfeste, rechnete er dem Kreuzwirth den Ertrag seiner Heerden wohlgefällig her.

Ja, ja, warf Vater Gautier ein, ihr habt es weit gebracht. Ich seh' euch noch vor mir, wie ihr, ein halbnackter, halbverhungerter Geisbub, im Frühling mit den Ziegen zu Berg fuhrt. Ihr seid ein glücklicher Mann.

Der Steinmartin rieb sich vergnügt die Hände. Und das Alles bleibt ungetheilt bei meinem Charles, und wird sich mehren und wachsen.

Vater Gautier nickte beistimmend und der Andere meinte, es sei nun auch Zeit, daß sein Sohn weibe. Auch dem pflichtete der Kreuzwirth bei, während seine grauen Augen leise zwickerten.

Aber, räusperte Jener sich, es hält schwer, schwer, was Braves zu finden. Wenn ihr wolltet, freilich, dann ließe sich die Sache wohl machen.

Er sah seinen Gefährten, der schnaufte und hustete, um das Lachen, das ihm in der Kehle saß, zu unterdrücken, lauernd von der Seite an.

Was kann ich denn dazu thun? fragte endlich der Kreuzwirth, so unbefangen als möglich.

O, ihr könnt viel, entgegnete Jener, und wenn ich weiß,
daß es euch recht ist, so sprechen wir wohl nächsten Sonntag weiter darüber, wie es der Brauch ist. Was der Charles
davon denkt, weiß ich nicht genau, aber so viel kann ich
euch sagen, wenn er auf eure Margot zu sprechen kommt,
da weiß er des Lobes kein Ende.

Ihr meint auf des Schneidemüllers Jeanette, meine
Pathe! stichelte Vater Gautier und lachte laut auf.

Der Steinmartin schnitt ein grämliches Gesicht, und der
Andere rief: Das Mädchen ist brav, und euer Sohn hat
ganz recht; denn mit der Margot ist es doch nichts! Daß
sie nicht für ihn paßt, werdet ihr wohl einsehen. Euren
Antrag in Ehren; aber für euren Sohn, den Küher, denk'
ich, hab' ich mein Kind doch nicht in die Stadt geschickt.
Und dann kommt ihr auch zu spät. Er theilte ihm mit,
was eben zwischen ihm und seinem Neffen verhandelt worden war.

Als ob ihn eine Schlange gestochen hätte, so prallte
der Steinmartin bei dem Bericht zurück. Er ließ den Kopf
sinken, und blieb einige Secunden lang stumm.

So hätten wir wohl nichts weiter zu reden, sagte er
endlich trocken und blieb stehen.

Nicht, daß ich wüßte, entgegnete Vater Gautier kühl.

Außer von wegen des Geldes! fuhr der Andere gedehnt
fort, und schlug seine stechenden Augen schnell zu ihm auf.
Ihr werdet das Geld des Kühers wohl nicht weiter brauchen.

In den Mienen des Kreuzwirths malte sich einige Betroffenheit, die dem Steinmartin nicht entging, und ein

giftig höhnisches Lächeln umzuckte seinen dünnlippigen Mund. Vater Gautier zog die Brauen finster zusammen und hochmüthig rief er: Weder eures, noch aller Kuhgyger*) der Welt. In vier Wochen sollt ihr es haben, wie es verabredet ist.

Damit schritt er ohne Gruß davon.

Aber ist's denn wahr? fragte Frau Rabut am Abend ihre Nichte, der sie auf ihre Kammer gefolgt war. Ich kann's noch immer nicht glauben.

Weshalb denn nicht? erwiederte diese munter. Gefällt dir der Vetter etwa nicht? Du hast ihm ja sonst das Wort geredet. Und ein Liedchen summend, begann sie ihr prachtvolles schwarzes Haar für die Nacht zu ordnen.

Das wohl, antwortete Frau Rabut, aber —

Nun aber, Tantchen? scherzte Margot.

Aber, seufzte die gute Frau, was soll denn nun aus dem François werden!

Was ihm beliebt! entgegnete sie schnippisch. Wüßte nicht, was ich mit dem zu theilen hätte?

Aber Kind! Kind!

Er ist ein grober, unverschämter Bursche, rief Margot gereizt. Ein Mensch, der ein Mädchen so beleidigen kann, wie er mich beleidigt hat, der verdient wohl, daß eine rechtschaffene Dirne an ihn denkt?

Frau Rabut ging traurig davon, und Margot zerriß ungeduldig das Schnürband ihres Mieders, mit dessen Auflösung sie nicht gleich zu Stande kommen konnte.

Vater Gautier saß indessen noch sorgenvoll in seinem

---

*) Ein uraltes Schimpfwort gegen die Sennen.

Lehnstuhl. Die Kündigung des Steinmartin kam ihm sehr ungelegen. Er hatte sich doch zu fest auf die geschriebenen Zahlen der Anschläge verlassen. Nun überschritt der Bau, wie alle solche Unternehmungen, mit jedem Tage mehr die angesetzten Kosten, und die Forderung des Steinmartin nöthigte ihn, seine dazu flüssig gemachten Capitalien noch zu schmälern. Hätten sich die Anschläge als stichhaltig erwiesen, so wäre es ihm ein Leichtes gewesen, den Mann abzufinden. Freilich hatte er noch zwanzigtausend Franken in Vevey stehen; aber dieselben standen auf dreimonatliche Kündigung, und er hatte sie im Nothfall auf das Mobiliar zu verwenden gedacht. Vor einer Hypothek auf das neue Hôtel, deren Aufnahme ihm keine Schwierigkeit gemacht hätte, wenn sich am Ende seine eigenen Mittel als unzulänglich beweisen sollten, scheute sein Hochmuth zurück. Sollte er den Ormontern, welche immer den Kopf zu dem großen Bau geschüttelt hatten, eingestehen, daß er sich übernommen habe? Nimmermehr! Triumphiren sollten sie nicht über ihn. Und die Erinnerung an Charançon stieg unheimlich vor seinem beunruhigten Geiste auf.

Doch, wie er auch sann, es blieb ihm kein anderer Ausweg, als auf alle Fälle jene Summe in Vevey flüssig zu machen. Louis mußte am folgenden Tage einen Kündigungsbrief dorthin schreiben.

9.

Die Ormonter hielten mit ihren Heerden die Sommerweide auf den Gebirgen rings um das Thal. Viele waren mit ihren Familien ganz hinaufgezogen und hatten sich mit

Weib und Kind in den Sennhütten droben eingerichtet,
während ihre verlassenen Wohnungen in der Ebene den
Sommer über von den Städtern eingenommen wurden,
welche vor der Gluthhitze an den Ufern des Genfersee's
hieher geflohen waren. Unter den vielen Fremden, die jetzt
auf längere oder kürzere Zeit die schönen Ormonter Thäler
belebten, zog namentlich Einer die allgemeine Aufmerksamkeit der Landleute auf sich. In seiner Kleidung zeigte er
nicht mehr geschmacklose Extravaganz, als einmal von einem
englischen Touristen unzertrennlich ist, doch trug er, gegen
die Sitte seiner Landsleute, einen bis auf die Brust herab-
fallenden Bart, und dieser Bart war brennend roth. Auch
in seinem Benehmen unterschied er sich von dem steif zuge-
knöpften Wesen der Söhne Albions. Er lachte gutmüthig,
wenn die Kinder vor seinem Barte die Flucht ergriffen,
und wenn er ältere Leute traf, so redete er sie an und stand
ihnen Rede. Oft genug war er auch ihr Gast in den Sennhütten und ließ sich die Milch mit dem eingebrockten Gatelet
munden. Dieser Gatelet ist eine Art Flaben von grobem
Mehl, welcher zweimal im Jahr bereitet und an dem Kamin,
auf Schnüre gezogen, getrocknet wird. Das Französisch sprach
der Fremde vortrefflich und mit einer Weichheit und einem
musikalischen Wohlklang, um die ihn die lispelnden Ladies
Altenglands wohl beneidet haben würden, wenn es überhaupt in dem englischen Charakter läge, einen Irländer um
etwas zu beneiden, und der Fremde war ein solcher. Er
mochte etwa dreißig Jahre alt sein, war nicht groß von
Wuchs, aber kräftig. Sein rother Bart, so wie der Umstand, daß man in den Bergen überall auf ihn traf, erwar-
ben ihm von den Ormontern bald im Scherze den Bei-

namen: le Toffrou, den, der immer draußen ist, eine von den vielen Bezeichnungen der Waatländer für den Teufel, und unter dieser Bezeichnung führte auch Vater Gautier, bei dem er logirte, und dem er durch seine vielen Fragen nach allen möglichen Dingen nicht wenig lästig fiel, seine Rechnung. Unzertrennlich von ihm schien ein großes Fern-rohr, das er in einem ledernen Futterale an der Seite trug, und durch das er häufige Beobachtungen der Schneefelder und Klippen der Diablerets anstellte. Was er dort beob-achtete, war bald kein Geheimniß mehr; denn er selbst sprach immer davon. Er suchte Gemsen, und wenn er zu den Hirten hinauf kam, so war gewöhnlich seine erste Frage, ob sie keine gesehen hätten. Gewöhnlich hatten sie kurz zu-vor welche gesehen und wiesen ihn nach irgend einer Kuppe, von der aus er die Thiere wohl noch würde erblicken können. In seinem Eifer ging der Irländer auch meistens in die Falle, und sobald er auf der Höhe erschien, die fast immer so gewählt, daß sie weit umher sichtbar war, so klang es jauchzend von Matte zu Matte:

Ha ah! Ha ah! liauba, liauba, por aria!
und alle Sennen schauten lachend nach dem rothbärtigen Toffrou empor, der mit seinem lang ausgeschobenen Rohre auf dem einsamen Bergkegel thronte. Die Ormonter lieben einen Spaß, aber bösartig sind sie nicht, und in keinem Sommer hatte man den Kuhreigen so oft und so kräftig von den Bergen schallen hören, als in diesem.

Ein paar Male hatte der Irländer wirklich die Freude, einige Gratthiere über die Gletscher des Oldenhorns hin-schießen zu sehen, und dieser Anblick machte ihn nicht nur hartnäckiger im Verfolg seines Ausspähens, sondern steigerte auch die Begierde, einmal eine Gemsjagd mitzumachen. François indessen, an den ihn der Kreuzwirth mit seinem Wunsche wies, weigerte sich lange, ihn zu erfüllen. Der arme Bursche war wie ausgetauscht. Alle seine Hoffnungen lagen in Scherben. Er wußte kaum, wie er das Leben nur tragen sollte. Es war ihm ein schlechter Trost, mit seinen Vorwürfen gegen Margot recht gehabt zu haben; er konnte sich hundertmal wiederholen: sie ist herzlos, er liebte sie darum doch, und wenn er sich deshalb im Grimme über seine Schwachheit anfiel, so fehlte es auf der andern Seite nicht an Augenblicken, in denen er sich hätte die Haare aus-raufen mögen, daß er selbst seinem Glücke den ersten Stoß versetzt hatte. Er redete sich dann vor, daß wohl alles anders gekommen wäre, wenn er an dem Schützenfeste nicht den Fehlschuß gethan, und Margot sich wohl noch besonnen, wenn er sie nicht zuerst verlassen hätte. Das alles nagte an seinem Herzen. Düster und verschlossen ging er umher. Das Klagen war seine Sache nicht; auch mochte er es nicht von seiner Mutter, welche immer gehofft hatte, Margot werde durch die Liebe ihren Sohn von der gefährlichen Gemsjagd abziehen und dereinst als sein Weib an das Haus fesseln. Ebenso wenig duldete er, daß sie sich in ihrem Unmuth über den gescheiterten Plan in Schmähungen Luft machte. Durch das Reden und Schimpfen, sagte er, wird die Sache nicht anders. Die Arbeit ekelte ihn an. Am liebsten wäre er von Ormont für immer fortgegangen.

Indessen ließ der Irländer nicht ab, ihn zu bestürmen. Täglich kam er zu ihm, und seine gute Laune lüftete wenigstens in Etwas die schwere Decke, welche der Liebes-gram dem sonst so muntern Burschen über das Haupt

geworfen hatte. Endlich gelang es ihm doch, von Frau
Roland unterstützt, ihn umzustimmen. Lieber wollte ihn
die arme Frau auf die gefährliche Jagd ziehen, als ihn die
Tage in finsterm Hinbrüten verbringen zu sehen. Der
Jammer zerriß ihr das Herz. Mit Widerwillen ging
François endlich an seine Ausrüstung. Er setzte kein Ver-
trauen mehr in seine Geschicklichkeit.

Es war ein schöner warmer Morgen, als Beide nach
den Höhen der Diablerets auf den Weg sich machten.
Le Toffrou stieß manchen frohen Jauchzer aus, den er den
Hirten abgelernt hatte, während François trübsinnig und
stumm neben ihm her schritt. Doch die frische Luft, die
heitere Sonne und die kräftige Bewegung trieben das Blut
bald lebendiger und rascher durch seine Adern, und sein
Auge ward glänzender und glänzender, je höher sie an dem
Oldenhorn hinaufstiegen. Der Irländer erwies sich übrigens
als ein gewandter Kletterer, kühner Springer und schwindel-
freier Kopf. Und das war auch um so nöthiger, da eine
Jagd in den Diablerets und den daran schließenden, bis
schroff an die Rhone vordrängenden, Dents des Morcles zu
den gefährlichsten der ganzen Schweiz gehört.

Auf dem Champ-Gletscher, welcher sich in die Felsen des
Oldenhorns gen Ormont zu einsenkt, hielten sie Umschau.
Vor ihnen dehnten sich die Felder bläulichen, grünlichen und
violetten Eises mit ihren hoch aufgeschobenen grauen Moränen. Blendende Schneefelder lagerten dazwischen. Hier
und dort zog sich auch wohl ein schmales, grünes Grasband
an jäh auffallendem Felsen hin. Nackte Steinspitzen, zer-
klüftete Kuppen, verwitterte, dem Einsturz nahe Felsen-
schollen ragten überall aus der Gletscher- und Schneewüste

hervor. Die Firnen des Montblanc, des Montrosa und nordöstlich der Berner Alpenkette begrenzten den Horizont der gewaltigen, starren, lautlosen Oede. Nichts Lebendiges regte sich in ihr.

Die Jäger wanderten weiter, hier eine Eisspalte umgehend, dort über eine minder breite hinwegspringend, oder über Schneebrücken sich wagend, deren manche bei dem vorsichtig zuvor angestellten Versuche zusammenbrachen und mit dumpfem Krachen in die thurmhohe Tiefe stürzten. Bald kletterten sie in schmale Schluchten und Thäler hinab, wanden sich auf kaum fußbreiten Vorsprüngen, wo unter ihnen der Abgrund gähnte, um scharfe Felsenkanten, und klommen dann wieder an schroffen Wänden oder an den Rändern von Quellbetten empor.

Mittag war längst vorüber. Da schien es, als ob das Licht der Sonne leise gedämpft würde. Der Irländer schaute auf und um, ohne jedoch die Ursache entdecken zu können. Er fand die Luft eben so klar und rein, als vorhin; François aber prophezeite Nebel. Sein Ausspruch begann sich bald zu erfüllen. Die ferneren Spitzen und Höhen zeigten sich nur noch wie durch einen Flor. Von den Schneefeldern und von den Flanken der Felsen stieg es wie leichte Rauchwölkchen empor. Dünne feuchte Schleier wehten den Jägern entgegen. Die Sonne verhüllte sich, die Gipfel verschwanden.

Für heute ist unsere Jagd zu Ende, sagte François, denken wir an unser Nachtlager!

Nachdem sie noch etwa eine Stunde in dem mehr und mehr sich verdichtenden Nebel fortgewandert waren, erreichten sie den Rand eines kleinen flachen Thals von grauem ver-

wittertem Stein, mit Geröll und Blöcken angefüllt, in dessen
Mitte eine verlassene Sennhütte stand. Dort hinein führte
François seinen Gefährten. Glücklicherweise fand sich noch
etwas Holz in derselben vor, und während der Irländer von
dem Reisig ein Feuer anzündete, bereitete François von dem
in einer Ecke aufgestapelten Wildheu, welches des Winters
harrte, um zu Thal geschlittet zu werden, ein Lager vor dem
Heerdsteine. Die Jagdtasche le Toffrou's war in jeder Beziehung vortrefflich und reichlich versehen, und so hielten sie
denn, vor dem Feuer hingestreckt, ein kräftiges, wohlschmecken-
des Mahl, das manch tüchtiger Schluck aus den Feldflaschen
würzte. Als Nachtisch wurden die Pfeifen angezündet und
der Irländer schwur, daß er sich über die Maßen behaglich
fühle. Behaglich ließ er seinen rothen Bart ein paar Male
durch die Hand gleiten und, die Pfeife aus dem Munde
thuend, stieß er mit der ganzen Kraft seiner Lungen einen
Jagdruf aus, daß die Hütte zitterte und bebte.

Das Ding steht doch fester, als ich glaubte, lachte er.
Bei mir daheim, wo man dergleichen aus Lehm und Strauch
und Rasen zusammenbackt, wären die Wände wie die Mauern
von Jericho eingestürzt und das Dach uns auf den Kopf
gefallen. Aber ein gutes Torffeuer hat nach den Strapazen
der Jagd auch sein Gutes und, wenn man von seinem Lager
von Haidekraut aus, trotz des Daches, die Sterne über sich
scheinen sieht, so ist das auch nicht ohne Reiz.

Er nahm seine Pfeife wieder in den Mund und blies
dicke Rauchwolken, so daß er fast unsichtbar hinter denselben
wurde. Erinnerungen an die Heimath kamen über ihn, und
er erzählte seinem erstaunt aufhorchenden Gefährten von den
braunen Mooren, in denen das Wasserhuhn pfeift, und wo

7

von den grauen Weidestümpfen die Eule Nachts ihr un-
heimliches Lachen und Klagegeheul ertönen läßt; von den
gewaltigen, einsamen Haiden, über welche der Wind haucht
und seufzt, als schritten die Geister der in zahllosen wilden
Schlachten gefallenen Krieger wehklagend darüber hin; von
den stillen Seen, in welche das graue Gestein seine moosigen Bärte und die Weiden gleich trauernden Königstöchtern
ihr aufgelöstes Gelöck tauchen; von den rauschenden Wasser-
stürzen Irlands, die dahertönen wie zornig wehmüthiger
Bardengesang. Und er selbst stimmte ein paar Lieder seines
Volkes an. Die Worte derselben verstand François nicht;
aber das Wilde und doch wieder so melancholisch Klagende
der Weise, die tiefen und doch so weichen, fast zitternden
Gutturallaute der Stimme, ergriffen seine Seele mit wun-
derbarer Macht. Sie versenkten ihn wieder in seine unglückliche Liebe, und noch lange saß er traurig sinnend vor
dem Feuer, während sein Gefährte schon in den Armen des
Schlafes lag. Endlich übermannte auch ihn die Müdigkeit.

Die sehnsüchtig klagenden Weisen tönten fort in ihm,
und es war Margot, die sie sang. Sie saß auf einem Stein
am rauschenden Bergstrom, den weißen Brautkranz*) im
Haar, das aufgelöst über ihr weißes Hochzeitskleid herab-
wallte. Ihre Thränen fielen in das vorbeifließende Wasser,
und sie klagte um ihn, daß er sie verlassen habe. Er wollte
zu ihr; allein ein Abgrund trennte ihn von ihr. Da mischte
sich in ihren Klagegesang der ferne Ton eines Horns und,
wie er umschaute, stand auf dem Felsen über ihm eine

---

*) In der französischen Schweiz tragen die Bräute Kränze von blühen-
den Orangen statt der Myrthen.

Gemse. Da vergaß er die Geliebte im Thal und folgte
der Gemse. Kaum zwanzig Schritte vor ihm blieb sie stehen
und schaute ihn mit ihren klugen Augen an. Als er näher
kam, sprang sie weiter; blieb wieder stehen, ließ ihn herankommen und floh dann wieder vor ihm her. So floh sie
fort und fort vor ihm und lockte ihn von Fels zu Fels,
über Abgründe und Klüfte, über Wasserstürze und Schneefelder, über Gletscher und Riffe. Da ragten die Alpen von
Taveyannaz; dort stürzte die Gryonne herab, nun lagen die
Berge von Argentine hinter ihm, jetzt stürmte er über den
Paneyrossaz-Gletscher. Weiter und weiter lockte ihn das
flüchtige Gratthier. Wilder und wüster wurde die Gegend.
Schon tausendmal hätte er die Gemse schießen können, aber
ein unerklärliches Etwas hielt ihn stets davon ab. Jetzt
wollte er ihr nicht weiter folgen; bis in dieses, unter jedem
Fußtritt zerbröckelnde Trümmerchaos hatte er sich noch nicht
gewagt; er griff nach dem Stutzen und schlug an. Aber in
demselben Augenblick war die Gemse verschwunden, und statt
ihrer sah er auf dem schwindelnden Grat einen Mann vor
sich hinschreiten. Er ließ die Büchse sinken, und ein kalter
Schweiß brach aus allen seinen Poren. Er kannte den
Mann wohl, der dort in breitränderigem Hut und kurzem
grauen Jagdwamse so langsam und sicher vor ihm herging:
es war sein Vater. Mit klopfendem Herzen und bebenden
Knien folgte er ihm. Derselbe hatte inzwischen das Ende
des Grats erreicht und stieg nun einen Felskegel mit über-
gebogener Spitze, der fast einem Gemshorn glich, hinan.
Jetzt hatte er die Spitze erreicht, jetzt stand er still, jetzt
drehte er sich langsam herum und winkte ihm mit der Hand.
François schaute in ein geisterblasses Antlitz mit weitgeöff-

neten, glanzlosen Augen. Entsetzen ergriff ihn. Er erwachte.

Sein ganzer Körper war in kaltem Schweiß gebadet, und
sein Herz klopfte in schnellen, schweren Schlägen. Noch
dauerte es einige Secunden, bis seine aufgeregten Sinne
zur Ueberzeugung des Wachseins sich sammelten, bis er sich
dann besann, wo er sei. Die Athemzüge seines Gefährten
tönten tief und gleichmäßig durch die Stille. Das Feuer
war bis auf einige wenige Kohlen verglommen. François
stand auf und trat vor die Hütte. Die Sonne war im
Nebel untergegangen; jetzt war der Himmel klar, und die
Sterne funkelten in gelbem, grünem und rothem Lichte. Nach
ihrem Stande mochte es ungefähr zwei Uhr Morgens sein.
Eine schimmernde Decke breitete sich über das Thal und
die aufragenden Bergspitzen. Es hatte geschneit, und es war
grimmig kalt. Die kalte Luft that François wohl, und
er wusch sich die pochenden Schläfen und das ganze Gesicht mit dem frischgefallenen Schnee. Nachdem er einige
Male auf und ab gegangen war, kehrte er in die Hütte
zurück.

Schließt die Thüre fest hinter euch, rief ihm sein Gefährte entgegen, der kalte Zug hat mir einen häßlichen
Traum verursacht. Eine Todtenhand fuhr mir über das
Gesicht, und ich erwachte. François that, wie ihm geheißen,
dann warf er frisches Holz auf die Kohlen und fachte das
Feuer an. Der Traum des Irländers berührte ihn trotz der
natürlichen Erklärung eigenthümlich und, über den seinigen
brütend, starrte er in die Flamme.

Was ist euch denn? unterbrach der Irländer, der ihn
fortwährend beobachtet hatte, endlich das Schweigen. Ihr

schaut ja darein, als hätte es euch der Waubai*) an-
gethan.

François hob den Kopf und, nachdem er seinen Gefährten eine Secunde lang prüfend angeschaut, fragte er:

Glaubt ihr an Träume?

Ich wohl nicht, lachte er, aber bei mir daheim würden
Tausende schwören, daß es nicht der Wind, sondern wirklich
eine Todtenhand gewesen sei, die mich geweckt hat. Und
ihr? — Mir scheint, ihr habt auch geträumt. Was war es?

François dachte einen Augenblick nach und, als der Irländer von Neuem in ihn drang, vertraute er ihm die in
den Bergen so oft gehabte Traumerscheinung seines Vaters.
Daß er diesmal auch Margot gesehen, verschwieg er.

Le Toffrou hörte ihm aufmerksam zu. Das ist in der
That seltsam, murmelte er. Und nun wollt ihr wieder auf
die Entdeckung ausgehen? Meinetwegen! Ich begleite euch.

François verneinte. Es hat geschneit, sagte er, und der
frischgefallene Schnee verdeckt die Spalten und Klüfte in
den Schneefeldern und Gletschern, so daß man sie nicht erkennen kann. Und auf den schlüpfrigen Steinen ist es auch
unmöglich, fest zu stehen.

Und unsere Jagd? fragte der Andere.

Die ist für diesmal vorbei, entgegnete sein Gefährte.

Davon wollte der Irländer jedoch nichts wissen, und er
erklärte, daß er nicht nach Ormont zurückkehren würde, ohne
wenigstens noch einen Versuch gemacht zu haben. Als François dabei beharrte, daß ein solcher Versuch unter den gegen-

---

*) Waubai bedeutet den schwarzen Jäger, wie in Deutschland Samuel
den rothen.

wärtigen Umständen zu gefährlich sei, rief er nach einem kurzen Nachbenken plötzlich: Aber wie? erzählet ihr mir nicht, daß ihr auf euren Entdeckungsreisen stets Gemsen getroffen habt? Und da François es bestätigte, sprang er munter von seinem Lager auf.

Was wollt ihr denn? sagte er, da habt ihr die Bedeutung eurer Träume! Auf eine glückliche Jagd beuten sie, und die werden wir auch diesmal haben. Also frisch auf!

François schaute ihn überrascht an. Das war ihm noch nicht eingefallen. Aber die Auslegung entsprach so wenig den Gefühlen, mit denen er sonst den Mahnungen des Traumes gefolgt war, daß er sich mit ihr nicht versöhnen konnte. Es war doch wohl der Geist seines Vaters, der ihn zu sich rief, damit er seine Gebeine in geweihter Erde bestatte, und der wandernde Geist endlich Ruhe fände. Vielleicht war er heute nicht glücklicher? Es war ihm seltsam, daß der Irländer trotz der Gefahren so sehr auf die Fortsetzung der Jagd brang. Doch die Gefahr war in der That groß; er selbst fürchtete sie nicht; allein er fühlte sich für das Leben seines Gefährten verantwortlich und, die Versuchung gewaltsam zurückdrängend, stellte er dem Irländer noch einmal die Gefahren vor, die sie bedrohten.

Ho! ho! rief der Irländer, indem er sich vollends rüstete, ich weiß wohl, welchen Spitznamen mir eure Landsleute beigelegt haben; sie sollen mich nicht umsonst Le Toffrou heißen.

François erwiderte nichts weiter. Er hing die Büchse über die Schulter und verließ mit seinem Begleiter die Hütte. Die Sterne und der frisch gefallene Schnee leuchteten ihnen. Stumm, in sich versunken, schritt François voraus, und es war ein langwieriger, gefährlicher Weg, den er sei- nen Genossen führte. Die Sterne begannen allmälich zu erbleichen und, als sie jetzt den Gipfel einer ziemlich steilen Pyramide erklommen hatten, welche den Eckpfeiler einer weithin sich spannenden Wand bildete, dämmerte nordöstlich ein grauer fahler Schein auf.

Die Sterne erloschen, und ein bleiches, geisterhaftes Licht glitt über die höchsten Alpenspitzen hinweg. Und wo es einen der seltsam geformten Felsenblöcke berührte, da schien es, als höbe sich ein riesiges Todtenhaupt, von schimmernden Leichentüchern umwunden, aus dunkler Gruft. Graue Schat- ten, die länger und länger wurden, krochen über die Glet- scher und Schneefelder hinweg und stürzten sich in die Ab- gründe voll Nacht. Und diese langsam in die finstern Tiefen zurückkriechenden Schatten, aus denen die Firnen und hier und da ein langgestreckter Bergrücken wie die Mäler eines eingeschneiten, ungeheueren Kirchhofes halb aufdämmerten, waren das einzig Lebendige in der eisigen Einöde und ihren vom Zwielicht geborenen Riesenphantomen.

Schauer ergriffen den Irländer. Noch stand er oben, als François schon an der Pyramide bis zur halben Höhe der Mauer hinabgeglitten war und längs derselben, nachdem er seine Fußeisen abgeschnallt hatte, auf einzeln aus ihr her- vorragenden Steinen fortzuklettern und zu springen begann. Mancher dieser Steine bot kaum Raum für die große Zehe, und nur die unbiegsamen Schuhsohlen, wie sie die Gems- jäger auf ihren Jagdfahrten zu tragen pflegen, und die vorn noch zuweilen mit einem scharfen Rande versehen sind, mach- ten es möglich, daß François auf ihnen fußen, ja, den Sprung auf einen so winzigen Vorsprung wagen konnte.

Etwa zwanzig Fuß unter ihm bildete die Felswand einen schmalen abschüssigen Vorsprung und senkte sich dann wieder jäh in die Tiefe hinab. Die Sicherheit und Kühnheit seines Gefährten erfüllten den Irländer mit Staunen und Bewunderung. Die Gefährlichkeit des Unternehmens erschreckte jedoch seine feste Seele nicht, und er folgte ihm, so gut er vermochte.

An dem zerklüfteten Uferrande eines Wassersturzes hinanklimmend, wobei mancher von ihrem Tritt gelöste Stein hinter ihnen in den Abgrund polterte, erreichten sie einen Gletscher von mäßiger Ausdehnung. Plötzlich stand François unbeweglich, als sei er selbst zu einem der seltsamen Gebilde erstarrt, welche die Sonne überall aus dem grünlichen Gletschereise herausgeschmolzen hatte. Auf einer Kuppe, welche östlich das Eisfeld überragte, zeigte sich ein Wache haltendes Gratthier. Allein der Wind wehte ihm von den Jägern entgegen; es hob den Kopf, und wie ein Blitz war es verschwunden. Gleich darauf sahen es die Jäger am äußersten Ende des Gletschers hinwegsetzen. Drei andere Gemsen folgten ihm. Sie nahmen die Richtung nach der Walliser Grenze.

Nach! nach! rief der Irländer hitzig.

Er hatte nicht nöthig, François anzufeuern. Der Anblick des Wildes verbannte aus dessen Kopf auch den letzten Gedanken an die Gefahren, welche unter der frischen Schneedecke lauerten und dem Jäger namentlich in jenem wüsten, unaufhörlich zerbröckelnden und einstürzenden Theil der Diablerets drohen, welche die Grenze des Wallis bilden. Es vergeht dort kaum eine Minute, in der man nicht das Poltern, Knallen und Krachen fallender Steine vernähme.

François schritt schnell voran. Wo eine Gemse gegangen, fühlte auch er sich sicher; wo sie sich hinaufgewagt, wagte er sich auch, wo sie unverfolgt über Risse, Spalten, Klüfte und Abgründe weggesprungen, traute auch er den Sprung. Nach seinem Gefährten schaute er kaum mehr zurück. Der Irländer war jedoch stets hinter ihm. Höher und höher wand sich die Jagd hinauf, von Fels zu Fels, von Schneefeld zu Schneefeld, von Gletscher zu Gletscher; über Wasserstürze, Klüfte und Moränen, am Rande der Abgründe und ewigen Firnen vorüber, über manchen schwindelnden Grat. Inzwischen war es völlig Tag geworden, und die Höhen funkelten in blendendem Silberlicht. Aber zugleich begannen auch die Nebel aus den Thälern aufzudampfen. Hinter den Jägern qualmten sie her, verhüllten die Eisgefilde und schlugen trügerische Brücken von Fels zu Fels. Wilder, wüster und schauerlicher wurde die Natur. Polarkälte hauchte die Jäger an; doch von ihren Stirnen tropfte der Schweiß. Jetzt hatte François eine Platte erklommen; vor ihm durch den Nebel zog sich der beschneite Streif eines Felsengrates, und an dem äußersten Ende desselben zeigte sich die Gestalt einer Gemse. Das Thier hatte sich offenbar versprungen, und voll Unruhe wandte es sich von einer Seite zur andern. Die Abgründe, welche es umgaben, waren selbst für seine gewaltige Springkraft zu breit, und den Rückweg versperrte ihm François. Die Büchse krachte und das Thier brach zusammen. Einige Augenblicke später erschien der Irländer auf der Platte. Er sah François, der sein Gewehr zurückgelassen, auf dem Grat fortschreiten, um sich in den Besitz seiner Beute zu setzen, sah plötzlich das Thier im Todeskampfe mit einem furchtbaren Satze emporschnellen, sah fast in demselben Augenblicke François die Arme ausbreiten, in die Luft greifen, und Wild und Jäger waren vor seinen Blicken verschwunden. Ein dumpfes Poltern scholl aus dem Nebel herauf.

10.

Es war gegen Mittag, als der Irländer hastig und auf-geregt das Dorf Taveyannaz erreichte. Die Nachricht von François' Verunglückung brachte die gesammte Einwohner-schaft in Bewegung, und im Augenblicke boten sich von allen Seiten die Männer zur Rettung an. Sie alle kannten François, allein sie hätten es auch für jeden Andern gethan, und der Irländer hätte in jedem Bergdorfe dieselbe menschen-freundliche Bereitwilligkeit gefunden. Die Alpenbewohner gleichen hierin den Fischern und Matrosen. Es ist die Be-kanntschaft mit der Gefahr und die stete Möglichkeit, viel-leicht schon morgen in einer ähnlichen traurigen Lage selbst der Hülfe bedürftig zu sein, die heute von ihnen erheischt wird, was sie so bereit zum Beistande macht.

Eine halbe Stunde später war der Irländer schon wieder auf dem Rückwege. Acht kräftige Bursche begleiteten ihn, mit Leitern, Seilen und Aexten wohl ausgerüstet. Auch einige wollene Decken waren fürsorglich mitgenommen worden.

Noch immer hingen die Wolken schwer und tief in den Bergen und verhüllten auch jetzt noch den Abgrund, in welchen François gestürzt war. Nur die kleine Platte und der von dieser auslaufende, kaum einen Fuß breite Grat ragte etwas aus demselben hervor. Von des Irländers Begleitern war noch keiner je an diesem Orte gewesen und, als sie die

Beschaffenheit des Riffes vor ihnen untersuchten, erwies sich der Kamm desselben als völlig verwittert. Schon unter einem leichten Stoß des Alpenstocks zerbröckelte und zerstäubte die Masse vollends, und Allen dünkte es beinahe ein Wunder, daß François nicht schon bei dem ersten Schritte auf ihr hinabgestürzt war. Während dieser Untersuchung hatte der Irländer mehrere Male den Namen des Verunglückten mit der ganzen Kraft seiner Lungen hinabgeschrien; allein vergebens. Keine Antwort, kein Laut tönte herauf. In der Luft aber erhob sich ein Rauschen und Brausen, wie von beginnendem Sturm. Ein Lämmergeier strich mit gewaltigem Flügelschlag dicht über den Köpfen der Männer hin. Auch der Hirtenruf der Taveyanner blieb unbeantwortet.

Er hat's überstanden! murmelte einer der Bursche.

Dann laßt uns wenigstens Sorge tragen, entgegnete der Irländer, daß sein Leichnam nicht den Vögeln zum Raub wird.

Er selbst wollte die Fahrt in die Tiefe hinabwagen. Die Vorstellungen seiner Begleiter fruchteten nichts.

Bin ich doch nicht frei von Schuld an dem Unglück, rief er. So ist es auch nicht mehr als billig, daß ich das Meinige thue, sie wett zu machen.

Man trieb nun zwei der stärksten Alpenstöcke dicht neben einander in eine Spalte der Felsplatte und befestigte hieran das eine Ende eines Seils. Das andere Ende knüpfte sich der Irländer um den Leib.

Mit Gott denn! rief er. Haltet fest!

Langsam und stät glitt das Seil durch die kräftigen Hände der Bursche, und langsam versank le Toffrou in den Wolken der Tiefe.

Um dieselbe Stunde saßen Margot und Frau Rabut in dem weißen Kreuze schweigend und traurig bei einander; sie auf dem Stuhl an ihrem Bette, die Tante auf der Wäsch- und Kleiderkiste, eine Näherei in der Hand, die sie mit abwärts schweifenden Gedanken betrachtete. Es war ein feines Hemde, Louis' Hochzeitshemde, an welchem Margot schon seit einigen Wochen arbeitete und das, wie Penelope's Gewand, nimmer fertig werden wollte. Freilich trennte sie nicht, wie die Gattin des „vielerfahrenen Mannes", in der Nacht wieder auf, was sie am Tage geschaffen; doch nicht minder schwere Gedanken begleiteten das Werk und machten ihre sonst so flinke Hand träge wie eine Schnecke.

Beide Frauen waren in ihrem Sonntagsstaate, denn an demselben Abend sollte zwischen den Angehörigen der Verlobten die Aussteuer und die sonstigen Punkte des Ehevertrages besprochen und festgestellt werden. Erst danach begiebt sich das Brautpaar zum Pfarrer, um das kirchliche Aufgebot zu bestellen und ihn zum Besuche des Brauthauses einzuladen, welcher Höflichkeit er gewöhnlich am Sonntag des zweiten Aufgebots zu entsprechen pflegt. Louis' Eltern waren zu dem Zwecke aus Bex herübergekommen, die wohlhabensten Gevattern aus dem Dorfe mit ihren Weibern und erwachsenen Söhnen und Töchtern eingeladen und die große Stube im weißen Kreuze zum Empfang der Gäste eingerichtet. Die Wände der letztern waren mit frischen, duftenden Tannenreisern geschmückt, der Fußboden mit feinem weißen Sande bestreut und auf dem sauber gedeckten Tische standen mit zartem, bräunlichen Gebäck hoch aufgefüllte Teller und Eingemachtes, so wie in weißen Flaschen Wein von Yvorne und Lavaux zum vorläufigen Imbiß bereit.

Margot hatte heute den Beistand der Tante nicht abgelehnt. Sie wäre ohne denselben mit ihrem Anzuge wohl nimmer fertig geworden, und ihre Mienen straften die heitern, hellen Farben des Gewandes Lügen. Kein bräutliches Sehnen und Verlangen schwellte ihre junge Brust; ihre Wangen waren blaß, ihr Auge trübe. Ein herbstlich kalter Hauch zitterte durch ihre Seele. Die Brautkrone war für sie zur Dornenkrone geworden, und sie selbst hatte sie sich gewunden.

Frau Rabut legte die Näherei bei Seite und blickte nach Margot hinüber, welche, den Kopf auf die Brust gesenkt, trübselig auf ihre im Schooß gefalteten Hände starrte. Der Anblick schnitt der guten Frau tief in die Seele. Sie hatte sich mit dieser Brautschaft nimmer versöhnen können, und Louis hatte es entgelten müssen. Seit der Verlobung hatte sie für seine Späße keine Zeit und kein Ohr mehr, und wenn er mit ihr von der Zukunft sprach, was das für ein Leben in dem neuen großen Hause geben würde, so erhielt er nur kurze oder gar keine Antworten, und eines Tages rief sie ihm mürrisch zu: Na, na, das Haus ist noch nicht fertig, und ihr seid noch nicht darin. Nehmt euch in Acht, daß sie das Dach nicht für anderer Leute Köpfe bauen. Auch mit ihrer Nichte war sie unzufrieden, und hatte ihr lange kein gutes Wort gegönnt. Aber das Mitleid überwog zuletzt, und so unterbrach sie jetzt das Stillschweigen mit den Worten: Ich wollte, Margot, ich hätte diesen Tag nimmer erlebt. Ach, wie anders habe ich mir das Alles gedacht. Und es hätte auch so kommen können, wenn du es gewollt hättest.

Es ist gekommen, wie es kommen mußte! entgegnete Margot leise.

Frau Rabut schüttelte den Kopf. Ich trüg's nicht, sagte sie, und ich weiß nicht, was aus dir geworden ist. Branntest gleich auf, wenn man dir ein Wort sagte, das dir nicht gefiel, und nun machst du dich mit sehenden Augen unglücklich. Meinst du, ich hätte es nicht bemerkt, wie du mit jedem Tage stiller und trauriger geworden bist? Du liebst den Vetter nicht!

Sie hielt, die Bestätigung ihrer Nichte erwartend, inne; da diese jedoch nicht erfolgte, fuhr sie fort:

Warum sagst du denn dem Louis nicht, daß du ihn nicht magst, da es noch Zeit ist? Und er will auch von dir nichts, als dein Geld.

Daß es ihm nur um dieses zu thun sei, war Margot schon lange klar geworden. Jeder Tag hatte sie tiefer in die Nüchternheit, Enge und Selbstsucht seines Herzens blicken lassen, und mit dieser Erkenntniß war auch von ihren eigenen seelischen Augen allmälich die Binde abgefallen. Nein, sie liebte den Vetter nicht! Sie wußte es jetzt, wußte, daß sie ihn nie geliebt, sondern Empfindlichkeit und Trotz allein sie zu dieser Verbindung getrieben und gegen die Stimme der wahren Liebe taub gemacht hatten. Die Dünste der geschmeichelten Eitelkeit, welche bisher ihren Verstand und ihr Herz umnebelt hatten, waren vor ihrem Nachdenken über die Vergangenheit und François' Vorwürfe zergangen, und ihr verirrtes Gefühl unter manchen heißen Thränen zu dem mißhandelten Jugendfreunde zurückgekehrt. Aber nun war es zu spät. Die Reue konnte der Liebe nicht mehr zu ihrem Rechte helfen. Er hatte sie ja aufgegeben, und diese Demüthigung lähmte die Energie ihrer Seele, so daß sie die Schlingen nicht zu zerreißen vermochte, in denen fremde

Berechnung und eigene Aufregung sie gefangen hatten. Eins aber war ihr deutlich: Ja, sie war eitel und leichtsinnig gewesen; aber schlecht und herzlos, wie er sie genannt, war sie nicht, und dieses trug nicht wenig dazu bei, daß sie die Fesseln duldete.

Daher fragte sie jetzt, indem sie den Kopf hob und die Tante voll ansah: Und wenn ich es dem Vetter sage, was dann?

Was dann? wiederholte Frau Rabut. Ach Margot, wie kannst du nur so reden. Du verstehst schon, wie ich es meine!

Margot erröthete, und die Hände auf ihr aufschwellendes Herz pressend sagte sie: Du wußtest ja, daß es zu Ende ist, und was folgt, ist gleichgültig.

Gleichgültig? rief Frau Rabut. Mir ist's nicht, und ich wollte, ich könnte der hochmüthigen Frau Schwägerin und dem Louis und ihnen Allen zeigen, wie ich es meine. Sie sollten mir nichts anrühren von meinem Gekoch und Gebrät.

Laß es gut sein! beschwichtigte Margot die in Zorn gerathende Tante mit einem matten Lächeln. Wenn es was nützte, würde ich dir recht geben.

Sie stand auf und trat ans Fenster. Ein trüber, regnerischer Tag neigte sich zu Ende. Die Umrisse der Berge verschwanden allmälich in dem Grau der Wolken, welche die Gipfel verdeckten. Frau Rabut wurde von einer der Mägde abgerufen, und Margot blieb in der Dämmerung allein mit ihren Gedanken, bis ihr Vetter sie zu den Gästen abholte, deren Stimmengesumme zu ihr heraufzuschallen begann. Es gönnt der Brauch den Verlobten die Einsamkeit der weichen Dämmerstunde vor dem Geräusch des Festes, und wo die Liebe die Herzen eint, wird die Gedulb der harrenden Gäste meist auf eine schwere Probe gestellt, und derbe Neckereien begrüßen das endlich erscheinende Paar. Für Margot trug die Dämmerstunde kein holdes Glück im Schooße, und Louis eilte, um bei der Besprechung des Ehevertrages nicht zu fehlen. Ein beifälliges Gemurmel empfing die hübsche Braut, und der Oheim Weinhändler brachte ein Hoch auf das junge Paar aus.

Unter Gläserklingen setzte man sich zu Tisch, dessen Besatz unterdessen durch einen mächtigen geräucherten Schinken und einem saftigen Rinderbraten vervollständigt war. Schüsseln mit Sauerkraut und Lattich und Kaffee in riesigen, dreifüßigen Blechkannen dampften zu der gebräunten Stubendecke empor. Butter und Käse und schneeweißes Brod waren dazwischen vertheilt. Den Mittelpunkt der Tafel aber bildete ein Obstkuchen, so groß wie ein Mühlrad.

Vater Gautier führte, wie billig, den Vorsitz, doch überließ er es Frau Rabut, die Ehre seines Hauses, durch Aufzählen und Rühmen jedes einzelnen Stückes von Margots Mitgift, zu vertreten. Und Frau Rabut vergaß darüber für den Augenblick ihren Kummer. Jetzt konnte sie der Frau Schwägerin ihren beleidigenden Hochmuth heimgeben und triumphirend rechnete sie den Inhalt der Leinwandkiste her, wies das feine Gewebe vor, und sprach von den noch zu verwebenden Garnvorräthen, welche in großen Bündeln auf dem Boden des Hauses lagerten. Was die Möbeln und das Küchengeräth anlangte, so würde man ja nächstes Frühjahr sehen; sie wolle jetzt nicht davon reden. Zu Frau Gautiers allerdings nur kurzem Verzeichniß setzte sie verächtlich den Mund auf, zuckte die Achsel und murmelte mehr als einmal

vernehmlich genug: Na, das ist auch was Rechtes! Frau
Gautiers Augen funkelten vor Zorn; doch Frau Rabut ließ
sich dadurch nicht schrecken. Die Arme über einander geschlagen, schaute sie ihre Gegnerin mit spöttischer Herausforderung an und schmetterte deren Prahlen mit siegessicherer
Geringschätzung nieder. Die Gäste aber machten ihre An-
merkungen über beide Parteien, und Bewunderung und Tadel
in Scherz und Ernst unterhielten ein lebhaftes Kreuzfeuer.
Dahinein platzte denn auch von hier und dort manche der-
bere Anspielung auf das, was nächstes Jahr sein würde,
wie eine Lachbombe. Namentlich that sich Herr Gautier,
der Weinhändler, hervor, der sich unter dem Schutz der
Gesellschaft vor dem Despotismus seiner Frau sicher fühlte.
Daß er über seine eigenen Späße und Neckereien zuerst
selbst lachte, schadete ihnen nicht. Endlich stimmte er im
Patois des Landes ein altes Hochzeitslied an, in dem ein
Mädchen sich ihrer vielen Freier, der eigenen Schönheit und
dessen, was sie alles kann, in der naivsten Weise rühmt.
Die Kinder und deren Wartung bilden den derb natürlichen
Schluß des Gesanges, welchen die Männer dreimal be-
klatschten, während die Mädchen mit höher geröteten Wan-
gen unter einander kicherten, und die Frauen in scheinbarer
Entrüstung auf den durchtriebenen Sänger schalten.

Mitten in dem Lachen, Klatschen und Schelten trat der
Schneidemüller aus dem Dorfe herein, ein Mann, der wegen
seiner frohen Laune und namentlich wegen seines Liederreich-
thums bei allen Festen gern gesehen war. Er war gleichfalls
eingeladen und Vater Gautier machte ihm Vorwürfe über sein
spätes Kommen. Er entschuldigte sich, daß ihn Geschäfte mit
einem Manne aus Tabeyannaz so lange aufgehalten hätten.

Und sie scheinen euch nicht nur aufgehalten, sondern auch eure gute Laune verdorben zu haben! bemerkte einer der Gäste nach einer Weile, da der Schneidemüller sich gegen seine Gewohnheit ernst und schweigsam verhielt.

Ihr habt Recht, entgegnete er, Messer und Gabel niederlegend. Die Sache will mir nicht aus dem Kopfe. Es ist am Ende am besten, ich sag's euch. Erfahren müßt ihr's doch, wenn ihr's noch nicht wißt, und im Grunde geht's euch eben so wenig näher an wie mich.

Die Blicke Aller waren voll Erwartung auf ihn gerichtet. Er schaute Einen nach dem Andern an; dann sagte er: Es hat droben im Gebirg ein Unglück gegeben; der Roland — — — —

Ein gellender Aufschrei unterbrach ihn. Es war Margot. Er ist todt! schrie sie mit herzzerreißendem Tone.

Frau Rabut rang laut jammernd die Hände.

Ob er todt ist, weiß man noch nicht; aber wahrscheinlich genug ist's, nahm der Schneidemüller wieder das Wort, während die Andern ergriffen vor sich hinschauten. Selbst Vater Gautier murmelte: Schade um den Burschen!

Der Mann aus Tabeyannaz wußte nur, berichtete der Schneidemüller weiter, daß euer Gast, Vater Gautier, im Laufe des Vormittags ins Dorf gekommen sei und Leute zu Roland's Rettung aufgeboten habe. Als der Mann hierherkam, waren sie noch nicht aus dem Gebirge zurück, und wo das Unglück geschehen, hatte der Fremde nicht anzugeben gewußt.

Margot stand auf und ging hinaus. Sie ging in die Mittelstube, die leer und dunkel war. Dort verließ sie die Kraft. Sie mußte niedersitzen. Ihre Glieder bebten, und ihre Zähne klappten wie im Fieber. In ihrem Kopfe tönte ewig das eine Wort: todt. Die Betäubung ließ sie in diesem Augenblicke die Schmerzen nicht empfinden, welche das Wort für sie in sich trug. Allein nur zu bald riefen sie dieselben ins Bewußtsein zurück. Todt! todt! wimmerte sie und preßte die Hände gegen die Stirn, als könnte sie damit den entsetzlichen Gedanken in ihrem Hirn ersticken. Aber war er denn todt? Ach, die Hoffnung war zu schwach, um sich an ihr aufrichten zu können. Dennoch kam sie immer wieder und mit ihr die folternde Qual der Ungewißheit. Ihr Herz hieß sie willkommen, ihr Kopf verstieß sie.

Da ward sie gerufen. Es war Frau Rabut, die ihren Namen durch das Haus gellte.

Margot, Margot! schrie sie, sie kommen!

Margot flog empor. Aber die Füße versagten ihr den Dienst. Sie konnte sich nicht von der Stelle bewegen, und ihr Herz stand still.

Wo bist du? Wo bist du? rief Frau Rabut wieder. Sie kommen! O du barmherziger Gott!

Da glitt Margot auf die Knie nieder, und ihre Seelenqual löste sich in Gebet. Sie betete das Vaterunser. Voll ergebenen Muthes erhob sie sich wieder und eilte hinaus. Im Gange traf sie auf Louis, der sie gleichfalls suchte. Er wollte sie festhalten und mit Gewalt in die Stube zurückziehen.

Komm mit, rief er rauh. Du hast dich um den Burschen nicht zu kümmern, und ich leid' es nicht.

Ohne ihn eines Wortes, eines Blickes zu würdigen, riß sie sich los und flog davon dem Dorfe zu. Die Gäste aus Ormont und die Landleute, welche in der Schenkstube des

weißen Kreuzes geseſſen, eilten desselben Weges. Sie über-
holte sie alle.

Kienfackeln leuchteten blutroth durch die Nacht. Der
Zug hatte bereits das Dorf erreicht. Der Irländer schritt
ihm voraus, zahllose Neugierige begleiteten die Bahre, welche
die Hirten aus Taveyannaz auf ihren Schultern trugen.
Ueberall hatte man die Lampen in die Fenster gestellt, und
die Leute standen vor den Hausthüren.

Glück auf, Margot! rief der Irländer, als er das athemlos heranstürzende Mädchen erkannte. Glück auf, Margot,
er lebt!

Er lebte, Dank dem frischgefallenen Schnee, den der
Wind an dem Fuß des Felsengrates, von dem François
gestürzt, hoch aufgethürmt hatte. Eine vorspringende Zacke,
welche den Rock des Fallenden ergriffen, hatte zudem die
Gewalt des Sturzes glücklich vermindert. So war er mit
dem Bruche des rechten Arms davongekommen, während man
die Gemse, einige Schritte von ihm, völlig zermalmt gefunden. Auch sie hatte der Irländer nicht vergessen. Sie
lag auf der Bahre zu den Füßen des Jägers.

Sprachlos, mit hochklopfender Brust stand Margot vor
dem Irländer, und ihre Blicke wandten sich von ihm auf
die Bahre. Todtenblaß, mit geschlossenen Lidern lag François
da. Ihr Auge füllte sich mit Thränen.

Komm nur, Kind, beruhigte sie der Irländer, indem er
sie freundlich an der Hand mit sich fortzog. Er lebt und
er wird leben; aber je früher er auf seinem Bette zur Ruhe
kommt, desto besser für ihn.

Margot schluchzte laut auf; doch schnell bemeisterte sie
die nervöse Aufregung und, den Irländer mit einem dank-

baren Lächeln anschauend, eilte sie davon. Wie ein dunkler Strom wallte das vom Winde und vom Lauf gelöste Haar hinter ihr her.

Wo willst du denn hin? rief er ihr verwundert nach.

Sie wies, ohne umzuschauen, nach dem Thalrande hinauf, und bald war sie aus seinen Blicken verschwunden.

Mit dem Ausrufe: Er lebt, er lebt! stürzte sie in die Hütte der Frau Roland. Die Trauerbotschaft hatte schnell genug den Weg dorthin gefunden, aber in der Freude hatte noch Niemand an die Mutter gedacht. Der Uebergang von Verzweiflung und Schmerz zum Gegentheil war für sie zu plötzlich. Er überwältigte sie, und sie wäre zu Boden gesunken, wenn Margot sie nicht mit ihren Armen umschlungen und gehalten hätte.

Er lebt? fragte sie endlich stotternd und schaute Margot in die strahlenden Augen. Ach, mein Gott, mein Gott! — Laß mich nur einen Augenblick niedersitzen, die Freude macht mich ganz schwach.

Margot führte die Zitternde zu einem Stuhl und, bei ihr stehen bleibend, streichelte sie deren harte runzlige Hand sanft mit der ihrigen.

Und du bringst mir die frohe Botschaft? begann Frau Roland nach einer Weile. Aber wo ist er? fuhr sie fort, ehe noch Margot, deren Wangen wie Purpur glühten, antworten konnte, und sie erhob sich schnell von ihrem Stuhl.

Horch, sie kommen! rief Margot, und schon vernahm man näher und näher das Summen und Brausen der Menschenmenge.

Einige Minuten später, und der Zug hielt vor der Hütte. Während man den Verunglückten vorsichtig von der Bahre hob und in seine Kammer auf das Lager trug, deffen Decken die beiden Frauen noch eilig an dem Heerdfeuer durchwärmt hatten, brachte die Menge vor der Hütte dem Irländer ein Hoch. Die Kunde von seinem muthigen An- theil an François' Rettung hatte sich durch die Leute aus Taveyannaz schnell verbreitet. Und als er wieder draußen erschien, nachdem er Frau Roland noch einige Verhaltungs- regeln gegeben und die in die Hütte eingedrungenen Neu- gierigen daraus verjagt hatte, ergriffen ihn ein Paar der kräftigsten Bursche, hoben ihn auf ihre Schultern und trugen ihn unter lautem Jubel nach dem weißen Kreuze. Er ließ es lachend geschehen, schwang jodelnd seine Kappe und stimmte selbst aus voller Kehle in den Ruf ein: Hoch le Toffrou! Hoch le Toffrou!

Ferner und ferner hallte das Geschrei der jubelnden Menge. Da schlug François mit einem Seufzer die Augen auf. Eine Secunde starrte er die Mutter und Margot an. Jetzt erkannte er sie, sein mattes Auge erglänzte, und ein Lächeln spielte um seinen bleichen Mund.

Margot! flüsterte er.

Glücklich weinend beugte sie sich zu ihm nieder und preßte ihr erglühendes Gesicht an seine Wangen in die Kissen, während er sie mit seinem gesunden Arm umschlang und festhielt. Kein Wort ward zwischen ihnen laut. Frau Roland faltete die Hände, und ihre Blicke sandten ein Dank- gebet gen Himmel.

11.

Noch zechten die Bursche aus Taveyannaz auf des Ir- länders Kosten im weißen Kreuze, und Frau Rabut tractirte sie in freudiger Aufregung mit den Resten des unterbrochenen Festmahles, als Margot nach Hause kam. Der Druck, welcher so lange auf ihrer Seele gelastet und sie gegen ihr eigenes Geschick und die Zukunft gleichgültig gemacht hatte, war von ihr genommen. Ein heiliges Glück leuchtete von ihrer Stirn. In diesem Gefühl, das ihre ganze Seele erfüllte, hatte sie alles Andere vergessen, selbst die Unordnung in ihrer Kleidung, und noch fielen ihr die Haare aufgelöst auf die Schultern herab. So trat sie zu den Ihrigen in die Stube. Finstere Blicke und ein unheilverkündendes Schweigen empfingen sie. Sie gewahrte es kaum, und zu ihrem Vater sich wendend sagte sie mit einem seelischen Lächeln: Ihr wißt es wohl schon, daß er lebt?

Da brach Frau Gautier in ein schallendes Hohngelächter aus, und ihm nach folgte eine Fluth leidenschaftlicher Vorwürfe. Margot stand betroffen; ihre Blicke wandten sich langsam von dem Einen zum Andern. Ihr Vater erwiderte sie mit finsterm Zorn, Louis kehrte sich verächtlich von ihr ab, und der Weinhändler schlich sacht zur Stube hinaus. Margot legte die Hand an die Stirn. War denn das Glück, das sie eben genossen, nur ein Traum? Nein, nein, sie fühlte es lebendig in ihrem Herzen! Aber die Wolken, die ihr den Himmel vorgetäuscht, hatten sich verzogen, und sie stand wieder auf der Erde. In welch trauriger, unglückselig verworrener Wirklichkeit fand sie sich wieder! Ihre eben noch so elastisch schwebende Gestalt sank zusammen. Aber die Zaghaftigkeit, mit der sie die zu lösende Verwirrung erfüllte, dauerte kaum einen Augenblick. Ihre Gestalt hob sich empor, sie richtete den Kopf auf und, sich dem Vetter nähernd, der ihr noch immer den Rücken wandte, sagte sie, ihn leise am

Arm berührend: Du haft ein Recht, von mir Rechenschaft zu fordern, Vetter. Zu entschuldigen brauche ich nicht, was ich gethan, denn ich kann es vor Gott verantworten, und du wirst verstehen, daß damit Alles zwischen uns zu Ende ist — — —.

Erschrocken wandte sich Louis zu ihr und wollte ihr in das Wort fallen; sie aber fuhr nachdrücklich und mit festerer Stimme als bisher fort:

Schmerzen kann es dich nicht, denn du liebst mich nicht, du hast mich nie geliebt, und auch ich — ihre Wangen erötheten — habe mein Herz nicht gekannt. Zürne mir nicht, daß ich nicht eher gesprochen habe; es ist unrecht, allein ich konnte nicht. Ich war so elend! Und das würde unser Beider Loos gewesen sein!

Bei diesen Worten zog sie den goldenen Reif, den ihr Louis geschenkt, vom Finger, legte ihn, da er ihn nicht nehmen wollte, auf den Tisch und verließ die Stube, ehe noch Vater Gautier oder die Tante, welche von der unerwarteten Wendung der Angelegenheit wie gelähmt dasaßen, ein Wort hervorbringen konnten. Louis war der Erste, welcher aus seiner Erstarrung zu sich kam, und er eilte Margot nach; allein sie hatte ihre Kammer bereits erreicht und sich eingeriegelt. Vergebens klopfte er und bat und beschwor er sie, ihm zu öffnen.

Wozu denn? rief sie ihm von innen zu. Ich habe Alles gesagt, deine Frau werde ich nie!

Unverrichteter Sache mußte er sich endlich entfernen, und sie betete, daß ihr Gott Kraft geben möge, ihren Entschluß vollends auszuführen und die Folgen zu ertragen.

Sie schlief die Nacht so sanft, wie seit Langem nicht,

und die Fassung, mit der sie sich niedergelegt, dauerte auch am Morgen fort. Wohl trieb sie die Liebe, das Verhältniß zu ihrem Vetter aufzulösen; allein der Gedanke, François eines Tages ganz anzugehören, hatte keinen Theil daran. Sie hatte mit der alten Spannkraft auch den moralischen Halt ihres Wesens wieder gefunden. Daß sie den Forderungen der Moral nicht als eine solche, sondern nur als Unmöglichkeit empfand, den Vetter zu heirathen, war natürlich. Sich selbst erschien sie als ein ganz neuer Mensch und wie geheiligt durch die Liebe. Darum sollte auch äußerlich nichts Altes an ihr bleiben, und sie wählte aus ihrer Kiste Wäsche und Röcke, die sie noch nicht getragen hatte. Sorgfältig, wie sie es in der letzten Zeit nicht mehr gethan, kleidete sie sich an und, sobald Frau Rabut sie benachrichtigt, daß der Vater in der Mittelstube allein sei, ging sie zu ihm hinunter. Es war ein ernster, schwerer Gang, und Frau Rabut folgte ihr beklommenen Herzens bis in die Küche, aus der sie die Mägde unter verschiedenen Vorwänden entfernte.

Vater Gautier empfing seine Tochter mit finstern Brauen. Ihr Morgengruß blieb von ihm unerwidert.

Was willst du? schnaufte er sie an.

Ich wollte mit dir reden, Vater, entgegnete sie ruhig.

Da ist nichts mehr zu reden, schrie er. Denkst wohl, mit deinem Geschwätz von gestern ist Alles abgemacht? Du selbst hast den Vetter gewollt, und so bleibt es dabei.

Es kann nicht so bleiben, Vater, sagte sie fest, doch ohne Trotz, und wenn du mich hören willst, will ich dir sagen, warum ich dem Vetter damals mein Wort gegeben habe.

Nein! rief er.

Du mußt! Den zornigen Blitzen, die er aus seinen grauen Augen auf sie schoß, muthig Stand haltend, trat sie dicht an seinen Stuhl und, während er, ihrer nicht achtend, von Neuem zu seinen Papieren griff, mit deren Durchsicht er beschäftigt gewesen war, versuchte sie ihm, so gut sie es vermochte, von den Vorgängen in ihrem Herzen Rechenschaft zu geben. Mit leiser Stimme und erglühenden Wangen berichtete sie ihm von ihrer mißverstandenen Neigung zu dem Jugendfreunde, dessen Vorwürfen an dem Schützenfeste und ihrem Trotze, der sie in Folge jener dem Vetter in die Arme getrieben habe. Er schien sich nicht um sie zu kümmern; aber die dick anschwellenden Adern auf seiner Stirn und das Zittern des Blattes, das er gerade in der Hand hielt, verriethen ihr deutlich genug, daß ihm keines ihrer Worte entging und jedes frische Kohlen in die Gluth seines Zornes warf, die nun, da sie schwieg, in hellen Flammen gewaltig hervorbrach.

Unsinn! schrie er und erhob sich so ungestüm von seinem Stuhle, daß dieser hinter ihm zu Boden polterte. Du wirst ihn heirathen!

Nie!

Dirne! donnerte er, willst du mir trotzen? Sich selber vor Wuth nicht mehr kennend, trat er dicht vor sie hin und hob die athletischen Fäuste drohend gegen sie.

Nein, entgegnete sie zurückweichend, trotzen will ich dir nicht. Ohne deine Einwilligung will ich ja den François nicht. Ich hab's dir gesagt. Aber den Vetter nehm' ich nicht, und siehst du, Vater, zwingen lasse ich mich nicht!

Nicht zwingen? lachte er wild. Du? — Wurm? — Werden sehen!

Du wirst es nicht sehen! entgegnete sie mit flammenden Augen. Du kannst mich gebunden in die Kirche schleppen, Vater; aber Ja werde ich nicht sagen.

Zitternd und sprachlos vor Wuth lehnte er sich an die Wand, während sie, die Hände faltend, fortfuhr: O gieb doch nach, Vater! Du siehst ja, es kann nimmermehr sein. Laß uns doch in Frieden auseinandergehen, bat sie mit Thränen in den Augen. Willst du mich denn mit Gewalt elend machen? Du hast ja kein Kind mehr als mich!

So bat und flehte sie unter heftiger strömenden Thränen, indem sie sich ihm von neuem näherte. Bittend wollte sie seine Hand fassen. Da stieß er sie mit derselben vor die Brust, daß sie laut aufschreiend zurücktaumelte und fiel.

Frau Rabut, welche an allen Gliedern bebend in der Küche Wache hielt, schnellte bei dem Schrei von ihrem Sitze auf und stürzte in die Stube. Margot hatte sich jedoch schon wieder erhoben. Blaß wie eine Todte stand sie dem Vater gegenüber. Auch er war bleich geworden. Mit weit-geöffneten Augen starrten Beide eine Secunde lang einander an. Dann wandte sich Margot und ging, die Hand auf die schmerzende Brust pressend. Noch lange, nachdem sie ihn verlassen, starrte er, an der Wand lehnend, auf die Stelle, wo sie vor ihm gestanden. Die Arme hingen ihm schlaff am Leibe nieder.

Mit Frau Rabut auf ihre Kammer zurückgekehrt, rang Margot gewaltsam, ihrer Aufregung Meisterin zu werden und ihre Gedanken auf das zu richten, was zunächst zu thun sei. Von des Vaters roher Handlungsweise sagte sie der Tante nichts. Endlich öffnete sie ihren Kasten und suchte einige Wäsche und Kleidungsstücke hervor, die sie in ein Tuch knüpfte.

Jesus! rief Frau Rabut erschrocken, was willst du denn
thun?

Du weißt ja, sagte Margot mit zuckender Lippe, daß
der Vater nicht nachgiebt, und zwingen lasse ich mich nicht.
Und mit neu hervorquellenden Thränen setzte sie hinzu:
Auch zwischen ihm und mir ist es aus. Er wird's schon
verstehen, daß ich nicht länger im Hause bleiben kann.

Sie wollte zu Frau Roland und in der Frühe des
folgenden Tages nach Aigle, um dort einen Dienst zu
suchen.

Frau Rabut schlug jammernd die Hände zusammen.
Sie, des reichen Kreuzwirthes einziges Kind, sollte bei
fremden Leuten in Dienst treten! Es war ihr unfaßlich,
obwohl sie schon begriff, daß Margot nicht im Hause bleiben
konnte, wenn sie ihr Stück durchsetzen wollte. Nein, den
Vetter sollte sie nicht heirathen, und doch bot sie alles auf,
um sie im weißen Kreuze zurückzuhalten. Margot schüttelte
traurig den Kopf und machte ihr Bündel fertig. Daß es
so weit kommen würde, hatte sie, obgleich darauf gefaßt,
doch nicht gefürchtet und, ihr Herz wurde schwerer und
schwerer. Frau Rabut hatte nur noch Thränen, während
ihre Nichte sich vollends bereit machte, das Dach, unter dem
sie geboren und groß geworden war, auf immer vielleicht
zu verlassen. Sie wollte in Aigle zunächst den Agenten
Charançon aufsuchen, der sie kannte und ihr vielleicht gleich
einen Dienst nachweisen konnte. Der Tante wollte sie schreiben, wohin sie ihr ihre Sachen nachschicken sollte. Noch
einmal sah sie sich in ihrem Stübchen um — es war ein
langer, schwerer Blick — dann reichte sie der Tante die
Hand zum Abschiede.

Mein Gott! rief die gute Frau plötzlich, daran haben wir ja Beide nicht gedacht. Warte! Warte!

Sie eilte davon und gleich darauf kam sie mit einem alten, schmutzigen Beutelchen zurück, das sie Margot in die Hand drückte.

Du mußt doch leben, bis du einen Dienst gefunden hast, rief sie, und betteln kannst du doch nicht.

Margot nahm's dankbar an. Ich will's treulich wiedergeben, sagte sie mit einem schmerzlichen Lächeln.

Sie schieden. Laut auf weinte Frau Rabut.

Wir sehen uns ja noch heute Abend! tröstete Margot sich endlich losreißend.

Frau Gautier, welche eben mit ihrem Manne von einem Spaziergang zurückgekommen war, sah sie mit ihrem kleinen Bündel am Hause vorübergehen und verwundert fragte sie ihren Schwager, was das zu bedeuten habe.

Fragt sie selbst! murrte er ihr entgegen. Mit schweren Schritten ging er in der Stube auf und ab, dann stieß er die Thür auf und schrie in die Küche hinaus, ob denn heute nimmer das Mittagessen fertig würde.

Frau Rabut kam endlich und deckte den Tisch. Ihre Augen waren roth und geschwollen vom Weinen.

Was hat's denn gegeben? fragte Frau Gautier von Neuem. Der Schwager brummt, und ihr könnt kaum aus den Augen sehen!

Was es gegeben hat? rief die Frau Rabut, abermals in Thränen ausbrechend. Daß ihr die Margot aus dem Hause getrieben habt, das hat es gegeben!

Tragt auf! stampfte der Kreuzwirth mit dem Fuße.

Nun, das muß ich sagen, spöttelte Frau Gautier bei

Tische, ihr habt eure Tochter gut erzogen, Schwager. Nicht einmal mit einem solch albernen Trotzkopf von Mädchen fertig werden zu können!

Der Wirth warf ihr einen bösen Blick zu, sagte aber nichts, sondern nahm sein Glas und trank. Er trank heut während des Essens auffallend viel: über eine Flasche von dem nervenaufregenden Waadtländer Wein. Louis war noch nicht von der Baustelle zurück, und dem Weinhändler schmeckte es nicht. Er war ein schwacher Mann, aber er hatte Margot lieb, lieber als seine eigenen Kinder, die ihn offen verspotteten. Während Margot in seinem Hause gewesen, hatte sie oft den Zorn seiner Frau von ihm abgewehrt. Frau Rabut kam gar nicht zum Essen.

Nun möcht' ich doch wissen, was aus der Heirath meines Sohnes werden soll? begann Frau Gautier wieder, nachdem sie die Suppe beendet.

Was kümmert's mich? grollte ihr Schwager. Macht's mit ihr selbst aus.

Mit der weggelaufenen Dirne, ha! ha! ha! lachte sie höhnisch.

Kein Wort entgegnete der Kreuzwirth, aber dicke Schweißtropfen traten auf seine Stirn, und der Löffel, den er eben zum Munde führte, schwankte. Sein Bruder schob den Stuhl zurück und stand auf.

Da wir hier nichts mehr zu thun haben, so werde ich anspannen lassen, sagte er und ging hinaus.

So weit sind wir noch nicht, bemerkte seine Frau. Ernstlich, Schwager, ihr werdet doch wohl euer Ansehen brauchen und die Dirne zurückholen lassen.

Nein! sagte er mit rauher Bestimmtheit. Nein und abermals Nein!

In diesem Augenblicke trat Louis herein. Er hatte die Posttasche in der Hand, die eben der Bote von Sepey gebracht. Außer den Zeitungen war nur ein Brief für den Kreuzwirthen darin. Louis reichte ihm denselben, und er las. Er enthielt nur wenige Zeilen, und doch schien Vater Gautier mit denselben nicht zu Ende zu kommen. Fort und fort starrte er in das Blatt.

Louis sah ihm verwundert zu.

Ist's was Schlimmes, Onkel? fragte er endlich, aber er erhielt keine Antwort.

Röther und röther färbte sich das Gesicht des Wirthes, die Augen traten aus ihren Höhlen hervor, sein Athem keuchte. Plötzlich machte er eine Bewegung, um sich zu erheben, und in demselben Augenblick fiel er röchelnd in seinen Stuhl zurück. Der Schlag hatte ihn gerührt.

Während Frau Gautier entsetzt um Hülfe schrie, hob Louis den Brief auf, welcher auf den Boden gefallen war.

Das Haus in Bevey, bei welchem der Wirth sein Geld stehen hatte, war fallirt.

12.

Glücklicherweise war der Arzt, nach welchem der Irländer gleich bei seiner Rückkehr in das weiße Kreuz für François geschickt hatte, noch im Dorfe, und er konnte daher dem Wirthe schleunige Hülfe leisten. Der Anfall war nach seinem Ausspruche schwer, doch nicht lebensgefährlich.

Indessen saß Margot mit Frau Roland an François' Bett. Frau Roland hätte das Mädchen gern gleich ganz bei sich behalten — auch ohne Aussteuer war sie ihr als Schwiegertochter willkommen — allein Margot beharrte auf ihrem Plane, und François gab ihr, obgleich mit schwerem Herzen, Recht. Es war wohl besser, vorerst dem Gerede der Leute aus dem Wege zu gehen, als ihm durch ihre Anwesenheit stets neuen Stoff zu geben, und dadurch auch Vater Gautier in seinem Zorn zu erhalten, statt ihn zu besänftigen. Welch ein schweres Schicksal diesen befallen, erfuhr Margot erst am späten Abend. Frau Rabut selbst, welche nicht eher hatte abkommen können, brachte ihr die traurige Nachricht. Da vergaß sie alles, was sich zwischen sie und ihren Vater gewälzt und, der Stimme der Kindespflicht folgend, eilte sie heim an das Krankenlager.

Als sie von François Abschied nahm, zog er sie zu sich nieder, so daß sein Mund ihr Ohr erreichte, und flüsterte ihr zu: Ich habe dir schwer, schwer Unrecht gethan, Margot; vergieb mir!

Sie sah ihn mit einem tief innigen Blicke an und drückte seine Hand.

Fortan wich sie nicht mehr von dem Lager ihres Vaters. Still und mit unermüdlicher Sorgfalt waltete sie um ihn, und ihre einzige Erholung bestand in den Berichten, die ihr Frau Rabut täglich von François' fortschreitender Besserung erstattete. Frau Gautier war mit ihrem Manne noch an demselben Nachmittage nach Bey zurückgekehrt. Sie fühlte keinerlei Neigung, die Krankenpflegerin zu spielen, und Frau Rabut segnete ihre Entfernung von ganzem Herzen. Louis war geblieben. Die Macht, welche er allmälig über den Oheim gewonnen hatte, sowie die durch den Bankerott herbeigeführte Verwirrung erhielten seine Hoffnungen lebendig.

Als nun Margot nach Hause zurückkehrte, versuchte er, sich ihr wieder zu nähern. Sie vermied ihn, so viel sie konnte; daß sie ihm nicht ganz ausweichen konnte, erschwerte ihr die übernommene Pflicht nicht wenig. Sie verließ kaum die Krankenstube und, wenn sie den Vetter nach Hause kommen hörte, schloß sie dieselbe von innen ab.

Der Schlaganfall, welcher den Kreuzwirth niedergeworfen hatte, war in der That ein schwerer, und es dauerte lange, bis ihm das Bewußtsein zurückkehrte, bis sein Kopf wieder hell ward, und noch länger, bis er den Gebrauch der Sprache wieder gewann. Sein erster heller Blick begegnete dem seiner Tochter. Er sah sie lange forschend an, doch keine seiner Mienen verrieth ein Erstaunen, sie an seinem Bette zu finden. Er schien die Vergangenheit vergessen zu haben. Aber er hatte sie nicht vergessen, und je liebevoller ihn Margot pflegte, je öfter dachte er an sie. Der Gedanke war nicht frei von Bitterkeit, und diese machte ihn oft unwirsch gegen die Sorgfalt seines Kindes. Er begann den Brand der feurigen Kohlen zu fühlen, die Margot auf sein Haupt sammelte, und er wollte die Liebe nicht dulden, die ihm Schmerz machte.

Margot ihrerseits sah in seiner zeitweiligen üblen Laune nur die Zeichen seines fortdauernden Zürnens gegen sie und ertrug sie geduldig, welchen innern Kummer sie darüber auch empfand. Darum schüttelte sie auch traurig den Kopf, wenn Frau Rabut, welche ihre gute Laune vollständig wiedergewonnen hatte, ihren ganzen Vorrath von Einbildungskraft verschwendete, um für ihre beiden Lieblinge Luftschlösser oder vielmehr Hütten in Ormont zu bauen. Es schien ja alles beim Alten und, wenn der Vater hergestellt, war auch ihre Rolle im weißen Kreuze zu Ende.

9

Aber diese Herstellung verzögerte sich von Tage zu Tage, und endlich sah sich der Arzt zu erklären genöthigt, daß eine vollständige nimmer zu hoffen sei: die Beine würden gelähmt bleiben. Da begannen für die arme Margot die schweren Kämpfe von Neuem. Konnte sie nun den Vater in seinem hülflosen Zustande verlassen, wenn er durchaus auf ihrer Verbindung mit dem Vetter bestand? Und würde er nicht um so mehr darauf bestehen, da er unfähig geworden war, der künftigen, großen Wirthschaft selbst vorzustehen? Dennoch vergaß sie über dem eigenen Elend nicht das Mitgefühl mit dem ihres Vaters, und Wort und That wurden nur um so lebendiger in tröstender, hülfreicher Liebe.

Jetzt brannte sie ihn nicht mehr: sie kühlte den Brand.

Sein Krankenlager bot ihm Muße genug, über vieles nachzudenken, und in solcher Lage, da das Herz noch unter dem Hauch des Todes bebt, der eben über dasselbe hinweggegangen, und doch ein ewiges Leiden unabwendbar bevorsteht, da denkt der Mensch über Manches anders und richtiger, als in der Fülle der Kraft und der Verhärtung des Glückes.

So dachte er über seinen Hochmuth und die Pläne seines Ehrgeizes. Es lag darin Stoff genug zu bittern Empfindungen, und schwere Sorgen um die Zukunft gesellten sich dazu. Unfähig seinen Geschäften vorzustehen, hatte er nur die Wahl, das neue Hôtel zu verkaufen, oder es gleich seinem Neffen und Margot abzutreten. Aber wie ihn die Selbstsucht früher diese Verbindung hatte wünschen lassen, so sprach sie jetzt, wenn auch in anderer Form, dagegen. Er mußte, daß sie den Vetter nicht liebte, daß sie nicht glücklich sein könne, und obgleich sie unter dem Unsegen seines Ehrgeizes

und seiner Habsucht litt, so dachte sie doch nur an seine
Pflege und Wartung. Würde das so bleiben, wenn er sie
zwang, dem Vetter die Hand zu geben? Würde sie, im
Fall des Gehorsams, in der neuen großen Wirthschaft auch
nur Zeit finden, so ausschließlich für ihn zu sorgen? Und
auf der andern Seite bot ihm seine Krankheit den besten
Vorwand, sich ohne Demüthigung vor den Dorfgenossen aus
allen Verlegenheiten zu ziehen.

Das alles lag ihm schwer im Sinne und verschlimmerte
seinen Zustand. Doch Margots kindliche Liebe und Aufopferung halfen ihm auch über diese neue, doppelte Krisis hinweg. Als die Krone auf dem fertigen Dachstuhl des Hôtels
prangte, an dem Tage, an dem Margots Hochzeit sein sollte,
hatte er eine lange Unterredung unter vier Augen mit Louis,
und noch am selben Abend verließ derselbe für immer das
weiße Kreuz. Doch ging er, wenn auch im Zorn, so doch nicht
ohne Lohn davon. In seiner Wuth hatte er dem Vater
Gautier freilich das reiche Geldgeschenk vor die Füße geworfen; aber er hatte es dann doch der Mühe werth gefunden, es wieder aufzuheben, und als er später ein eigenes
Geschäft gründete, unterstützte ihn der Wirth bereitwillig
mit seinem Kredite.

Als Margot nach seiner Entfernung wieder in die Krankenstube kam, winkte Vater Gautier sie zu sich.

Er ist fort, sagte er, und wird nicht wiederkommen.

Margot ergriff seine Hand und küßte sie voll inniger
Dankbarkeit und Rührung.

Frau Rabut stürmte sofort zu ihrer Freundin, der Frau
Roland, um auch dort die Freudenbotschaft zu verkünden,
und François, der an demselben Tage zum erstenmale das

Bett verlaffen, bewies durch feinen Freudenruf, daß die
Krankheit feine Lungen nicht angegriffen hatte.

Statt Louis ergriff nun wieder Herr Perche, der Schul-
meifter, deffen Antikulturgarten trefflich gedießen war, die
Feder, und ihr erfter Gebrauch führte den Agenten Charançon nach Ormont. Seine göttliche Grobheit fchwieg diesmal vor dem Zuftande des Kreuzwirthes. Aber die Bemerkung konnte er doch nicht unterbrücken, daß er es fo
vorausgefagt habe.

Das Hôtel wurde verkauft.

Im weißen Kreuze ward's jetzt ftill. Auch der Irländer
hatte dasfelbe längft verlaffen, die Hörner der von ihm aus
dem Abgrunde geholten Gemfe als Trophäen mitnehmend
und dagegen feine vortreffliche Kugelbüchfe François zum
Andenken laffend. Nun fchloß der Winter das Thal mit
feinen Schneewällen gegen die Welt ab, und die Menfchen
enger aneinander. Während aber die Berge fich bis zu den
Füßen in Weiß kleideten, blühten auf Margots Wangen
die Rofen mit jedem Tage voller auf, und von Zeit zu Zeit
klang's durch das Haus wie der verfrühte, abbrechende Ge-
fang eines Vogels, dem ein warmer Februartag den Lenz
vortäufcht. Ihre fchönen fchwarzen Augen blitzten wieder wie
in alten Tagen und ftrahlten François wohlig bis in die
tieffte Seele hinein. Er war fchon lange wieder hergeftellt,
und wenn in der Dämmerung Frau Rabut an dem Bette
des Kreuzwirthes faß, tönte hinter dem Haufe ein feltfames
Geflüfter. Daß François Nachts zur Kilt in ihre Kammer
kam, wie's leider auch noch im Waadtlande auf einzelnen
Dörfern Sitte ift, litt Margot nicht, und die Kälte that
Beiden wohler, als die Wärme in der dunkeln Kammer.

Sie erhielt die Herzen gesund und heiter, und diese Heiterkeit verwandelte das Geflüster oft genug in ein helles Gelächter, so daß Vater Gautier verwundert fragte, was denn
seine Tochter stets um dieselbe Stunde draußen so Ver-
gnügtes treibe. Frau Rabut wußte es ihm nicht zu sagen.
Margot selbst fragte er nicht; aber ihre glühenden Wangen
und leuchtenden Augen, mit denen sie nachher immer in die
Stube kam, gaben ihm viel zu denken.

Endlich war auch er so weit genesen, daß er das Bett
verlassen konnte. Die Beine aber blieben gelähmt. Da saß
er nun den ganzen Tag über auf seinem Lehnstuhl in der
Schenkstube, mit den Gästen im wechselnden Gespräch ver-
kehrend. Er war jetzt mittheilsamer als früher; denn keine
ehrgeizigen Entwürfe zogen seinen Geist mehr von der Unterhaltung ab, und seine Rathschläge und klugen Reden
hüllten sich nicht mehr in die Anmaßung von Orakeln. Ja
er scherzte jetzt sogar und neckte sich mit den Gästen, und
wenn Margots Schönheit ein Erbtheil der Mutter, so zeigte
sich nun, daß sie ihre Schalkhaftigkeit vom Vater hatte.
Und von dieser hatte François auch jetzt wieder manches zu
leiden. Aber er wußte nun, wie er sich rächen konnte. Da
Margot den Tag über mit ihrer Arbeit wenigstens bei dem
Vater saß, so besuchte auch er die Schenkstube des weißen
Kreuzes sehr regelmäßig, und Vater Gautier hatte seine
Gesellschaft gern. Eines Tages, als er der einzige Gast
daselbst und Vater Gautier besonders guter Laune war,
faßte er sich ein Herz und meinte, seinen Hut verlegen
drehend, wenn er nichts dagegen hätte, so möchte er
die Margot wohl zur Frau, ihr sei's Recht und ihm
auch.

Vater Gautier ließ ihn sein Anliegen ruhig zu Ende
stottern, drehte die Daumen um einander, wie es seine Ge-
wohnheit war, und sah ihm voll in das erröthende Gesicht.
Endlich sagte er trocken: Einem Gemsjäger geb' ich mein
Kind nicht! François erblaßte und Margot, welche mit
Frau Rabut draußen an der Thür lauschte, nicht minder.
Frau Rabut aber schob ihre Nichte bei Seite, trat in die
Stube und rief: Na, Schwager, was das Jagen anlangt,
so wird's ihm die Margot schon abgewöhnen.

Meint ihr, alte Frau? entgegnete er, und Margot,
welche unterdessen auch hereingekommen war, flüsterte: O,
gewiß Vater!

Er machte so, als ob er sie nicht sah noch hörte, doch
in seinen Augen und um seinen Mund zwickerte ein mühsam unterdrücktes Lachen über das naive Geständniß, und
zu Frau Rabut gewendet, fuhr er fort: Und ihr wißt noch
immer nicht, alte Frau, was die Margot in der Dämmerstunde draußen zu flüstern und zu lachen hat?

Und ich möcht' doch wissen, Schwager, erwiderte sie
achselzuckend, wie die Leute darauf gekommen sind, euch für
so grausam klug zu halten?

Das will ich euch sagen, rief er. Weil ich das Gras
wachsen höre, und so kann ich euch prophezeien, daß, wenn
der Bursche dort seinen Stutzen an den Nagel hängen und
ein rechtschaffener Kreuzwirth werden will, er gewiß und
wahrhaftig unter den Pantoffel seiner Frau kommen wird.

Da schlang Margot ihre Arme um den Nacken des
Vaters und bedeckte seine Wangen mit glücklichen Küssen,
während François lachte und pfiff und jobelte und endlich,
des Wirthes Rechte schüttelnd, den Gemsen einen ewigen

Frieden schwur. Er hielt sein Wort, wie schwer es ihm auch später manchmal wurde.

Diesmal wurde die Feststellung der Aussteuer von keinem traurigen Vorfall unterbrochen, und der Schneidemüller sang seine besten Lieder. Frau Rabut und Frau Roland kämpften redlich und wacker für die Ehre ihrer Kinder. Aber die Gäste mußten lange, sehr lange warten, bis das junge Paar unter ihnen erschien.

Einige Tage nach dem ersten kirchlichen Aufgebot, da das Brautpaar und die Angehörigen Abends glücklich bei einander saßen, erschienen drei Bursche als Deputation der Dorfjugend. Sie trugen mächtige Blumensträuße an der Brust, und ihre Hüte waren mit bunten Bändern und Rauschgold geschmückt. Der Eine überreichte dem Brautpaar ein Fäßchen Wein, der Andere einen Kuchen und einen Topf mit Honig, während der Dritte als Sprecher viel Glück und Segen wünschte und am Ende die Frage stellte, mit welcher Summe François und Margot von der Dorfjugend sich loszukaufen gedächten. Da ging es nun an ein scherzhaftes Feilschen und Dingen, worüber sich das dargebrachte Fäßchen zu Tode blutete und noch manche Flasche aus dem Keller des weißen Kreuzes leer wurde. Bis tief in die Nacht hinein dauerte der muntere Handel. François versprach zweihundert Franken zu zahlen, und ein begeistertes Hoch lohnte seine Freigebigkeit.

Von diesem Gelde wurden Tanz, Musik und Wein bestritten, mit welchem die Jugend den Sonntag des zweiten Aufgebotes festlich beging, während in dem Brauthause die Verwandten und Gevattern und wer sonst noch geladen, ein reichliches Vesperbrod einnahmen, bei dem auch der Pfarrer

mit seiner Frau erschien, und das sich bis zum Morgen
verlängerte.

Die Höhe dieses Lösegeldes richtet sich nach den Ver-
mögensumständen des Bräutigams und stellen die Deputir-
ten der Dorfjugend oft eine ganz bestimmte Forderung.
Weh' aber dem Bräutigam, der sich bei dieser Gelegenheit
auffallend knauserig beweist.

In der ersten dunkeln Nacht erschallt plötzlich eine gräu-
liche Katzenmusik vor seinem Fenster. Geschrei und Peit-
schenknallen und Pfeifen verbinden sich mit gellenden Trom-
petenstößen zu einem Höllenlärm; Ketten werden rasselnd
vor dem Hause hin und hergeschleift, dazu läuten unaufhörlich die großen Kuhglocken und knallen Flinten und Böller,
und die Pausen füllen beißende Spottlieder aus. Und dieser wahnsinnig machende Lärm dauert einige Stunden lang,
ja manchmal wiederholt er sich mehrere Nächte hintereinander.

Dank der Freigiebigkeit François', hatte man in Ormont
seit undenklichen Zeiten keinen so glänzenden Brauttanz ge-
feiert, und an dem Hochzeitstage faßte die Kirche kaum die
Menge. Ganz Ormont wollte Zeuge der Trauung sein.
Das Hochzeitsmahl aber fand, aus Rücksicht für Vater
Gautier, im weißen Kreuze statt und nicht, wie es der
Brauch ist, in einem Wirthshause des nächsten Dorfes oder
der nächsten Stadt.

Das neue Hôtel steht vollendet da, ein Wunder der
ganzen Umgegend, und wenn der Wanderer die Sennen im
Gebirge nach dem Wege nach Ober-Ormont fragt, so erhält
er zur Antwort sicher die Gegenfrage: Ihr wollt wohl ins
Hôtel des Diablerets?

Das ist der Name, den Vater Gautiers Stiftung heute führt.

Wem die Verhältnisse jedoch nicht gestatten, als Engländer zu reisen, der zieht wohl an dem stolzen Hôtel vorüber und läßt sichs wohl sein in dem bescheidenen weißen Kreuze bei François und seiner jungen, hübschen Frau. Dort kann er die vorstehende Geschichte mit eignen Ohren aus dem Munde Vater Gautiers hören, wie sie der Verfasser daselbst an einem Regentage von ihm hörte, während Margots Spinnrad schnurrte und François eine hölzerne Flinte für seinen rosigen Buben zurechtschnitzte.

———

Der Schmuggler.

1.

Ich möchte nur wissen, ob das eine Straße vorstellen soll? rief Franz Peterson, indem er keuchend stehen blieb und mit seinem Stocke ärgerlich das Geröll unter seinen Füßen stampfte. — Bei Regengüssen auch wohl das Bett eines Bergstromes! entgegnete sein Gefährte, Viktor Amfort, der ihm etwa zwanzig Schritte voraus war. Aber komm nur, ich sehe dort links eine herrliche Kastanie, unter der wir ausruhen können. Franz wischte sich den Schweiß vom Gesichte und begann mit einem Seufzer von Neuem über die scharfkantigen Kiesel- und Granitstücke emporzuklettern.

Die beiden jungen Leute waren am Morgen mit dem Dampfboote von Lausanne nach Evian herübergekommen, um einen Streifzug in die savoyer Gebirge zu machen. Auf Amforts Vorschlag hatten sie sich kein festes Ziel gesteckt und sich führerlos dem ersten besten Pfade anvertraut, nachdem sie die Weinregion hinter sich gelassen. Ein solcher Pfad hatte sie endlich in dieses Bett eines Baches geleitet, das allerdings in trockenem Zustande auch zur Straße diente, und in dem sie nun schon über zwei Stunden in dem Schatten eines dichten Kastanienwaldes ziemlich steil bergan stiegen.

Beide, die Söhne reicher Kaufleute und selbst diesem
Stande angehörig, waren von ihrer Vaterstadt im Norden
Deutschlands ausgezogen, um einen letzten Jugendblick in
die Welt zu thun, bevor sie der Ernst des Lebens für immer
in die Schreibstuben und Kaufgewölbe der Heimat bannte.
Auch waren sie mit hinlänglichen Geldmitteln und Kredit-
briefen versehen, um mit Freiheit und Laune genießen zu
können. Indessen hatte man ihnen doch im Allgemeinen
eine Reiseroute bestimmt, welche die bedeutendsten Handels-
städte umschloß. In Folge derselben sollte Genf nicht über-
gangen werden. Amforts Vater hatte in dieser Stadt eine
Reihe von Jahren in einem großen Handelshause gedient,
und der Sohn sollte nun gelegentlich die alten Bekannten
wieder aufsuchen, Nachrichten von ihren Schicksalen geben
und vielleicht den Weg zu Geschäftsverbindungen eröffnen.
Die Brieftasche Viktors war zu diesem Zwecke mit mancherlei Notizen angefüllt.

Die Wandrer hatten inzwischen den vorhin bezeichneten
Baum erreicht, bei welchem ein Fußpfad in ihren bisherigen Weg mündete. Franz, dem eine deutliche Anlage zur
Wohlbeleibtheit das Steigen nicht so leicht gemacht hatte,
als es seinem schlanken Gefährten geworden, warf sich sofort
in das Gras, in seinem Herzen die romantische Idee und
jede Romantik verwünschend und, sobald er ein wenig zu
Athem gekommen war, seine Stiefel mit einem wehmüthigen Blicke betrachtend. Das scharfe Geröll hatte die ele-
gante Fußbekleidung allerdings in einen trostlosen Zustand
versetzt. Das hat man davon, brummte er nach einem tiefen Zuge aus seiner Feldflasche, wenn man wie ein Pfad-
finder durchs Land läuft, statt auf der Heerstraße zu bleiben.

Man weiß nie, wo man und ob man überhaupt irgendwo, und wie man hinkommt. — Aber du wirst doch zugeben, daß diese Waldpartien überaus herrlich sind! warf sein Gefährte ein. — Peterson streckte ihm statt aller Antwort seinen linken Fuß entgegen, an dessen Stiefel das Oberleder wie mit einem Messer quer durchschnitten war. Viktor mußte über den Anblick, wie über die Jammermiene seines Freundes laut auflachen, und in der besten Laune holte er den Mundvorrath aus seiner Reisetasche hervor und breitete ihn zwischen sich und Franz auf dem Rasen aus.

O! sagte Franz mit vollen Backen, ein guter Schinken ist mehr werth als alle Kastanienwälder der Welt. Ich wünschte, wir säßen in Ouchy in dem Hôtel de l'ancre, statt unter diesem romantischen Baume, von Gott und den Menschen verlassen und mit der schönen Aussicht, vielleicht die Nacht in diesem verdammten Gehölz zubringen zu müssen. Diese Aussicht that jedoch seiner Eßlust keinen Eintrag, und so nahm er auch seines Freundes Hinweis auf den Fußpfad vor ihnen, der sicher zu irgend einer Wohnung führe, mit einem bloßen Kopfnicken auf. Fortan ging kein Wort mehr über seine Lippen, bis er seinen Hunger gestillt, einen letzten kräftigen Zug aus der Feldflasche gethan und eine Cigarre angezündet hatte. Mit Behagen blies er die duftenden Rauchwolken von sich und schaute ihnen nach, wie sie sich in dem Laube des mächtigen Kastanienbaumes verloren.

Ha, ha! lachte er, was wohl Fräulein Clarissa Stern sagen möchte, wenn sie uns so plötzlich hier gelagert fände? Ich glaube, sie besänge uns, und wir hätten dann die Ehre, der ganzen Gesellschaft im Anker rhythmisch als Banditen vorgeführt zu werden. Uebrigens ihr Gedicht auf Chillon, das sie uns gestern vorlas, klang nicht so übel. — Ja es klang, entgegnete Viktor trocken. Wie unzählige Glocken haben nicht schon dasselbe geklungen! — Möglich, sagte der Andere gemüthlich. Der Byron spukt ihr im Kopfe, aber Gefühl hat sie doch! Erinnerst du dich noch ihrer schönen Worte, als wir vom Tour de Gourze die Sonne sinken sahen? Eine Thräne glänzte in ihren Augen. Ah, sie ist schön! — Und er vertiefte sich in Gedanken in das Bild der schönen Landsmännin, mit der die Jugendfreunde der Zufall an den Ufern des Genfersees zusammengeführt hatte. Nach einer Weile begann er wieder: Wie man übrigens nur so heiter sein kann, wenn man so viel Ballast von Gelehrsamkeit führt! Hätte ich auf Schulen nur die Hälfte von dem losgekriegt, was sie beiläufig an den Mann bringt, so wäre ich heute nicht bloß meines Vaters Sohn, obgleich es eine ganz angenehme Anstellung ist. Und wie die zierliche, blonde Donna lachte, als ich ihr sagte, ich sei der Sohn von E. W. Peterson. Wetter, Junge, sie hat ein hübsches Lachen. Und diese rothen, vollen Lippen, diese prachtvollen Zähne! — Und dieses tiefe Gefühl! spöttelte sein Freund etwas bitter. — Ja, spotte nur, rief Franz. Du hast das Recht dazu! Du glaubst wohl, es sei mir entgangen, wie angelegentlich du nach der Farbe ihrer beweglichen Augen ausschautest und dein ganzes Wesen wenigstens zu Anfang der Bekanntschaft aufthaute. Wärst du nicht mein Freund, wahrhaftig ich wäre eifersüchtig auf dich geworden. Ich wollte, du wärest mir nicht im Wege gewesen! Dabei dehnte und streckte er sich behaglich auf dem Rasen aus.

Er hatte übrigens richtig gesehen: die schöne Lands-

männin war dem Freunde nichts weniger als gleichgültig
geblieben. Fortgerissen von seiner eigenen Lebhaftigkeit,
hatte Viktor lange nicht bemerkt, daß das Licht, welches ihn
blendete und bezauberte, nicht aus einem leben- und seelen-
vollen Auge, sondern aus kostbaren Steinen strahlte. Die
Venusgürtel sind aus der Mode gekommen; statt derer giebt
man den Mädchen ein Diadem mit in das Leben, zusam-
mengesetzt aus den Edelsteinen jedes möglichen Wissens.
Clarissa war das erste weibliche Wesen, für welches Viktor
eine wärmere Empfindung zu hegen begonnen, und die Enttäuschung, die er endlich erfuhr, um so schmerzlicher. Sie
war noch nicht verwunden, und er fuhr deshalb gegen seinen
Gefährten ziemlich heftig mit der Bemerkung heraus, daß
Schönheit, Talent und zusammengelesenes Wissen kein Er-
satz für den Mangel oder die Enge eines weiblichen Gemüthes sei. Hat uns das Weib um das Paradies gebracht,
so soll es uns dafür durch sein Herz entschädigen. Nicht
mit dem zersetzenden Verstande soll es an das Leben heran-
treten, sondern mit liebevoll versöhnender Seele! So rief
er unmuthig und sprang auf. Franz folgte seinem Beispiele
mit etwas steifen Gliedern, indem er die Bemerkung machte,
daß es für keinen Schilling Spaß in der Welt geben
würde, wenn die Frauen so wären, wie sein Freund sie
wünschte. Ob sie sich mit Blumen putzten, oder mit dem,
was sie im Kosmos gelesen, sei ganz gleichgültig; es sei
eben nur Spielerei, auf die kein verständiger Mensch etwas
gäbe. Aber das kommt daher, schloß er, daß du den
Studenten nimmer vergessen kannst. Wärst du gleich auf
beines Vaters Comptoir gegangen, statt zwei Jahre in
Heidelberg zu commerciren, so würdest du dir solche und

10

andere verschrobene Ansichten nicht in den Kopf gesetzt haben.

Viktor antwortete mit einem geringschätzenden Achsel-zucken, und beide verfolgten stillschweigend den Fußpfad, der sie nach einem etwa halbstündigen Marsche durch den Wald zu einem mit Felstrümmern übersäeten Platze führte. Eine Bergwand, aus deren Tannenbekleidung nacktes Gestein fast senkrecht aufstieg, starrte ihnen gerade entgegen, während zu ihrer Rechten der Boden auf dem sie standen, sich sanfter zu einem abgerundeten Rücken emporwölbte, hinter dem sich die wilden und sonderbaren Spitzen aus der Umgebung des Dent d'Oche zeigten. Zur Linken aber öffnete sich der Blick auf den Genfersee tief unten und das Waadtland. Wie ein blaues Auge leuchtete der See aus seiner Bergumkränzung, und von dieser grüßte hier die Kathedrale von Lausanne, dort der zerbröckelte Tour de Gourze herüber, in den sich einst die Königin Bertha vor den Mauren geflüchtet hatte. Die Luft war so klar und rein, daß die Wanderer die ein-zelnen Ortschaften am Rande des Sees: Lutry, St. Sapho-rin, Bevey, Chillon und das amphitheatralisch sich erhebende Montreux deutlich erkennen konnten. Von der Abendsonne beschienen, funkelten die Häuser, als wären ihre Mauern von Marmor und Silber, und spiegelten sich gleich Sternen im See, über dessen stille Flut zahllose Barken mit weißen Segelschwingen glitten. Das wüste Feld, auf dem die jun-gen Leute standen, fiel auf dieser Seite plötzlich schroff ab, und als sie an den Rand desselben traten, bemerkten sie unten am Seeufer die Häuser von Lugrin und daneben auf einem in den See hinausragenden Felsenvorsprung das mäch-tige Gemäuer des Schlosses von Blonay, gewöhnlicher Tour

Ronde genannt, umgeben von den Hütten der Fischer. Wein, welcher an abgestorbenen Kastanien emporrankte, bekleidete die Höhen, daran schlossen sich dunkellaubige, zuweilen von kleinen Wiesen und goldenen Getreidefeldern unterbrochene Wälder.

Franz warf einen Blick auf das Dorf, das etwa viertausend Fuß unter ihnen lag, einen andern auf die Bergwand neben sich und stieß einen tiefen Seufzer aus, während Viktor an einem Felsblock lehnend im Anschauen der Landschaft versunken war. Da haben wir's! grollte der Erstere. Hinunter können wir nicht, da hinüber auch nicht und hinter uns ist nichts. Ich möchte wissen, ob deine romantischen Ideen ein Bett hierherzaubern können? Er schwur nie wieder eine Fußtour ins Gebirge zu unternehmen. Er schwur es bei den Felsblöcken, auf deren einen er sich niederließ, ohne zu beachten, daß er mit Asche und Kohlen bedeckt war.

In diesem Augenblick rief Amfort: Schau, wie reizend das ist! und zugleich wies er seitswärts unter sich nach einer Stelle, wo leichte Rauchwolken zwischen den Bäumen emporwirbelten. Hol' der Teufel alles Reizende! Ich brauche ein Dach und keine Schönheit! — Aber sieh doch nur! lachte Viktor. Da hast du nicht allein ein Dach, sondern auch einen rauchenden Schornstein!

Wirklich? rief Franz neu belebt, sprang auf und schaute nach der angegebenen Richtung. Da sah er unter sich am Rande des Kastanienwaldes, der sich links bis zu dem Plateau hinaufzog, und halb von den Bäumen verhüllt, ein weißes einstockiges Haus mit hohen Giebeln, vor dem sich ein eingehegtes Gärtchen ausbreitete. Aber seine Freude schwand gar bald, als er jetzt einen Blick auf die Felswand

warf, auf deren Rande er stand. Dieselbe senkte sich wohl
an die hundert Fuß so jäh hinab, daß an ein Hinunter-
klimmen nicht zu denken war. Vollkommen niedergeschlagen
starrte er das Haus und den Rauch an, während Viktor
davon eilte, um den Pfad wieder aufzusuchen, welcher Beide
zu dieser Trümmerwüste geführt hatte. Bald verkündete sein
Zuruf, daß er die Stelle gefunden, wo derselbe hinableitete.

2.

Das wüthende Gebell eines Kettenhundes begrüßte die
Ankömmlinge und lockte ein junges Mädchen auf die Thürschwelle. Es war eine feine schlanke Gestalt, und ein hübsches Gesicht schaute auf die jungen Männer. Die liebliche
Erscheinung war in einen grün und rothgestreiften Wollen-
rock gekleidet, welcher faltig bis auf die Fußspitzen herabfiel.
Dazu trug sie ein jackenartiges Mieder von schwarzem
Sammet mit zwei Reihen silberner Knöpfe verziert und
unter der vollen Brust von Spangen gleichen Metalls zusammengehalten. Ein grobes, aber sehr weißes Hemde, dessen
weite, offene Aermel aus denen der Jacke hervorkamen und
einen wohlgerundeten Arm sehen ließen, schloß mit einer
schmalen Krause eng um den schlanken Hals. Den Hinter-
kopf bedeckte eine schwarze seidene Mütze, die beinahe die
Form eines Barrets hatte und deren breiter Spitzenbesatz
weich über die dunklen, glänzenden Scheitel und die kaum
merklich gerötheten Wangen fiel. Das längliche Gesicht
zeigte überhaupt jenen blassen, etwas ins Gelbliche spielenden Tein der Südländerinnen, der bei Licht blendend weiß

erscheint und hier durch die schwarzen Spitzen der Haube,
die dunkeln Haare und Brauen und die schwarzen, von langen Wimpern beschatteten Augen gedämpft wurde. Diese
großen brennenden Augen des etwa achtzehnjährigen Mädchens richteten sich mit einigem Erstaunen auf die Fremd-
linge; doch wich dieser Ausdruck bald einem Lächeln, welches
die weißesten Zähne verrieth, als ihr Blick auf die arg
mitgenommenen Anzüge der Reisenden und namentlich Pe-
tersons fiel. Franz ward dadurch keineswegs aus der Fassung
gebracht. Von einem hübschen Mädchen litt er alles. Er
selbst lachte laut auf, als er jetzt eine flüchtige Prüfung
mit seinem äußern Menschen vornahm, und so folgte er mit
seinem Freunde der Einladung ins Haus, die in unreinem,
aber wohlklingendem Französisch an sie erging.

Die Hausflur, welche sie zunächst betraten, war mit
Ziegeln ausgelegt. In der Mitte brannte auf einer Stein-
platte, unter einem mächtigen Rauchfange, ein Feuer. An
einer Kette über demselben hing ein Kessel, aus dem ein
angenehmer Duft in großen Dampfwolken hervorquoll.
Neben dem Feuer saß auf einem Lehnstuhle eine alte Frau
und spann. Ein Schemel und ein kleines zierliches Spinnrad standen daneben, — wahrscheinlich dem Mädchen gehörig, welches jetzt die fragend aufschauende Frau mit den
Worten anredete: Hier sind zwei Herren, Großmutter,
welche Essen und ein Nachtlager wünschen.

Das Erste können sie haben, entgegnete diese, ohne ihre
Arbeit zu unterbrechen; aber du weißt ja, Kind, daß uns
dein Vater verboten hat, in seiner Abwesenheit Fremde zu
beherbergen. Erst das Eine, aber etwas Gutes, rief Franz
wohlgelaunt; und dann wird sich ein Nachtlager auch schon

finden. Wir sind keine Lumpen, wir bezahlen. — Ihr seid in keinem Wirthshause, sagte die Greisin ruhig fortspinnend. — Ich hoffe, äußerte jetzt Viktor, daß ihr zwei anständige Reisende, die fremd im Lande sind, nicht zur Nacht aus eurem Hause weisen werdet, Mutter! — So trat er zu der Alten an das Feuer, dessen Licht nun voll auf sein offenes, wohlgebildetes Gesicht fiel. Die Alte ließ den Faden fahren; sie strich das graue Haar aus dem runzeligen Gesichte und, sich gegen den Sprechenden vorbeugend, starrte sie ihn mit weitgeöffneten Augen an. Ihre Lippen bewegten sich, aber sie brachten kein Wort hervor. Fort, fort! keuchte sie endlich mühsam, indem sie mit den Händen eine abwehrende Bewegung gegen den jungen Mann machte.

Dieser, nicht wenig überrascht, hatte keine Zeit nach dem Grunde eines so seltsamen Benehmens zu fragen; denn in demselben Augenblicke ward die Hausthür geräuschvoll aufgerissen, und ein untersetzter, breitschultriger Mann in einer Schifferjacke von schwarzem Manchester-Sammet, einen spitzen, sehr breitkrämpigen Hut auf dem Kopfe trat mit einem großen Packe belastet herein. Der Vater, rief das Mädchen.

Hollah! schrie derselbe, seine Last zu Boden werfend, was giebt's hier? — Was wollt ihr? fuhr er fort und trat drohend auf die Fremden zu. Kaum hatte er aber einen Blick auf Viktor geworfen, als er zurückprallte. Sein Gesicht ward todtenblaß, seine Hände ballten sich, Flammen schossen aus seinen Augen. Viktor wich unwillkürlich vor der Wuth, die sich in seinen Zügen ausdrückte, zurück. Ich glaube, sie sind alle behext, murmelte Franz in deutscher Sprache und sprang mit hochgeschwungenem Stocke an die

Seite seines Freundes. Doch schneller als er hatte sich das Mädchen mit flehender Geberde dem Manne entgegengeworfen, während die Alte von ihrem Sitze aufschnellte, und ihre knöcherne Hand auf Viktors Schulter legend, mit lauter, gebieterischer Stimme rief: Ruhe, Martin, er ist dein Gast! Und du, Anais, führe die Fremden in die Stube. Martin Jeanrenard, dies war der Name des Mannes, ließ die erhobene Faust, in welcher Peterson einen Augenblick ein Messer blitzen zu sehen glaubte, plötzlich sinken, und die Arme übereinanderschlagend, verfolgte er die Reisenden mit feindseligen Blicken, bis sie mit dem Mädchen in der anstoßenden Stube verschwunden waren.

Franz warf sich verdrießlich auf den nächsten Stuhl; er hatte eine neue Veranlassung, die Romantik seines Freundes zu verwünschen, und that es mit der Versicherung, daß er das Haus gutwillig nicht wieder vor morgen verlassen würde, möge kommen, was da wolle. Indessen deckte Anais, noch bleich und bebend, den Tisch, und dieser Umstand besänftigte Franz so weit, daß er sich mit seinem Freunde in allen möglichen Muthmaßungen über die Ursache der so plötzlich ausgebrochenen Wuth ihres Wirthes ergehen konnte. Anais, an welche sich Viktor um eine Erklärung wandte, begriff den Auftritt ebensowenig wie er. Sie wußte nichts weiter, als daß ihr Vater gegen alle Fremden, die der Zufall zuweilen in ihre Einsamkeit führe, sehr mißtrauisch sei, und bat Viktor, seine Heftigkeit nicht weiter zu reizen. Ach! sagte sie, indem sie den jungen Mann mit ihren schönen Augen bittend ansah, Großmutter hat mir einmal erzählt, daß ihn die vornehmen Leute recht, recht unglücklich gemacht hätten. Aber er ist doch gut, fuhr sie mit treuherziger Betheuerung fort, gewiß, er ist immer gut gegen die Großmutter und mich.

Ganz nettes Ding das! bemerkte Franz in deutscher Sprache. Ich muß ihm ein wenig den Hof machen, so weit es mein Französisch zuläßt. Allein er kam nicht dazu, seinen kleinen Sprachschatz auszuplündern, eine Verschwendung beiläufig, die von Anais zwar freundlich, aber mehr abweisend als aufmunternd entgegengenommen wurde; denn das Abendessen, aus einem gesottenen wilden Kaninchen, Käse, Brod und Wein bestehend, erschien und nahm sofort seine ganze Aufmerksamkeit und Thätigkeit in Anspruch. Darüber vergaß er nicht nur Anais, welche die Freunde inzwischen verlassen hatte, sondern auch den unfreundlichen Empfang ihres Vaters, wie die Romantik seines Freundes. Sein Eifer erkaltete erst, als die Flasche leer war. Alle Wetter! brummte er, hat man hier zu Lande noch keinen deutschen Durst gesehen? Eine Flasche für zwei Mann, als ob wir Jungfern wären!

Er rief und klopfte nach einer zweiten Auflage; doch niemand erschien, und er erhob sich, selbst jemand aufzusuchen. Die Flur war leer, aber im Hintergrunde bemerkte er eine offene Fallthür, aus der Lichtschein herausdrang. Das war ihm ein glückliches Zeichen, und er begann die Kellertreppe hinabzusteigen, meinend die Quelle selbst entdeckt zu haben, nach deren Trank er schmachtete. Plötzlich blieb er überrascht stehen. Er sah Jeanrenard beschäftigt, leere Fässer und Bretter, welche an der einen Seite des sonst nichts enthaltenen Kellers aufgeschichtet waren, wegzuräumen. Am Boden stand das Licht und daneben lag das Pack, mit dem der Wirth nach Hause gekommen war. Das

Geräusch, welches jene Arbeit verursachte, hatte Franzens
Schritte auf der Treppe übertönt, der dem Alten eben zu-
rufen wollte, als er hinter den entfernten Fässern und
Brettern eine Oeffnung in der Felswand zum Vorschein
kommen sah. In ihr verschwand Jeanrenard mit seinem
Lichte und dem Packe, und Franz folgte ihm auf den Fußspitzen bis zum Eingang. Er blickte in ein ziemlich umfang-
reiches Gewölbe von etwa Manneshöhe, das roh in den
Felsen gehauen und mit Kisten, Säcken, Ballen und Fässern
angefüllt war. Die Gestalt derselben sagte dem jungen
Kaufmanne, daß sie Kaffee, Zucker, Thee, Tabak, und die
Ballen wahrscheinlich schweizer Spitzen und Bänder enthiel-
ten, und er hatte genug von dem Schleichhandel an der
savoyer Küste gehört, um sich das Vorhandensein der Waaren an diesem Orte erklären zu können. Der Mann hatte
inzwischen sein Pack zu andern geworfen und sich in den
Hintergrund des Gewölbes begeben, wo er einen kleinen
Kasten aufschloß, der Franz von Eisen zu sein schien. Ein
leiser, klingender Ton, wie von Geldstücken, traf sein Ohr.
Er wußte genug, und leise und vorsichtig schlich er zurück
die Treppe hinauf.

Kaum hatte er droben Viktor seine Entdeckung mitge-
theilt, als der Alte in die Stube trat. Sein wettergebräuntes, kühngeschnittenes Gesicht zeigte keine Spur mehr
der vorigen Aufregung. Er schien völlig unbefangen und
bat die Freunde mit einer gewissen derben Treuherzigkeit,
sein voriges Benehmen zu entschuldigen. Es sei ein Mißverständniß gewesen, veranlaßt durch Viktors Aehnlichkeit
mit jemand, den er einst gekannt habe. Die Erklärung
war so rund und bestimmt, daß sie die Freunde völlig zu-

friedenstellte, und der sorglose Franz meinte, es gäbe jetzt
nur noch ein Mißverständniß zu beseitigen: die leere Flasche.
Bald stand sie wieder voll und zwar in Gesellschaft auf
dem Tische. Franz trank dem Alten wacker zu. Er hatte
daheim so manchem grämlichen Steuermann und Kapitän
beim Glase Grog die Zunge gelöst, und begierig auf einige
Paschergeschichten, versuchte er jetzt das gleiche Experiment
an seinem Wirthe. Dieser ließ sich auch keineswegs zum
Trinken nöthigen; doch statt mit der Farbe herauszugehen,
wie Franz sich ausdrückte, drehte er die Sache geschickt um,
und Viktor hörte lachend zu, wie er seinen Freund unter
dem harmlosesten Geplauder nach und nach über Namen,
Stand, Heimat, Reisezweck seiner Gäste ausfragte, ohne
daß dieser es merkte. Jeanrenard saß während dessen den
Ellbogen auf den Tisch gestemmt, so daß sein Gesicht von
der Hand überschattet wurde. Jetzt leerte er sein Glas auf
einen Zug und stand auf, um seine Gäste die Treppe hinauf
in die für sie bereitete Schlafkammer zu führen. Als er
das Licht vom Tische nahm, bemerkte Viktor, daß seine Hand
zitterte. Er schrieb es jedoch dem reichlich genossenen Weine
zu, welcher Franz seinerseits zu verschiedenen Malen die
Versicherung abnöthigte, daß ihr Wirth die kapitalste Am-
phibie sei, die er je getroffen. Auch ließ er ihn nicht eher
aus dem Zimmer, bis er ihn umarmt und geküßt hatte.

Während sein Freund zu Bette eilte, trat Viktor an das
offene Fenster, welches auf den Garten hinausging. Er
fühlte sich, obwohl er nur mäßig getrunken, zu aufgeregt,
um schon auf Schlaf rechnen zu dürfen. Der Mond war
bereits aufgegangen, aber die riesigen Gebirgsmassen, welche
sich am Einfluß der Rhone in den See erheben und auf

denen das erhellte Himmelsgewölbe wie auf einem Eckpfeiler zu ruhen schien, verbargen ihn noch dem Blicke und
hüllten die Landschaft in durchsichtige Schatten, während
über den See einzelne Silberstreifen zitterten. Die Winde
schliefen, und lautlos stand der Wald mit seinen allmälig
heller aufdämmernden Wipfeln. Viktor athmete die reine,
milde Luft in tiefen Zügen ein, und seine Gedanken verloren sich nach und nach träumerisch aus den bunten Ereig-
nissen des Tages. Plötzlich erschallte aus dem Walde drunten ein Jodeln, wie er es häufig in der deutschen Schweiz
gehört hatte, und brach ebenso plötzlich wieder ab. Nach
einigen Minuten begann der Sänger von neuem und sang
diesmal ununterbrochen fort. Aus dem Fenster in der Stube
drunten fiel ein heller Schein in die Nacht hinaus. Als die
letzten, langgezogenen Töne des Sängers verhallt waren,
sah Viktor eine Gestalt aus dem Walde heraustreten und
auf das Haus zuschreiten. Eine zweite, dritte folgte, alle
mit hochbepackten Tragkörben auf dem Rücken. Viktor zählte
funfzehn Personen, Männer und Frauen, die auf diese Weise
erschienen und in dem Hause verschwanden, wo sich jetzt ein
lebhaftes Gesumme und Gemurmel von Stimmen erhob.
Nach einer halben Stunde etwa ward's drunten still; die
Leute verließen das Haus, doch mit leeren Körben, und
verloren sich in der Richtung, aus der sie gekommen waren.
Der Sänger begann wieder sein Lied, eine zweite Stimme
fiel begleitend ein, und unter den ferner und ferner klingenden Tönen suchte und fand Viktor die lang hinausge-
schobene Ruhe.

3.

Schon am frühen Morgen schweifte Viktor in der Umgebung des Hauses umher. Die einsame Lage desselben unter Busch und Fels erschien ihm heute noch lieblicher, stiller und friedlicher als gestern, da sie ihn von der Höhe unwiderstehlich herabgezogen hatte, wie die schöne Wassernixe den Fischerknaben in die geheimnißvoll rauschende, grüne Tiefe. Den Mißton des Empfangs hatte die Nachtruhe vollends aufgelöst, und nach langer, schwerer Zeit athmete seine Seele zum erstenmale frei auf.

Er war ursprünglich für die Wissenschaften bestimmt worden, während ein älterer Bruder einst das Geschäft des Vaters übernehmen und fortführen sollte. Indessen war es keineswegs die Absicht des alten Amfort gewesen, aus seinem Sohne einen jener Gelehrten zu machen, denen sich der Himmel in einem „würdigen Pergamen“ erschließt. Er hegte gegen solche Wagner-Naturen die ganze Geringschätzung seines Standes und seiner Zeit. Er verlangte von den Wissenschaften, daß ihre Resultate dem praktischen Leben zu gut kämen, der Gelehrte sollte im Dienste der Industrie thätig sein, und als er Viktor auf die Universität schickte, geschah es in der ausgesprochenen Absicht, daß dieser sich dem Studium der Physik und Chemie, wie der Volkswirthschaft widmete. Allein der junge Mann besaß weniger von der praktischen Natur seines Vaters, als von der sinnigen und phantasievollen seiner frühverstorbenen Mutter, und die Vereinsamung, in der er seit dem Tode derselben in dem elterlichen Hause gelebt, hatte diese Eigenschaften nur genährt. Er bewunderte die Erscheinungen der Natur, die Harmonie der Welt; aber er mochte die Erscheinung nicht zerstören, um das Gesetz derselben zu finden. Er hatte keinen Sinn für das trockene Detail, und wenn sich sein warmes Herz in Beglückungsplanen für die ganze Menschheit begeisterte, so tödtete die nackte Zahl unbarmherzig seinen Enthusiasmus. Die Philosophie des Materialismus verleibete ihm die Naturwissenschaften vollends und trieb ihn um so lebhafter in eine ideale Richtung, welche aus Geschichte und Literatur immer neue Nahrung sog.

Plötzlich starb sein Bruder, und er mußte Heidelberg verlassen, um die leere Stelle jenes im Comptoir des väterlichen Hauses auszufüllen. Der Name Amfort sollte in der Handelswelt nicht erlöschen. Der Uebergang von den reizenden Ufern des Neckar zu der dumpfen Schreibstube, von dem „freien Burschen" zum Handlungsdiener, von seinen idealen Träumereien zu den unbeugsamen Zahlen war zu plötzlich. Er war auf die Entsagung nicht vorbereitet, und sein ganzer Idealismus empörte sich gegen einen Beruf, auf den er mit Geringschätzung herabzusehen sich gewöhnt hatte. Die nähere Bekanntschaft mit demselben besserte nichts. Als einziges Ziel, dem alle nachstrebten, sah er nur den Gewinn. Aller Ehrgeiz, alle Begeisterung erstreckte sich auf ihn. Die Verachtung von Kunst und Wissenschaft und allen höheren Gütern der Menschheit, wenn sie sich nicht in Prozenten umschreiben ließen, die rohe Anmaßung der Glückspilze, die nackte Selbstsucht, auf die er überall stieß, verletzten sein Gefühl aufs tiefste. Ist ein Mensch von Kopf und Kenntnissen zu nichts besserem brauchbar, rief er verzweifelnd, als Groschen zu zählen und seine ganze Gei-

fteskraft barauf zu spannen, um einen Pfennig zu verbie-
nen, sollte seinem Nächsten damit auch das Messer an die
Kehle gesetzt werden?

Man sprach ihm von den Segnungen des Handels, der
erhabenen Mission des Kaufmannes: er sah nur, daß man
Bedürfnisse schuf, um Nationen zu unterjochen, und unter
allen Tyrannen, welche je geherrscht, erschien ihm der Kaufmann als der furchtbarste. Hätte Schiller seine Herrschaft
gekannt, seine Macht geahnt, wie sie heute über jeder andern
triumphirend dasteht, er hätte nicht gesungen: „Der Mensch
ist frei und wär' er in Ketten geboren!" — Viktors Widerwillen gegen seinen Stand blieb natürlich nicht ohne Einfluß auf sein Verhältniß zu seinen Genossen. Sie waren
ihm an Bildung nicht gleich, und ihre Vergnügungen entbehrten der geistigen und poetischen Würze, die er in seinem
Kreise in Heidelberg gefunden hatte. Er schloß sich von
ihnen so viel als möglich ab, selbst seine Freundschaft zu
Franz war nur eine äußerliche, aus ihrer Knabenzeit stam-
mende, und diese Einsamkeit vollendete seine Verbitterung.

In solcher Stimmung hatte er mit Franz die Heimat
verlassen. Sein Vater hoffte, das Leben und Treiben der
Menschen würde ihn allmälig mit seinem Berufe aussöhnen;
aber er suchte in den Städten nur die Kunst, und in der
Natur die Schönheit auf.

Seit dem Antritt seiner Reise war dies der erste Morgen, der ihm nicht gestört und verdorben ward von natur-
schwärmenden Touristen und ihrem Gefolge von zubring-
lichen Führern und unverschämten Bettlern, die in der
Schweiz noch gedeihen, wo jede andere Vegetation unter
ewigem Schnee erstorben ist. Er fühlte sich wie ein Ge-

nesender. Je mehr er sich in die Einsamkeit dieser rauschenden Bergwälder vertiefte, wo hier ein schlummernder See,
dort im grünen Dunkel eine Kapelle sich zeigten, oder, von
Kastanien und Buchen überschattet, ein Heiligenbild melancholisch herabschaute, je lebhafter wurde der Wunsch in ihm,
hier wenigstens einige Tage glücklich zu verträumen. Da
gewahrte er zwischen den Felsen Anais, welche Kräuter zum
Trank für die Großmutter suchte. Er weidete sich eine Zeit
lang verstohlen an der schlanken Gestalt, an ihren leichten,
von natürlicher Anmuth begleiteten Bewegungen und, als sie
das von der Morgenluft geröthete Antlitz ihm zuwandte,
fand er sie schöner noch als gestern. Sie forderte ihn auf,
ihr suchen zu helfen, und lachte ihn aus, als er ihr gestand,
daß er die Kräuter nicht kenne, deren Namen sie ihm
nannte.

Mein Gott, sagte sie naiv, die kennt ja jedes Kind.
Er lachte auch und statt der Kräuter pflückte er einen
Strauß von Waldblumen, den er ihr schenkte. Sie nahm
ihn mit freundlichem Danke und steckte ihn an die Brust.
Sie gingen zusammen zurück und es war ihm, als kennte
er sie schon jahrelang, so einfach, still und rein war die
Seele, die sie ihm im harmlosen Geplauder zeigte.

Auf der Schwelle der Hausthüre fand er die Alte sitzend,
das runzelige Gesicht mit halbgeschlossenen Augen der Sonne
zugewandt. Bei ihr stehen bleibend, während Anais ins
Haus ging, sprach er ihr seine Absicht aus, noch länger
unter ihrem Dache zu verweilen. Die Alte sah ihn groß
und fast erschrocken an. Er bemerkte es nicht, denn seine
Blicke waren auf den See gerichtet, der gleich einem mächtigen Goldspiegel glitzernd und funkelnd zu seinen Füßen

lag. Als er verwundert über ihr langes Schweigen sich
wieder zu ihr wandte, blinzelte sie wie vorhin mit halbgeschlossenen Augen in die Sonne. Es ist besser, ihr geht!
sagte sie jetzt. — Wie? fragte er lächelnd, ist es etwa wieder mein Gesicht, warum ihr mir den Rath gebt? — Ja!
entgegnete sie fast rauh.

Ich könnte wirklich deshalb böse auf meine Fratze werden! rief er in scherzhaftem Unmuth, und der Worte des
Mädchens vom vorigen Abend gedenkend, setzte er ernst
hinzu: Mein Doppelgänger muß euch sehr weh gethan
haben! — Oh sehr! sehr! antwortete sie mit einer Stimme,
deren schmerzlich zitternder Klang Viktor tief bewegte. Da
kann ich es euch freilich nicht verargen, sagte er, wenn
euch mein Gesicht nicht behagt. Aber ihr solltet mich hier
behalten, Mutter, um euch an dasselbe zu gewöhnen und
endlich zu überzeugen, daß ich wirklich nicht der bin, für
den ihr mich haltet. Ich denke, Mütterchen, es soll mir
doch gelingen, euch mit meinem Anblick zu versöhnen.

Ein bitteres Lachen war auf die Lippen der Alten getreten, aber es verschwand während seiner letzten Worte, die
einen tiefen Eindruck auf sie zu machen schienen. Ihre Brust
hob und senkte sich schneller. Sie faltete die Hände, und
ihre Lippen bewegten sich, als ob sie betete. Dann schloß
sie die Augen vollends und lehnte den Kopf seitwärts an
die Thürpfosten. So blieb sie lange unbeweglich. Endlich
öffnete sie die Augen wieder und, sich aufrichtend, sagte sie:
Laßt mich euer Gesicht ganz sehen! Nehmt euren Hut ab.

Viktor weigerte sich in seiner guten Laune nicht, die
Forderung zu erfüllen, obgleich sie ihn überraschte, und damit
ihn die Alte besser sehen könnte, setzte er sich neben sie auf

die Schwelle. Sie strich ihm das blonde, lockige Haar aus
der breiten Stirn, und nachdem sie dieselbe lange und mit
Aufmerksamkeit betrachtet hatte, sprach sie: Auch deine
Stirn ist stolz und trotzig, aber dein Auge ist offen und
treu: es ist das Auge einer Frau. — Ihr habt's getroffen,
entgegnete Viktor aufstehend; man sagt, ich habe das Auge
meiner Mutter. — Es ist blau wie der See und ohne
Falsch, murmelte sie kaum hörbar, und lauter fuhr sie fort:
Es ist Gottes Wille, der euch hierher geführt hat. Er
geschehe! Ihr mögt bleiben, aber sprecht nicht mit meinem
Sohne darüber, ich will's ihm selber sagen.

Am folgenden Tage wurden die Koffer der Freunde von
Evian heraufgeschafft. Franz war in Verzweiflung. Was
haben wir davon, uns hier zu vergraben? rief er. Nichts
als Aussicht und immer wieder Aussicht! Ich denke, wir
haben von diesem Artikel schon mehr als zuviel auf Lager.
Aber du bist ein herzloser Egoist; du könntest es ruhig mit-
ansehen, wie mich diese verdammte schöne Natur langsam
tödtet. Zum Glück war er ein Feind aller heftigen Ge-
müthsbewegungen und wußte sich bald Rath. Nachdem er
den übrigen Tag und den folgenden einige Male über den
See nach Ouchy geschaut, unendlich viel gegähnt und unendlich viel Cigarren geraucht hatte, nahm er am dritten
Jeanrenards Gewehr und ging auf die Jagd, von der er
nach einigen Stunden ohne Beute todtmüde und gelangweilt
mit dem Entschluß zurückkehrte, für den Rest der Villegia-
tur unter die Schleichhändler zu gehen. Jeanrenard, der an
seinem launigen, derben Wesen Gefallen fand, während er
gegen Viktor stets mürrisch und zurückhaltend blieb, hatte
nichts dagegen, ihn auf seine Streifereien oder in die Pin-

11

ten am Strande mit sich zu nehmen, wo er den Fischern
und Schmugglern bewies, daß ihr feuriger Rothwein seinen
nordischen Nerven nichts anzuhaben vermöge. Gewöhnlich
kehrte er erst Nachts von dort zurück.

4.

Viktors Vergangenheit versank immer weiter hinter ihm
wie ein böser Traum, und herauf stiegen in ewiger, strahlender Schöne die geschmähten Götter, die er still in seinen
Busen geflüchtet hatte.

Schon am ersten Morgen hatte er mancherlei hübsche
Plane für die Zeit seiner Verborgenheit vor der Welt ent-
worfen. Er führte in seinem Koffer einige Lieblingsbücher
mit sich, und sich erinnernd, mit welchem Genusse er sie
einst in der romantischen Umgebung von Heidelberg gelesen,
hoffte er in ihnen denselben hier noch erhöht wiederzufinden.
Er ging auch nie von Hause fort, ohne eines derselben in
seine Tasche zu stecken; aber es blieb meist vergessen darin,
und öffnete er es einmal, so flog sein Auge über die Seiten, ohne daß sein Geist von dem Inhalte gefesselt wurde.
Der Buchstabe tödtete das Wort. Dagegen gewann für
ihn, der den Quell des Lebens in den Büchern zu suchen
gewöhnt war, das lebendige Wort, das so einfach von
Anais' rosigen Lippen klang, einen immer höhern Reiz.
Anfangs zeigte sich das Mädchen nicht ohne blöde Befangenheit ihm gegenüber. Die Bücher, die sie auf seiner
Stube sah und deren Sprachen ihr fremd waren, flößten
ihr dieses Gefühl ein. Als sie aber fand, daß er trotz der-

felben so einfach zu reben wußte, gewann sie ihre Unbefangenheit, die ihn am ersten Morgen im Walde so entzückt hatte, völlig wieder. Er verplauderte manche Stunde mit ihr, während sie irgend einer häuslichen Arbeit oblag. Sie war immer thätig und immer heiter, obwohl jetzt der ganze Haushalt auf ihren Schultern allein lag. Denn der Großmutter gestattete die Alterschwäche nur noch selten das Bett zu verlassen, um sich einige Augenblicke an der Sonne zu wärmen. Die Launen der Alten vermochten weder ihren Frohsinn zu stören, mit dem sie Franz zu seinem Verdrusse oft mit Tagesanbruch aus dem Schlafe sang, noch ihre Geduld zu ermüden, und sie wußte es Viktor Dank, wenn er sie zuweilen verließ, um sich an das Bett der Großmutter zu setzen, die gegen sein Gesicht keinerlei Vorurtheile mehr zu hegen schien. Am liebsten saß er freilich dort, wenn Anais da war. Er fühlte sich so still und ruhig in ihrer Gegenwart. Wie aufgeregt und fieberhaft hatte sein Herz dagegen stets in der Nähe seiner schönen Landsmännin geklopft! Immer war er voll eines unbestimmten Verlangens zu ihr geeilt und wie mit einem unerfüllten Wunsch von ihr gegangen. Was er von ihr wünschte und verlangte, er hätte es selbst nicht sagen können. Es lag in ihm wie ein Räthsel, dessen Lösung ihm ihr Auge, ihr ganzes Wesen täglich zu versprechen schien. Allein dieses Versprechen ward nimmer gehalten. Die Weltdame konnte es nicht halten, sie konnte nur reizen, nicht befriedigen. Denn die Befriedigung, die das Weib dem Manne gewährt, quillt allein aus dem Gemüthe.

Seine Gedanken hegten keine Neigung mehr wie sonst wohl, in ihrem Fluge die Erde aus dem Gesichte zu ver-

lieren. Ja er begann sich auf dieser so oft verachteten Erde
wohl zu fühlen, und dem wirklichen Leben, das sich hier
doch in so engen Grenzen bewegte, allmälig eine unbefangene
Theilnahme abzugewinnen. Anais' einfache Anschauungs-
weise und gesundes Urtheil waren die Vermittler. Das Mädchen stand so sicher und zufrieden in ihrem beschränkten
Wirkungskreise! Ihre Blicke schweiften nicht sehnsüchtig
darüber hinaus, und wenn sich ihre Gedanken über denselben erhoben, so war es im Gebet zu Gott. Er mußte jetzt
oft an den Homer denken, und dessen Odyssee war das einzige Buch, das er mit Genuß las.

Mit der Vossischen Uebersetzung dieses Dichters saß er
eines Mittags in der Hollunderlaube des Gärtchens. Die
Julisonne schien heiß vom wolkenreinen Himmel auf See
und Land. Rosen, Lilien und Jasmin dufteten, die Bienen
summten in der stillen warmen, würzigen Luft und von
den Alpen klang dann und wann ein sanfter Glockenlaut,
ein verschwebender Akkord der weidenden Heerden. Die
Buchstaben verschwammen allmälig vor Viktors Augen, seine
Gedanken zerflossen, und seine Seele wiegte sich wie außer
ihrer Hülle in unendlichem Wohlbehagen. Seine Lider
schlossen sich halb, das Buch entfiel der Hand, und Traum-
bilder, lichte, gaukelnde Gestalten kamen und verloren sich,
wie die goldglänzenden Käfer, die über die Blätter der
Laube wanderten, oder das Summen einer verirrten Biene.

In dem Garten trällerte jemand ein Lied. Es war eine
einfache Weise und eine wohlklingende weibliche Stimme;
der halblaute Gesang verschmolz mit dem Flügelgeräusch
der Insekten zu einem wunderbaren Traumkonzert. Nach
einer Zeit schwieg die Stimme, und die Mücken und Bie-

nen fuhren allein in ihrem Schlummergesang fort. Jetzt bogen sich die Hollunderzweige fast geräuschlos auseinander, und Anais' hübsches Gesicht schaute Viktor an, erröthete und verschwand. Er rief ihren Namen, aber sie kam nicht. Er wußte nicht, ob er sie wirklich gesehen, ob ihr Bild nur aus seiner Seele vor ihm heraufgestiegen war. Einen Augenblick sann er erfolglos darüber nach; dann trat er hinaus. Da stand sie verschämt in das Gebüsch der Laube gedrückt.

Ich wollte in die Laube. —. — Und da du mich sahst, wolltest du fliehen? Bietet sie denn nicht genug Schatten für uns Beide? fragte er, sie freundlich anschauend, und damit faßte er ihre Hand. — O wohl! entgegnete sie. Ich glaubte jedoch, Sie schliefen, und wollte Sie nicht stören. Aber ich habe meine Arbeit nicht bei mir, ich will sie holen. Sie wollte ihre Hand aus der seinigen ziehen, er ließ sie indessen nicht eher frei, bis sie wieder zu kommen versprach. Er blieb in der Sonne stehen, um sie zu erwarten. Endlich ward er unmuthig und ungedulbig, und wie er sich auf dieser Empfindung ertappte, ging er schnell auf seinen vorigen Platz zurück. Er lachte über sich selbst und wollte seine Lektüre wieder aufnehmen; doch indem er sich schon nach dem Buche bückte, vergaß er seinen Vorsatz und statt des Homer hob er einen vertrockneten Zweig von der Erde auf und zerbrach ihn langsam. Da kam Anais, setzte sich ihm gegegüber auf die Bank und begann zu nähen. Sie sprachen beide kein Wort; sie hatte die Blicke auf ihre Arbeit geheftet, und er schaute ihr zu.

Es ist hier sehr schwül, äußerte sie endlich und nahm den breiträndigen Strohhut ab. Dabei fielen ihre Blicke

auf das Buch und schnell bückte sie sich danach. Ah, wie
reizend das ist! rief sie, den reich vergoldeten Einband be-
wundernd, und ohne sich von den Knieen zu erheben, schlug
sie das Buch auf und starrte die fremden Lettern an.
Drollig, sagte sie nach einer Weile, daß ich kein Wort davon verstehe; es ist doch eine menschliche Sprache? — Hast
du denn nichts von dem Thurmbau zu Babel gehört?
scherzte Viktor. — Freilich, entgegnete sie lachend und die
dunkeln Augen unbefangen zu dem jungen Manne aufschla-
gend; der Schulmeister von St. Paul hat mir die närrische
Geschichte erzählt. — Närrisch? — Nun, die Leute, die den
Thurm bauen wollten, hatten wohl nie unsere Alpen gesehen. Schauen Sie nur drunten den Kirchthurm und dann
den Menuse! Sie meinte die Felswand, welche sich den
Freunden am ersten Tage ihrer Wanderschaft so plötzlich
entgegengestellt hatte.

Ei, ei! drohte ihr Viktor lächelnd, du zweifelst an der
Wahrheit der heiligen Geschichten? Geh, Anais, du bist
eine schlechte Christin! — Nein, entgegnete sie eifrig, ich
glaube an Gott und alle seine Heiligen und alle ihre Wunder! Ach, wer unter diesen Bergen aufgewachsen ist, der
muß wohl daran glauben, selbst wenn er nicht wollte. Wo
die Quellen und die Kräuter Wunder thun, soll's da der
Mensch nicht auch können? Er ist mehr als das Gras,
welches verdorrt, oder der Wassertropfen, der sich drunten
im See verliert. Und die Legenden sind so schön und einfach. Manchmal freilich kann ich sie gar nicht verstehen.
Das ist, wenn ich so viel an die Wirthschaft denke; wenn
ich aber an einem Sonntage hier sitze und alles umher
recht still ist, da geht mir das Herz auf, da begreif' ich's.

Es kann ja auch gar nicht anders sein! Ist mir doch selber dann zu Muthe, als ob mein Gebet, das mir kommt, ohne daß ich weiß wie, ein Wunder thäte an mir und Andern. Ich bin dann viel besser und sanfter, und dann sind es auch die Andern mit mir.

Viktor hatte ihr mit steigender Bewegung zugehört. Seine Blicke versenkten sich in die Augen des Mädchens, die rein und glänzend auf ihn gerichtet waren. Anais kniete noch immer. Jetzt erhob sie sich, und sich ohne Scheu neben ihn setzend, fragte sie ihn, ob in dem Buche auch Geschichten von Heiligen ständen? — Das nicht, erwiderte Viktor; aber die Dinge, die es enthält, sind darum nicht minder schön und heilig. — Ach! seufzte sie, es ist doch schade, daß die Menschen nicht alle eine Sprache reden. Dann könnte ich sie auch lesen. — Aber Anais könnte es lernen, schob er lächelnd ein. — Nein, niemals! Euer Deutsch klingt so rauh und hart; die Worte würden mir die Zunge zerbrechen. —

Hör' nur! Er nahm das Buch aus ihrer Hand und las ihr einige Stellen vor. Allein die Sprache eines Voß ist gerade nicht geeignet, wie sehr sie in diesem Falle auch von Viktors angenehmer Stimme gesänftigt wurde, ein südliches Ohr durch ihre Musik einzunehmen, und Anais hatte wohl nicht unrecht, sie mit dem Brausen des Windes in den Baumwipfeln zu vergleichen. War's mir doch immer, als ob der Wind spräche, fügte sie schelmisch hinzu. Nun weiß ich, in welcher Zunge er redet! —

So komm, sagte er lachend, ich will ihn dich verstehen lehren. Er wies ihr das A. — Ach, rief sie komisch, die alte Kastanie am Brunnen hat einen Auswuchs, der gerade

so aussieht! — Dann forderte er sie auf, selber ein A auf
der Blattseite aufzusuchen. Er rückte dicht neben sie, und
wie sie mit dem zierlichen, etwas gebräunten Finger auf
dem Blatte suchend, zu ihm sich hinbeugte, lehnte sie ihre
Schulter an seine Brust, während sein Arm unbeachtet von
Beiden sich um ihren Leib legte. In dieser Stellung zeigte
er und suchte sie einen Buchstaben nach dem andern. Aber
sie brachten das Alphabet nicht zu Ende. Ihr Haar streifte
seine Wangen, seine Lippen, und er konnte sich nicht enthalten, es leise zu küssen. Darüber ward er zerstreut.

Ich werde wohl nie lernen, was der Wind stets mit den
Blättern zu schwatzen hat, und es wäre doch so hübsch, davon in den Winterabenden am Kamin zu erzählen, sagte
sie, ohne den Kopf zu erheben, mit einem schalkhaften Seitenblick auf ihn. Sie machte das Buch zu und legte es
neben sich auf die Bank. Dabei rückte sie ein wenig von
ihm weg. Viktor blieb stumm; zum erstenmal, seit er hier
war, dachte er an das Scheiden. Ihre Worte hatten ihn
daran gemahnt, und indem er sich fragte, wo er wohl sein
würde, wenn diese Höhen sich mit Schnee bedeckten, fühlte
er, wie schwer es ihm werden würde, von hier fortzugehen.
Er fühlte es tiefer und tiefer, je länger er darüber sann,
und daß seine Gedanken, wo er auch sein möchte, immer
hierher zurückkehren würden. Und nicht auch sein Herz?
Er wußte es nicht, aber er fühlte, daß er nicht scheiden
würde, wie er gekommen war. Seine Blicke ruhten wehmüthig auf dem schönen Mädchen. Da er still blieb, hatte
sie ihn lächelnd angesehen. Aber das Lächeln war vor dem
wehmüthigen Ausdruck seiner Mienen von ihren Lippen
verschwunden. Sie schaute in ihren Schooß und spielte

nachdenklich mit ihrem silbernen Fingerreifen. Nach einer Weile zog sie ihn ab, nahm einen Faden aus ihrem Näh-körbchen, knüpfte ihn daran, und das andere Ende zwischen Daumen und Zeigefinger hoch emporhaltend, beobachtete sie dessen Schwingungen. Noch sechs! sagte sie leise, und es klang wie ein Seufzer, als der Ring aufgehört hatte sich zu bewegen.

Viktor fragte, was die Zahl zu bedeuten hätte. Sie ward verlegen, steckte den Ring wieder an den Finger und stand auf. Endlich, da er weiter in sie drang, gestand sie ihm erröthend, daß die Schwingungen des Ringes die Tage bedeuteten, die er noch in ihres Vaters Hause zubringen würde. — Nur noch sechs Tage? rief er peinlich überrascht, als sei das Orakel unfehlbar. Nein, nein, es darf so bald nicht sein. Und doch, fuhr er gleichfalls aufstehend fort und er-griff die Hand des Mädchens, wenn es sein sollte — würde es dir leid sein? — Sie erglühte wie eine Rose, und er wiederholte inniger seine Frage. Da erhob sie die langbe-wimperten Lider und ein Blick voll tiefer, warmer Empfin-dung leuchtete ihn an. — Anais! rief er, weiter nichts; die Stimme versagte. Sie zog die Hand sanft aus der seinigen — ihm war es, als fühlte er einen leisen, leisen Druck — und entfloh.

5.

Nun wollen wir sehen, was unsere Fische machen! Mit diesen Worten steckte der Vikar Lullier sein Brevier in die Tasche, nahm seinen großen rothen Regenschirm unter den

Arm und verschloß das Gitter der Kapelle, in der er alle
Nachmittage Messe las, ohne dabei andere Zuhörer zu haben,
als die Vögel des Waldes, oder dann und wann einen
Grenzjäger, oder einen Hirten, die im Vorübergehen stehen
blieben, um ein kurzes Gebet zu murmeln, ein Kreuz zu
schlagen und dann wieder verschwanden.

Die Kapelle, deren spitzer, mit Zink belegter Glocken-
thurm sich funkelnd über die Tannen erhob, stand an dem
Rande eines kleinen, ziemlich wilden Thales, welches, sich
an den Dent b'Oche anlehnend, in das „Unserer lieben
Frauen von Abondance" öffnet, wo die Ursine, die es durchströmt, sich in die Dranse ergießt. Nur wenige Schritte
seitwärts von dem Eingange der Kapelle senkte sich der
Waldboden kreisförmig hinab, eine grüne Schale bildend,
in der ein kristallklares Wasser die dunkeln Föhren rings
um die Kapelle wiederspiegelte. Zu diesem kleinen See, La
Gotta, der Tropfen, genannt, stieg jetzt der Vikar Lullier
hinab, und nachdem er mit der hohlen Hand einen Trunk
geschöpft, zog er etwas Brod aus der Tasche, von dem er
kleine Stückchen abbrach, zerbröckelte und in das Wasser
warf. Der Vikar war ein Mann mittlerer Größe, eher
mager als beleibt; doch verriethen seine rothen Wangen,
seine heitern braunen Augen, daß kein nächtliches Studium
die Schuld trug, wenn sein Priesterrock, der bis auf die
Füße hinab ging und um den Leib von einer breiten
schwarzen Binde mit weißem Rande zusammengehalten wurde,
keine imposantere Fülle zu bekleiden hatte. Der etwas große
Mund mit den dicken Lippen war von der Natur sichtlich
für eine wohlbesetzte Tafel bestimmt worden, und gewiß
würde das gutmüthige, etwa vierzigjährige Gesicht mit den

Anlagen zu Grübchen auf den Wangen, die Harmonie keiner frohen Gesellschaft gestört haben.

Sie kommen, sie kommen! murmelte er, die kleinen Fische beobachtend, die nun von allen Seiten unter den Muscheln und Kieseln auf dem Boden des Sees hervorschossen. Ha! fuhr er in seinem Selbstgespräch fort, sie stutzen — sie kehren um. Dumme Dinger, glaubt ihr, ich will euch fangen? — Der Große scheint mir ein verständiger Bursche zu sein. Er überlegt. Richtig, er kommt zurück. Schnapp, weg ist er. Ha, ha! ha! — Nun haben sie alle Muth und Vertrauen. Ja, ja, einer muß immer vorangehen und sich dran wagen. Kommt er gut durch, husch sind die andern auch dabei. O du Tölpel, ist da nicht genug für euch alle? Mußt du dem Kleinen auch noch seinen Bissen wegschnappen? Da, da, Kleiner! Er warf einige Krume mit einem weiten Bogen ins Wasser. So paß doch auf! Ha, ha! das war brav! Läßt sich von dem großen nicht mehr ins Bockshorn jagen; schlägt ihm mit den Floßen um die Ohren, und fort ist er! — Nein, da ist er wieder — die andern hinter ihm drein. — Ist das eine Jagd! Flink, flink, mein Kerlchen! — Da hat er doch seine Beute in Sicherheit gebracht. Ha! ha! ha! —

Die Scene hatte an Viktor einen unbeachteten Zeugen, welcher, nachdem er Anais verlassen, glücklich aufgeregt im Walde umhergeirrt und kurz vor Lullier hierher gekommen war, wo er sich unter den alten Bäumen auf dem Moose gelagert hatte. Die Heiterkeit des harmlosen Mannes steckte ihn an und er stimmte jetzt in dessen lautes Lachen von Herzen ein. Das veranlaßte den Vikar, der sein buntes Taschentuch hervorgezogen, um sich die Augen zu trocknen, zum Umschauen, und als er des lachenden Viktors ansichtig wurde, schwenkte er grüßend sein Tuch gegen ihn und brach in ein noch erschütternderes Gelächter aus. O fons Bandusiae, rief er, während jener zu ihm kam, tu frigus amabile — Fessis vomere tauris — Praebes, et pecori vago! *)

Die Anführung dieser Horazischen Verse war zu komisch unglücklich, um nicht von Viktors Seite den abermaligen Ausbruch lauter Heiterkeit zur Folge zu haben. Der Vikar stimmte gutmüthig ein, dann aber sagte er: Es ist ein Unglück mit den Dichtern; ihre Verse passen nie ganz auf das, was man mit ihnen wohl ausdrücken möchte. Wie trefflich bezeichnen diese die Stimmung, den Charakter dieser Ufer, und welche Dummheit habe ich mit ihnen gesagt! Nun, Sie lachen, also sind Sie nicht böse. Ha! ha! ha! Damit bot er Viktor die Hand und schüttelte die empfangene treuherzig. Er fragte ihn gar nicht, wer er sei; er wußte, daß er Jeanrenards Gast, und somit betrachtete er ihn als einen Nachbarn, ein Begriff, der auf dem Lande ziemlich weitumfassend ist.

Und nun, sagte er, begleiten sie mich nach Berner; dort wohne ich. Es sind nur wenige Schritte. Sie müssen mein Kirschwasser kosten! Es ist zwar nicht so alt wie Horaz, doch sicher besser als sein gepriesener Falerner. Nunc est bibendum, nunc pede libero **) — halt! Da haben wir wieder den alten Patron, und obendrein mit ver-

---

*) O, bandusische Quelle, du bietest liebliche Kühlung den vom Pfluge ermüdeten Stieren und dem herumschweifenden Vieh.

**) Nun laßt uns trinken, nun laßt uns tanzen. —

botenen Früchten! — Viktor nahm die Einladung des Vikars an, und unter dem Geplauder desselben schritten Beide
auf einem schmalen Waldpfade nach dem Dorfe Berney,
wo sie ein kleines, mehr als bescheidenes Häuschen aufnahm,
wie es wohl zu dem schlichten Apostel des Herrn paßte.
Eine alte, reinlich gekleidete Frau mit einem großen Kropfe, die
Haushälterin des Geistlichen, empfing sie und öffnete ihnen
dienstfertig die Thüre eines sehr kleinen Gemachs.

Wo denkst du hin, Margarethe! rief der Pfarrer stehen-
bleibend. Ich kann doch den Herrn nicht in meinem Studium empfangen. Für solche Besuche ist der Salon. — Ja
wohl, der Salon, entgegnete die Frau, doch ohne sich von
der Thüre zu entfernen. Wir haben einen schönen, großen
Salon. O, der fremde Herr wird Augen machen, wenn er
ihn sieht! — Das glaube ich, lachte der Vikar, und ich
wahrscheinlich auch, denn bis jetzt —. — Und da der fremde
Herr doch ein Gelehrter ist, fiel ihm die Alte schnell ins
Wort, denn wozu liefe er sonst immer mit einem Buche
umher? — so denke ich, daß er Ihrer Studirstube den Vorzug geben wird. Es ist da weit behaglicher, als in dem
großen prachtvollen Salon. — So treten Sie nur in Gottes Namen in mein Stübchen, sagte der Vikar zu dem er-
staunten Gast, und ohne einen bedeutungsvollen Blick der
Alten zu beachten, fügte er heiter hinzu: Der prachtvolle
Salon dürfte allerdings für heute keinen ganz behaglichen
Aufenthalt bieten; denn ich erinnere mich eben, daß ihn die
gute Frau diesen Morgen zum Trockenboden für die Wäsche
herrichtete.

Sie gingen also von der Haushälterin gefolgt in das
Studium, welches seinen Namen wahrscheinlich einem Dutzend

Bücher verdankte, das seinen Platz neben leeren Flaschen und kurzen, thönernen Tabakspfeifen auf einem Brette an der Wand hatte. Papiere und Schreibzeug waren nirgend sichtbar. In der That besaß er auch keins von beiden, in dringenden Fällen wurde eins und das andere von dem Schenkwirth in Bernex entlehnt. Für gewöhnlich dienten ihm die Schmutzblätter und Ränder seines Breviers zum Kassen- und Kirchenbuch, wo er seine Notizen mit einem Stückchen Bleistift eintrug, während die Thüre die Stelle seines Schuldbuches für ausstehende Kalendeforderungen zu vertreten schien. Wenigstens las Viktor an derselben Bemerkungen, wie: Joseph Chalopin 1 Huhn Martini, oder: Marie Verier ¼ Pfund Flachs Lichtmeß, Kal. Grebin 4 Eier Mariä Himmelfahrt, und dergleichen.

Dieses ist mein Tuskulum! sagte der Bewohner des Stübchens, indem er seinem Gaste einen von den beiden Stühlen bot, über dessen von Stroh geflochtenen Sitz die Alte noch schnell einmal mit ihrer Schürze fuhr. Beatus ille, qui procul negotiis! — Wohl dem, entgegnete Viktor, der wie Sie diesen Spruch über die Thüre seines Studirzimmers schreiben kann, ohne, wie der Dichter fortfährt, den Acker selbst zu pflügen. — Nein, nein, mein Herr, versetzte der Vikar, auch mit dem Zusatze! Ich versichere Sie, dieses Stübchen hat schon härtere Arbeit mit meinen Pfarrkindern gesehen, als die Lenkung eines Joches Pflugochsen erfordert. Diesen Burschen Vernunft und Moral zu predigen, ist oft keine Kleinigkeit, und ich glaube, mancher von ihnen hat hier mehr davon zu hören bekommen, als ich vielleicht aufzuwenden hätte, wenn diese wenigen Bücher sich in eine ganze Bibliothek verwandelten. — Aber hinterher

auch manchen Centime erhalten, um sich in der Pinte von
seiner De- und Wehmuth zu erholen! schaltete die Haushälterin mit halblauter Stimme ein. — Nun, lächelte der
Vikar gutmüthig, die armen Teufel haben es auch ohne
meine Predigten schwer genug. Doch jetzt hoffe ich, meine
Gute, daß Sie uns eine Kleinigkeit zum Imbiß aufzutragen
im Stande sind. — Eine Kleinigkeit? rief die Frau. Ich
sollte meinen, die Speisekammer eines Landgeistlichen könnte
für die Tafel eines Bischofs auslangen.

Viktor warf einen mißtrauischen Blick auf die Kreide-
rechnungen an der Stubenthüre, während der Vikar ironisch
bemerkte, daß seine Speisekammer hoffentlich voll von Vor-
räthen sei. — Gewiß so voll, sagte Margarethe eifrig, daß
ich in Verlegenheit gewesen wäre, wo mit den beiden Enten
hin, welche Reiller uns von der Taufe seines Buben versprochen hat! — Es ist also ein großes Glück, daß er sie
nicht gebracht hat, wie für meine ebenso volle Kasse, daß
er sie nicht gerade jetzt mit den Gebühren für die Taufe
belästigt. Ich denke, er wird sie nicht während meiner Abwesenheit bezahlt haben? scherzte Lullier. — Nein, das hat
er nicht; aber er kam am Hause vorbei, und da habe ich
ihm ein Wort gesagt —. — Hoffentlich kein schlimmes!
fiel der Vikar ein. Der Mann ist arm, er soll nicht weiter
gemahnt werden. — So! rief die Alte heftig. Und wer
soll die Gebühren an die Kasse entrichten? Etwa Sie aus
Ihrer Tasche? — Das dürfte allerdings schwer fallen, doch
Gott wird helfen! Und nun ihr Mahl, meine Gute; denn
ich fürchte, unser Gespräch wird unsern lieben Gast weder
gesättigt, noch unterhalten haben.

Die Alte entfernte sich grollend, und der Vikar holte

aus einem Wandschranke eine Flasche und zwei kleine Gläser, die er mit dem gerühmten Kirschwasser füllte. Viktor
schob das seinige vorläufig zurück, fand es aber später, nachdem er sich an Margarethens bischöflicher Tafel gesättigt,
wirklich vortrefflich. Diese Tafel war allerdings so einfach
wie möglich, denn sie brachte weiter nichts als einige Eier,
Honig, Brod und ein Stückchen Ziegenkäse, doch würzte
der Appetit und die heitere Unterhaltung des Wirthes das
Mahl.

Und nun, mein Herr, sprach der Geistliche, der sein
Gläschen während des Essens verschiedene Male gefüllt und
geleert hatte, lassen Sie uns die Lucullische Tafel mit einer
Cigarre beschließen. — Mit diesen Worten nahm er einige
Grandsons aus dem Schranke, von denen er eine durchschnitt, die eine Hälfte dem Gaste anbot und die andere
selbst anrauchte. Es ist dies der einzige Luxus, den mir
meine beschränkten Verhältnisse gestatten; allein selbst er
wäre wohl unerschwinglich für mich, wenn nicht dann und
wann meine Pfarrkinder oder ihr Wirth, Jeanrenard, die
Zollgesetze aufhöben. — Trotz der sorglosen Gutmüthigkeit,
die er nun schon an dem Vikar kannte, war Viktor doch
überrascht, ihn dies so unumwunden aussprechen zu hören,
und er konnte sich nicht enthalten, seine Bemerkungen darüber so schonend als möglich zu äußern. Ha! ha! lachte
der Vikar, die Cigarre schmeckt mir darum nicht schlechter,
und was das Gesetz anlangt, das auf uns armen Teufeln
schwer genug lastet, so mögen diejenigen, die es gemacht
haben, zusehen, wie sie es aufrecht erhalten. Es ist weder
meine Sache noch die der Kirche; das Reich der Gläubigen
kennt keine irdischen Grenzen.

Ist es denn nicht eine Schande, fiel hier Frau Margarethe ein, welche mit Abräumen des Tisches beschäftigt war,
daß wir ein Päckchen Thee auf dieser Seite des Sees mit
Silber aufwiegen müssen, während wir es auf der andern
für weniger als die Hälfte des Preises haben können? Aber
gehen Sie mir, mein Herr, Ihr Jeanrenard ist mir auch der
Rechte. Nun habe ich schon seit Weihnachten kein grünes
Pröbchen mehr zu Gesicht bekommen, und er weiß doch, daß
mein Herr dann und wann ein Töpfchen braucht, wenn er
Nachts studirt. Aber er ist ein hartgesottener Geizteufel.
Schon gut, schon gut, wir werden ja sehen, Herr Jean-
renard!

De mortuis nil nisi bene! Margarethe, unterbrach der
Geistliche ernst mit aufgehobenem Finger ihren Redefluß,
und setzte dann hinzu, während Viktor unter einem Husten
die ihn anwandelnde Lachlust über den Unstern zu verbergen
suchte, welcher die klassischen Anführungen des guten Mannes regierte: Uebrigens mag er sich wirklich hüten, denn
die Kühnheit und das Glück, mit denen er bisher den Nach-
stellungen der Zollwächter entgangen ist, hat diese aufs
äußerste gegen ihn erbittert.

Ja, ja, schrie Margarethe, auf die des Vikars Latein
nicht den mindesten Eindruck machte, sie werden ihn zausen,
wenn sie ihn unter die Hände bekommen. Und ich wünsche
es ihm, das ist meine Meinung. Und ich muß mich nur
wundern, wie ein so anständiger Herr bei ihm wohnen kann,
wenn's nicht vielleicht die Augen —. Kichernd lief sie zur
Thüre hinaus. Der Vikar versuchte ein ernstes Gesicht zu
machen, allein es gelang ihm nicht; er mußte auch lachen.
Viktor fand diese gerade nicht zarte Anspielung wenig nach

12

seinem Geschmack. Der Unmuth und das süße Schuldbe-
wußtsein, zu dem er ja eben erst erwacht war, rötheten seine
Wangen. Er stotterte einiges hervor, um den Verdacht seines Wirthes zurückzuweisen, dieser aber fiel ihm ins Wort:
Es ist nicht meine Sache, mein Herr, durchaus nicht meine
Sache, und ich werde mich nie darum kümmern! Und er
erging sich in Lobeserhebungen über Anaïs, denen sein Gast
mit glänzenden Augen lauschte. Aber sie dauert mich, fuhr
er fort, sie würde einen braven Burschen glücklich machen,
und mehr als einer betrachtet sie mit sehnsüchtigen Blicken.
Indessen der Alte scheint hoch mit ihr hinaus zu wollen.
Er ist in seiner Jugend, wie man mir erzählt hat, in Paris gewesen. Freilich hat er dort sein Glück nicht gemacht,
denn er soll arm wie — wie — wie ein Vikar, ha! ha!
ha! zurückgekommen sein; aber sehen Sie, wer einmal in dem
Babel war, dem ist nachher nichts mehr gut genug. Nein,
nein, der giebt seine Tochter keinem von den ehrlichen Jungen hier.

Viktors Herz klopfte in freudiger Hoffnung auf, und
dadurch ein wenig übermüthig, machte er seinem Wirthe
scherzend den Vorschlag, er sollte Jeanrenard einmal in sein
Studium citiren und ihm wie seinen andern Pfarrkindern
den Kopf wegen seines Hochmuths zurecht setzen. Nein,
nein, rief der Vikar kleinlaut, über den muß ein Größerer
kommen. Ich danke Gott, daß er mich vor ihm bewahrt.
Man soll den Teufel nicht an die Wand malen. Er be-
kreuzte sich, füllte sein Gläschen und leerte es auf einen Zug.

Es war spät geworden, und Viktor verabschiedete sich
von seinem angenehmen Wirthe, der in Folge des vortrefflichen Kirschwassers und der starken Cigarren immer heiterer

wurde. Jetzt erst, auf der Thürschwelle, bat ihn dieser um seinen Namen. Viktor nannte ihn und, nachdem er in die Hand der knixenden Margarethe unvermerkt einen Fünffrankenthaler hatte gleiten laffen, entfernte er sich mit dem Versprechen, bald wieder zu kommen.

6.

Während Viktor bei dem Geistlichen sich befand, hatte Franz in Tour Ronde die Familie Stern getroffen, welche zu den klassischen Felsen von Meillerie pilgerte, und seine Bewunderung für die schöne Clarissa erhob sich wie ein Phönix aus der Asche. Die Familie wollte hier Mittagsraft halten, und Clarissa benutzte dieselbe, eine Zeichnung des Schlosses von Blonay aufzunehmen, während der Professor, ihr Vater, nicht weit von ihr mit dem Rücken gen Himmel im Grase lag und durch seine altmodische große Brille einen Käfer aufmerksam betrachtete, der eben einen schwanken Halm emporkletterte. Die Frau Professor thronte zwischen zwei mächtigen Körben voll Mundvorrath. Sie begrüßte Franz auf das freundlichste, während ihre Tochter ihm kaum merklich zunickte. Dieser etwas kühle Empfang von Seiten der jungen Dame schreckte ihn jedoch nicht. Er hatte ja die Nebenbuhlerschaft Viktors nicht mehr zu fürchten und, die Welt beffer kennend als sein Freund, wußte er recht gut, daß der Sohn von C. W. Peterson trotz allem einen soliden Werth in den Augen eines Mädchens besitze, dessen moderne Erziehung Bedürfnisse und Wünsche erzeugt hatte, die mit dem Profefforgehalt des Vaters nicht zu be-

— 180 —

friedigen waren. Es schreckten ihn auch nicht die deutschen
Barone, die französischen Marquis und englischen Lords,
welche nach der Versicherung der Mutter Clarissa auffallend
den Hof gemacht hatten. Es waren ja keine Bankiers. Wie
wenig reellen Werth die Frau Professor selbst den hohen
Verehrern ihrer Tochter beilegte, bewies die freundliche Geschäftigkeit, mit der sie sofort ihre mächtigen Vorrathskörbe
vor Franz auszupacken begann. Als umsichtige deutsche
Hausfrau liebte sie es durchaus nicht, den Zufälligkeiten der
Gasthäuser preisgegeben zu sein. Ohne einen wohlgefüllten
Speisekober an ihrer Seite war ihr das Reisen gar nicht
des Reisens werth.

Und was beginnen, wenn man unterwegs Appetit be-
kommt? sagte sie, Franz von einer Taubenpastete anbietend.
Die schöne Natur macht immer so hungrig! — Fürchterlich!
entgegnete dieser mit vollen Backen kauend, während ihm
der Herr Professor den seltenen Käfer, den er eben gefangen, mit der Frage dicht vor die Augen hielt, wofür er ihn
halte? Franz hatte sich in seinem Leben ebenso viel um
Käfer gekümmert, wie der Herr Professor um Baumwollen-
preise, aber das hinderte ihn keineswegs, seine Meinung mit
der größten Seelenruhe dahin abzugeben, daß es ein Maikäfer sei. Diese krasse Unwissenheit entlockte jenem ein
herzliches Gelächter, das sehr hohl klang und mit einem
Husten endigte. Ein Maikäfer! Der Gedanke war ihm zu
spaßhaft und, nachdem er sich von seinem Husten erholt,
brach er in ein neues Lachen aus, wobei er sich auf dem
einen seiner langen Beine herumdrehte und mit dem andern
die Weinflasche umwarf, welche die Frau Professor eben
vor Franz hingestellt hatte. Das Gesicht der Dame wurde

roth wie die begoffene Serviette, der Professor erblaßte.
Ein Ungewitter schwebte über seinem Haupte. Doch Franz
lenkte es glücklich von ihm ab, indem er sich noch einen
Schnitt von dem vortrefflichen Hammelbraten ausbat. Der
Professor warf ihm einen dankbaren Blick zu, die Mienen
seiner Frau heiterten sich auf. Sie schnitt Franz ein großes
saftiges Stück herunter. Er versicherte, daß er seit seiner
Abreise von Lausanne gar nicht mehr wisse, was eine civi-
lisirte Küche sei.

Sie sind ein Spaßvogel, Herr Peterson, lachte sie und
klopfte ihm mit ihrer fleischigen Hand auf die Schulter,
während ihm der Professor von der andern Seite ein volles
Glas bot. Man trank auf ein frohes Wiedersehen, und hier
warf Franz einen schmachtenden Blick, den ersten, auf Clarissa, die bisher kühl und einsilbig geblieben war. Ihre
schönen Lippen hatten sich mehr als einmal verächtlich ge-
kräuselt, denn mehr als einmal hatte Franz ihr Ohr durch
seine etwas derbe, ungezwungene Ausdrucksweise verletzt.
Nun war er auf dem Punkte, es vollends mit Clarissa zu
verderben. Er wußte, daß sie das Tabakrauchen nicht leiden
mochte, und bat sie, sich eine Cigarre anzünden zu dürfen.
Er that's auch, ohne ihre Einwilligung abzuwarten, aber,
während er die blauen Rauchwölkchen von sich blies, entwarf er von seinem wider Willen romantischen, und seines
Freundes absichtlich idyllischen Leben eine so drollige Schilderung, daß selbst Clarissa in das Lachen ihrer Eltern ein
wenig einstimmen mußte. Dann bewunderte er die Zeich-
nungen ihres Albums, von denen er nichts verstand, mit
der Bemerkung, wenn man eine solche Gebirgslandschaft
auf dem Papier sähe, so denke kein Mensch an die Strapazen,

die es koste, in einer wirklichen herumzuklettern, und Clarissa lächelte wieder. Dann sprach er sehr ausführlich von seiner Reise nach Paris. Die Frau Professor Stern war eine kluge Frau und warf ihrer Tochter einen sehr bedeutungsvollen Blick zu. Clarissa wurde nachdenklich und richtete ihre schönen Augen ihrerseits sinnend auf Franz, der sich nun ihres göttlichen Gedichtes auf Chillon erinnerte und sie um eine Abschrift desselben bat. Sie schrieb es in sein Taschenbuch. Endlich kam man überein, sich am folgenden Tage wieder in Tour Ronde zu treffen und die Reise nach Genf gemeinschaftlich fortzusetzen. Zum Abschied bat er Clarissa um eine von den Blumen, die ihre Brust schmückten. Sie gab ihm den ganzen Strauß, und dankend führte er ihre feine weiße Hand an seine Lippen und bedeckte sie mit mehr als einem heißen Kusse. Vom Wagen aus lächelte sie ihm mit ihren blauen strahlenden Augen noch einen letzten Gruß zu.

Franz rief einen Burschen herbei, der sein Gepäck tragen sollte, und sprang mit einer Leichtfüßigkeit, die ihn selbst erstaunte, den Berg hinan. Singend und pfeifend packte er seine Sachen zusammen. Sein rundes, blühendes Gesicht strahlte vor Vergnügen. So traf ihn der heimkehrende Viktor. — Lebt wohl, ihr Berge, ihr geliebten Triften, der Sohn von C. W. Peterson geht und nimmer kehrt er wieder! rief er dem verwunderten Freunde mit komischem Pathos entgegen und erzählte ihm die glückliche Begegnung. — Viktor drückte ihm warm die Hand. Stand er doch selber in seliger Ahnung vor einem ähnlichen Glücke, wie hätten ihn des Freundes Hoffnungen kalt lassen sollen?

Du solltest auch gehen, sagte dieser seine Hand fest haltend, obgleich du einsehen wirst, daß ich gegenwärtig deine
Begleitung nicht gerade wünschenswerth finden kann. Aber
siehe, dein Geschäft ist nun einmal der Handel, und je mehr
Zeit du hier vertändelst und verträumst, desto schwerer wird
dir die Rückkehr in deine Stellung werden. Hättest du nur
bei deiner Lebhaftigkeit etwas leichtes Blut, so würde ich
kein Wort verlieren; aber zum Henker, in allem was vernünftigen Menschen nur Spaß und Zeitvertreib ist, gehst
du gleich so scharf und ernst ins Zeug, als ob das Leben
daran hinge.

Aufrichtig, Franz, entgegnete der Andere, ich wollte, ich
besäße deine Körperfülle, deinen unbewußten Humor und
deine glückliche Zufriedenheit. Ich würde Tags im Comptoir
und Abends beim Billard ein brauchbarer Mensch sein.
Doch lassen wir das, fuhr er mit der Hand über die Augen
streichend fort, um die peinlichen Gedanken, die sich ihm
aufdrängen wollten, zu verscheuchen. Es wird noch alles
gut werden. Ich hoffe, wir werden uns, ein jeder in seiner
Weise, glücklich wiedersehen. Du folgst deinem Stern, ich
dem meinigen! Und sich zu Franz auf den Rand von dessen
Bettstelle setzend, gestand er ihm nicht ohne Verlegenheit
seine Liebe zu Anais. Franz schüttelte traurig den Kopf.
Er sah in der Leidenschaft seines Freundes nur eine Veranlassung mehr, das Haus so bald als möglich zu verlassen,
und fuhr fast entsetzt von seinem Sitze auf, als ihm Viktor
erklärte, daß er nicht eher gehen würde, als bis er der
Liebe des Mädchens und der Zustimmung ihres Vaters gewiß sei. Franz suchte vergebens alle Gründe hervor, ihn
von seinem Vorhaben abwendig zu machen. Er sprach von

seiner gesellschaftlichen Stellung, erinnerte ihn an die unver-
söhnlichen Vorurtheile der Welt gegen eine solche Verbindung und gab ihm zu bedenken, daß sein eigener Vater nie
in dieselbe willigen würde. Viktor hatte an alles gedacht,
sein Entschluß stand fest.

Ich habe meinen Lebensplan dem Wunsche meines Vaters zum Opfer gebracht, erwiderte er; doch über das Glück
meines Herzens erkenne ich keinen andern Richter, als mich
selbst. Verweigert mein Vater seine Einwilligung, nun
wohl, so gehen unsere Wege für immer auseinander. Nur
Anais wird mein Weib oder keine. Mein Geschick liegt in
ihrer Hand. — So möge Gott dir helfen, entgegnete Franz
mit einem schweren Seufzer. Ich habe dich lieb, Viktor,
aber dieser Wahnsinn —. — Franz! — Schon gut, schon
gut, ich sage kein Wort weiter. Es ist zum toll werden!
— Er lief in der Stube aufgeregt hin und her, während
ihm zwei dicke Thränen über die Wangen rollten. Nun ist
aller Humor zum Teufel, grollte er, den ich mir von Genf
und Paris versprochen habe!

Und Clarissa? rief Viktor neckend, indem er aus seinem
Koffer ein Kästchen hervorholte, welches seine Kasse enthielt.
Die bevorstehende Abreise des Freundes erinnerte ihn an
einige Auslagen, die derselbe für ihn gemacht hatte. In-
dessen fand er seinen Vorrath an baarem Gelde der Art
zusammengeschmolzen, daß er, um seine Schuld abzutragen
und selber nicht in Verlegenheit zu gerathen, es vorzog,
Franz einen Wechsel von tausend Franks auf ein Genfer
Haus mit der Bitte zu geben, seine Auslagen von dem
Betrage abzuziehen und ihm den Rest zu übersenden. —
Das Taschenbuch, aus welchem er den Wechsel nahm, war

dasselbe, welches er in Heidelberg geführt hatte, und er konnte sich nicht enthalten, es zu durchblättern. Er stieß auf Notizen, abgerissene Gedanken, Verse, die er damals niedergeschrieben hatte, und mußte lächeln, indem er sie jetzt überlas. Sie waren voll Tiefsinn und Begeisterung; aber wie leer und kalt erschienen sie ihm gegen das Gefühl, das ihn in diesem Augenblick belebte. Dort alles Leben in Abstraktionen verflüchtigt, hier alles Denken zum Leben sich gestaltend! — Er verlor sich in reizende Visionen, die der Schlaf nicht unterbrach.

Als Franz am folgenden Morgen von Jeanrenard Abschied nehmen wollte, erfuhr er von Anais, daß derselbe während der Nacht einen Güterzug ins Gebirge begleitet habe und nicht so bald zurückerwartet würde. Sie bot unbefangen dem Scheidenden ihre Wange zum Kuß; aber als ihr Auge darauf dem Viktors begegnete, erröthete sie.

Viktor gab dem Freunde das Geleit, und noch einmal versuchte dieser auf dem Wege, ihn von seinem Vorhaben abwendig zu machen. Laß es gut sein, Franz, sagte der Andere abwehrend und beschwichtigend. Ein jeder muß seinen eigenen Pfad zum Glücke gehen. Noch einmal umarmten sich die Freunde, dann schieden sie auf längere Zeit, als beide ahnten.

Viktor ging langsam zurück; es war Sonntag. Von den Dörfern in der Tiefe tönte das Geläute der Kirchenglocken melodisch herauf und verschwamm mit dem Wispern, Flüstern und Rauschen des Waldes. Viktor blieb stehen und horchte, und es war ihm, als riefen die Glocken einmal über das andere: Glaub dran! Glaub dran! — Ja er wollte dran glauben — an die Liebe, die er gestern in

Anais Blicken zu lesen vermeinte. Es war sein beseligend-
ster Glaube.

7.

Die Glocken, welche Viktor wie eine Verheißung klangen, sandten ihre summenden Stimmen wie eine Mahnung
in die Kammer, in der Anais' Großmutter auf dem Bette
lag. Ihre Lebensgeister erloschen wie eine Lampe, der es
an Oel gebricht. Schon seit einer Woche hatte die Ent-
kräftung ihr nicht mehr erlaubt, das Lager zu verlassen.
Jetzt weckten sie die Glocken aus dem lethargischen Schlum-
mer, in den sie über das Gebet versunken war, welches ihr
Anais vorlas. Sie öffnete die Augen und horchte, und es
schien, als ob das Geläute belebend auf ihren Geist wirkte.
Anais mußte auf ihr Geheiß das Fenster öffnen. Stärker
drangen die Klänge herein, und das Auge der alten Frau
gewann etwas von seinem frühern Glanze wieder.

Ich habe sie zum letzten Male gehört! flüsterte sie, als
das Geläute verstummt war, und als Anais über dieses
Wort in Thränen ausbrach, sagte sie: Weine nicht meinetwegen! Der Tod hat für eine alte Frau nichts schweres.
Nach einer Weile verlangte sie nach Viktor und ihrem
Sohne, und ward unruhig, als sie hörte, daß die Abwesenheit des Letztern wohl mehrere Tage währen würde. Dann
wünschte sie, daß der Vikar geholt würde, um ihre Beichte
zu hören und ihr das Sterbesakrament zu reichen, und
Anais sandte den kleinen Buben, der ihre Ziegen hütete,
nach ihm. Als der Geistliche erschien, schickte die Alte
Anais hinaus.

Bei seiner Rückkehr fand Viktor das Mädchen vor der

Thüre weinend stehen. Sie gingen zusammen nach der Kammer der Alten. Die heilige Handlung war vorüber, und sie traten ein. Die Alte wandte den Kopf nach ihnen und winkte Viktor zu sich heran. Mein Kind, sagte sie mit schwacher Stimme, ich wollte nicht aus der Welt gehen, ohne durch eine gute That manches Böse in meinem Schuldbuch auszulöschen; aber meine Stunden sind gezählt. — Auch das Wollen ist eine That, bemerkte der Vikar, in dessen Mienen sich eine tiefe Bewegung spiegelte, mit sanfter Feierlichkeit, wenn das Vollbringen nicht in unserer Macht steht!

Die Alte warf ihm einen dankbaren Blick zu und fuhr dann gegen Viktor fort: Erinnere dich dessen, mein Sohn, und daß die alte Frau nicht gestorben ist, ohne dich zu segnen. Es kommt vielleicht ein Tag, wo der Segen einer armen, unwissenden Frau wie ich, für dich und Andere einigen Werth hat. Sie sah ihn fragend an, und Viktor kniete neben ihrem Lager nieder. Während sie das Zeichen des Kreuzes über ihm machte, hatte er fast unwillkürlich Anais' Hand ergriffen, und es dünkte ihn so, als segnete die Alte ihre Liebe. Der Vikar bemerkte es, und ein eigenthümlicher, wunderbar glänzender Blick fiel auf das junge Paar. Die Liebe, die sie einander selber noch nicht gestanden, er hatte sie errathen, und fortan waren alle seine Gedanken mit ihr beschäftigt. Seine Philosophie, die es noch gestern aussprach: Ich werde mich nie darum kümmern, war an dem Sterbebette der Großmutter gescheitert.

Viktor erhob sich. Er ergriff die Hand der Alten, um ihr ein freundliches Wort des Dankes zu sagen. Die Hand war kalt, das Leben war entflohen. Anais weinte laut auf.

Der Schmerz des Mädchens schnitt ihm in die Seele, und Mitgefühl und Liebe legten die sanftesten Trostesworte auf seine Lippen. Die Thränen des Mädchens begannen leiser zu fließen, auf ihn hörend neigte sie das Haupt auf seine Schulter. Von einem Gefühl belebt trafen sich die feuchten Blicke Beider, und der Bund ihrer Herzen war geschlossen. Der Vikar hatte sich still entfernt.

Nun begann die traurige Geschäftigkeit, die letzte, welche der Mensch in der Welt verursacht. Am Nachmittage kam Margarethe herüber. Sie wußte, daß Jeanrenard abwesend, sonst wäre sie nicht gekommen. Ihre Zunge war ebenso unermüdlich wie ihre Hände; sie besprach, ordnete an und leitete alles. Dabei fand sie noch Zeit, ein wachsames Auge auf die Liebenden zu haben, und am Abend nahm sie Viktor bei Seite, um ihm zu versichern, daß Anais eine Perle von einem Mädchen sei, während sie gegen Anais behauptete, daß alle die vornehmen jungen Herren lose Vögel seien; und als Anais ein bestürztes Gesicht machte, brach sie ohne Rücksicht auf die Leiche in ein herzliches Gelächter aus. Mein Gott, wir müssen alle sterben, murmelte sie hinterher zur Entschuldigung, und bei sich selbst schwur sie, aus den jungen Leuten ein Paar zu machen, sollte es auch dem Jeanrenard die Augen kosten.

Am Dienstag Morgen ward die Verblichene bestattet. Viktor und Anais waren die einzigen Leidtragenden; der Vikar sprach die Grabgebete. Ehe sie den kleinen Friedhof verließen, den nur eine lebende Hecke aus dem Walde herausschnitt, führte Anais den Geliebten an die Ruhestätte ihrer Mutter. Sie wollte ihm von ihr erzählen, aber ihr volles Herz fand nur die Worte: Sie war gut und sanft, und sich weinend an seine Brust werfend, fügte sie leiser hinzu: aber sie war immer traurig; sie war nicht glücklich! Viktor drückte sie innig an sich, und sein Blick sagte ihr, daß ihr Loos ein glücklicheres sein würde. Der Vikar trat zu ihnen, und sie gingen zusammen zurück.

Gegen Mittag kam Jeanrenard heim, da er schon unterwegs von dem Todesfall gehört hatte. Seine Mienen zeigten die gewohnte Ruhe; als aber Anais dem Eintretenden entgegeneilte und, lebhafter an den Verlust erinnert, in Thränen ausbrach, zuckte es wie ein Blitz durch seine scharfen harten Züge. Dann drückte er das Mädchen mit einem Kusse auf die Stirn sanft von sich weg und hieß sie auf ihre Kammer gehen. Viktor bot ihm die Hand zum Gruße. Der Alte nahm sie nicht an; sein Auge ruhte finster auf dem jungen Manne. Euer Freund ist gegangen, sagte er mit einer Stimme, in der noch die Bewegung nachzitterte, die aus seinem Gesichte schon wieder verschwunden war. Was sucht ihr noch allein in meinem Hause?

Der entscheidende Augenblick war gekommen und, der Redlichkeit seiner Absichten sich bewußt, erklärte Viktor dem Vater mit männlichem Freimuthe, was ihn noch zurückgehalten habe — die Liebe zu Anais. Der Alte fuhr zurück, als hätte sein Fuß unvermuthet auf eine Schlange getreten; bleich, entsetzt und athemlos starrte er Viktor einige Sekunden an und brach dann in ein lautes, schneidendes Hohngelächter aus. Viktor war auf eine solche Aufnahme seines Geständnisses nicht gefaßt. Der Hohn verletzte seinen Stolz, aber er kämpfte seine Empfindlichkeit nieder; stand er doch dem Vater der Geliebten gegenüber. Er sprach von der Liebe des Mädchens zu ihm, seinen Hoffnungen, seiner Stellung im Leben, seinen Aussichten, und die Leidenschaft machte ihn beredt. Jeanrenard schlug ein abermaliges Gelächter auf, und der Hohn desselben war noch bittrer als vorher. Plötzlich unterbrach er es jedoch und, auf Viktor zutretend, rief er mit einer Stimme, welche durch die gewaltige Aufregung, unter der sein ganzer Körper bebte, fast unverständlich gemacht wurde: Bildet ihr euch ein, weil ich ein unwissender, schlichter Mann bin, ihr dürft mir von eurem Reichthum sprechen, um mich zu kirren? Ich brauche euer Geld nicht, ich habe selbst genug. Ich habe danach gegeizt und gestrebt, ich habe darum gehungert und gekämpft. Man hat mich geschmäht und getreten, als ich arm war, man hat von meinem Schweiße gezehrt, man hat mir das Mark ausgepreßt und mich fortgestoßen wie einen Hund. Glaubt ihr, ich hätte das vergessen? Glaubt ihr, ich werde die Hand küssen, die mich schlug?

Er holte tief Athem, und dem jungen Manne noch näher tretend, fuhr er mit steigender Erbitterung fort: Wißt ihr reichen Leute, wie einem armen Buben zu Muth ist, der auf der Welt nichts hat, als sein Murmelthier und damit hinauszieht, um sein Glück zu machen, um seiner Mutter das Bettelbrod zu ersparen? Wißt ihr, was er unter euch auszustehen hat, und doch nichts erringt, als nur das nackte Leben? Fragt die Straßen von Paris, in denen ich bettelte, hungerte und fror; fragt die Kirchenportale und Thorwege, die mein Obdach in den Nächten; fragt die Essen und Kamine, in denen ich täglich mein Leben wagte; fragt die Narben auf meinem Rücken, die von den Peitschenhieben meines Meisters stammen! Sein Blick flammte, und den Arm Viktors wie mit einem eisernen Griffe fassend,

sprach er weiter: Denkt ihr, Hunger und Frost thun nicht
weh, weil die Welt umher schwelgt? Denkt ihr, der arme
Bube empfinde die Verachtung nicht, mit der ihr ihn behandelt, und er fühle den Faustschlag nicht und den Fußtritt
und die Hiebe nicht, mit der ihr seine Arbeit würzt und
ihn antreibt? Liebe und Gehorsam fordert ihr und säet
Haß und Empörung! Ja ihr habt sie in meine Brust ge-
säet, und sie sind aufgegangen. Ich hasse die Reichen, und
euch hasse ich mehr als alle! Und ihr liebt meine Tochter?
Ah, ich wollte es wäre so! Ich wollte, ihr liebtet sie wie
ein Mensch nur lieben kann, wie ich selber geliebt habe.
Hört ihr's — wie ich mein Weib liebte! — und ich könnte
mit meiner Weigerung euer ganzes Lebensglück zertreten!
Dann würdet ihr fühlen, wie ich gefühlt habe, und ich, ich
würde mich weiden an eurer Verzweiflung! Er stieß Viktor heftig von sich, der ihm erschrocken, aber mit wachsen-
der Theilnahme zugehört und zu verschiedenen Malen seinen
wild sprudelnden Grimm mit einem Worte des Mitleids
zu beschwichtigen versucht hatte. Jetzt stellte er ihm die
Blindheit seines Hasses vor, die nicht nur sein, sondern
auch Anais' Lebensglück zertrümmern würde. Wenn er unter
der Rohheit, dem Uebermuth und der Hartherzigkeit der
Reichen gelitten, so sei eben die Liebe das Mittel, ihn mit
der traurigen Vergangenheit auszusöhnen, und er betheuerte
die Innigkeit uud Aufrichtigkeit der seinigen mit den hei-
ligsten Schwüren.

So glaubt ihr wirklich, rief hierauf Jeanrenard von
dem Stuhle auffspringend, auf den er vorhin wie erschöpft
von seiner Aufregung sich geworfen hatte, so glaubt ihr
wirklich, daß ich eurer glatten Zunge traue? Denkt ihr, ich

wisse nicht, was in eurem und eures Gleichen Munde
Schwüre werth seien? Diese Berge kennen solche Schwüre!
Heirathen wollt ihr mein Kind? Ja bethören, verlassen
und vergessen! Zu eurem Weibe wollt ihr sie machen, und
ihr werdet sie —. — Ein schreckliches Wort entfuhr ihm,
es traf Viktor wie ein Schlag. Das Blut wich aus seinen
Wangen und, nur mühsam seine Fassung behauptend, stammelte er: Ihr beschimpft mich, und ich bin in eurem Hause!

Ja, ihr seid in meinem Hause, schrie der Andere, und
das ist euer Glück! Aber verflucht sei der Tag, an dem
ihr hierherkamt, verflucht die Stunde, da ich dies Gesicht
zuerst sah, verflucht der Augenblick, da ich euern Namen
zuerst hörte! — Ihr ras't, Meister, entgegnete Viktor, dem
die Wuth des Alten sein kaltes Blut wieder gegeben hatte.
Laßt uns für heute das Gespräch abbrechen, ich will warten,
bis eure Besonnenheit wiedergekehrt ist.

Er wollte die Stube verlassen, als sich die Thüre derselben öffnete und Anais hereintrat. Die laute, zornige
Stimme des Vaters hatte sie aus ihrer Kammer geschreckt;
sie ahnte, was vorging. Schüchtern und bittend näherte sie
sich dem Alten, der sie aber rauh zurückwies und sich zu
Viktor wendend rief: Und wenn ihr bis ans Ende der
Welt wartet, weder ihr, noch diese da — er zeigte auf
seine Tochter — werden meinen Willen ändern. So hört
mich einmal für immer: Eher wird Feuer und Wasser sich
verbinden, als mein Name mit dem eurigen, das schwöre
ich euch zu Gott und allen Heiligen. Und wollt ihr den
Grund wissen — geht und fragt euern Vater. Ich kann
an ihm selbst nicht vergelten, was er mir that; aber ruft
ihm in der Freude des Wiedersehens meinen Namen ins

Gedächtniß und achtet wohl auf das, was der Vater mit schamrothen Wangen dem Sohne beichten wird! Damit drehte er dem betroffenen Viktor den Rücken zu. Vergebens beschwor ihn dieser, alles zu sagen; der Alte blieb stumm, und noch einen letzten Blick auf Anais werfend, eilte Viktor davon.

Anais sank weinend auf die Bank am Tische. Ihre flehenden Blicke waren von dem Vater unbeachtet geblieben, der jetzt aufgeregt in der Stube auf und ab ging. Allmälig wurde sein Schritt langsamer, und sein Auge wandte sich öfter seiner Tochter zu. Endlich blieb er vor ihr stehen. Anais, sagte er fast sanft, dich blendet der Rang und Reichthum des jungen Mannes! — Sie schüttelte den Kopf. Du sollst reicher sein als er! Es soll keinen Wunsch geben, den du nicht befriedigen könntest, aber vergiß ihn! — Sie weinte lauter, und er fuhr mit zitternder Stimme fort, indem er seine Hand auf ihre Scheitel legte: Sein Vater, Anais, hat uns unglücklich gemacht; du kannst den Sohn meines Todfeindes nicht lieben. Reiß ihn aus deinem Herzen! — Ich kann nicht, Vater! schluchzte sie, ihr Gesicht in den Händen verbergend. — Der Alte stöhnte tief und schmerzlich auf: Sie ist wie ihre Mutter, murmelte er mit zuckender Lippe und verließ das Zimmer.

8.

So waren denn mit einem Schlage alle Hoffnungen des jungen Mannes zertrümmert, und dieser Schlag war von einer Hand geführt worden, von der er es nie gefürchtet hatte. Er war wohl vorbereitet, den Vorurtheilen sei-

13

nes Vaters zu begegnen, allein nicht diesem Mißtrauen, diesem Haß des alten Schmugglers. Auf welchen Beziehungen zu seinem Vater diese so leidenschaftlich geäußerten Gefühle beruhten, vermochte er nicht zu errathen. Er hatte den Namen Jeanrenards nie aus dem Munde seines Vaters gehört, noch hatte derselbe je Savoyens gedacht. Doch gleichviel, was kümmerte das Geheimniß seines Vaters oder der Haß Jeanrenards seine Liebe? Der Besitz der Geliebten blieb für ihn das einzige Unterpfand einer glücklichen Zukunft. Um diesen Preis dünkte ihn selbst die Last eines verhaßten Standes erträglich. Ja er sah in Anais' Liebe das einzige Mittel, sich mit demselben auszusöhnen.

Er hatte die Nacht schlaflos zugebracht und beim ersten Morgengrauen sein Lager und das Haus verlassen. Verworrene, wilde Gedanken hatten ihn rastlos umhergetrieben; endlich hatte er sich erschöpft in das Gras geworfen. Da trat das holde, anmuthige Bild des Mädchens mit erhöhtem Zauber vor seine Seele, und wie nie empfand er die Macht ihres reinen, tiefen Gemüthes. Nein er konnte sie nicht verlieren! Er konnte nicht und wollte nicht entsagen! Alle Rücksichten schwanden, er war entschlossen, alles zu wagen. Er sprang auf und kehrte nach Hause zurück, um mit Anais zu sprechen. Sie war nicht dort; es war niemand daheim. Auf dem Tische in seiner Stube, in die er einen Augenblick trat, fand er einen Brief von Franz. Er schrieb, daß er Genf verlassen, um die Familie Stern auf ihrer Rückreise nach Deutschland zu begleiten. Beigeschlossen war der Rest des Wechsels im Betrag von sechshundert Franks in Genfer Banknoten. Viktor steckte Brief und Geld in die Brusttasche seines Rockes und verließ das Haus aufs Neue.

Die Sonne sank, die Gletscher erglühten und erstarben. Die waadtländische Küste und der See, Wälder und Fluren verschwammen in Grau; über dem Menüse funkelte ein einsamer Stern auf. Viktor schaute lange zu ihm empor, noch einmal überlegend, was er thun wollte. Mit seinen Gedanken beschäftigt, achtete er nicht auf den Pfad, und als ihm nach einiger Zeit ein Baumast den Hut vom Kopfe riß und ihn so aus seinem Sinnen aufstörte, hatte er den Weg verloren. Aufs Gerathewohl schritt er weiter. Ein heller Schein leuchtete ihm zwischen den Baumstämmen entgegen, und ihm folgend, fand er sich plötzlich auf der von Felsblöcken übersäten Platte, die sich gerade über Jeanrenards Wohnung erhob. Auf einem dieser Blöcke brannte ein Feuer und neben demselben am Boden kauerte eine weibliche Gestalt, deren Kopf und Oberkörper in ein rothes Tuch gehüllt waren. Als Viktor sich näherte, sprang ihm ein Hund mit freudigem Bellen entgegen. Es war Jeanrenards Kettenhund. Bei dem Gebell erhob sich die weibliche Gestalt, und Viktor erkannte die Geliebte. Mit einem Schrei flog sie ihm entgegen, plötzlich aber blieb sie stehen und ihre erhobenen Arme sanken herab. Er wollte sie an sein Herz pressen, sie wandte das Gesicht ab und drückte die Hände vor die Augen, um ihre stürzenden Thränen zu verbergen.

Sie war in ihrer Kammer gewesen, als Viktor nach Hause gekommen war. Ihr Vater hatte ihr verboten, ferner mit ihm zu sprechen, und als sie ihn gehört, hatte sie den Riegel an ihrer Thüre vorgeschoben. So hatte sie in Thränen auf ihrem Bette gesessen, bis gegen Abend ein Bote von ihrem Vater gekommen, in Folge dessen sie auf dem Plateau ein Feuer angezündet, um den Paschern auf dem See ein Zeichen zu geben, daß sich die Grenzwächter von Tour Ronde entfernt hätten.

Ach, es ist ja alles aus! sagte sie, warf ihre Arme um Viktors Hals und drückte ihn leidenschaftlich an sich. Doch ebenso schnell gab sie ihn wieder frei und floh von ihm weg. Er hörte sie bitterlich weinen und folgte ihr, er umfaßte sie und zog sie sanft mit sich auf einen der Steine nieder, er nahm ihr die Hände schmeichelnd von dem thränenfeuchten Gesichte, schaute sie zärtlich an und sprach von seiner Liebe, gegen die kein Machtgebot eines Vaters etwas vermöge. Inniger umschlang er sie, und die Laute seiner Liebe drangen immer verführerischer in ihr Ohr. Pflicht und Liebe rangen mit einander, und ach, Anais liebte ihn ja so unsäglich! Wie hätte sie auf die Dauer gegen ein Glück standhaft zu bleiben vermocht, das er ihr so leidenschaftlich beredt, mit so glühenden Farben schilderte — das Glück einer ewigen Vereinigung mit ihm? Ihre Thränen versiegten. Seine heiße Liebe forderte ja nicht mehr, als er selbst zu geben bereit war, und er gab alles, alles freudig hin. Nicht von Glanz und Reichthum sprach er ihr, sondern nur von dem Reichthum seiner, ihrer Liebe, und wenn er sie von Heimat und Vater hinwegzuschmeicheln suchte, so wollte er ja ihrer Vereinigung auch die seinige zum Opfer bringen. Nur ihr wollte er das Glück seines Lebens zu danken haben und er bewies ihr, daß sie das ihrige nur durch ihn und in ihm finden würde. Welche verlockende Zukunftsbilder stiegen vor ihnen auf! Sie baute vertrauungsvoll auf die Schwüre seiner Liebe, wie er auf die ihrigen, und er schmeichelte sie hinweg aus dem elterlichen Hause

mit sich in ein Leben, das sie beide nicht kannten. Wie
hinreißend sang seine Stimme in ihr Ohr! Welche Empfin-
dung glühte sie aus seinen Blicken an, aus diesen klaren
blauen Augen! Wie sanft und wieder wie feurig waren
seine Küsse! Er war so schön in seinem Glücke und sie
war es nicht minder, und in heiligem Rausche hielten sie
sich umschlungen.

Das Feuer war erloschen; in unbewölkter, voller Scheibe
stand der Mond über den Glücklichen.

In der Tiefe krachte ein Schuß. Der Hund spitzte die
Ohren, aber die Liebenden achteten nicht darauf. Abermals
knallte es unten, dann noch einmal und noch einmal; der
Hund sprang mit wildem Gebell auf, die Liebenden lausch-
ten jetzt. Einen Augenblick blieb alles still, dann krachte
und rollte Schuß auf Schuß, unregelmäßig wie in einem
Plänklergefechte, der ganze Wald hallte davon wieder. Das
Schießen zog sich schnell die Höhe herauf. Schon konnte
Viktor deutlich unter dem Gekrach der Flinten den schwächern
Knall von Pistolen unterscheiden. Er eilte an den Rand
des Abhanges, während Anais mit dem angstvollen Ruf:
O mein Vater! auf die Knie sinkend, die Hände zum Ge-
bet faltete.

Der Mond verbreitete fast Tageshelle und gestattete
Viktor deutlich mehrere Menschen zu erkennen, die längs der
Gartenhecke dem Hause Jeanrenards zuliefen. Unter den
Bäumen am Saum des Gehölzes blitzte es hier und da
auf — es war das Leuchten des Pulvers vor dem Knall.
Von Zeit zu Zeit löste sich eine Gestalt aus dem Schatten
der Bäume los und stürzte gleichfalls dem Hause zu. Das
Schießen nahm ab. — Jetzt war's still. — Nun erscholl

ein lautes, jubelndes Hurrah, eine zahlreiche Truppe trat
aus dem Walde; an dem Flimmern der Kopfbedeckung erkannte Viktor die Grenzjäger. Sie rückten gegen das Haus
vor, eine Salve krachte ihnen entgegen und schreckte sie zurück; sie zerstreuten sich, um hinter den Bäumen des Gar-
tens Schutz zu suchen. Von dort richteten sie ihre Schüsse
gegen das Haus.

Der Kampf wurde von beiden Seiten mit der heftigsten
Erbitterung geführt. Welch ein Ende derselbe nehmen
würde, war nach der Hartnäckigkeit der Grenzjäger zu urthei-
len kaum zweifelhaft. Zudem mußte das Schießen auf den
ambulanten Wachtposten gehört werden und den Jägern Ver-
stärkung zuführen. Viktor kehrte zu Anais zurück. Sie mußte
aus dem Lärm des Gefechtes vor allen Dingen entfernt
werden, er dachte sie bei dem Vikar Lullier in Sicherheit
zu bringen. Das Schicksal schien, wenn auch auf gewalt-
same Weise, die Entführung zu begünstigen.

Anais kniete noch am Boden. Sie hatte den Kopf in
ihr Tuch gehüllt, um das Schießen wo möglich nicht zu
hören. Viktor hob sie zu sich empor, indem er ihr seine
Absicht mittheilte; sie zitterte und schien ihn kaum zu verstehen. Ein wildes Triumphgeschrei übertönte in diesem
Augenblicke seine Stimme, und eine plötzliche Helle verbreitete sich über die Felsen ringsum. Eine schreckliche Ahnung
trieb beide an den Rand des Abhanges — das Haus war,
wohl durch Unvorsichtigkeit der Pascher, in Brand gerathen.
Anais barg ihr Gesicht entsetzt in den Händen; aber es
war keine Zeit mehr zu verlieren. Die Pascher machten
einen wüthenden Ausfall aus dem brennenden Hause, und
Viktor sah schon einige derselben die Höhe zu ihnen herauf-

eilen. Er zog Anais mit sich waldeinwärts fort, und sie folgte ihm in gänzlicher Betäubung. Hinter ihnen erscholl wieder und wieder das Siegesgeschrei der Grenzjäger, untermischt mit dem Knattern des Gewehrfeuers. Der Silberglanz des Mondes erblich vor dem glühenden Roth, in welches die Flammen den Himmel tauchten. Von Lugrin und Tour Ronde klangen die Feuerglocken herauf, und jetzt erhob auch die Kapellenglocke von Bernex ihre schrille, wimmernde Stimme. Den Flüchtigen ward sie zum Wegweiser durch das weithin unheimlich erleuchtete Gehölz.

9.

Das Wild, welches seinen Frühtrunk aus der Gotta schlürft, hebt lauschend seinen Kopf nach der Kapelle hin; das Murmeln einer menschlichen Stimme hat es erschreckt. Aber nach einigen Minuten scheint es beruhigt und neigt den Hals wieder zu der klaren Fluth; es kennt diese murmelnde Stimme, gleich den Fischen in dem See. Sie gehört dem Vikar, welcher den Segen der Kirche über ein liebendes Paar spricht. Aus den grauen Schatten der Morgendämmerung, welche das Gotteshäuschen erfüllen, taucht die Gestalt des Geistlichen auf, wie er seine Hände ausbreitet über Viktor und Anais, während dieser den Fingerreif seiner Mutter gegen den silbernen der Geliebten austauscht. Seitwärts von ihnen steht als einzige Zeugin Margarethe.

Als das junge Paar aus der Kapelle tritt, glühen die Wipfel des Hochwaldes im ersten Sonnenlicht und ein Strahl desselben fällt durch die Tannen auf Anais. Ein Kranz

von Rosen und Myrthen in dem schwarzen Haar, den ihr
Margarethe noch während der Nacht gewunden, ist ihr einziger Schmuck. Ihr Antlitz leuchtet in verschämtem Glücke,
und aus dem schönen, feuchten Auge, das auf dem Manne
ruht, um dessen willen sie Heimat und Vater aufgiebt,
schimmert eine tiefe unendliche Liebe.

Der gutmüthige Vikar begleitet die Liebenden noch eine
Strecke Weges. Da sie endlich scheiden, bittet ihn Viktor,
seine goldene Uhr als ein Andenken von ihm anzunehmen.
Nach langer Weigerung nimmt er sie und mit ihr, ohne
es zu ahnen, alles, was Viktor außer den sechshundert Franks
besitzt, die ihm Franz am Tage vorher geschickt hatte. Seine
Krebitbriefe und Wechsel waren nebst seinen Reiseeffecten
ein Raub der Flammen geworden.

Gott sei mit euch! ruft der Vikar noch einmal den Liebenden nach. Er steht und schaut, wie sie Arm in Arm,
so leicht vom Glücke getragen, den Waldpfad hinabschreiten.
Jetzt entzieht sie eine Krümmung desselben seinen Blicken,
und ein tiefer, schwerer Seufzer entfährt ihm. — Er stand
vor der zweiten, schwierigen Hälfte einer Aufgabe, an deren
Lösung sich sein gutes Herz wie spielend ergötzte, bis ihn
das Schicksal gewaltsam hineingerissen hatte. Er kannte das
Geheimniß, welches Jeanrenards Feindschaft gegen Viktors
Vater zu Grunde lag. Die alte Frau hatte es ihm in ihrer
letzten Beichte vertraut.

Was Jeanrenard auf seinem vergeblichen Wege nach
dem Glücke gelitten, hatte er selbst Viktor erzählt. Allein
er hatte ihm nicht gesagt, daß ihn nicht nur der Gedanke
an die Mutter aus der Heimat getrieben. Er hatte ihm
nichts von den glücklichen Träumen erzählt, die ihn trotz

Hunger, Frost und Nässe, Nachts unter den Vortreppen aufgesucht — Träume, in die sich das Bild eines kleinen hübschen Mädchens verwob, einer elternlosen Verwandten, die in der Hütte seiner Mutter lebte. Als Knabe dachte er an sie, wenn er die geputzten Kinder im Garten des Palais Royal oder Luxembourg spielen sah, er dachte später an sie, wenn die schönen Damen in strahlender Toilette zu Fuß und zu Wagen an ihm vorüber zogen, und Veronika erschien ihm im Geiste schöner als alle. Er fand sie reizender noch, als er nun wirklich wieder vor ihr stand, von seinem heißen Blute, aufwallend über eine besonders grausame Züchtigung seines Meisters, aus Paris vertrieben. Aus der knabenhaften Zuneigung ward heiße Liebe. — Er hatte in den ausgefahrenen Geleisen der Civilisation nichts erlangt; jetzt versuchte er sich unter den Schmugglern, und das launenhafte Glück, welches sich um keine Zollgesetze kümmerte, begünstigte seine Unternehmungen. Er wagte alles und er gewann.

Da führte der Zufall Viktors Vater auf einer Wanderung durch Savoyens Gebirge in die elterliche Hütte des Paschers. Veronikas Schönheit blendete und fesselte ihn; er blieb. Der schöne Fremdling schmeichelte sich in das unerfahrene Herz, in die Sinne des Mädchens ein. Unter Küssen und Schwüren und Thränen ward sie sein, und er verließ sie. — Jeanrenard schwur dem Zerstörer seines Glückes glühende Rache, aber sie vermochte die Liebe in seinem Herzen nicht zu ersticken. Er verließ mit Veronika und seiner Mutter die Hütte, in der seine Wiege gestanden, und siedelte sich auf den Höhen am Genfersee an.

Veronikas Fehltritt blieb ohne Folgen, und Jeanrenard

machte sie zu seinem Weibe. Es war ein trauriges Leben,
das sie beide führten. Sie konnte Amfort nicht vergessen,
und dies zerriß fortwährend sein Herz. Sie war sanft und
traurig, sie welkte und starb leise dahin.

Den guten Geistlichen erschütterte die Tragik dieser einfachen Geschichte tief, um so tiefer, da sie ihm aus dem
Munde einer Sterbenden entgegenklang, die ihrem Feinde
vergab. Nun sah er den Sohn des Verführers Hand in
Hand mit der Tochter der Verführten an dem Todtenbette
der Alten niederknien, und die Weihe des Augenblicks erfüllte ihn mit dem Gedanken, den Segen der Großmutter
zu verwirklichen, langjährigen Haß zu versöhnen und in
Liebe zu verwandeln. Die Liebe selbst bot ihm die Hand
dazu. Er versenkte sich in diesen Gedanken, wie ein Dichter
in die Idee eines Romans; er spann ihn aus zu einem
schönen, glänzenden Gewebe, in das er sich mehr und mehr
verstrickte, und sein gutes Herz begeisterte ihn. Freilich
hatte er gehofft, das Werk allmälig zu Stande zu bringen;
allein die unvorhergesehenen Ereignisse drängten dazwischen,
und von den Bitten Viktors und dem gewichtigen Einfluß
Margarethens, wie von seiner eigenen Gutmüthigkeit be-
wogen, willigte er ein, den Ehebund der Liebenden zu
segnen.

Es war geschehen. Die Aufregung der Nacht und der
heiligen Handlung begann sich zu legen, und er seufzte,
wenn er an Jeanrenard dachte, den er mit dem gethanen
Schritt bekannt zu machen und zu versöhnen versprochen
hatte. Ja, die Götter haben den Schweiß vor die Tugend
gesetzt! So schüttelte er denn auch zum grenzenlosen Erstaunen Frau Margarethens daheim ziemlich trübselig den

Kopf, als sie auf ihn Gottes Segen herabflehte, weil er
den Bitten des hübschen jungen Mannes nachgegeben hatte.
Für sie war es ein Festtag, und ihre Küche bewies es.
Was hatte er nur? Sie schoß aus ihren grauen Augen
einen langen, fragenden Blick auf ihn, und dieser Blick
wurde immer feiner und diplomatischer. So ein hübscher,
junger Mann, sagte sie endlich, und ewig im Fegefeuer
brennen zu müssen! Die arme Anais wird sich einmal sehr
unglücklich im Himmel fühlen.

Hatte sie getroffen, was den Vikar beunruhigte? Sie
sah ihn unaussprechlich schlau von der Seite an, und er
konnte ein Lächeln nicht unterdrücken. Indessen meinte er,
es sei besser, von dieser Sache so wenig als möglich zu
sprechen. — Freilich, freilich, versetzte sie eifrig, es ist nicht
für die Ohren unseres Bischofs! Dennoch war sie verblüff-
ter als zuvor. Was, sie, die sich eher wie eine Kastanie
hätte rösten lassen, als die Geheimnisse ihres Herrn verrathen, sollte so wenig als möglich mit ihm davon sprechen?
Das war eine unerhörte Zumuthung, und als sie bemerkte,
daß er die guten Dinge, die sie ihm vorsetzte, und selbst
den schwarzen Kaffee gleich nach Tische, den er so leidenschaftlich liebte, mit offenbarer Zerstreuung genoß, da verstand sie ihn gar nicht mehr. Sie begann mit ihm zu
schmollen und verschwand endlich mit wirklichem Verdruß
für den Rest des Tages in der Küche, wo sie sich einschloß,
während er, nachdem er lange Zeit gedankvoll im Stübchen
auf und ab geschritten, vor der Thüre stehen blieb, auf der
seine ausstehenden Forderungen verzeichnet waren.

Er kämpfte mit einem Entschluß. Margarethe wird
schelten, murmelte er; aber mit dem Maße, mit dem ihr

meßt, soll euch wieder gemessen werden! Und schnell löschte er mit seinem bunten Taschentuche die Schulden aus. Die großmüthige Handlung erleichterte den auf seiner Seele lastenden Druck in etwas. Er zündete sich eine Cigarre an, und einige Minuten rauchte er mit unverkennbarem Behagen. Dabei zog er Viktors Uhr hervor und betrachtete sie von allen Seiten, von innen und außen mit der Freude eines Kindes an einem glänzenden Spielzeuge. Aber allmälig nahm sein blühendes Gesicht wieder einen sorgenvollen Ausdruck an. Er seufzte und legte die Uhr schnell in den Wandschrank, dessen Schlüssel er zum erstenmale in seinem Leben abzog und zu sich steckte. Dann nahm er Hut und Regenschirm und wanderte immer langsamer und langsamer den Pfad zu des Paschers Wohnung hinauf.

Die Sonne versank bereits hinter dem Jura, als er den Ort erreichte, wo das Haus noch gestern gestanden. Es war nur noch ein Trümmerhaufen. Die Mauern waren theilweise eingestürzt. Ihre schwarzen Steine bedeckten weithin den Garten, und was sie von den Blumen- und Gemüsebeeten verschont gelassen, war zertreten und zerstampft. An dem verkohlten Holzwerke und aus den dampfenden Schutthaufen züngelte und leckte noch hier und da ein Flämmchen, hell auflobernd, wenn es von dem Abendwinde angeweht wurde. Vermischt mit dem angeschmauchten Gestein und mit den verglommenen rufsigen Balken und halb vergraben unter denselben lag angebranntes und zerbrochenes Hausgeräth. Die Bäume zunächst dem Hause und auch die alte Kastanie am Brunnen, in deren Zweigen der Wind wohl Jahrhunderte gespielt haben mochte, waren versengt, und ihre breiten, zackigen Blätter wie die stachligen Früchte hingen schwarz und welk hernieder.

Traurig blickte der Vikar auf die Stätte der Verwüstung, deren beklemmende Stille allein die Quelle mit ihrem Murmeln unterbrach. Er vermuthete, daß Jeanrenard, wie gegründete Ursache er auch hatte, sich fortan vor der Polizei verborgen zu halten, doch schwerlich die Waaren im Stiche lassen würde, die wahrscheinlich noch in dem Gewölbe des abgebrannten Hauses lagerten, und ihn erwartend, ließ er sich auf dem Stein am Brunnen nieder, wo Anais so oft mit Viktor plaudernd gesessen.

Es ward dunkel, und sein Herz klopfte immer banger. Ach, seufzte er, was wohl Margarethe sagen würde, wenn sie mich hier in der Nacht sitzen sähe, und eine Ahnung von dem hätte, was ich eigentlich unternommen! Ich fürchte, die gute Seele würde mich für einen Narren halten, daß ich mich in andrer Leute Angelegenheiten mische! Dennoch gab er seinen Vorsatz nicht auf. Eine Stunde verrann nach der andern; die Uhr in Lugrin brunten schlug Mitternacht, sie schlug die zweite Morgenstunde — Jeanrenard kam nicht. Er ging heim. Ebenso vergeblich erwartete er ihn die beiden folgenden Nächte. Sollte er gefangen worden sein? dachte er. Niemand konnte es ihm gewiß sagen, und so stieg er selbst nach Evian hinunter — aber Jeanrenard befand sich auch nicht im Gefängniß. Alle Nachforschungen nach ihm waren bisher ohne Erfolg geblieben. Da kam dem Vikar ein glücklicher Gedanke, und eines Tages sah man den guten Geistlichen, mit seinem rothen Regenschirm unter dem Arm, langsam mit der sorglosen Miene eines Spaziergängers in das Gebirge hineinwandern. Es war ein weiter beschwerlicher Weg, den der Vikar verfolgte. Aber er scheute nicht die steilen Abhänge, die er hinab und hinauf klettern mußte, nicht die glühende Hitze in den schmalen Thälern, nicht den scharfen brennenden Kies, der unter seinen Füßen wegglitt. Ein Stück Brod, das er von Hause mitgenommen hatte, ein Trunk aus der Quelle waren seine ganze Labung.

10.

Sobald das junge Paar in Genf angekommen war, schrieb Viktor seinem Vater ausführlich über alle seine Erlebnisse in Jeanrenards Hause, seine Liebe zu Anais, seine geheime Vermählung, und indem er ihn um seine Verzeihung und um seinen Segen bat, erklärte er, daß nur der Besitz der Geliebten ihn mit dem Berufe eines Kaufmannes aussöhnen könnte. Er kannte die Strenge seines Vaters, aber auch den Werth, den dieser auf die Vererbung seiner Firma legte, und er hoffte dessen Einwilligung um so zuversichtlicher, da er ja sein einziger Sohn war. Das Opfer, das er selbst zu bringen bereit war, schien ihm so groß, daß alle Bedenklichkeiten seines Vaters davor schweigen mußten.

Seine nächste Sorge betraf die Garderobe der Geliebten. Als seine Frau konnte sie sich wohl nicht schicklich in ihrer Nationaltracht zeigen. Es war eine schöne Sorge, und nichts erschien ihm für Anais reizend genug; doch welche Pein für ihn, der bei der Befriedigung eines Wunsches nie das Geld geachtet, dieses und jenes in den Kaufgewölben zurücklegen zu müssen, weil die Preise mit dem gegenwärtigen Zustand seiner Kasse in keinem Verhältniß standen! Dennoch ward manches angeschafft, was man ebenso gut hätte einfacher und billiger wählen können, und Anais fand mehr als eine Gelegenheit, ihre daheim verbrannte Braut-liste mit Linnen und Wäsche zu beseufzen. Als sie sich zum erstenmale in der modischen Tracht und voll Verlegenheit vor Viktor zeigte, fand er sie schöner denn je und schloß sie mit stürmischem Entzücken an seine Brust. Sie meinte da-gegen mit lachendem Verdruß, daß sie sich in den luftigen Flittern wie in einem Gefängnisse fühle; nicht einmal um-armen könne sie ihn so voll und herzlich wie in ihrem Mie-der. Auf der Straße wagte sie anfänglich nicht die Augen aufzuschlagen, denn sie glaubte, alle Leute müßten stehen bleiben und ihr nachsehen, weil sie in einer Maske ginge. In der That richteten sich nicht wenig Blicke auf die rei-zende Erscheinung, und Viktor freute sich dieser Bewun-derung.

Um ihre schmalen Geldmittel so viel als möglich zu schonen, hatten sie bereits am Abend des ersten Tages den Gasthof mit einer Wohnung in dem Hause eines Hand-schuhmachers vertauscht. Sie bestand nur aus zwei Stübchen und lag im dritten Stockwerke. Viktor hatte nicht einmal als Student so hoch und so wenig comfortable gewohnt; aber er tröstete sich damit, daß es ja nur auf kurze Zeit sei, und die Liebe schuf einen Zaubergarten aus dem engen Raum. Die Stunden vergingen ihnen wie Kindern, die einem Schmetterlinge nachjagen. Und dieser schillernde Som-mervogel war die Liebe, die sie von Stunde zu Stunde, von Tag zu Tag, von Woche zu Woche durch ein Paradies nachlockte.

Indessen war die Zeit längst verstrichen, in der Viktor Antwort von seinem Vater erwarten konnte. Kein Brief kam! Hatte sein Vater schweigend die Hand von ihm ab. gezogen? Er konnte kaum mehr daran zweifeln; er begann die ganze folgenreiche Schwere dieses Ereignisses zu erkennen und zu fühlen, auf das er wohl gefaßt gewesen, das er jedoch nimmer befürchtet hatte. Die Sorge vor der Zukunft begann ihre schwarze Schatten in sein strahlendes Glück zu werfen. Sie, die er nie gekannt, die Nahrungssorge, nistete sich in alle seine Gedanken, preßte mit dumpfem Drucke auf seinen Geist und scheuchte den Schlaf von seinem Lager. Er trug doppelt schwer, weil er allein trug. Der ideale Schwung seiner Liebe hatte das rückhaltlose Vertrauen in der Ehe noch nicht zugelassen. Doch die Liebe ist argwöhnisch wie der Haß. Anais sah die Wangen ihres Mannes blasser werden, bemerkte sein fieberhaftes Wesen, hörte Nachts sein unterdrücktes Seufzen, und da er ihren besorgten Fragen immer auswich, so brach sie eines Abends, als er finster brütend in der Ecke des Sophas saß, schluchzend in die Worte aus: Du liebst mich nicht mehr! Du bereust deine Wahl! Ich habe dich unglücklich gemacht!

Da gab er ihr sein ganzes Vertrauen, wie es die Ehe fordert, nicht nur sein Glück, sondern auch seinen Kummer. Er entlastete sein Herz von allem, was es drückte. Ihre Thränen versiegten, während er sprach, und als er geendet, fragte sie mit dem heitersten Lachen von der Welt, ob das alles sei? Du böser, böser Mann, rief sie, sich in seine Arme werfend. Sich und mich so grundlos zu quälen! Siehst du, ich habe im Stillen immer vor deinem strengen Vater und seinem vornehmen Hause gezagt; nun

ist's gut! Und was weiter? Mein Gott, wir werden
arbeiten!

Gleich am folgenden Tage ging sie zu ihrem Hauswirthen
und bat ihn, ihr Handschuhe zu nähen zu geben. Er erfüllte
ihren Wunsch, und seitdem war ihre Laune noch rosiger als
zuvor. Der Gedanke an ihren Vater stimmte sie freilich
mitunter traurig. Es war doch nicht recht gewesen, daß sie
ihn verlassen hatte. Vor ihrem Manne suchte sie indessen
diese Stimmung sorgfältig zu verbergen. In seiner Gegenwart lag immer heiterer Sonnenschein auf ihrem hübschen
Gesicht. Auch hoffte sie zuversichtlich auf den Vikar, der
ihr die Verzeihung des Vaters zu erwirken versprochen.
Viktor hatte dem Geistlichen ihre Wohnung in Genf ange-
zeigt, und derselbe hatte darauf mit einer Wiederholung
seines Versprechens geantwortet; er zweifelte nicht, daß er
sein Wort zu halten im Stande sein würde; Anais möchte
nur ruhig sein, es stände alles gut. Wie es stand, sagte
er nicht.

Welchen Schatz besaß Viktor in seinem jungen, reizenden Weibe! Er hätte die ganze Welt in sein Stübchen
rufen mögen, damit sie ihn beneide, und doch hätte er sie
niemand zeigen mögen, wie sie um Lohn arbeitete. Er selbst
war stets fleißig gewesen; daß aber der Mensch nur arbeiten sollte, um zu leben, kam ihm wie die größte Entwür-
digung vor. Nun sah er diese für sich selbst als eine unab-
weisliche Nothwendigkeit vor sich, und zwar in einer Stadt,
in der er niemand kannte, auf keinen Rath, geschweige auf
thätigen Beistand hoffen durfte. Es wäre das Einfachste
gewesen, eine Stelle in irgend einem kaufmännischen Geschäfte zu suchen. Hier kam jedoch seine Abneigung ins

14

Spiel, und die Genfer Gesichter, die ihm alle wie aus einem
Holze geschnitten, lang, schmal und kalt und wie Zahlen gestempelt erschienen, vermehrten sie noch. Da er frei war,
wollte er sich sein Brod wenigstens nicht ganz ohne Neigung
für eine Berufsarbeit erwerben. Er besaß gediegene und
umfassende Kenntnisse. Sollten sie nicht im Stande sein,
ihm eine genügende Einnahme zu verschaffen? Er ließ sich
als Lehrer der deutschen und englischen Sprache in alle Zeitungen setzen, doch kein Schüler meldete sich. Geduld!
tröstete ihn Anais und strich ihm mit ihrem Finger, der in
der Stubenluft immer weißer wurde, die Falten aus der
Stirn.

Nach einem schweren Kampfe entschloß er sich, zu den
Vorstehern der Erziehungsanstalten zu gehen und ihnen seine
Dienste in allen möglichen Wissenschaften anzubieten. Ohne
Empfehlungen, ohne Zeugnisse, dagegen um so reicher an
Mitbewerbern, waren seine Wege nutzlos. Er dachte an
Jeanrenard und sein Murmelthier in den Straßen von
Paris, das wie seine Kenntnisse niemand sehen und haben
mochte.

Er kam sich völlig unnütz in der Welt vor und fragte
sich, mit welchem Rechte er früher so geringschätzend auf
diejenigen herabgesehen, welche ihr Brod im Schweiße ihres
Angesichts verdienten, und mit welchen Vorzügen er die
Ueberhebung rechtfertigen könnte, die er sich seit Jahren,
namentlich gegen Franz, zu schulden hatte kommen lassen?
Jetzt bat er dem guten Herzen desselben bei sich alles Unrecht ab. Der Freund stieg in seinen Augen, während er
selber sank. Den meisten Herren, denen er seine Aufwartung
machte, war das Lehrfach nur ein Mittel, reich zu werden,

eine auf die Eitelkeit der Eltern gegründete Spekulation, und nicht mit Gelehrten, sondern mit Geschäftsmännern hatte er es zu thun.

Abermals tröstete Anais nach einem neuen vergeblichen Wege und tändelte die Sorge hinweg; sie legte ihre Arbeit bei Seite und beide gingen ins Freie. Die zauberhafte Landschaft in der Stille der Abendbeleuchtung beschwichtigte sein Herz. Er war ja doch glücklich! Als er am andern Tage, wieder ohne Beschäftigung gefunden zu haben, heimkehrte, fand er Anais in ihre savoyische Landestracht gekleidet. Sie hatte am vorigen Abende dabeigestanden, wie er sein Geld in der Absicht gezählt, seiner Kleidung ein wenig aufzuhelfen. Es hatte nicht gereicht. Sie hatte in der Stille ihre Kleider verkauft und händigte ihm nun mit einem innig bittenden Blicke die gelöste Summe ein. Er war furchtbar erschüttert, eilte in die Schlafkammer und weinte wie ein Kind — es waren die bittersten Thränen, die er in seinem Leben vergossen.

Endlich fand er in einer Erziehungsanstalt eine Viertelmeile vor der Stadt eine Anstellung als Lehrer der deutschen Sprache, gegen eine Entschädigung von fünfzig Centimes für die Stunde. So elend dieser Lohn war, so tröstete er sich doch damit, daß immerhin ein Anfang gemacht worden sei, und stolz und glücklich warf er am zehnten Tage der Geliebten den schwerverdienten Fünffrankenthaler in den Schooß. Er, der einst unendlich viel größere Summen gleichgültig empfangen und weggeworfen hatte, schämte sich seiner Freude an diesem Gelde nicht. Es war ja das Erste, dessen Erwerb er sich selber zu verdanken hatte; es stellte seine Arbeit dar, eine Arbeit, die ihm der Gedanke an Anais versüßt hatte. Der Siedler, wenn er auf seiner Pflanzung den ersten Baum des Urwaldes unter seiner Axt stürzen sieht, mag ähnliche Empfindungen hegen.

So hatte Viktor denn seine selbstständige Laufbahn durchs Leben als Lehrer seiner Muttersprache begonnen; all sein übriges reiches Wissen lag nutzlos und todt bei Seite. Ein Sprachlehrer — das war es, was sich von dem Bilde eines Gelehrten, um dessen willen er mehr als einmal das väterliche Comptoir zu verlassen im Begriff gewesen, erfüllt hatte! Doch gleichviel, er arbeitete mit Lust und Eifer, denn er arbeitete für sein Weib. Aber die Beschäftigung an und für sich bot wahrlich der Annehmlichkeit noch weniger als die Berechnung von Coursen und Disconto.

Indessen schien es bei dem gemachten Anfange sein Bewenden zu haben. Seine Stunden vermehrten sich nicht, und troz aller Entbehrungen und Ersparnisse kam eines Tages der lezte Thaler an die Reihe. Die Bäckerrechnung der lezten Woche mußte bezahlt werden, und seine Hand zitterte, als sie es that. Das Blut in seinen Adern schien ihm zu Eis geworden; er gab seine Stunde ohne ein Bewußtsein davon zu haben, und so befand er sich später auf einer Bank der Promenade, die sich längs dem botanischen Garten hinzieht. In dem Schatten der alten Bäume wandelten gepuzte Damen und Herren, fröhliche Kinder spielten um ihn her, und auf dem Plainpalais jenseits des alten Festungsgrabens arbeiteten Maurer und Zimmerleute an überall neu entstehenden Gebäuden. Anais aus ihrer niedrigen Sphäre in die des Glanzes und Reichthums zu erheben, war sein schönster Ehrgeiz gewesen, nun vermochte er sie nicht einmal vor der Noth zu bewahren! Sein Ringen

um das Leben, um das nackte Leben nur, war vergebens.
Er beneidete die Handwerker, die dort in der heißen Sonne
thätig waren, sie verdienten doch, was sie brauchten. Er
verzweifelte.

Ein alter, wohlbeleibter Herr mit mild freundlichem
Gesichte unterbrach Viktors finstere Gedanken, indem er
grüßend sich zu ihm setzte und ein Gespräch anknüpfte. Im
Verlauf desselben stellte sich heraus, daß auch der Fremde
ein Deutscher sei. Es war ein Kaufmann, der bereits seit
dreißig Jahren in Genf wohnte und sein Geschäft gegenwärtig seinem Sohne überlassen hatte. Es ist dies mein
Lieblingsplätzchen, sagte er. Das Schauspiel der arbeitenden
Menge dort vor uns ist für einen alten Kaufmann, wie
ich, ungemein anziehend. Ist es nicht erhebend, alle diese
Menschen in einer Idee schaffend sich zu denken? —

Viktor meinte, es könne hier nur von einem Bedürfniß
die Rede sein. Der alte Herr schüttelte den Kopf: Das
Bedürfniß regiert die Welt, aber aus ihm springt die Idee,
wie einst Athene aus dem Kopf des alten Jupiter. Ha!
ha! ha! ich habe noch nicht alles aus der Schule vergessen.
Die Idee ist nichts anderes als das Bedürfniß der Menschheit, das durch die Arbeit noch nicht befriedigt worden ist.
Da glaubt jeder für sein Bedürfniß zu arbeiten und rührt
die Hände doch nur für's Allgemeine. Freilich der Tagelöh-
ner kümmert sich darum nicht; er will zuerst satt sein, und
mancher Millionär macht's ebenso. Aber sie mögen's machen,
wie wollen, sie müssen doch ihr Schärflein zur Beförderung
der Ideen beitragen. Ob Idealismus, ob Materialismus,
es ist alles eins. Ich behaupte aber, letzterer hat uns einem
menschlicheren Zustande mächtig näher geführt. Er hat die

Arbeit zu Ehren gebracht, und ihre Achtung ist der nächste
Schritt zur Gleichheit und zur Brüderlichkeit. Denn zuletzt
beruht doch alles auf der Arbeit. Da schafft der Einzelne,
bis ihm sein Fleiß gestattet, einen eigenen Heerd zu gründen. Nun sind zwei in Liebe für einander thätig, und auf
diesem Fundamente erhebt sich die Familie. Der Arme kann
seinem Kinde freilich weder Familientraditionen noch Vermögen hinterlassen, aber er giebt ihm die allgemeine Bildung der Zeit mit, und die geht fort von Kind zu Kind in
reicherer Entfaltung. So stellt sich denn in dem Kinde das
letzte Ergebniß der gesammten Thätigkeit eines abblühenden
Geschlechtes dar. Der denkende Mensch soll sich aber bewußt
werden, daß er durch seine Arbeit zum allgemeinen Fort-
schritte beiträgt und daß das Goldstück, welches durch seine
Finger rollt, nicht nur im Dienste einer höhern Idee steht,
sondern auch neue Ideen schafft und verwirklicht; gleichviel,
ob es Eisenbahnen oder Kirchen baut, den kleinen Buben
das ABC lehrt oder Telegraphen durch Ozeane zieht. Die
Humanität ist das Ziel der Menschheit, und nicht auf die
Art der Arbeit, welche der Einzelne vollzieht, sondern daß
er sich bei seiner Thätigkeit dieses Zieles bewußt sei, darauf
kommt es an.

Viktor, der dem lebhaften Manne gern und aufmerksam
zugehört hatte, bestritt seine Behauptungen nicht, nur meinte
er, daß die Schwierigkeit für viele nicht darin beruhen
dürfte, sich von ihrer bestimmten Arbeit zu einer allgemeinen Idee zu erheben, sondern von dieser den Weg zu irgend
einer lohnenden Beschäftigung zu finden. — Und das ist
Ihr Fall, glaube ich, lachte der Andere. Nun, nun, fuhr
er begütigend fort, als er sah, daß Viktor verlegen wurde,

seien Sie nicht böse. Ihr Gesicht gefällt mir und Sie
werden es von einem Landsmanne in der Fremde nicht zu-
bringlich finden, wenn er Sie um Stand und Namen fragt.

Viktor sagte ihm beides. Der Name überraschte den
Alten; er sammelte seine Erinnerungen, und es stellte sich
heraus, daß er mit Viktors Vater in demselben Hause in
Genf gedient hatte; auch Viktor entsann sich jetzt, den Namen Gutleben, wie der alte Herr sich nannte, in seiner
Brieftasche unter denjenigen vermerkt zu haben, mit denen
sein Vater in Genf befreundet gewesen war. Herr Gutleben
drückte dem jungen Manne herzlich die Hand. Die alten
Zeiten lebten wieder in ihm auf und erwärmten ihn mehr
und mehr, und schließlich lud er Viktor in seine Wohnung,
um bei einer Flasche alten Weins gemächlicher zu plaudern.
Aber hören Sie, sagte er, während sie gingen, den Schulmeister müssen Sie aufstecken. Es ist eine Schande für
den Sohn eines solchen Vaters! Wenn Sie nur eine Fa-
ser von ihm in sich haben, so kehren Sie aufs Comptoir
zurück.

Viktors Herz klopfte. Er hatte dem Alten bereits einiges aus seinem Leben erzählt, jetzt sagte er ihm alles. Die
eigenen Erfahrungen hatten seine Vorurtheile zerstört, seine
unklaren Ideale gereinigt. Nun hatte es ihm sein Landsmann, mittelbar wenigstens, vorgestellt, daß es ein Verbrechen an seinen Ideen sei, seine Kräfte, wie er gethan,
in einen beschränkten Kreis einzuengen. Daß jede Arbeit
ihren nächsten und süßesten Lohn in dem Glücke seines Weibes fände, hatte er ja schon längst erfahren, und so nahm
er denn das Anerbieten des Herrn Gutleben, seinetwegen
mit seinem Sohne zu sprechen, mit tiefer Rührung an.

Sie gingen gleich nach dessen Büreau. Zufällig fand sich die Stelle eines Correspondenten für Deutschland und England erledigt, und Viktor ward für dieselbe angenommen. Alle Noth hatte ja nun ein Ende, und der alte Herr, der die glückliche Aufregung Viktors sah, bestand nicht weiter darauf, seinen Erinnerungen die Weihe der Flasche zu geben. Er lud ihn jedoch ein, den nächsten Sonntag mit seiner jungen Frau bei ihm zu speisen.

Viktor flog nach Hause. Es war um die Dämmerung, und er fand Anais auf einem Fußschemelchen sitzend, den Kindern des Handschuhmachers, die sich eng an sie geschmiegt hatten, Märchen erzählend. Seine frohe Botschaft unterbrach sie zum lebhaften Bedauern der Kleinen; sie wurden weggeschickt, und Viktor nahm ihre Stelle zu den Füßen seines Weibes ein. Sein Kopf ruhte auf ihrem Schooße und ihre Hand auf seinem Scheitel. Ihre Herzen waren zu voll. Stumm und glücklich saßen sie in der Dunkelheit.

Plötzlich ward an die Thür geklopft. Anais rief: herein! Eine tiefe, männliche Stimme fragte nach Herrn Viktor Amfort. Dieser schnellte empor. Licht, Licht, Anais! rief er bebend. Als sie mit der brennenden Lampe zurückkam, sah sie Viktor an der Brust des Mannes ruhen, der nach ihm gefragt hatte. — Es war sein Vater!

Viktor machte sich aus seinem Arm frei, um ihm sein Weib zuzuführen. Er brauchte ihm nicht zu sagen, daß sie es sei. Es war ja Zug für Zug das Gesicht derjenigen, die er einst geliebt und verlassen und endlich vergessen hatte. Je länger er Anais anblickte, besto mächtiger ward seine Bewegung, und von ihr übermannt, preßte er sie an sein Herz. Eine Thräne fiel von seiner grauen Wimper auf ihr Haar.

Ja er hatte Veronika über die hingeschwundene Zeit und die ernsten Sorgen des Geschäftslebens so gut wie vergessen. Viktors Brief hatte ihn wohl an sie gemahnt, allein sein Unwillen, durch den raschen Schritt seines Sohnes seine ehrgeizigen Plane gekreuzt zu sehen, die ihm die Tochter eines reichen Handelsfreundes bestimmten, war im ersten Augenblicke mächtiger gewesen, als die Erinnerungen an die Liebe einer Stunde. Sein Gewissen aufzuwecken, ihm die Folgen jener Liebe vor die Seele zu führen, ihn zu dem Entschlusse zu bringen, den beleidigten Jeanrenard aufzusuchen und als eine vorläufige Sühne seines Unrechtes die Verbindung seines Sohnes anzuerkennen, — das war dem Vikar vorbehalten gewesen, der ihm geschrieben. Der gute Geistliche war kein gewandter Briefschreiber; doch seine einfache Darstellung, wie er Jeanrenard gefunden, seine eindringlichen Ermahnungen zur Versöhnung, die ihre naive Beredsamkeit allein aus einem warmen Herzen schöpften, hatten gewaltig, gleich den Worten der heiligen Schrift, gewirkt.

Herr Amfort erhielt beide Schreiben aus der Heimat nach Manchester nachgeschickt, wohin ihn der drohende Bruch eines befreundeten Handelshauses gerufen hatte. Sobald seine Geschäfte, die ihn fast drei Monate in England zurückgehalten, so gut als möglich geordnet, war er nach Genf aufgebrochen.

Als alle etwas ruhiger geworden, erzählte Viktor die Leidensgeschichte seines ersten Debuts im praktischen Leben. Sein Vater segnete das Schicksal für die Schule, in die es den Sohn genommen. Er bestand darauf, daß Viktor die ihm angetragene Stelle in dem Comptoir des jungen Gutleben annehme. Noch ein Jahr sollte er in Genf bleiben, während welcher Zeit auch Anais Gelegenheit finden würde, sich in die Formen der Gesellschaft einzuleben.

Die Nacht war weit vorgerückt, als man sich endlich trennte. Viktor begleitete seinen Vater nach dessen Gasthof. Unterwegs löste dieser seinem Sohne das Geheimniß, welches zwischen ihm und Jeanrenard obwaltete und von welchem der Geistliche, durch die Heiligkeit der Beichte gebunden, den Schleier nicht hatte lüften können. Der Vater gestand dem Sohne seine Schuld, wie Jeanrenard es gewollt, und seine Reue, und daß er in der Absicht gekommen sei, den Beleidigten in seiner Zufluchtsstätte aufzusuchen. Zu diesem Zwecke wollte er schon am folgenden Morgen seine Reise nach der Wohnung des Geistlichen antreten. Viktor und Anais sollten ihn begleiten.

11.

Die Vermuthung, welche den Vikar zu seiner Gebirgswanderung veranlaßt, nachdem er Jeanrenard auch in Eviau vergebens gesucht hatte, erwies sich als völlig richtig. Der Vikar fand den Schmuggler in dessen elterlicher Hütte. Als er diese nach beschwerlicher Wanderung endlich erreichte, dämmerte bereits der Abend. Die Hütte, eine von Epheu übersponnene Ruine, lag am Rande einer Waldschlucht voll überhängenden, moosigen Gesteins, durch die ein Wasser brausend der Dranse zueilte. In einer Kammer, deren eine Wand zum Theil eingestürzt war, und durch deren an vielen Stellen geborstenen Decke der lichte Himmel hereinschaute, fand der Geistliche den Alten auf einer elenden Strohschütte in den Phantasien eines Wundfiebers. Jeanrenard hatte bei dem Ausfall aus dem brennenden Hause einen Bayonnetstich in die rechte Weiche bekommen. Ein altes dürres Weib in Lumpen, das sich etwas auf die Heilkräuter verstand, war seine Pflegerin und der ganze ärztliche Beistand, den seine Freunde dem Verwundeten zu gewähren vermochten, wenn sie ihn nicht der Gefahr einer Entdeckung aussetzen wollten.

Als der Vikar eintrat, stand dieser weibliche Aeskulap vor dem zerfallenen Kamine, in dem ein kleines Feuer brannte, dessen Rauch den ganzen Raum erfüllte, und braute einen Trank, wozu ihr zahnloser Mund unverständliche Worte murmelte. Es war ein Zaubersegen, den sie über ihre Kräuter sprach. Die Erscheinung des Geistlichen störte sie darin nicht. Sein: Gelobt sei Jesus Christus! blieb ohne Antwort. Voll tiefen Mitleids setzte er sich zu dem Kranken, der sich unruhig auf seinem erbärmlichen Lager umherwälzte. Er redete Jeanrenard an, aber dieser erkannte ihn nicht. Mein Gott! sagte der Geistliche traurig, er wird sterben! Er faltete die Hände und sprach ein leises Gebet.

Ihr betet zu früh für seine Seele, zischte die Alte ihm zu, die inzwischen ihr Geschäft vollendet hatte; der stirbt nicht daran. Die Raben haben sich nicht einmal auf das Dach oder die Bäume in der Nachbarschaft gesetzt, seit er hier liegt.

Bis zum Morgen, wo Jeanrenard in einen tiefen Schlaf verfiel, saß der Vikar an seinem Lager. Dann kehrte er heim. Das Schicksal schien der Ausführung seines christlichen Werkes alle möglichen Hindernisse entgegen zu stellen.

Aber die Hindernisse machten ihn nicht zaghaft, und die Hoffnung auf ein glückliches Gelingen führte ihn jede Woche wieder verstohlen in den Schlupfwinkel des kranken Flüchtlings zurück.

Die Raben der Alten logen nicht. Mehr als ihre Kräuter that Jeanrenards kräftige Natur. Dieselbe rang sich empor, und er genas. Endlich erfuhr er durch den Vikar die Flucht seiner Tochter und ihre Vermählung mit Viktor. Es war nicht der letzte Schlag, den der Geistliche auf sein Herz zu führen hatte. Die Behörden hatten auf der Brandstätte Nachforschungen anstellen lassen; die Waaren, welche dort noch verborgen, waren entdeckt, und mit ihnen die eiserne Kiste, die des Schmugglers nicht unbedeutendes Vermögen enthielt, in Beschlag genommen worden. — Jeanrenard vernahm diese schlimmen Botschaften ohne ein Wort zu äußern, ohne einen Seufzer. Auf seinem Strohlager sitzend, den Kopf in die Hände gestützt, blieb er unbeweglich, während der Vikar ihm milde tröstend zusprach. Er hörte ihn gar nicht, und noch immer saß er so, als der Geistliche schon längst seinen Versuch aufgegeben und ihn verlassen hatte.

So fand er sich denn am Abend eines mühevollen Lebens so arm unter dem väterlichen Dache wieder, wie er es einst als Knabe verlassen hatte. Damals lag die Welt voll Verheißungen vor ihm, jetzt lag sie hinter ihm voll qualvoller Erinnerungen. Sein Kind, sein Vermögen, seine Rache verloren! Warum hatte er gelebt?

Er liebte sein Kind, wie er dessen Mutter geliebt hatte. Diese Liebe war seine Schwäche gewesen, sein Elend geworden. O, warum hatte er sie nicht aus seinem Herzen gerissen, als ihm Verouika die Treue brach! Er hatte es versucht, vergebens versucht, und der tiefe, schmerzliche Seufzer, den ihm die Erinnerung daran auspreßte, bewies, daß er sein Weib noch liebte, heißer wieder liebte in der verlorenen Tochter. Er fluchte ihr nicht, aber sein Herz schloß sich mehr und mehr. Dies Herz war weicher als dessen rauhe Schale. Es war die Quelle aller seiner Leiden, Leiden, welche seine in der wilden Einsamkeit der Berge zügellos entwickelte Phantasie maßlos steigerte und mit Feuer und Schwert gegen die ganze Menschheit waffnete. Wie Macbeth sah er Dolche vor sich in der Luft; allein es fehlte ihm das Weib, welches sie in seine Hand gedrückt hätte. Seine Mutter hätte es gekonnt. Ihre Leidenschaften waren in den Bergen so ungezähmt geblieben, wie es nur seine Phantasie war, und in früheren Jahren hatte sie den Haß und die Rache in seiner Brust unablässig gespornt. Doch als der Augenblick gekommen, sie zu befriedigen, als der Zufall den Sohn des Todfeindes unter ihr Dach führte, war ihre Kraft bereits durch das Alter erschöpft. Sie hatte ihren Frieden mit Gott gemacht, die Hoffnung auf seine Barmherzigkeit Zorn und Rache in ihr fast ausgelöscht, und sie nahm Viktor in Schutz, dessen Erscheinung ihr ein Wink des Himmels dünkte. Sie ließ ihren Sohn schwören, seine Hand nicht aufzuheben wider seinen Gast, und sie segnete sterbend den Jüngling, da sie Jeanrenard nicht mit ihm versöhnen konnte.

Hätte er wie seine Mutter seine Berge nie verlassen, seine Leidenschaften wären ursprünglicher geblieben, aber er hatte acht Jahre lang die Luft von Paris geathmet, acht Jahre lang den Glanz, den Luxus und die Genüsse der

Weltstadt vor Augen gehabt, acht Jahre lang mit wachsen-
der Begierde gestrebt, daran Theil zu nehmen. Gescheitert
in seinen Bemühungen, weil er neben seinem Fleiße und
seiner Energie nicht die Geduld besaß, die Hindernisse auf
seinem Wege fortzuräumen oder vorsichtig zu umgehen,
flammte aus dieser Begierde der Haß gegen die Glücklichen
empor, welchen Amforts Treulosigkeit hoch aufschürte. Die
Civilisation berührte ihn nur, um ihm ihren Fluch zu geben,
und er hatte weder Kenntnisse noch Bildung genug, ihn
abzuwenden. Er fühlte ihn, und sein Haß hatte oft von
einer seltsamen, phantastischen Rache geträumt, wann er so
tagelang allein auf dem See kreuzte, weil die Zollwächter
die Küste besetzt hielten, oder wann er Nachts mit seinen
Waaren durch die Gebirgsschluchten zog. Reich wollte er
sein, unermeßlich reich, um der Gesellschaft dieselbe Verachtung fühlen zu lassen, mit der sie ihn behandelt hatte. Und
er arbeitete, sparte und geizte, bis Geiz und Habsucht die
brennendste Fiber seines Herzens geworden war. Er hatte
vergebens gegeizt.

Wie er jetzt in seinem Verstecke unthätig lag, rings um
ihn Stille, die nur die Stimme des Windes unterbrach,
einsam Tag und Nacht, reizten die Erinnerungen, die ja
alle an diesem Ort geknüpft waren, mit verdoppelter Lebhaftigkeit seine Einbildungskraft auf und zerfleischten sein
Herz. Ununterbrochen zehrte er von seiner Vergangenheit,
ewig wälzte er dieselben Gedanken in seinem Kopfe, ewig
wühlte er in der frischblutenden Wunde, die ihm Anais geschlagen. Er war in Gefahr, wahnsinnig zu werden, und
wünschte fast, es zu sein. Der Zustand schien ihm so glücklich, wie er es in den wilden Phantasien seines Wundfiebers

gewesen war. In ihnen hatte er an seinem Todfeinde und der ganzen Welt so furchtbar, so satanisch sich gerächt, wie er jetzt kaum zu denken vermochte; in ihnen hatte er sein Weib wieder, schön, jung und rein! Sein teuflisches Hohn-gelächter hatte seine Wärterin, die jetzt nur alle zwei Tage herauf kam, um ihn mit den nothwendigsten Bedürfnissen zu versorgen, mehr als einmal entsetzt, obgleich ihre Nerven wahrlich nicht feinfühlend waren, und mehr als einmal hatte sie wiederum Veronikas Namen mit wunderbar ergreifender Innigkeit und Weichheit über seine Lippen gleiten hören. — Warum stirbt der Mensch nicht, oder warum wird er nicht wahnsinnig, wenn er vergebens gelebt hat? fragte er sich oft selbst und zuweilen mit unheimlichen Blicken den Geistlichen, der nicht müde ward, seinen wilden Klagen ein menschliches Ohr zu leihen, ihn zu trösten und sein Herz der Versöhnung zu erschließen. Jeanrenard hörte ihn immer schweigend an, wenn er davon sprach, und antwortete stets: Niemals! Was sollte des Vaters Verzeihung einem Kinde, das ihn nicht liebte? Hatte doch das Herz der Mutter fort und fort an dem Verführer gehangen, was konnte er von der Tochter erwarten, die ihrer Neigung frei gefolgt war? Er glaubte nicht an ihre Liebe. Er litt, nicht sie!

In einer Nacht, als er über alles dieses brütend vor dem Feuer saß — die Nächte so hoch oben im Gebirge waren bereits empfindlich kalt — hörte er Schritte und Stimmen, die sich seinem Verstecke näherten. Er griff nach seinen Pistolen, aber der schußfertig erhobene Arm sank wieder herab, denn der späte Besucher war der Vikar.

Ihr seid es? murrte er, ohne seine Blicke von der Thüre abzuwenden. Warum kommt ihr zu so ungewöhnlicher Zeit?

Ihr seid nicht allein? — Nicht allein, entgegnete der Vikar, dessen Augen wunderbar leuchteten; aber legt eure
Pistolen bei Seite. Ihr habt von denen, die mich begleiten, nichts für eure Sicherheit zu fürchten. Sie kommen
als Boten der Liebe und Versöhnung! — Als Boten der
Liebe und Versöhnung? murmelte Jeanrenard, und auf
seinen Platz zurückkehrend, starrte er düster wie vorher in
das Feuer. Er beachtete es nicht, daß der Vikar die Pistolen, die er neben sich auf den Boden gelegt, vorsichtig aus
dem Bereich seiner Hände entfernte. Auch merkte er nicht
darauf, daß sich auf einen Wink des Geistlichen die Thüre
abermals leise öffnete und mehrere Personen so geräuschlos
wie möglich eintraten.

Woran denkt ihr? fragte ihn jetzt der Vikar sanft.
Warum antwortet ihr mir nicht? — Der Winter kommt,
entgegnete er finster, und ich möchte fort von hier, fort aus
der Heimat, fort aus Europa. Es wird hoffentlich irgendwo
in der Welt eine Wildniß geben, wo ich frei von dem Anblick der Menschen athmen kann. — Und ihr könntet euch
entfernen, Jeanrenard, den sündlichen Haß im Herzen und
ohne eurer Tochter zu verzeihen, die euch liebt? — Er
antwortete nicht und der Vikar fuhr fort: Sie folgte den
Geboten des Herrn, gegen die ihr euch in ohnmächtigem
Grimme auflehnt. Die Liebe zum Manne hat das Bild
des Vaters aus ihrem Herzen nicht verdrängt. Ihr beklagt
euch, daß sie euch verließ, und ihr laßt sie mit ihrer
Liebe nicht zu euch bringen! — Sie ist wie ihre Mutter,
murmelte er, sie liebt mich nicht!

Da lag Anais schluchzend zu seinen Füßen und Viktor
ergriff bittend seine Rechte. O, ich liebe dich, ich liebe dich!

rief sie mit flehend erhobenen Händen, die Augen voll Thränen. Ich liebe dich, Vater! Weiter vermochte sie nichts zu sagen. — Die Augen des Alten wandten sich wild von ihr zu Viktor und wieder zurück. Seine Brust wogte. — Vater! Vater! flehten beide.

Es zuckte durch sein wettergebräuntes Gesicht. Er seufzte tief auf, ein Zittern überflog seinen Körper, und sein Kopf sank auf die Schulter seines Kindes. Viktor umschlang seinen Nacken, indeß der Vikar mit feuchten Augen dabei stand und bald auf die Gruppe, bald auf Viktors Vater blickte, der bewegt näher getreten war. Lange hielten die drei sich so innig umschlungen. Endlich richtete sich Viktor auf und sagte: Ihr habt uns verziehen! O macht uns ganz glücklich: vergebt auch ihm, dessen Namen ich trage! Er ist ja wie ihr unser Vater und hat uns verziehen wie ihr. Er ergriff die Hand des alten Amfort und zog ihn herbei; Jeanrenard fuhr auf — er starrte in ein fremdes Gesicht.

Ihr erkennt mich nicht, sprach jener mit einer tiefen, bewegten Stimme, so wenig ich euch erkannt haben würde, wenn ich euch an einem andern Orte getroffen hätte. Die Jahre haben uns beide verändert. Wir waren Jünglinge, da wir uns das erstemal sahen; heute stehen wir uns als Greise gegenüber. Hat die Zeit euer Blut nicht gekühlt, so laßt wenigstens um unserer Kinder willen vergessen sein, was zwischen uns geschehen ist. Er bot ihm seine Hand, doch Jeanrenard trat zurück. In seinen Augen funkelte der alte Groll auf. Vergebens umschlang Anais schmeichelnd seinen Nacken, beschwor Viktor ihn und ermahnte der Geistliche. Er rang sich von ihnen los, er stieß sie von sich.

Amfort gab dem Geistlichen einen Wink, und dieser ent-

fernte sich, Anais und Viktor mit sich nehmend. Die beiden
Gegner blieben allein. Eine Zeit lang maßen sie sich stumm
mit den Blicken, — Amfort ruhigen Auges den Schmuggler
anschauend, dessen ganzes Wesen die heftigste innere Erregung
verrieth. Endlich begann Amfort: Ich habe euch weh gethan,
Jeanrenard, im Leichtsinn der Jugend und bin hierherge-
kommen, um euch zu versöhnen. Vergebt es dem Greise,
der euch darum bittet. — Weh gethan? stammelte der
Andere. Ihr habt mein Lebensglück zertrümmert wie ein
Bube! — Amforts Wangen färbten sich dunkelroth, und er
preßte die Hände auf seine Brust, um ruhig zu bleiben,
während jener fortfuhr: Ja es war der Dank eines Buben
für die Gastfreundschaft, die ich euch hier erwies, als ihr
euch in der Nacht im Gebirge verirrt hattet.

Ihr schmäht meine Jugend, entgegnete Amfort mit
dumpfer Stimme; ihr seid in eurem Rechte. Doch vergeßt
nicht, daß ein ganzes ehrenwerthes Mannesleben gegen diese
in die Wagschale geworfen werden muß. Er holte tief
Athem, dann setzte er ruhiger hinzu: Wozu aber absichtlich in alten Wunden wühlen? Sprecht als Mann zum
Manne, sagt mit einemmal, was ihr fordert. Jeanrenard
verstand ihn nicht, und er fuhr fort: Welche Sühne verlangt ihr? Ihr habt dreißig Jahre Zeit gehabt, über
euern Haß zu brüten — welches Ziel habt ihr ihm gesteckt? Wollt ihr mein Blut? Es wäre eine Thorheit, die
ich euren grauen Haaren nicht zutrauen möchte.

Wenn ich danach verlangt hätte, rief Jeanrenard, den
die kalt besonnene Sprache seines Gegners verwirrte, so
hätte ich es haben können, euer Sohn war in meinen
Händen! — Und wenn euer Haß so tief ist, wie ihr selber

glaubt, erwiderte Amfort mit ruhiger Stimme, so hattet ihr unrecht, ihn zu schonen. — Jeanrenard prallte entsetzt zurück. Ihr liebt ihn nicht? stotterte er. — Ja, ich liebe ihn, entgegnete der Andere mit Wärme. Ihr kennt den Eigennutz der Welt wie ich, und ich sage euch: ich liebe ihn mit dem ganzen Eigennutze eines ehrgeizigen Vaters. Ihr hättet mich in ihm tödtlich getroffen. Brüstet euch nicht mit eurer Großmuth; ihr war't nur schwach. Der wahre Haß ergreift die Gelegenheit zur Rache, wo sie sich bietet; der Eurige beugte sich unter den Willen eurer Mutter. Das ehrt euer Herz. Es ist besser als ihr glaubt, und darum Vergebung und Vergessenheit!

Jeanrenard starrte ihn einen Augenblick betroffen an, dann sank er auf seinen vorigen Sitz und bedeckte sein Gesicht mit den Händen. Er wußte der schneidenden Folgerung seines Gegners nichts entgegenzusetzen — sie war nur zu richtig. Amfort sprach sanfter weiter: Ihr wollt nicht? Ihr klammert euch an eure Einbildung, weil ihr nicht gestehen wollt, daß euer Herz im Kampfe mit der Welt nicht zu Stahl geworden ist. Nun wohl, so muß ich, ohne meinen Zweck erreicht zu haben, heimkehren. Sprechen wir nicht weiter davon.

Er ging einigemale in dem engen Raume auf und ab, dann blieb er, das Wort abermals nehmend, bei Jeanrenard stehen. Ich habe mir eure Lage überlegt, und ihr werdet einsehen, daß ihr nicht hier bleiben könnt. Man wird euch über kurz oder lang in eurem Schlupfwinkel auffinden, und ich möchte eurer Tochter den Schmerz ersparen, euch im Gefängniß zu wissen. Ihr müßt um eures Kindes willen fort von hier, und auch ich wünsche es. Das verlorene Vermögen kann anderwärts wieder erworben werden; ihr seid noch rüstig, und es soll an meinem Beistande dazu nicht fehlen. Wollt ihr meinem Rathe folgen, so findet euch morgen Nacht in der Wohnung des Vikars ein. Ihr werdet dort den Anzug eines Bedienten finden. In dieser Verkleidung, wenn ihr Haar und Bart geschoren, werdet ihr mich unerkannt nach Genf und von dort in meine Heimat begleiten können. Versteht mich wohl, es ist nur eine Verkleidung, die ihr um eurer eigenen Sicherheit willen anlegen sollt; denn ich sehe kein anderes Mittel, um euch von hier fortzuschaffen. Wollt ihr dann, wie ihr vorhin den Wunsch äußertet, euer Glück in der neuen Welt versuchen, so werdet ihr in meiner Heimat Schiffe genug dorthin finden, und es soll von mir nicht gesagt werden, daß ich den Vater meiner Schwiegertochter über das Meer schicke, ohne ihm die Mittel vorzustrecken, sich eine neue Lebensbahn zu eröffnen. Genau überlegt ist eure Absicht die beste. Ihr seid an eine unstäte, gefahrvolle Thätigkeit gewöhnt und werdet dort einen weiten Schauplatz für dieselbe finden. Das geregelte Leben des alten Continents paßt nicht für euch. Lieber wäre es mir freilich, ihr könntet euch entschließen, den Rest eurer Tage in Frieden unter uns zuzubringen. Aber ich weiß, die Ruhe würde euch tödten, und die Liebe ist ja allgegenwärtig. Die unsrige wird euch auch über das Meer folgen, und ihr werdet eurer Tochter, eures Sohnes und meiner auch dort gedenken — in Liebe auch meiner, Jeanrenard, ich hoffe es! Ja geht und beschaut euch die Welt; ihr werdet sie nirgend vollkommen finden, aber ihr werdet sie gerechter beurtheilen lernen. Und seid ihr eines Tages müde, sie einsam zu

burchwandern, so erinnert euch, daß wir eurer Rückkehr
in Sehnsucht entgegenharren und unsere Arme euch geöffnet
sind. Kommt dann und laßt euch nieder in unsrer Mitte,
an unserem Heerde. —

Jeanrenard hatte ihn aufmerksam und mit steigender
Bewegung angehört. Die Hände waren allmälig von seinem
Gesichte gesunken, ein anderes Feuer als das des Hasses
hatte sich in seinen Augen entzündet. Jetzt stand er auf
und näherte sich seinem Gegner. Einen Augenblick stand er
verlegen vor ihm, dann reichte er ihm stumm die Hand.
Er war versöhnt. — Hand in Hand traten sie aus der
Hütte, Viktor und Anais flogen ihnen entgegen und schlossen
sich liebend an sie. Der Vikar weinte und lachte, umarmte
und küßte sie alle der Reihe nach. Dann hob er die Hände
auf und betete aus voller Seele: Herr, mein Gott, ich
danke dir!

Der Rest der Nacht entschwand ihnen allen schnell genug.
Der Vergangenheit aber wurde mit keiner Silbe weiter gedacht.
Als es vollkommen Tag geworden war, trennte man sich,
nachdem alle dem großartigen Schauspiel des Sonnenauf-
ganges in stummer, ehrfürchtiger Bewunderung zugesehen
hatten. Das Wort: „es werde Licht und es ward Licht!"
dessen schönes Wunder vor ihren Blicken wieder in Erfüllung
gegangen war, hatte sich ja auch unter ihnen eben in geisti-
ger Weise bewährt. Jeanrenard stand da, wie ein Erwach-
ter, mit feuchten, leuchtenden Blicken, und sie alle um ihn
her verklärt von Licht und Liebe. Wie Viktor einst, so fand
er jetzt die Erde schön, denn die Liebe wandelte ja auf ihr,
und er fühlte sich in ihr reicher als je. —

In der folgenden Nacht fand er sich in des Geistlichen

Wohnung ein, und es gelang Amfort, ihn glücklich über die Grenze zu bringen. Der Abschied von Anais übermannte ihn, und als er sich endlich doch von ihr losreißen mußte, geschah es mit dem feierlichen Versprechen der einstigen Wiederkehr. Den guten Vikar anlangend, so sorgte Herr Amfort durch die Aussetzung eines Jahrgeldes, daß er den Lohn seiner menschenfreundlichen Bemühung nicht nur in seinem Bewußtsein fand.

Die Wildheuerin.

1.

Etwa eine halbe Stunde von der Stadt Martigny liegt der Flecken gleichen Namens, in dem Thal der Dranse, welche in drei Adern von dem großen St. Bernhard herabkommt und in die Rhone sich ergießt.

In diesem Flecken bemerkte man an einem Nachmittage des Monats Juni eine ungewöhnliche Aufregung. Fast die ganze männliche Einwohnerschaft drängte sich vor dem Stadthause, wo der Gemeinderath eben versammelt war, und aus den spöttischen und drohenden Aeußerungen, die in der Menge laut wurden, konnte man schließen, daß es zwei Parteien waren, die hier in gleicher Spannung auf den Ausgang der Gemeinderathssitzung warteten. In der That sollte dort endlich eine Frage entschieden werden, welche schon seit längerer Zeit die Bürgerschaft Martigny's in zwei Parteien spaltete, die sich in kaum geringerer Leidenschaftlichkeit gegenüber standen, wie seiner Zeit die Montecchi und Capuletti, wenn sie ihre Fehde auch eben nicht mit Schwertern und Spießen in den engen Gassen des Fleckens ausfochten. Was veranlaßte den Zwist der beiden Adelsgeschlechter von Verona, welchem die holde Blume Julia zum Opfer fiel? Niemand kennt die Ursache! Damit aber spätere Zeiten der Geschichte nicht denselben Vorwurf in Bezug auf den Streit von Martigny le Bourg machen, so mag der Leser wissen, daß der Grund desselben in der Beschaffenheit der Glocke lag, welche das neue Schulhaus zieren sollte.

Darin waren beide Parteien einig, daß ein Schulhaus ohne Glocke fortan eine Unmöglichkeit sei. Der Fortschritt des Zeitgeistes forderte gebieterisch eine Glocke. Ob aber die metallene Zunge, welche die Jugend an die Brüste der Weisheit zu rufen bestimmt war, groß oder klein sein sollte, darüber konnte man sich nicht einigen. Die Leidenschaften mischten sich hinein, und der Mann galt nur noch, je nachdem er ein Anhänger der großen oder der kleinen Glocke war. Der Gemeinderath hatte in weiser Erwägung des Bedürfnisses und der Finanzen den Umfang und den Preis der Glocke durch Majoritätsbeschluß festgestellt. Damit war jedoch die Minorität, der sich die Mehrheit der Bürger anschloß, nicht zufrieden; sie wollten die Glocke größer, ohne Ansehung des Preises. Diese Partei war die „große Glocke.“ Die Mehrheit des Gemeinderathes und das weisere Alter bildeten die „kleine Glocke.“ Beide Glocken läuteten heftig Sturm gegen einander, und über diesen Sturm blieb nicht nur die Forderung des Zeitgeistes unerfüllt, sondern es zerrissen auch so manche Bande der Freundschaft und Familie. Am leidenschaftlichsten wüthete der Parteikampf unter der lieben Jugend, zu deren Wohl die Glocke bestimmt war. Der Natur näher stehend als die Erwachsenen, suchte sie den Streit auch durch das Naturrecht zu entscheiden und es setzte wilde Faustkämpfe um den künftigen Schmuck des längst fertig dastehenden Schulhauses.

Unfähig die große Streitfrage unter sich zur Entscheidung zu bringen, faßten endlich beide Parteien den Entschluß, die höchste Staatsgewalt für sich aufzurufen. Es gingen Gesandtschaften des einen und des andern Theiles nach Sitten an die Regierung des Cantons. Diese erkannte in ihrer unfehlbaren Weisheit, daß die Sache um so mehr in reiflichste Erwägung zu ziehen sei, als eines ihrer Mitglieder der „großen Glocke" durch die heiligen Bande des Blutes zu nahe stand, um von deren Tönen nicht völlig betäubt zu sein. Demgemäß wurden zwei außerordentliche Bevollmächtigte des großen Rathes an Ort und Stelle gesendet. Sie nahmen das Schulgebäude in Augenschein, prüften die verschiedenen Glockenentwürfe, Umfang, mögliche Tragweite des Schalles und Preise, und nachdem sie eine hinreichende Zeit mit zahlreichen Unterhaltungen und wiederholten Zusammenkünften mit den Notabilitäten des Ortes verbracht hatten, begaben sie sich auf das Stadthaus, wo gegenwärtig der Gemeinderath seit zwölf Uhr vollzählig versammelt war.

In diesem Augenblick fiel droben die Entscheidung, und jetzt riß ein Mitglied der Minorität ein Fenster des Berathungssaales auf und wehte triumphirend mit seinem bunten Taschentuche. Die „große Glocke" hatte gesiegt. Ein donnerndes Hurrah der Sieger, ein Hoch auf die große Glocke, ein Hoch auf die Regierung folgte.

Die Besiegten knirschten mit den Zähnen. Wir bewilligen das Geld nicht, schrien sie. Ein Hohngelächter war die Antwort. So mögt ihr zusehen, in welche Schule ihr eure Kinder schickt; die Schule hängt an der großen Glocke! Ihr mögt euch selbst dran hängen! schrillte die „kleine Glocke" zurück.

Das Erscheinen der bevollmächtigten Staatsräthe in der Thüre des Stadthauses machte dem Wortwechsel ein Ende.

Die Sieger begrüßten sie mit jubelndem Zuruf. Hinter ihnen kamen die Mitglieder des Gemeinderathes, von denen man es den meisten an ihren finstern Mienen ansah, wie wenig sie von dem Ausgang der Sache erbaut waren. Namentlich merkte man dies einem großen, hagern Mann an, der unter den Letzten auf die Straße hinaustrat. Während sich seine Collegen zu ihren Freunden und Parteigenossen unter der Menge gesellten, schritt er aus Gewohnheit, und unter der Last seiner sechzig Jahre gebückt, durch den Menschenschwarm hindurch, ohne rechts noch links zu blicken. Seine grauen Augen blitzten vor Zorn unter den grauen buschigen Brauen, und er murmelte Unverständliches vor sich hin, während er die Straße entlang und zu dem Flecken hinaus ging. Ein Kind, welches ihm auf seinem Wege von ungefähr vor die Füße kam, stieß er mit einer heftigen Gebehrde bei Seite, so daß es fiel. Er achtete weder dessen, noch auf das Weinen des Kleinen.

Dieser Mann hieß Kaspar Gaingratte. Im Flecken nannte man ihn den Goldkaspar. Er verdiente diesen Namen mit vollem Rechte, denn er hatte sich durch einen ausgedehnten Viehhandel mit Italien ein ansehnliches Vermögen erworben. Wie er behauptete, hatte er nie Zeit gefunden, ans Heirathen zu denken. So war er ein Junggeselle geblieben, der mit einer alten Wirthschafterin einsam hauste, während um seinen jüngern Bruder, Peter, der eben keinen tiefen Griff in Fortuna's Seckel gethan, eine zahlreiche Nachkommenschaft blühte. Sein Geschäft ließ ihm, wie es schien, auch wenig Zeit, mit andern Menschen zu verkehren, und selbst mit seinem Bruder hatte er immer nur einen spärlichen Umgang gepflogen. Seit dem Glockenstreit hatte dieser aber ganz aufgehört; denn

Peter gehörte zur großen Glocke, er selbst zur kleinen. Da er selbst keine Kinder hatte und ihm nichts verhaßter war, als das Lärmen der kleinen Sippschaft, so war ihm die Glockenfrage im Grunde mehr als gleichgültig. Indessen mußte er als Gemeinderath eine Meinung haben, und so hatte er sich aus Finanzrücksichten, die bei ihm alles entschieden, für die kleine Glocke ausgesprochen. Ja die Finanzrücksichten gingen bei ihm außerordbntlich weit, so daß es schwer gewesen wäre, sie noch weiter zu treiben. Aus diesen Rücksichten sah auch unter anderm sein Kamin im Winter nie Feuer. Wozu Feuer anmachen, da die Fenster seines Wohnzimmers nach Süden hinausgingen? Daß die Sonne sich manchen Winter ziemlich hartnäckig zu scheinen weigerte, machte keinen Unterschied. Es war ihre Pflicht zu scheinen und zu wärmen, und es war nicht seine Schuld, wenn sie es nicht that. Er als Gemeindebeamter durfte der Pflichtvergessenheit durch Verschwendung keinen Vorschub leisten.

Als eine Verschwendung erschien ihm nun auch die große Glocke. Als die Glockenfrage überhaupt angeregt worden war, hatte er hartnäckig gegen jede Glocke als überflüssig gestimmt. Jetzt ärgerte ihn die Mehrausgabe, welche durch die Anschaffung der großen Glocke dem Gemeindevermögen erwuchs, und er war zum äußersten Widerstande entschlossen, wenn man etwa versuchen sollte, die Ausgabe durch eine Erhöhung der Gemeindeabgaben decken zu wollen. Nur durch Beschränkung der andern Etats durften die Mittel zur großen Glocke beschafft werden, und er hatte berechnet, daß die Besoldung des Gemeindeschreibers der zur Beschneidung geeignete Posten sei. Der Mann wurde offenbar viel zu gut bezahlt; denn wie kam es sonst, daß er ihn kürzlich in einer unnatürlichen Heiterkeit auf der Straße getroffen hatte? Das Gemeindevermögen war sicherlich nicht dazu da, Leute in Heiterkeit zu versetzen.

War Gaingratte auf seinen Bruder wegen der Glocken-frage erbittert, so hatte es seinen Zorn aufs Höchste ent-flammt, als Peter, unklug genug, seinen Triumph über den Entscheid der Regierung vor dem reichen Kleinglöckner nicht verbarg. Auch Peter Gaingratte saß in dem Gemeinderathe, und als die Herren Regierungsbevollmächtigten ihre unwider-rufliche Meinung kundgethan, da hatte er seinem ältern Bru-der beim Hinausgehen aus dem Sitzungssaal zugerufen: Gelt, Kaspar, so eine große Glocke, die hört man bis Sitten. Denk dran, wenn sie zum ersten Mal geläutet werden wird!

Triumphire du nur, murmelte dieser. Wer zuletzt lacht, lacht am besten! und er war entschlossen, dieser Letzte zu sein. Mit diesem Entschlusse war er statt nach Hause, aus dem Flecken gegangen und stand nun auf der Brücke still, welche über die Dranse nach dem Dorfe La Croix führt.

Es hatte in der Nacht zuvor gewittert, und vom Regen angeschwollen, kam die Dranse wild schäumend links zwischen jähen Felsen hervorgeschossen und stürmte brausend der Stadt Martigny zu. Reben bekleideten die schroffe Felswand, an der die Stadt lehnt, während auf einem Vorsprung in das Rhonethal die Ueberreste eines Thurmes thronen. Sanfter als diese weinumrankten Felsen erheben sich über La Croix die grünen Matten der Forclaz, die hinan der Weg nach Chamouny führt. Reben und Matten schimmerten im Gegen-satz zu dem düstern Felsenbett der Dranse wie Smaragde in der Sonne.

Gaingratte hatte hierfür kein Auge, Natur war für ihn

Natur, weder schön noch häßlich, sondern gleichgültig wie alles, was nicht sein Ich betraf. Er überlegte seinen Entschluß noch einmal, indem er in das schieferfarbene, schäumende Wasser blickte.

Nicht einen Centime soll er von mir haben! rief er endlich, sich den breitkrämpigen Hut mit einem Ruck ins Genick schiebend, und damit setzte er seinen Weg nach La Croix fort.

In La Croix, welches seinen Namen des Kreuzes davon führt, daß sich dort die Wege nach Chamouny und links, der Dranse entgegen, nach dem St. Bernhard scheiden, herrschte an diesem Tage ebenfalls eine allgemeine Aufregung; doch war sie durchaus freudiger Natur. Die Zeit war da, mit den Heerden die Alpen zu beziehen. Schon seit mehreren Tagen hatte man jeden Abend die Rinder einen Spaziergang in der Umgegend machen lassen, um ihnen die Glieder, welche von dem langen Stehen in den Ställen steif geworden waren, wieder geschmeidig zu machen, und die Thiere selbst ahnten, daß es nun wieder auf die Alpen ging, und gaben durch muthwillige Sprünge und Brüllen ihre Freude darüber zu verstehen. Jetzt traf man in allen Häusern die letzten Vorkehrungen; morgen ging's hinauf.

Nur in der Hütte, dem Wegweiser zunächst, schien die Alpenfahrt keinen Frohsinn zu erwecken. Diese Hütte, von Holz aufgeführt, wie die meisten des Dorfes, gehörte Brisar, dem Wildheuer. Der Mann war arm wie Hiob, aber ein Krösus an Kindern. In Folge des reichen Kindersegens glich die Hütte am Wegweiser einem Bienenstock. Flachshaarige Buben und Mädel durch alle Altersstufen hindurch schwärmten fortwährend aus und ein. Es waren durchweg hübsche Kinder, von dem jüngsten, einem dreijährigen Mädchen, auf-

wärts, und was mehr werth war als dies: sie konnten dem
ganzen Dorfe als ein Muster der Reinlichkeit dienen. Dieses Beispiel wurde indessen nach walliser Sitte eben so wenig
nachgeahmt, wie die Sauberkeit in der Hütte und dem ganzen Hauswesen des Wildheuers.

Diese Sauberkeit war das Verdienst von Brisar's ältester Tochter, Manon, welche an ihren Geschwistern Mutter-
stelle vertrat; denn die Frau des Wildheuers war seit zwei
Jahren todt. Dieses Verdienst Manon's war um so aner-
kennenswerther, da ihr außer der Sorge für das große Hauswesen auch noch die Arbeit für das tägliche Brod der Familie oblag. Was der Vater verdiente, reichte zu deren Unter-
halt bei Weitem nicht aus. Beim Wildheuen ist überhaupt
noch keiner reich geworden. Ein Knochen- und Lumpensamm-
ler hat mehr Aussicht dazu, als solch ein armer Teufel, der
täglich sein Leben, oder doch seine gesunden Glieder aufs
Spiel setzt, um von den Felsenriffen und abschüssigen Felsen-
vorsprüngen das nahrhafte Wildgras, welches dort wächst,
zu schneiden, zu trocknen und heimzuschaffen.

Da dieses gefährliche Geschäft seinen Mann nicht er-
nährte, so that Brisar den Winter über Knechtdienste bei
einem Bauer im Dorfe. Im Sommer aber, wenn er zum
Wildheuen in die höchsten Berge zog, suchte er einen kleinen
Nebenverdienst durch das Halten einiger Ziegen, die nach
der Rückkehr verkauft wurden.

Manon mußte also fleißig mitschaffen, wenn die beiden
Enden des Jahres auch nur nothdürftig zusammengebracht
werden sollten. Das that sie denn auch unermüdlich. Sie
war eine geschickte Strohflechterin, und die ältern Geschwister
gingen ihr dabei nach ihrer Anweisung zur Hand.

Es hätte besser um die Familie stehen können, wenn Joseph, der um zwei Jahre älter als Manon war, seine Pflicht gegen die Seinigen erfüllt hätte. Aber Joseph war in dem Alter, wo er seinen Vater zu unterstützen vermocht hätte, ein Reißläufer geworden und in fremde Kriegsdienste getreten. Die Seinigen wußten nicht einmal, wo er war. Denn er hatte nichts mehr von sich hören lassen, seitdem er über die Alpen gegangen. Joseph war stets ein wilder Bube gewesen, dessen Bändigung eine eiserne Hand verlangt hätte. Diese aber besaß Vater Brisar nicht, und die Mutter, welche eine sehr entschlossene Frau gewesen war, hatte durch ihre Strenge, eben weil sie nur eine Frau war, doch nichts weiter über den unbändigen Buben vermocht, als ihn auf Augenblicke stutzig zu machen.

Dieselbe Schwäche wie gegen Joseph bewies der alte Brisar gegen alle seine Kinder, und es wäre nach dem Tode seiner Frau wahrlich übel gegangen, wenn Manon nicht das Regiment in die Hand genommen und durch ihre Energie die zunehmende Willenslosigkeit des Vaters wieder gut gemacht hätte. Ihr Regiment war streng aber liebevoll, und keins der Geschwister wagte es leicht, ihr ungehorsam zu sein, selbst der dreizehnjährige Karl nicht. Ihr ganzes Wesen, ihre hohe schlanke Gestalt, wie der etwas düstre Blick ihrer blauen Augen hatte etwas Sicheres, Imponirendes. Sie fiel überhaupt unter ihren Landsleuten wie eine fremdartige Erscheinung auf.

Die Walliser sind ein kleiner, hagerer Menschenschlag, von ovaler, etwas eckiger Gesichtsbildung und gelblicher Farbe, mit großen dunkeln Augen und schwarzbraunen Haaren. Manon dagegen hatte blondes Haar und blaue

16

Augen und die den Blondinen gewöhnliche lebhafte Gesichts-
farbe. Sie erinnerte an die Haslithaler, die den Adel und
die Reinheit ihrer Formen von ihrer skandinavischen Ab-
stammung herleiten. Allein weder Manon's Vater noch
Mutter waren aus dem Haslithale. Doch trifft man in den
Bergen, die sich im Rhone- und Illiezthal an den Dent du
Midi anlehnen, häufiger solche blonde, rosige Frauengestalten
von germanischem Charakter, und Manon's Mutter stammte
aus dem letztgenannten Thale. Das angenehme Gesicht des
etwa zwanzigjährigen Mädchens hatte übrigens nicht immer
jenen düstern Schatten gewiesen, der in ihren Augen lag.
Derselbe war erst seit den letzten Jahren über sie gekommen.
Ihre Augen waren Zeuge gewesen, wie die Mutter beim
Einsammeln des Wildheues vom Felsen zu Tode gestürzt
war, und dieser schreckliche Anblick hatte sich in ihrem von
Natur ernsten Gemüthe unauslöschlich eingeprägt.

Während das jüngere Volk fröhlich im Dorfe umher-
schwärmte, wo die Vorkehrungen zur Bergfahrt heute manches
zu sehen gaben, saß Manon mit zwei von ihren Schwestern
eifrig flechtend in der großen Stube, in der Nähe des
Fensters. Die Mädchen arbeiteten schweigend, und Manon
blickte von Zeit zu Zeit bekümmert zu dem Vater hinüber,
der auf der Ofenbank saß und brütend auf seine zwischen
den Knien gefalteten Hände starrte. Dem Alten war es
bisher noch immer gelungen, einige Ziegen für seine kleine
Alpenwirthschaft auf Borg zu erhalten. In diesem Jahr
war es ihm fehlgeschlagen. Der Mann, der ihm sonst Kredit
gegeben, hatte selbst Verluste in seinem Geschäft erlitten
und brauchte baar Geld, was der Wildheuer nicht besaß.
Ein letzter Versuch, den derselbe mit schwerem Herzen bei

Kaspar Gaingratte gemacht, war ebenfalls erfolglos geblieben; denn der reiche Viehhändler war unter allen Menschen der letzte, der einem armen Teufel wie Brisar, obwohl er denselben und die Seinigen schon seit langen Jahren kannte, — er bezog sein Wildheu von ihm — auf sein ehrliches Angesicht geborgt hätte. Auch war es ein mißliches Ding Gaingratte's Schuldner zu sein. Es herrschte die Ansicht, daß es nicht viel schlimmer sein könnte, wenn man sich statt seiner dem Teufel verschriebe.

Da Brisar keine Ziegen hatte auftreiben können, so hatte er sich für diesen Sommer als Gehülfe bei der Sennerei des Dorfes verdungen. Es that ihm aber weh, daß er diesmal nicht wie sonst sein eigner freier Herr droben sein sollte.

Ich weiß nicht, unterbrach er endlich das Schweigen, ob ich nicht wieder aufsagen und mich zur Arbeit bei der Eisenbahn melden soll. Ich werde nachgerade alt, und das Steigen wird mir schwer.

Aber du hast dich einmal verdungen, Vater, bemerkte Manon.

Freilich, das hab' ich!

Und, fuhr die Tochter fort, die Arbeit an der Eisenbahn ist viel zu schwer für dich. Du bist nicht gewöhnt, den ganzen lieben Tag zu graben oder zu karren.

Nein, das bin ich nicht, gab er zu. Aber die Arbeit wird gut bezahlt, und sie geht in einem fort, Winter und Sommer.

Und dann, Vater, ist's keine Gesellschaft für dich, meinte die Tochter. Es sind doch meist rohe, verdorbene Gesellen, diese Eisenbahnarbeiter, fremde Leute, die daheim nicht mehr

ein noch aus wiſſen. Wer noch ein Gewerb hat, der geht
doch nicht unter ſie; es iſt das letzte.

Briſar blieb eine Weile ſtill; er hatte den Gründen
ſeiner Tochter nichts entgegenzuſetzen. Dann ſagte er:

Wenn ich nur wüßt', wie es zum Winter werden ſoll?
Die Kinder werden immer größer und brauchen immer mehr.

Das iſt wahr, verſetzte Manon, aber dafür helfen ſie
auch allmälig verdienen. Du ſiehſt, wir ſind jetzt ſchon
unſrer drei, die wir Geflecht machen. Und alles in allem,
Vater, Gott wird helfen!

Ja, wiederholte er, Gott wird helfen. — Es iſt alles
Eins.

Manon blickte traurig auf ihre Arbeit. Nichts ſchnitt
ihr ſo ſchmerzlich in die Seele als dieſe Muthloſigkeit des
Vaters, die ſich in ſeinem Schlußſatz verrieth. Es iſt alles
Eins, war die Summe ſeiner Philoſophie, auf die er gewöhnlich zurückkam. Wie ganz anders war dieſer Mann
früher geweſen, wie heiter und wohlgemuth hatte er in die
Welt geblickt! Damals hatte es ihm nie an einem ſcherzenden
Worte gefehlt, und er war weit und breit berühmt geweſen
als der beſte Sänger. Was für eine Menge Lieder wußte
er nicht auswendig! Es war ſeine größte Luſt geweſen, ſie
ſeine Kinder zu lehren. Auch viele ſchöne Geſchichten
wußte er, und wenn früher Burſche und Mädchen im Winter beim Nußkernen zuſammenſaßen, da war die Luſt erſt
recht angegangen, ſobald er gekommen war. Manon erinnerte ſich daran, ſie war ja unter jenen Liedern und Geſchichten groß geworden, und der Gegenſatz zwiſchen jenen
frühern Jahren und jetzt machte ſie noch trauriger. In die-
ſen Gedanken arbeitete ſie ſtumm weiter. Man hörte in der

Stube nichts weiter als das Rascheln des feinen weißen
Strohs unter den fleißigen Händen der Mädchen.

Plötzlich wurde von außen an das Fenster geklopft.
Manon schaute auf und rief verwundert:

Vater, da ist Gaingratte aus Martigny!

Ja, was will denn der noch? sagte der Alte ebenfalls
verwundert, stand auf und trat an das Fenster, welches er
öffnete. Was steht denn zu Diensten, Herr Gaingratte?

Hm, Meister Brifar, versetzte dieser, unter seinem breiträndigen Hut auf Manon schielend, ihr wißt ja im Dorfe
besser Bescheid wie ich. Ich brauch' einen zuverlässigen
Mann, er muß aber rechnen und etwas schreiben können.
Wißt ihr vielleicht einen solchen Menschen?

Brifar schüttelte den Kopf. Jetzt, wo die Ernte vor der
Thüre war und die Alpenwirthschaft begann, gab's keine
müßigen Hände in La Croix.

O, es ist eben nicht für den Augenblick, entgegnete
Gaingratte. Es hat bis gegen den Herbst Zeit, wo die
Viehmärkte in Oberitalien sind.

Ja, bis dahin könnte wohl Rath werden, meinte der
Wildheuer.

Der reiche Viehhändler nickte mit dem Kopfe und versank in Nachdenken.

Ja, wie ist's denn? begann er und brach wieder ab.
Unschlüssig rückte er an seinem Hute hin und her, indem er
bald den Wildheuer, bald Manon ansah. Auf dieser letzten
blieben schließlich seine Blicke haften, und nach einer Weile
sagte er, sich räuspernd:

Wie ist's denn, hm? Ich meine von wegen der Ziegen.
Wieviel wolltet ihr doch? Sechs waren es ja wohl? Das

nützt mir nichts und lohnt nicht. Ihr wißt, so kleine Geschäfte mache ich nicht. Es kommt dabei nichts heraus.
Nehmt ein Dutzend und ihr sollt sie haben.

Brisar stand starr vor freudigem Schreck. Auch Manon's
und ihrer Schwestern Wangen rötheten sich lebhafter in
froher Ueberraschung.

Ein Dutzend stammelte der Wildheuer endlich, völlig
verwirrt von dem Reichthum, der ihm plötzlich ins Haus
fiel. So viel Ziegen hatte er in seinem Leben noch nicht
besessen.

Ein Dutzend, wiederholte der Viehhändler etwas zögernd,
weniger nicht, das heißt einen halben Louisd'or das Stück.
Billiger geb' ich sie nicht weg. Es ist ein Spottpreis. Ihr
stellt mir einen Schein aus, zahlbar den zweiten Januar.
Ihr könnt gleich mitkommen und die Thiere holen, wenn
ihr wollt.

Brisar hatte nichts einzuwenden weder gegen den Preis,
noch den Schuldschein. Er dachte nur an das Dutzend.
Während er nach Rock und Hut griff und beide in seiner
freudigen Aufregung nicht finden konnte, obgleich sie an
ihrer gewöhnlichen Stelle hingen, lehnte sich Gaingratte
mit beiden Armen auf das Fensterbrett, und nachdem er
den flinken Fingern Manon's eine Weile zugeschaut hatte,
sagte er:

Immer fleißig? immer fleißig?

Man muß wohl, Herr Gaingratte, versetzte das Mädchen.

Ja, ja, fleißig und sparsam, so bringt man was vor
sich im Leben. So hab' ich's auch gehalten. Fleißig und
sparsam, das giebt eine gute Hausfrau. Holla, Brisar, es
ist zum Verwundern, wie sauber es in eurer Stube aussieht.

Ja, sauber ist's, rief dieser, im Begriff die Stube zu verlassen. Das macht die Manon.

Manon wurde roth.

Das ist gut, sagte der Viehhändler, und wie zu sich selbst sprechend, murmelte er: Fleißig, sparsam, ordentlich und sauber!

Der Wildheuer kam aus dem Hause. Guten Abend, Manon, sagte Gaingratte, und beide Männer gingen dem Flecken zu.

Hu, rief Annette, die nächst älteste Schwester Manon's, eine muntere Dirne, hat dieser Herr Gaingratte ein Gesicht! Weißt du, wie er den Kopf so zum Fenster hereinsteckte und dich immer so anstarrte, da sah er mit seinem weiß-borstigen Kinn aus wie ein Wolf.

Wie der Wolf, der das Rothkäppchen fraß! rief die andre Schwester. Weißt du, Manon?

O pfui, schalt diese. Der Mann ist unser Wohlthäter, und ihr stellt einen so garstigen Vergleich an.

Mir ist's gleich, was er ist, rief Annette; denn mich soll er nicht fressen, und wären seine gelben Zähne auch noch einmal so lang als sie sind. Die Hauptsache ist, daß es nun doch schon morgen auf die Berge geht und wir hier nicht noch vier Wochen zu warten brauchen, bis die Zeit des Wildheuens beginnt. Sie warf ihr Geflecht bei Seite und sprang auf.

Ohne die Ziegenheerde hätten die Geschwister allerdings bis gegen die Mitte des Juli im Dorfe bleiben müssen, da es vorher nichts für sie auf der Alp zu thun gab, und so verursachte die plötzliche Aenderung einen großen Jubel unter ihnen. Auch Manon's ernstes Gesicht wurde heiterer.

Während von den jüngeren Kindern die Einen nach Laub und Gras liefen, um die Ziegen bei ihrer Ankunft sofort bewirthen zu können, und die Andern ihnen auf dem Wege nach dem Flecken entgegeneilten und sie im Triumph nach Hause begleiteten, traf Manon mit den ältern Schwestern die Vorbereitungen zum Auszug. Es war eine muntere Geschäftigkeit, welche Annette mit ihren drolligen Einfällen würzte, und sie hielten sich wacker dazu, so daß alles bereit war, als am folgenden Vormittag die Alpenfahrt unter dem Geleite der gesammten Dorfbewohner angetreten wurde. Viele von ihnen kamen bis Les Rapes, dem nächsten Dorfe, mit, das eine Viertelstunde von La Croix entfernt ist.

Den Zug eröffnete die Leitkuh. Sie trug die größte Glocke am Halse, und die Mädchen hatten ihr einen Blumenkranz um die Hörner gewunden. Ihr nach folgte die ganze zahlreiche Heerde bunter, fetter Kühe, Färsen und Stärken. Einigen Kühen hatte man zwischen den Hörnern den einfüßigen Melkschemel befestigt. Der König der Heerde, ein schwarzer Bulle mit weißen Füßen und kurzen kräftigen Hörnern, schritt in einer majestätischen Absonderung von den andern Thieren daher. Seine Augen leuchteten und von Zeit zu Zeit blieb er stehen, warf den Kopf empor und stieß ein freudiges Gebrüll aus. Hinter der Heerde kam, von zwei kräftigen Kühen gezogen, ein zweiräderiger Karren, mit dem unentbehrlichsten Hausrath und den zur Käsebereitung erforderlichen Utensilien, dem riesigen Kessel und den hölzernen Milchgefäßen, chaotisch beladen, und darauf thronte die junge Frau des Sennen, mit einem Säugling auf dem Schooße. Auch die beiden jüngsten Kinder Brisar's hatten auf dem Karren Platz gefunden, während die größern in

Tragkörben die Sachen trugen, deren die Familie zu ihrer Alpenwirthschaft bedurfte, und Karl als wohlbestallter Hirte auf die Ziegen Acht gab, welche den Beschluß des Zuges bildeten. Der Senne und Brisar, beide in blauen Blusen und grauen, breiträndigen Filzhüten, leiteten und überwachten das Ganze mit Blick und Zuruf, bald die zu große Eile und Ungeduld des einen Thieres mäßigend, bald die Langsamkeit eines andern beschleunigend. Sie waren bald an der Spitze des Zuges, bald am Ende desselben. Langsam bewegte sich der Zug die Forclaz hinan und von dem Gipfel derselben die schmale Einsenkung des Trientthales hinab, quer über den breit daher sprudelnden Bach, der sich weiter hin zwischen unzugänglichen Felsen verliert, und wieder hinauf zwischen den Tannen auf steilem hin- und herzackendem Saumthierpfad.

Die abgestimmten Schellen klangen an den Hälsen der Rinder, die von Zeit zu Zeit laut aufbrüllten. Die Ziegen meckerten, die Kinder jubelten, die Hunde bellten, und dazwischen klangen ermunternde oder zurechtweisende Ho! ho! des Sennen und seine Jauchzer, welche die Felsen wiederhallten.

Je höher man kam, je ungeduldiger, muthwilliger wurde die Heerde. Der aromatische Duft der Almen schien die Thiere wie die Menschen zu berauschen.

Und nun lagen die Almen selbst vor ihnen, von den Gletschern der Montblanckette wie von silbernem Arm umschlungen. Gen Nordwest, unterhalb des Col de Balme, wo ein einsames Wirthshaus steht, zeigten sich die Sennhütten von Herbagères, das Ziel der Heerde. Da jauchzten die Hirten freudig auf, die Rinder standen, schnoben und

brüllten und stürzten plötlich in buntester Unordnung ihrer
sommerlichen Heimat entgegen.

Manon aber wandte sich mit ihren Geschwistern und den
Ziegen links, höher die Berge hinan. Hinter ihnen ertönte
das Horn der Sennen, welches die Kühe zum Melken rief.
Die langgezogenen dumpfen Laute verhallten unter ihnen.
Neben ihnen murmelte und plätscherte ein Bach, in silbernen
Bogen von Stein zu Stein hinabspringend. Der Pfad
wurde steiler, die Alm felsiger; um so munterer kletterten
die Ziegen, und die Kinder sprangen, ihre Müdigkeit ver-
gessend, mit ihnen um die Wette. Manon folgte langsamer
nach. Sie blieb von Zeit zu Zeit stehen und schaute zurück
ins Thal, in dem mit der schwereren Luft auch die Sorge
zurückgeblieben schien. Manon athmete leichter, und ihr Auge
war heiterer.

2.

In der Kammer, in welcher die Geschwister neben einander auf der Streu lagen, herrschte noch völlige Dunkelheit, als Manon am folgenden Morgen erwachte; doch
dämmerte bereits im Osten ein heller Schein. Manon gewahrte ihn durch das schmale Hüttenfenster. Sie stand
geräuschlos auf, warf ihre Röcke über und schlich zur Hütte
hinaus. Die Sonne aufgehen zu sehen über den höchsten
Gipfeln der Welt, war ihr größtes Glück. Sie zehrte von
diesem Schauspiel und sehnte sich nach ihm die ganze Zeit,
die sie im Thal in der engen Hütte zubringen mußte. Mit
tiefen Zügen athmete sie nun die kalte, reine, würzige Luft

ein. Kein Laut war vernehmbar als das Murmeln des Baches, welcher, von dem Trientgletscher herkommend, unweit der Hütte vorüberſprudelte. Eine graue Helle begann ſich über den ganzen Himmel auszubreiten, und wie ſie ſich ausdehnte, nahm ſie im Oſten allmälig eine röthlich gelbe Färbung an. Mit rötherem Lichte brannte dieſelbe ſtill fort, und unter ihr ſchienen dunkle Wolken heraufzuſteigen, deren zackige Säume im Emporheben zu einem helleren Grau abblaßten. In der Tiefe herrſchte noch unburchbringlich ſchwarze Nacht. Aber waren es wirklich Wolken, die Manon im Oſten ſah? Jetzt ſchienen ſie ſtill zu ſtehen, und deutlicher zeichneten ſich ihre Kämme. Es waren die Zinken, Zacken und Zähne der Berner Alpen, an welche ſich näher die des Waabtlandes anſchloſſen.

Manon ſtieg, um einen freiern Blick zu gewinnen, einen Theil der Höhe hinan, an der ihre Hütte lehnte. Da wölbte ſich ihr die milchweiße Kuppel des Montblanc entgegen mit unzähligen Felſennabeln, wie von ſchlanken Thürmen umringt, und zwiſchen ihnen floſſen, aus einer Quelle entſpringend, die Ströme der Gletſcher in das Chamounythal hinab, wo der geſchlängelte Faden der Arve matt durch das Dunkel dämmerte. Eine unendliche Kette lagen alle Berggipfel, die Nadeln, Zinken, Zacken und Riſſe der Alpen vor Manon, vom Montblanc bis über das Schreckhorn hinaus zum Triftengletſcher an der Grenze der Walbſtätte. Immer deutlicher zeichneten ſie ſich gegen den Himmel ab, die Schneefelder und Gletſcher ſchienen matt gegen die Felſenmaſſen, tiefer zog die Nacht ihre grauen Säume herab, der wolkenreine Himmel kleidete ſich in Purpur.

Wie die bleichen Wangen eines Mädchens ſich beleben,

wann sie in ihrem Herzen das süßeste Geheimniß erräth, so glitt jetzt ein rosiger Hauch über den jungfräulichen Schnee des Montblanc und erwärmte, durchglühte ihn, bis er als volle Rose aufblühte. Und so errötheten alle die bleichen Häupter nah und fern, die Firnen und Felsen. Ein Kranz von Alpenrosen schwebten sie über der dunkeln Tiefe, über der schlafenden Erde. Da war es, als ob ein Funken, ein Blitz von dem Scheitel des Montblanc aufsprühte. Wie ein Stern zitterte es auf ihm, ein goldenes Flämmchen loderte aus dem Rosenschmelz empor, und von Höhe zu Höhe blitzte zündend der Goldfunken. All überall erzitterte ein goldenes Leuchten, und aus den Flämmchen, wie sie sich ausbreiteten, flossen Ströme geschmolzenen Goldes in die tiefer sinkende Rosengluth und verschwammen mit ihr, und Firnen und Gletscher leuchteten in rosig goldenem Schmelz. Jetzt begannen sich auch die Nebel des gen Osten ziehenden Rhonethals in weich verschwindenden Uebergängen zu färben. Die ganze Tiefe dort war ein Farbenmeer, anhebend mit den dunkelsten Tönen, durch die leisesten Abschattirungen bis zum lichtern Violet, das sich durchscheinend verschwebend um die dunkle Gluth des Gesteins schmiegte, von dem es dann rosig und golden, lichter und lichter emporwallte, bis endlich auch das Gold in einen silbernen Hauch sich verflüchtigte, über dem sich der Morgenhimmel zu immer reinerem Blau aufklärte. Einen Augenblick erschienen Himmel und Erde in einer tiefgesättigten Farbenpracht verschmolzen; dann aber, wie das Sonnengold tiefer herabschwamm, setzte sich der Silberglanz von der ungeheuren Schneekuppe des Montblanc bis zum fernsten Osten, wo er einem leichten Gewölke glich, bestimmter gegen den blauen Himmel ab. Gleich einem

Briareus griff der Montblanc mit silbern funkelnden Glet-
scherarmen in das blühende Thal hinab, wo schon die Wohnungen der Menschen, die Arve entlang, zu erkennen waren.
Nun hauchte es golden über die grünen, thaufeuchten Höhen.
Von goldenem Licht umflossen stand Manon, golden rieselte
es hinab, in goldenem Glanze stand das kleine Wirthshaus
auf dem Col de Balme, schimmerten tiefer die Sennhütten
von Herbagères, schimmerten die Tannen auf der Tête noire,
und golden sank es an ihnen in das schmale Trientthal
hinab.

Manon stand mit vor der Brust gefalteten Händen, und
in ihren Mienen malte sich eine freudige Beklommenheit,
mit der sie das großartige Schauspiel der Natur erfüllte.
Jetzt entfuhr ihr ein leiser Aufschrei und löste die Spannung
ihres Gefühls: wie ein gewaltiger Stern blitzte der Rand
der Sonnenscheibe über den Berner Alpen herauf. Manon
wendete geblendet die Augen ab nach den Hütten von Herbagères.

Noch schaute sie dorthin, als in ihrer Nähe der Ruf
erscholl: Ho, ho, Liauba, ho! Es war ihr Bruder Karl,
welcher von einem Felsblock herunter mit diesem Ruf die
Ziegen zum Melken lockte. Die Thiere kamen auch von
allen Seiten meckernd herbeigesprungen, und Manon eilte
nach der Hütte, aus der ihr Annette schon mit zwei Milch-
eimern entgegen kam. Die beiden Schwestern begannen jetzt
die Ziegen zu melken, von denen jede, sobald sie den Inhalt
ihrer strotzenden Euter unter den Fingern der Mädchen in
das Gefäß ergossen hatte, zur Weide zurückkehrte. Unterdessen kamen auch die übrigen Kinder herbei, die jüngsten
nur mit ihren Hembchen bekleidet, und sahen neugierig zu,

zugleich nach ihrem Frühstück verlangend. Als das Geschäft beendet war, erhielt Jedes im Verhältniß zu seinem Alter seinen Antheil an der schäumenden Milch. Eine Tasse ohne Henkel wanderte von Mund zu Mund, Brod gab es keins. Nur zu Mittag erhielt jedes Kind ein Stückchen statt des Fleisches. Brod ist auf den Alpen ein kostbarer Artikel, und der frische Käse muß seine Stelle vertreten, wenn der mitgebrachte Vorrath erschöpft ist. Die Bereitung des Käses war Manon's und Annettens nächstes Geschäft, während die jüngeren Geschwister im Freien herumspielten, auf die Felsen kletterten und neugierig in die Tiefe hinunterguckten. Eins beaufsichtigte dabei das Andere.

Am Nachmittage kam der Vater mit einigen Sachen aus Herbagères herauf, die gestern auf dem Karren zurückgeblieben waren. Er war so heiter, wie ihn Manon lange nicht gesehen hatte, trieb allerlei Späße mit den Kindern und baute goldene Luftschlösser auf seinen Ziegenreichthum.

Was dem Gaingratte nur auf einmal eingefallen sein mag? sagte er. Wie ich bei ihm war und die sechs Ziegen borgen wollte, da hätte sie mir ein Stein eher gegeben als er, und nun auf einmal ein ganzes Dutzend! Wie ich's gestern Abend erzählte, da meinte der Paul Herbert, ich sollt' Acht geben, dahinter steckt' was, der wirft mit der Wurst nach der Speckseite.

Der Paul Herbert? fragte Manon, sich tiefer auf ihre Näharbeit beugend, mit der sie neben ihrem Vater auf einem Stein vor der Hütte saß.

Na, den fanden wir schon mit seinen Leuten aus Les Rapes oben, sagte Brisar. Du weißt ja, sie waren schon mit ihrer Heerde vorausgezogen, als wir gestern durch das Dorf kamen.

Der Paul scherzt, entgegnete Manon. Der Gaingratte weiß so gut wie wir selbst, daß bei uns keine Speckseiten zu holen sind.

Freilich, freilich, lachte der Alte. Aber der Herbert ist noch immer der Alte. Nichts wie Flausen im Kopf. Na, er ist jung, ich war auch nicht anders in meiner Jugend, und das muß wahr sein, ein hübscher Bursch ist's. Abends holt' er ein Litre Wein vom Col de Balme; wir mußten mit ihm trinken, und dabei sang und jodelte er, daß es eine Freud' war.

Ja, er ist immer lustig! murmelte Manon, eifrig stichelnd.

Und ich glaub's schon, daß die Mädchen ihm eifrig schön thun, wie er erzählt.

Erzählt er das? fragte Manon düster aufschauend, das ist nicht recht von ihm.

Ta, ta, ta! beschwichtigte Brisar. Jugend hat keine Tugend. Es ist auch so schlimm nicht gemeint; er hat ein gutes Herz! Er fuhr fort, den jungen Sennen von Les Rapes zu loben.

Manon blieb still, und der Alte schickte sich zum Heimweg nach den Sennhütten an.

Halloh, dröhnte in diesem Augenblick eine Baßstimme, richtig, da stecken sie alle noch in dem alten Rattenloch!

Diese Stimme gehörte einem Soldaten, welchen die Felsen bisher dem Blick verborgen hatten. Er trug eine blaue Montur mit gelben Aufschlägen, rothe weite Beinkleider, und das von der Sonne fast schwarz gebrannte

Gesicht beschattete ein Käppi. Sämmtliche Uniformstücke waren außerordentlich abgenutzt, und aus den Schuhen schauten die nackten Zehe des Wandrers, der sich beim Gehen auf einen mächtigen Knotenstock stützte. Der Wuchs des Gesellen ragte über die Mittelgröße hinaus; er war hager aber breitschultrig, und die schwarzbraune Faust, welche jetzt den Knotenstock gegen Brisar und die Seinigen schwang, breit und nervig. Ein mächtiger schwarzer Schnurrbart zierte das hagere Gesicht oder gab demselben vielmehr einen noch weniger Vertrauen einflößenden Ausdruck. Denn die ganze Erscheinung des Soldaten war eine solche, daß ihr Jemand, der etwas zu verlieren hat, wohl nicht gern auf einsamer Straße begegnen möchte.

Brisar hatte sich beim Ruf rasch umgewendet, Manon war aufgesprungen, und die in der Nähe spielenden Kinder drängten sich erschrocken an sie.

Grüß Gott! bröhnte der Soldat, näher kommend. Was glotzt ihr mich so an, als wär' ich ein Wunderthier? Zum Wetter, Alter, kennt ihr denn den Joseph nicht mehr?

Du, der Joseph? Ha, ha, ha, der Joseph! lachte Brisar, faßte den Kopf des Soldaten und küßte ihn auf beide Backen, während die Kunde, daß der Bruder Joseph wieder da sei, sämmtliche Geschwister um diesen versammelte.

Wetter, Manon, bist du heraufgeschossen! rief er, diese umarmend, und dann küßte er Eins nach dem Andern, die Brüder und Schwestern, und lachte über die Jüngsten, die sich vor seinem Bart fürchteten und gegen seinen Kuß sträubten.

So, rief er, jetzt wären die Orgelpfeifen alle wieder da, alle neun. Aber wo steckt denn die Alte?

Die Mutter ist todt, Joseph, sagte der Vater.

Was, schon zum Teufel gefahren? fragte der zärtliche Sohn. Hm, sie hätte wohl warten können, bis ich heimkam.

Pfui, Joseph, was ist das für ein gottloses Reden, zürnte Manon. Du sollst dich schämen.

Ei, sieh doch! entgegnete der Bruder, seinen Bart streichend. Willst mich meistern?

Na, na, begütigte Brisar, das ist so Soldatenart.

Ja, Vater, das ist Soldatenart, lachte der Sohn. Und nach Soldatenart habe ich einen teufelsmäßigen Durst.

Kannst Wasser und Ziegenmilch haben, sagte Manon mit zusammengezogenen Brauen.

Joseph zog in Ermangelung von etwas Besserem denn doch die Milch vor, und Manon schickte eine der Schwestern, ihm welche zu holen.

Du kannst wohl nicht selbst gehen? murrte der Bruder.

Freilich könnt' ich's, erwiderte Manon. Aber siehst du, Joseph, wer so wie du von seiner und meiner Mutter spricht, für den rühr' ich nicht Hand noch Fuß.

Nimm dich in Acht, du! grollte Joseph, die Schwester finster drohend ansehend.

Diese hielt seinen Blick ruhig aus. Ihre Wangen aber glühten vor innerer Erregung. Ich fürcht' mich nicht! sagte sie und setzte sich wieder zu ihrer Arbeit auf den Stein.

Unterdessen kam die Milch, und Joseph trank. Kannst mir noch eine bringen, sagte er, die Tasse, aus der er getrunken hatte, zurückgebend. Ich bin so trocken, wie ein Kapernstrauch. — Aber wo kommst du denn her? fragte der Vater.

Na, seht ihr's denn nicht an meinem bunten Josephsrock? entgegnete der Sohn. Direct aus Neapel komm' ich.

17

Aus Neapel! rief der Vater. Ja, ja, ich hört', sie haben die Schweizerregimenter aufgelöst. Ihr habt rebellirt. Na, erzähl' doch! Da, da, setz dich!

Er wollte den Sohn auf den Stein niederdrücken, von dem er selbst zuvor aufgestanden war. Joseph aber wehrte sich dagegen. Er hätte sich oft und lang genug auf seinem Marsch von Neapel nach Hause mit der harten Erde als Lager und einem Stein zum Sitzen begnügen müssen, meinte er. Wenn die Seinigen auch nicht zur Feier seiner Wiederkehr ein gemästetes Kalb oder eine Ziege schlachten wollten, so könnten sie ihm doch wenigstens einen Stuhl anbieten.

Ein Paar von den Kindern liefen in die Hütte und holten den einzigen Stuhl aus derselben heraus, den der Vater sammt einem Tisch am Nachmittag heraufgebracht hatte. Joseph streckte sich behaglich auf dem Sitze aus, leerte die zweite Tasse Ziegenmilch, und sich die weißen Tropfen von dem Barte wischend, lachte er:

Ja, rebellirt haben wir, und das mit Recht. Aber ich will euch gleich alles erzählen, damit das Fragen ein für alle Mal ein Ende hat. Wohl, ihr wißt am besten, daß daheim nichts zu holen war als Trübsal und Noth, und ein Küher zu werden, danach stand just mein Sinn nicht. So traf ich eines Tages beim Schützenfest in Martigny einen Werber für die päpstliche Garde. Solch einen Kerl wie mich, braucht der Papst just, meinte der. So nahm ich Handgeld und ging zum Teufel.

Ei, ei, Joseph! warnte der Vater. Nennst du das zum Teufel gehen, wenn du dem heiligen Vater dienst? Laß das keinen Andern hier hören, du könntest Ungelegenheiten kriegen.

Pah! rief der Sohn, indem er eine kurze Thonpfeife her-

vorzog, stopfte und anzündete. Pah! wiederholte er nach einigen Rauchwolken. Ich will euch was sagen: sie machen drüben in Rom verflucht wenig Aufhebens von dem Papst und
allen seinen Cardinälen. So gute Christen, wie ihr, sind
die Leute drüben auch; aber sie gäben was drum, wenn sie
den heiligen Vater und all' die Kuttenträger morgen los
würden. Ich sag' euch, man muß sich in Acht nehmen, wenn
man durch die Straßen geht, daß man nicht bei jedem Schritt
einem Cardinal oder wenigstens einem Mönch auf die Füße
tritt. Es ist alles roth, braun und schwarz von ihnen, und
die ganze Luft riecht nach Weihrauch. Wohl, der Papst schien
keineswegs der Ansicht von meinem Mann in Martigny zu
sein, denn er kümmerte sich den Teufel um mich.

Aber mußt du denn immer fluchen? fragte Manon
vorwurfsvoll. Du solltest doch auf die Kinder Rücksicht
nehmen.

Statt zu antworten wandte sich Joseph an seinen Bruder Karl und fragte ihn: was meinst Karl? So ein rechtschaffener Fluch macht's Herz leicht, nicht wahr? Wenn man
so mit einem tüchtigen Donnerwetter dareinfährt, da wird
die Luft rein.

Ich weiß nicht, versetzte der dreizehnjährige Bube. Die
Manon leidet's nicht.

So, die leidt's nicht? murmelte Joseph, einen Seitenblick
auf die Schwester werfend. Na, die scheint euch Alle gut
unter dem Pantoffel zu halten. Das, meinten die Franzosen
in Rom, könnten sie mit uns auch. Weil sie den Papst von
Gaëta nach Rom zurückgebracht haben, da machen sich die
Knirpse mausig wie die Teufel, daß es Streit gab die Hüll'
und die Füll', wo wir mit ihnen zusammentrafen. Eigentlich

war das noch das Beste; denn der Dienst war langweilig
zum Krepiren.

Also eines Tages saßen wir drüben in Trastevere beim
Wein. War ein bildsauberes Mädel, die Fioretta, des Wirths
Tochter, und haßte die Franzosen noch ärger als die Ketzer.
Waren den Tag auch wieder Trouppiers da, wie gewöhnlich,
meinten, sie hätten die Schenke gepachtet. Wohl, war unter
ihnen solch ein kleiner, schwarzbrauner Kerl, ein Tambour
vom Vierundzwanzigsten. Wie dem die Fioretta den Wein
bringt, wird er ihr schön thun, faßt sie um den Leib. Da
war der Spektakel fertig. Die Funken, die stoben man so
aus den Klingen. Der Tambour kriegt' eins über den Schädel, daß er hinfiel; da schrie der Wirth auf einmal: die Pa-
trouille kommt. Wir auf und davon, wie die Teufel. Hielten's auch für's Beste, uns nicht wieder beim Regiment sehen
zu lassen. Denn ihr müßt wissen, der eigentliche Herr in
Rom, das ist der französische Commandant. Wer mit den
Franzosen Händel kriegt, gleichviel ob er ein Römer oder
ein päpstlicher Soldat ist, der kommt vor's französische Kriegs-
gericht, und das ist gesalzen.

Und der unglückliche Mensch, der Tambour? rief Manon.
Joseph, Joseph, wie kommst du wieder!

Ich weiß nicht, wer es ihm gegeben hat, erwiderte der
Bruder achselzuckend. Weiß auch nicht, was aus ihm geworden ist. Hatten keine Zeit uns nach ihm umzusehen, und
wie wir wieder zu Athem kamen, da stacken wir in der Uniform, die ihr da an mir seht. Waren aber aus dem Regen
in die Traufe gekommen. Herrschte eine eiserne Mannszucht
bei diesen Schweizerregimentern in Neapel, daß man sich
nicht rühren noch regen konnt'. Hätt'st einen guten Sergean-

ten dort abgegeben, Manon. Waren aber die Schweizer in
Neapel, was die Franzosen in Rom sind. Hatten dem Bom-
ben-Ferdinand seinen Thron wieder aufgerichtet. Nun, ich will
nichts darüber sagen; was gingen sie auch die Neapolitaner
und ihre Freiheit an?

Weißt, Joseph, nahm der alte Brisar kopfschüttelnd das
Wort; es ist doch gar wunderbar, daß wir Schweizer, die
wir daheim keinen König und keinen Fürsten mögen, uns
dazu hergeben, andere Leute zu zwingen, daß sie die ihrigen
behalten.

Ja, wunderbar ist's, antwortete der Sohn, aber wer den
Arbeiter bezahlt, der hat ihn. Machte sich auch wohl Dieser
und Jener an uns in Neapel und fragte, was wir thun würden, wenn's wieder einmal losging'? Wohl, sagten wir, wollt
ihr euren König, den Franz, zum Teufel jagen, uns ist's schon
recht. Wenn uns aber der König befiehlt, auf euch zu schießen, so thun wir's; denn wir haben ihm Gehorsam geschwo-
ren, so lange er uns bezahlt. Jetzt mag er freilich zusehen,
wie er ohne uns fertig wird. Denn ich will euch was sagen,
Vater! Der neapolitanische König, der ist wie eine überreife
Pflaum'. Beim leisesten Windstoß liegt er am Boden. Und
dumm sind die klugen Herren dort auch mehr als zu viel.
Aber wenn's der Geis zu wohl ist, dann geht sie auf's Eis
und bricht's Bein. Kann doch kein Satan herauskriegen,
was ihnen einfiel, wenn's nicht just ihre Dummheit war,
uns auf einmal unsre eidgenössischen Regimentsfahnen mit
dem Bären zu nehmen und uns dafür die neapolitanischen
Farben und Lilien aufzudrängen. Ja, da kamen sie uns recht!
Was, wir sollten keine Schweizer mehr sein? Da war's fertig. Wir litten's nicht, daß sie uns den Bären wegnahmen,

und wie sie nicht im Guten hören wollten, da setzt's Püffe und Flintenschüsse, daß der Teufel seine Freud' dran hatt'. Das war ein Gaudium, sag' ich euch. Mir hat mein Lebtag nicht so's Herz im Leib gelacht, wie damals bei dem Knattern und Knallen. Zuletzt freilich, da fuhren sie von allen Seiten Kanonen gegen uns auf, versprachen auch, wir sollten den Bären behalten, und da mußten wir wohl's Gewehr strecken. Nachher aber war's gar nicht spaßig. So ein neapolitanisches Gefängniß ist ein verdammt heißes Loch. Ich und noch Einige, wir sollten erschossen werden. Wir seien die Rädelsführer, hieß es. Gut, sagt' ich, wir wollten nur das Rechte; es macht nichts, ob Einer heut oder morgen ins Gras beißt; aber wenn sie uns morgen wieder unsre Schweizerfahnen nehmen wollten, dann thät' ich's nochmal. Na, dann schickten sie von Bern den Botschafter, unsre Regimenter wurden aufgelöst, und wir, auch die sie zu den Galeeren verurtheilt hatten, begnadigt, und alle nach Hause geschickt; und da bin ich nun.

Ja, da bist du nun, wiederholte der Vater, während Joseph die Asche aus seiner Pfeife klopfte.

Und was willst nun beginnen? fragte Manon, welche schon seit einiger Zeit ihre Arbeit beendet und, die Arme in ihre Schürze gewickelt, düster vor sich hingeblickt hatte.

Weiß nicht, entgegnete der Bruder, die Beine von sich spreizend und die Hände in die Taschen seiner Beinkleider vergrabend. Will mal zusehen. Ein gescheidter Kerl findet immer was.

Manon seufzte. Wenn er was gelernt hat, sagte sie. Aber was kannst du denn beim Militair gelernt haben? Sieh, Bruder, fuhr sie langsam aufstehend fort, wenn ich auch harsch red', du bist herzlich willkommen, glaub's mir. Aber du weißt, wie's mit uns steht; schau dich mal um; wir sind mit dir unserer Zehn. Was wir haben, ist auch Dein, das versteht sich; aber ich mein', da ist nichts zuzusehen.

Der Vater nickte beipflichtend, doch der Sohn dröhnte im tiefsten Baß: Donner und Doria! beim heiligen Januar! Glaubst, ich will euch das Brod vor dem Maul wegfressen? Da, schau her!

Er zog die rechte Hand aus der Hosentasche und hielt sie öffnend Manon hin. Sie war mit silberner Scheidemünze gefüllt, und darunter befand sich ein gelbes Stück.

Gold! rief der Vater mit großen Augen, und die jüngern Geschwister hoben sich neugierig auf die Fußspitzen, um auch des seltenen Vogels ansichtig zu werden. Joseph schloß jedoch die Hand. Echtes, französisches Gold! lachte er, seinen Schatz wieder in der Tasche verbergend, und zu der ältesten Schwester gewendet, fuhr er fort: Wärst lieber zu mir gewesen, hätt' ich dir was geschenkt. Aber, Mordelement, meinst du, ich sei heimgekommen, um mich von einer Schürz' ausputzen zu lassen?

Manon blickte ihm mit ihren klaren, blauen Augen ernst in die seinigen und sagte: Ich will dich nicht ausputzen, Bruder; aber verstellen kann ich mich auch nicht. Wie ich's sage, so ist's. Du magst das Wort über die Mutter nicht so bös' gemeint haben. Ich will's glauben. Aber es ist traurig, Joseph, wenn die Zung' schneller ist als der Kopf und anders spricht als das Herz, und Joseph, aus deiner Geschichte hab' ich's gehört; du bist unter den Soldaten ganz wild geworden. Das thut mir weh, denn ich hab' dich immer lieb gehabt.

Mit diesen Worten ging sie in die Hütte.

An der ist ein Corporal und ein Feldpastor zugleich verdorben, murmelte Joseph aufstehend. Laß sie, sagte der Vater
besänftigend. Sie ist kreuzbrav, aber sie hat einmal so ihre
eigene Art.

Der Teufel hole ihre Art! rief Joseph heftig. Vier Jahre
bin ich fort von Hause, und wie ich heimkomm', empfängt
sie mich so!

Der alte Brisar räusperte sich und kratzte sich hinter dem
Ohr. Weißt, Joseph, sagte er endlich zögernd, so Unrecht
hat sie doch nicht. Was, Teufel, mußt du denn immer so
fluchen? Na und jetzt komm' mit nach Herbagères, kannst
dort schlafen; hier oben ist kein Raum für dich.

Er ging in die Hütte, um von Manon Abschied zu
nehmen.

Adieu, ihr Krabben, groß und klein! rief Joseph, als
der Alte wiederkam. Da habt ihr ein Paar Rappen, euch
was zu kaufen, wenn ihr hier oben was kriegen könnt. Damit
warf er einige Centimes hoch in die Luft und lachte, wie
seine jüngern Geschwister die Hände danach in die Höhe
streckten und in der Begierde, die Geldstücke aufzufangen,
über einander purzelten und fielen. Einige von den älteren
Kindern gaben Vater und Bruder noch eine Strecke das
Geleit, während Annette in die Hütte ging, wo sie Manon
weinend am Feuerplatz stehen fand.

Annette suchte nach ihrer heitern Gemüthsart die Schwester
zu trösten, und diese wischte sich die Thränen aus den Augen.
Allein der Gedanke an den Bruder blieb schwer auf ihrer
Seele lasten, und sie dachte auch folgenden Tages viel an
ihn, als sie allein war.

Der folgende Tag war ein Sonntag. Nach dem frugalen Mittagsmahl, aus Brod und Ziegenkäse bestehend, schickte sie ihre sämmtlichen Geschwister, nachdem sie die jüngsten so sauber herausgeputzt, wie es in ihren Kräften stand, nach Herbagères zum Vater. Die Kinder entfernten sich nur widerwillig; sie waren Anfangs ganz traurig, daß die Manon zu Hause bleiben wollte. Annette stellte ihr vor, daß Joseph glauben würde, sie bliebe seinetwegen fort. Joseph glaubte dies wirklich, obgleich ihm Annette, nach Manon's Versicherung sagte, daß dies nicht der Grund sei.

Vielleicht kommt sie meinetwegen nicht, lachte Hebert.

Joseph aber schalt ihn einen Narren. Die fürchtet sich nicht einmal vor mir, rief er, und soll vor einem solchen — na, ich will nicht sagen was — Angst haben!

Sag' nur, was ich bin, versetzte Paul Hebert und streckte, die Fäuste ballend, seine nackten, nervigen Arme mit einem Ruck von sich, wie um die Spannkraft seiner Sehnen zu versuchen. Aber hüt' dich, daß es nichts Ungescheutes ist.

Joseph maß ihn mit einem eben nicht achtungsvollen Blick von Kopf bis Fuß, und es hätte Händel gegeben, denn Paul war ein eben so hitzköpfiger, wie lustiger Bursche, wenn sich nicht Annette ins Mittel gelegt hätte.

Unterdessen räumte Manon daheim in der Hütte auf, und nachdem sie sich sonntäglich angezogen hatte, ging sie langsam auf der Alm umher, blieb bald an dem Rande eines Abgrundes stehen und schaute wie verloren hinab, bald stieg sie die Felsen hinan und ließ die Blicke über die Gletscher des Montblanc oder über das Rhonethal hingleiten, wo die Schlösser und Ruinen auf den beiden Bergkegeln bei Sitten wie lauteres Silber in der Sonne glänzten. Endlich setzte sie sich auf ein moosiges Felsstück am Bach, stützte den Kopf in die Hand und lauschte auf das Burbeln und Gur- geln des Wassers und das geheimnißvolle Poltern und Krachen des rastlos thätigen Trientgletschers in der Nähe. Sie hatte ihre eigene Art, wie der Vater gegen Joseph bemerkte. Diese Art zu verstehen, war freilich nicht dem Alten gegeben. Er liebte die Geselligkeit, Manon die Einsamkeit. Es war für sie ein Bedürfniß, zuweilen so ganz allein mit sich zu sein. Diese Einsamkeit, welche sie sich im Dorfe nicht verschaffen konnte, verlieh dem Sommeraufenthalt auf den Alpen einen mächtig lockenden Zauber; denn diese waren für sie nicht stumm und leblos. Thal und Höhe, Fels und Quell hatten für sie eine Sprache.

Was aber hörte ihr Ohr in den Tönen, welche die Natur rings um sie her belebten? Was las ihr Blick in der prachtvoll und großartig vor ihr aufgerollten Alpen- welt?

Sie hätte es wohl selber nicht sagen können, wenigstens nicht mit eigenen Worten. Aber in ihrem tiefen, von herber Erfahrung gereiften Gemüth, wurde da mancherlei lebendig; sie sah und hörte Dinge, die nach dem allgemeinen Glauben sonst nur Sonntagskindern vernehmbar sind. Da wurden die Geschichten und Märchen, die sie in früheren Jahren von dem Vater vernommen hatte, zu Fleisch und Bein. Da sah sie ihre Gestalten in den Felsblöcken und Dünsten der Tiefe, und hörte sie in Bach und Wind, in dem Einsturz der Gletscherpyramiden, in dem Fall der Lawinen murmeln, flüstern und seufzen, poltern und donnern. Sie vernahm, wie sie redeten und stritten, und was sie dachte und sann, hörte sie von den Lippen der Bergriesen und den holden,

weißen Frauen wieder. Dieselben erzählten ihr lange Geschichten und sangen ihr Lieder.

Wer Manon in ihrem goldblonden Haar und der großen
weißen Schürze, den Arm auf das Knie und den Kopf in
die Hand gestützt, auf dem bemoosten Stein am Bache sitzen
gesehen und gehört, wie sie, die blauen Augen auf's Wasser
gerichtet, halb laut und fast unbewußt eine sehnsüchtig,
schwermüthige Weise vor sich hinsang, der hätte sie wohl auch
für eine solche weiße Jungfrau halten mögen, welche junge
Bursche mit Liebe berückt und an die hundert Jahre in ihrem
wunderbar prächtigen Eispalast gefangen hält, daß sie Niemand mehr kennen und von Niemand mehr gekannt werden,
wann sie endlich in die völlig veränderte Heimat zurückkehren.
Aber es sah und hörte Manon Niemand, und solche schwermüthige Weisen flossen nur über ihre Lippen, wenn die
Geister der Einsamkeit um sie her ihr Wesen trieben.

Allmälig erstarb der Gesang auf ihren Lippen. Sie
dachte an den Bruder und ihr gestriges Gespräch mit dem
Vater. Hatte Paul Hebert wirklich Unrecht, wenn er Gaingratte's plötzlicher Großmuth eine geheime Absicht unter-
schob? Sie sann vergebens nach, worin dieselbe bestehen
könnte. Aber Gaingratte war kein Mann, der in Geldange-
legenheiten mit sich spaßen ließ, und nun war ihm der Vater
eine so große Summe schuldig geworden. Sie konnte die
Hoffnung nicht theilen, welche dieser auf seinen plötzlichen
Reichthum baute, und eine unheimliche Ahnung fröstelte sie
an. Ihr Kopf sank schwerer in ihre Hand, und ihre Stirn
zog sich in tiefere Falten.

Nach einer Weile fuhr sie rasch mit dem Kopf empor
und lauschte. Ihr war's gewesen, als ob in der Nähe Je-

mand geseufzt hätte. Sie war es selbst gewesen, ohne es zu wissen. Da sie nichts weiter hörte, stand sie auf. Die Scheitel des Montblanc glitzerten in den letzten Sonnenstrahlen. Das war die Zeit, um welche Manon ihre Geschwister zurückerwartete. Sie ging denselben langsam entgegen, indem sie hier röthlichen Baldrian, dort dunkelblauen oder goldgelben Enzian, zierliche Glockenblumen und weißen Helleborus zum stark duftenden Strauß pflückte. Bald gewahrte sie auch die Schaar der Ihrigen. Ein Mann war mit ihnen, und Manon schwankte einen Augenblick, ob sie nicht lieber umkehren sollte. Aber die Kinder hatten sie schon bemerkt und liefen ihr in die Wette entgegen. Sie blieb stehen. Der Mann, welcher mit ihren beiden älteren Schwestern langsamer nachkam, war Paul Hebert. Manon hörte ihn mit der muntern Annette scherzen und lachen, und so war er scherzend und lachend immer weiter von den Sennhütten fortgegangen, ohne daß es eigentlich seine Absicht gewesen wäre, die Mädchen nach Hause zu begleiten.

Du, rief Annette, ehe sie sich noch begrüßt hatten, Manon ein wenig boshaft zu, der Hebert glaubt, du seist aus Angst vor ihm nicht mit uns gekommen.

Ach, glaub' doch nicht — begann Dieser verlegen; aber seine Peinigerin fiel ihm rasch ins Wort:

So, hast du es nicht in meinem Beisein zu Joseph gesagt?

Nun ja, aber es war ja nur Spaß.

Und Spaß war's wohl auch, neckte ihn die unbarmherzige Annette, daß du gegen den Vater prahltest, alle Mädchen thäten dir schön? Sieh' nur, wie du mir nachgelaufen bist! Sie zeigte lachend nach den Sennhütten zurück.

Paul folgte ihrem Fingerzeig und schob seine Lederkappe

vom rechten aufs linke Ohr. Er war ganz roth vor Beschämung.

Manon hatte bei der Anklage, welche ihre Schwester gegen den jungen Burschen erhob, leicht die Farbe gewechselt, und als dieser jetzt etwas gedemüthigt zu ihr hinblickte, sagte sie ruhig: Es geschieht dir schon Recht, daß dich die Annette ausspottet. Du weißt am besten, daß ich dir weder ausweich', noch dir nachgeh'. — Ja, das weiß ich, versetzte er. Aber du weißt auch, daß, wenn mir so ein Spaß in den Mund kommt, gut oder dumm, so muß er heraus. Dafür bin ich bekannt!

Dafür bist du freilich bekannt, sagte sie ernst; und ist das schlimm genug, so ist's noch schlimmer, daß du dich dessen berühmst.

Ich berühm' mich ja nicht, rief er unmuthig.

Was thatest du denn? fragte sie. Wenn Einer seine Fehler kennt, so soll er sie ablegen und sich nicht damit entschuldigen, daß sie alle Welt kennt.

Na, sei wieder gut, bat er, ihr die Hand hinreichend.

Ich bin nicht bös', Hebert! antwortete sie, doch die Hand gab sie ihm nicht.

Woran soll ich's denn kennen, daß du es nicht bist, wenn du mir nicht einmal die Hand reichen magst? fragte er. Sonst nanntest du mich auch immer Paul!

Ich sag's dir ja, daß ich nicht bös' bin, antwortete sie ruhig.

Du bist kurios! lachte er. Ja, wenn man euch Frauensleuten alles glauben wollt', was ihr sagt!

Und was weißt du denn von uns Frauensleuten? fragte sie scharf.

Gleichviel! rief er. Du denkst wohl, sie sind alle wie du?

So? und wie sind sie denn? fragte Annette, indem sie beide Arme herausfordernd auf die Hüften stemmte.

Hebert blickte von der einen Schwester zur andern und lachend rief er der jüngeren zu: Spitzüngig sind sie und angeberisch wie du, da hast's! Und wenn die Manon Spaß verstehen wollt' und einmal lachen und lustig sein, gelt, es sagt's eben Jeder, die Manon ist doch die hübscheste von euch allen, und an die Annette denkt kein Mensch. Da hast's noch 'mal.

Gute Nacht! sagte Manon kurz und fast rauh, indem sie sich bückte und ihr kleinstes Schwesterchen auf den Arm nahm. Sie ging der Hütte zu.

Wart', das tränk' ich dir ein! drohte Annette dem Burschen.

Da müßt' ich wohl auch dabei sein! rief dieser. Gut' Nacht! und er sprang mit einem Jauchzer davon. Später, als alle zur Ruhe gegangen waren, sagte Annette, welche neben ihrer ältern Schwester lag: Ist doch wirklich ein hübscher Bursche, der Paul, mit seinem krausen Haar, und ich kann ihm nicht gram sein. Er ist auch gar so spaßig.

Manon schien bereits eingeschlafen. Sie antwortete nicht.

3.

Die Erndtearbeiten im Thale hatten begonnen, so daß es für Joseph ein Leichtes gewesen wäre, in dieser Zeit, wo jeder Arm willkommen ist, Beschäftigung zu finden. Er zog indessen vor, es noch eine Weile mitanzusehen. Man konnte es Joseph nicht abstreiten, daß er einen hellen Verstand hatte, und indem er es mitansah, sah er scharf genug; allein

der lange, geschäftige Müßiggang in dem bunten Soldaten-
rock hatte ihn für jede wirkliche Arbeit verdorben. Am liebsten wäre er wieder in auswärtige Kriegsdienste gegangen;
die Bundesregierung hatte jedoch in Folge der neapolitanischen
Rebellion ein Gesetz erlassen, welches alles Reißlaufen bei
strenger Strafe untersagte und damit dem ärgerlichen Schauspiel endlich ein Ende gemacht, die Söhne der Republik
überall für den Despotismus kämpfen zu sehen. So trieb
er sich müßig im Dorfe und in der Umgegend umher, erkor
die Schenken zu seinem Hauptquartier, und da die orbent-
lichen Leute vollauf zu thun hatten, so ließ sich über seinen
Umgang manches sagen, was eben kein Loblied gewesen wäre.

Seine Uniform hatte er endlich nothgedrungen gegen
einen bäuerlichen Anzug vertauscht, denn es war doch zu
verdrießlich, daß er sich außerhalb seines Heimatdorfes nicht
sehen lassen durfte, ohne die zudringliche Neugierde irgend
eines blaugrünen Landjägers befriedigen zu müssen. Sein
Soldatenkäppi aber legte er nicht ab. Die Leute sollten es
ihm auch äußerlich ansehen, daß er draußen gewesen war.
Er war stolz darauf, und machte es bei jeder Gelegenheit
geltend, daß er von der Welt ein Stück mehr gesehen hatte
als seine Umgebung.

Bescheidenheit war eben sein Fehler nicht, und beim Wein
prahlte er gern mit dem, was er draußen gesehen und gethan
hatte. Seine Zuhörer bewunderten seine Tollkühnheit, und
seine gleich den ritterlichen Vagabonden der Tafelrunde allzeit
bereite Schlagfertigkeit ließ keinen Zweifel an seinen italie-
nischen Händeln und Liebesabenteuern aufkommen. Es glomm
ein Feuer in seinen Blicken, namentlich bei Wein und Spiel,
das man am besten nicht weiter anfachte. Das Spiel liebte

er noch mehr als den Wein. Es war seine Hauptleidenschaft, und jedes war ihm Recht. Hatte er einmal die Karten oder die Würfel in der Hand, so gab es für ihn keine Zeit mehr. Er spielte mit auffallendem Glück, und besonders erwies sich das Fingerspiel, welches er von Italien einführte, als sehr gewinnreich für ihn. Er besaß darin eine Gewandtheit, daß es für den Gegner nur ein blindes Treffen war, wenn derselbe einmal die von ihm aufgehobenen Finger errieth, während er selbst höchst selten sich irrte.

Auf der Alp bei den Seinigen ließ sich Joseph in den nächsten Wochen nicht wiedersehen. Indessen wurde durch die Führer, welche mit Touristen über den Col de Balme nach Chamouny gingen, so manches von seinem Müßiggang, seinem Herumliegen in den Schenken, seinem Spielen und Händelmachen in Herbagéres bekannt. Diese Gerüchte, welche Manon durch die Frau des Sennen von La Croix wiedererfuhr, denn der Vater suchte sie seiner Tochter zu verheimlichen, trugen nicht dazu bei, das Verhältniß zwischen Bruder und Schwester freundlicher zu gestalten, als sich Joseph endlich wieder einmal blicken ließ. Manon stellte ihn wegen seines Lebenswandels zur Rede, und er erklärte ihr, er brauche keinen Vormund. Daß sie mit ihren Vorstellungen im Recht war, machte ihn nur um so störrischer. Ihrer Sorge um ihn spottete er; ihre Vorwürfe und Ermahnungen regten seinen Zorn auf. Bilde dir nicht ein, daß du mich unterkriegst, wie den Vater und die Andern! sagte er.

Vielleicht hätte sie mehr bei ihm ausgerichtet, wenn sie sanfter zu Werk gegangen wäre. Aber sie meinte, wie sie selbst es gewohnt war, so mußte auch jeder Andere und auch Joseph der Vernunft Gehör geben. Er mußte ja einsehen,

wohin dieses Leben führte, wenn sie es ihm nur recht ein-
bringlich vorstellte, und sie wußte nicht, wie sie ihn von ihrer
schwesterlichen Liebe überzeugen sollte, wenn er sie nicht aus
ihren Bemühungen um sein Wohl erkennen wollte. Bei aller
Tiefe des Gefühls lag etwas fast Männliches in ihrem Charakter. Seit dem Tode der Mutter war sie ja auch eigentlich der Mann in der Familie und mußte derselben mit Rath
und That vorstehen.

Joseph verschwor sich, daß er nie wieder seinen Fuß auf
die Alm setzen wollte, und doch kam er wieder. Und wieder
und wieder redete Manon, seines aufbrausenden Jähzorns
nicht achtend, in ihn hinein, aber alle ihre Vorstellungen,
Ermahnungen und Bitten blieben fruchtlos.

Das war ein großes Leid für die Arme. Des Bruders
liederliches Leben drückte sie, daß sie sich vor Niemand blicken
lassen mochte, und so führte sie, bis die Wildheuernbte begann, ein völlig einsiedlerisches Leben. Ihre Geschwister gingen jeden Sonntag nach Herbagères zum Vater; sie begleitete
dieselben nie, wie doch zuweilen in frühern Jahren. Sie
blieb droben allein mit ihren traurigen Gedanken und Träumen. Nur die Frau des Sennen kam zuweilen herauf zu
ihr. Es war eine gutmüthige, doch eben nicht weitsichtige
Frau, die auf Manon große Stücke hielt. Sie konnte sich
wohl denken, warum Manon in diesem Jahr so einsiedlerisch
lebte und immer so traurig war, und suchte dieselbe zu
trösten.

Deine Schuld ist's nicht, wenn der Joseph ein Taugenichts ist, sagte sie unter anderm. Wer dich kennt, wird's
dich nicht entgelten lassen. Du bist brav, das weiß Jeder.

Manon seufzte. Ich denk' zuweilen an die Annette, sagte

sie. Die Burschen können sie wohl leiden, denn sie ist ein
munteres, hübsches Ding. Dir kann ich ja das schon sagen,
obgleich sie meine Schwester ist. Aber ein rechtschaffner
Bursch wird's nie ernst mit ihr meinen, wegen des Joseph;
er kann's kaum. — Freilich, das wär' schlimm! entgegnete die
Frau. Aber ich weiß Einen, der sich doch nicht daran stößt.
Das ist der Hebert. Wenn die Annette Sonntags drüben ist,
da giebt's ein Geneck zwischen den Beiden; du solltest's nur
einmal sehen und hören. Und da hast Recht! Ein hübsch
Ding ist die Annette geworden, es ist zum Verwundern, und
der Paul weiß, was hübsch ist.

Manon war bis über die Stirn roth geworden, während
die Frau so sprach, und sie wandte das Gesicht ab, um ihr
Erröthen zu verbergen. Die Frau merkte auch nichts und
sprach von andern Dingen. Als sie weggegangen war, stand
Manon noch lange auf derselben Stelle und starrte vor sich
hin. Dann strich sie seufzend mit der Hand über die Stirn,
als wollte sie ihre Gedanken wegwischen.

Paul war seit jenem Sonntagabend nicht mehr heraufgekommen. Um so mehr hatten Manon's Schwestern ihr von
ihm erzählt. Danach mußte es in der That an den Sonn-
tagen gar munter zu Herbagères hergehen. Wie konnte es
auch anders sein, da Paul ein Bursche war, dem der Himmel immer voll Geigen hing? Er sprudelte von Lust und
Leben, und wenn er je an die Zukunft dachte, so schien es
nur um der Frage willen zu geschehen: wie werden wir uns
morgen lustig machen? Dabei war er ein fleißiger, tüchtiger
Senne. Uebrigens hatte Annette Recht, wenn sie ihn einen
hübschen Burschen nannte. Von mittler Größe, mehr gewandt als kräftig, konnte er mit seinem krausen Haar, sei-

nen bunkeln, vor Lebenslust blitzenden Augen, seinen vollen, rothen Lippen den Mädchen wohl gefallen.

Manon sah ihn nicht eher wieder, als bis sie mit dem ersten Wildheu nach Herbagères kam, wo dasselbe in den dortigen Stabeln vorläufig aufbewahrt wurde. Die Lederkappe schief auf das schwarze lockige Haar gedrückt, kam er pfeifend heran, wie sie im Begriff stand, wieder fortzugehen.

Ja, bist du's denn, oder dein Geist? fing er an.

Beides! versetzte sie.

Na, ich würd' mich auch vor dir nicht fürchten, selbst wenn du ein Gespenst wär'st, lachte er, sich an die Thür des Schobers lehnend. Aber es freut mich, daß du noch lebst. Ich wollt' schon eine Seelenmesse für dich lesen lassen; nun kann ich mein Geld sparen.

Das thäte dir auch noth! entgegnete sie und wollte fort.

Was läufft denn? rief er etwas gereizt. Bin ich's denn nicht werth, daß du ein Wort mit mir sprichst!

O ja, schon! gab sie zurück. Ich mein' nur, es liegt dir eben nichts d'ran.

Das ist nicht wahr! versetzte er.

Wenn's nicht wahr ist, sagte sie, warum hast denn die ganze Zeit nicht einmal nach mir gefragt? Ist es doch nicht weiter von hier bis oben hinauf, als umgekehrt!

Ich wär' schon einmal mit deinem Vater hinaufgekommen, entschuldigte er sich, aber ich konnt' nicht abkommen.

Brauchst nicht zu lügen! erwiderte sie. Ich weiß nicht seit gestern, daß du dir nichts aus mir machst. Damit grüßte sie die Sennin, die herangetreten war, und ging dann fort.

Es ist doch gut, daß es wenigstens Eine unter den Mädchen giebt, die dir nicht den Kopf verdreht! lachte die Sennin.

Paul zuckte verächtlich die Schultern; allein es gelang ihm nicht, unter dieser Geberde seinen Verdruß ganz zu verbergen. Manon war ihm allerdings gleichgültig; allein was die Sennin an ihr rühmte, das eben reizte ihn. Die Mädchen gaben es ihm deutlich genug zu verstehen, daß er ihnen gefiel. Sie verhätschelten ihn; aber ihm selbst waren alle recht, vorausgesetzt, daß sie hübsch waren und er einen Spaß mit ihnen treiben konnte. Nur Manon, und sie war wahrlich nicht die Häßlichste, bequemte sich nie dazu, seiner Eitelkeit auch nur im Geringsten zu schmeicheln. Sie war im Gegentheil gegen ihn viel schroffer als gegen andere junge Bursche, und was er einen Spaß nannte, dazu gab sie sich nie her. Durfte er sich in seinem Uebermuthe manches ungestraft gegen andere Mädchen herausnehmen, so litt sie von ihm kein unebenes Wort. Das hatte ihn schon manches Mal in der Stille geärgert, und weil er sich gestehen mußte, daß sie klüger sei, als die meisten andern Mädchen, die er kannte, so hielt er sie im Grunde seines Herzens für etwas hochmüthig und bei ihrem ruhigen, ernsten Wesen für kalt. Es war gerade seine Sache nicht, sich den Kopf mit Nachdenken zu zerbrechen, und Manon war nicht leicht zu kennen, weil sie sich nicht darum kümmerte, das auch zu scheinen, was sie war.

Manon kehrte an ihr Geschäft zurück, und es war erstaunlich, mit welcher sichern Gewandtheit die hohe, kräftige, schlanke Gestalt mit aufgeschürzten Gewändern an den Felsen hinkletterte, auf den schmalen, abschüssigen Grasplätzen

fußte, das an Ort und Stelle getrocknete Heu in ein Netz
von Stricken schnürte und sich mit der schweren Last auf
dem Kopfe emporschnellte, oder dieselbe, wo es unmöglich
war, sie fortzutragen, die Felsen nach einer besser zugänglichen
Stelle hinunterwarf. Nächst der Gemsjagd ist unstreitig
das Wildheuen das waghalsigste Geschäft und wie jene für
starke Gemüther von verlockendem Reiz und Poesie; und
Manon empfand dieselben in vollstem Maße. Sie hätte
ihr schweres, gefährliches Handwerk gegen kein anderes in
der Welt vertauscht. Wann sie, während die Firnen umher
im rosigen Licht des Morgens glühten, auf dem schmalen
Vorsprung oder Absatz einer Felswand, dem Riffe, das nur
das Grattthier zu beweiden wagt, mit ihrer Sense stand
und das vom Thau perlende Wildgras unter ihrem roth
blinkenden Eisen zischend dahin sank, dann fühlte sie sich
frei und leicht wie ein Vogel. Es klang ihr wie die schönste
Musik, wann der Vater, Annette und sie zugleich im Takte
die Sensen schärften. Der Duft des frischen Heues hatte
etwas Berauschendes für sie, wie das wechselnd wogende
Farbenmeer, über dem sie gleichsam schwebte. Hier kam ihr
auch wohl ein heitereres Lied in den Sinn, dann stimmte
Annette ein, und auch der Vater sang mit. Hielten sie dann
im Schatten eines Felsblocks Mittagsrast, zu ihren Füßen
die Thäler in sonnigblauem Duft, dann lockte der jüngern
Schwester Munterkeit auch wohl der ernsten Manon ein
Lächeln ab. Ja, sie konnte auch lachen; nirgend wie hier,
im steten Angesicht der Gefahr, machte sich ihre Jugend in
solcher Vollkraft geltend.

In diesem Sommer freilich war es anders, und Annettens
rosigste Laune ging für sie verloren. Des Bruders Leben und

Treiben lag wi· eine dunkle Wolke über allem, und ihre
Brust wurde von Gedanken beklemmt, die sie nicht auszu-
denken wagte. Von dem Ansehen und Einfluß des Vaters
auf Joseph war nichts zu hoffen. Er war gegen Joseph
immer schwach gewesen, jetzt fürchtete er ihn, so daß er ihm
aus dem Wege ging, wenn er konnte.

Eines Tages, als ihn der Alte kommen sah, schlich er
sich hinter den Sennhütten davon und eilte nach der Stelle,
wo Manon arbeitete. Es war dies eine kleine Felsplatte,
abschüssig wie das Dach eines Hauses, welche nur dreißig
bis vierzig Fuß unterhalb des Thalrandes vorsprang. Manon
kam eben mit einem Netz voll Heu auf dem Kopfe langsam von dort heraufgestiegen. Sie war heut besonders trübe
gestimmt, denn es knüpften sich die traurigsten Erinnerungen an diesen Tag und jene Stelle. Sie seufzte, als sie
völlig heraufgekommen des Bruders Ankunft erfuhr.

Es wär' vielleicht besser, Vater, sagte sie, wenn du dich
fester gegen den Joseph zeigtest.

Was willst? versetzte er kleinlaut, er ist doch einmal
mein Sohn.

Ein traurig mitleidiger Blick auf den Alten war ihre
Antwort. Wie sie ihren Weg fortsetzen wollte, sah sie Joseph
herankommen. Sie warf ihre Last auf den Boden und blieb
den Bruder erwartend stehen. Auch der Vater sah ihn.
Sei nicht harsch gegen ihn, Manon! rief er, und verschwand
zwischen den Felsen.

Joseph kam langsam herangeschlendert und schon von
weitem rief er lachend: Ich will erschossen sein, wenn der
Alte nicht vor mir reißaus nimmt.

Wenn's so ist, sagte die Schwester, als er bei ihr war,

so ist's wahrlich nicht zum Lachen, daß ein Vater vor seinem eignen Sohne Angst hat. — Was schaffst?

Wunderliche Frage das! versetzte er, sich auf das Heubündel gemächlich niederlassend. Wäre dir wohl am liebsten, wenn ich gar nicht mehr nachsähe, ob noch keinen von euch der Teufel geholt hat?

Es ist lieb von dir, daß du noch zuweilen an uns denkst! entgegnete Manon leise.

Er sah sie spöttisch an und sagte: Hat sich was mit lieb; ist eitel Neugierd'.

Manon seufzte, und beide schwiegen einen Augenblick. Dann murrte er, seinen Stock auf den Stein stoßend: Bin aber ein Narr, daß ich noch heraufkomm', um die sauren Gesichter zu sehen.

Und wessen Schuld ist's, Joseph, daß wir nicht freundlich darein blicken können? fragte sie mehr klagend als vorwurfsvoll. Er aber grollte mit erwachendem Zorn, ob das Schulmeistern schon wieder losgehe? Manon schüttelte traurig den Kopf und schwieg. Nach einer Weile sagte sie sanft:

Wenn du's nur einmal denken könntest, daß ich deine Schwester bin, Joseph.

Kann's schon! versetzte er, sie groß ansehend.

Daß ich nicht um meinetwillen sprech', Joseph, fuhr sie fort, daß ich nur an dich denk', wie's eine Schwester nicht anders kann. Um Gottes Barmherzigkeit willen, Joseph, sag' mir: hast denn bei dir selbst nie gedacht, wohin es mit dir kommen soll bei dem Leben?

Bei dem Leben? wiederholte er. Gefällt mir ganz gut, dieses Leben. Wär' ein Narr, mich abzuquälen, so lang' ich's nicht nöthig hab! Ist Zeit genug daran zu denken,

wenn es so weit ist. So viel Grütz' wie die Andern hab'
ich wohl auch im Kopf, und was mehr, denk' ich.

Ja, d'rauf pochst du, rief sie, und damit gehst zu Grund.

Wenn's nur lustig geht, meinte er, und lustig genug
geht's alle Tage.

O, Joseph! Joseph! klagte sie, du rühmst dich deines
lustigen Lebens, deines Spielens und Raufens, und ich
möchte vor Scham in die Erde sinken. Aber freilich, setzte
sie bitter hinzu, was machst du dir daraus, wenn du unsern
ehrlichen Namen in Schande bringst?

Schweig still! brauste er drohend auf.

Ich kann nicht still sein! entgegnete sie und bat ihn
mit gefalteten Händen, sie doch nur einmal ruhig anzuhören.
Sie zwang sich, so wenig harsch als möglich zu reden, und
mit Thränen in den Augen stellte sie ihm eindringlichst vor,
wie sein Leben ihn und sie alle ins Unglück stürzen müßte.
Er unterbrach sie mit einem wilden Fluch, indem er von
seinem Sitz aufsprang. Nimm dich in Acht, schrie er wüthend,
oder es giebt noch zuvor zwischen uns beiden ein Unglück!

Da faßte sie ihn wie mit einem eisernen Griff am
Handgelenk. Komm mit, murmelte sie, bleich wie der Tod,
ich will dir etwas zeigen, und nachher magst thun, was du
willst.

Sie riß ihn mit sich an den Thalrand und auf die ab-
schüssige Platte weisend, von der sie zuvor heraufgekommen
war, sagte sie mit zuckender Lippe: Dort war's, Joseph,
wo unsre Mutter hinabstürzte, und heut ist ihr Sterbetag.
Es kann kein größeres Unglück für mich geben, als daß ich
jetzt sagen muß: wohl ihr, daß sie es nicht an dir erlebt
hat, welch ein verlorener Mensch du bist!

Sie ließ seinen Arm los, ging zurück, nahm ihre Last wieder auf und entfernte sich.

Joseph stand betroffen und starrte auf den verhängniß-vollen Felsenvorsprung. So stand er eine lange Zeit; dann ging auch er — nach dem Wirthshaus auf dem Col de Balme.

Wein her! schrie er in der leeren Trinkstube und schlug mit der Faust auf den Tisch, daß er krachte. Der Wirth, der ihn schon kannte, brachte zwar das Verlangte, stellte ihm aber die Flasche nicht eher hin, als bis er Bezahlung erhalten hatte. Was hast denn? fragte er, das Geld einsteckend. Siehst ja aus, als wenn dir das Wetter den Weinberg ver-hagelt hätte!

Joseph, der ungewöhnlich bleich war, sah ihn mit unheim-lich finstern Augen an. Ist heut meiner Mutter Sterbetag, sagte er dumpf. Hab's just erfahren; muß doch ihr Gedächt-niß feiern. Er schlug eine kurze wilde Lache auf, daß sich der Wirth mit einem unheimlichen Gefühl davon machte. Joseph schenkte sich ein und leerte das große Glas auf einen Zug. Dann stützte er beide Ellbogen auf den Tisch, den Kopf in die Hände, und starrte finster und unverwandt auf die Flasche. Manon's Worte im Angesicht der Unglücksstätte hatten ihn erschüttert, und seine rohe Aeußerung gegen den Wirth half ihm nicht darüber hinweg. Es gab doch noch einen Flecken in seiner Seele, den das Unkraut seines wüsten Lebens noch nicht vollständig überwuchert hatte, Manon's Furchtlosigkeit vor ihm, der sich etwas damit wußte, daß die Menschen vor ihm Angst hatten, hatte ihm immer, wenn auch uneingestandenermaßen, imponirt, und es war dies einer der ihm unbewußten Gründe, die ihn stets von Neuem nach der Sennhütte zogen. Aber es war noch etwas anderes

mit im Spiele, was er sich bisher ebensowenig gestanden hatte.
Die Aehnlichkeit der Schwester mit der verstorbenen Mutter.
Manon's Energie, mit der sie ihn an den Rand des Abgrundes riß, der Klang ihrer Stimme, ihre ganze Erscheinung, weckten in ihm plötzlich die Erinnerung an die Todte,
als deren offenes Grab ihm der Abgrund entgegen gähnte.
Es war ihm, als hätte er die Stimme der Mutter gehört,
und es war ein eigener Zufall, daß das letzte Wort, welches
er aus deren Munde vernommen, bevor er die Heimat verlassen, ihn gleichfalls einen verlorenen Menschen genannt
hatte. Aber er sträubte sich gegen die Erinnerungen und
Gedanken, die in ihm wach wurden. Sie quälten ihn, und
er suchte sie mit dem Wein hinwegzuspülen. Es war das
schlechteste Mittel, das er hätte wählen können: der Wein
schärfte sein Gedächtniß. Die Gestalt der Mutter trat immer
deutlicher vor sein geistiges Auge, er hörte sie ihn schelten,
wie sie den wilden Buben gescholten hatte, es war ihm, als
ob er Manon's Vorwürfe und Vorstellungen über sein wüstes
Leben aus ihrem Munde vernähme, und er sah immer ihr
Auge voll trauernder Liebe und Schmerz auf sich gerichtet.

Er rief nach mehr Wein. Mit dem Wirth traten drei
Männer herein, die sich, da es in der Stube nur einen langen Tisch gab, an dessen unteres Ende, der Thüre zunächst,
setzten. Es waren Sennen von der savoyer Seite. Joseph
achtete ihrer nicht; sie aber sahen ihn scharf an und winkten
einander mit den Augen zu, worauf sie angelegentlich mit
einander zu flüstern begannen. Dann tranken sie stumm
ihren Wein, nur von Zeit zu Zeit nach dem brütenden
Joseph hinüberschielend. Wohl eine halbe Stunde lang hörte
man in der Stube nichts als das Summen der Fliegen und

das Klappen der Gläser, wenn sie von den Trinkern auf den Tisch gesetzt wurden.

Inzwischen wurde es Abend. Da trat noch ein vierter Gast in die Stube. Er stutzte, als er Joseph's ansichtig wurde. Auf einen Wink der andern Drei setzte er sich zu ihnen, und wieder begann das Flüstern, wobei mancher Blick auf den achtlosen Joseph fiel. Nach einer Weile gingen alle Vier hinaus.

Joseph schaute wohl nach der Thüre, als dieselbe knarrend hinter den Fortgehenden zufiel, aber nur sein Ohr vernahm den Ton; sein Geist hörte ihn nicht. Er stürzte wieder ein Glas Wein hinunter. Wenn er nur jenem Blick hätte ausweichen können, der fortwährend auf ihn gerichtet war. Derselbe war so sanft und traurig, und doch stach er ihn wie Dornen und zwang ihn, sich selber sein vergangenes Leben, aber ohne Prahlerei und Schminke, zu erzählen. Er wollte nicht, aber er mußte, und er knirschte wild und wüthend mit den Zähnen, daß er es mußte. Auch jene Scene in der römischen Schenke wurde wieder lebendig, und es war ihm doch, als ob er den Hieb nach dem kleinen Tambour geführt hätte. Bestimmt wußte er es nicht; allein ihm war doch so, als ob er es gewesen wäre. Ihn hatte zumeist die verliebte Zudringlichkeit des kleinen Marseillers verdrossen, und er hätte jetzt viel darum gegeben, wenn er gewußt hätte, was aus dem armen Teufel geworden war. Er trank und stieß das Glas heftig auf den Tisch. Zum Henker, rief er ingrimmig, kann denn ein Mensch nicht mehr trinken, ohne daß ihm solche Dummheiten wieder einfallen? Aber es wäre doch besser gewesen, Joseph, raunte ihm eine Stimme zu, du hättest solche Dummheiten unterlassen; es

wäre beffer gewesen, du wär'st nicht unter die Soldaten
gegangen! Er stöhnte, und es tauchten allmälig reinere
Bilder vor ihm auf, Bilder aus seiner Knabenzeit. Er
wollte sie in störrischem Trotz weglöschen, aber sie wurden
nur um so deutlicher. Namentlich ging ein Bild hell vor
ihm auf. Er sah sich und Manon an den Knien der Mutter stehen, während Annette auf deren Schooß saß. Sie
waren alle drei noch kleine Kinder, und die Mutter hatte
ein kleines silbernes Crucifix in der Hand und erzählte ihnen
von dem Manne, der da an das Kreuz geschlagen war.
Das Bild stand so hell vor Joseph, wie er manches Altar-
bild in Rom und Neapel gesehen, vor dem zahlreiche Kerzen
brannten. Er ließ wie gebrochen den Kopf auf den Tisch sinken.

Stimmengemurmel, Lachen und Gesang riefen ihn in
die Gegenwart zurück. Er fuhr auf; es war völlig dunkel
in der Stube. Er stand auf, um fortzugehen, aber er konnte
nicht hinaus; die Thüre war verschlossen. Er rüttelte an
derselben und pochte; allein Niemand schien ihn zu hören,
und unterdessen erscholl das Getöse der Stimmen, das Lachen
und Singen immer näher. Joseph ging ans Fenster; doch
war draußen nichts zu erkennen, und wüthend über seine
Gefangenschaft, die er sich nicht erklären konnte, begann er
mit Faust und Fuß gegen die Thüre zu donnern, daß das
ganze hölzerne Gebäude erzitterte. Plötzlich ward es draußen
still, und bald darauf erscholl auf dem Gange die Stimme
des Wirths: Halloh, rief er, ich komm' schon; macht doch
nicht solchen Höllenlärm! Der Schlüssel wurde gedreht, und
der Wirth trat mit einem Lichte in der Hand auf die Schwelle.
Das verdammte Schloß, sagte er ärgerlich; immer schnappt's
von selbst zu, wenn Einer die Thür' zuwirft.

Joseph murrte etwas in den Bart, was eben nach keiner Schmeichelei für den Wirth und seine schlechten Schlösser klang, und dieser rief ihm zu, er möge jetzt heimgehen; er selber wolle zu Bett und müsse das Haus schließen. Joseph folgte ihm, indem er sich nach der Ursache des Lärms erkundigte, den er zuvor draußen gehört hatte.

Was weiß ich und was kümmert's mich? entgegnete der Wirth, indem er ihn ins Freie ließ und dann hinter ihm die Hausthür verriegelte.

Joseph sah sich draußen überall um; aber kein menschliches Wesen war zu entdecken. Indessen bemerkte er, daß auf der Nordseite des Hauses aus einem der Fenster Licht schimmerte. Anfänglich glaubte er, dasselbe käme aus einem der Fremdenzimmer. Wie er aber näher ging, fand er, daß es aus der Trinkstube kam, die er eben verlassen hatte, und zugleich vernahm er dort auch lachende Stimmen. Die Stube lag über dem Kuhstall, und so war das Fenster zu hoch, um von draußen hineinsehen zu können. Aber Joseph hörte, wie der Wirth Ruhe gebot. Trinkt, so viel ihr wollt, hörte er ihn rufen, aber seid still und weckt mir nicht meine Gäste auf! Hast Recht! ließ sich in der hierauf eintretenden Stille eine andere Stimme vernehmen; aber ein Spaß war's doch, daß sich der Brisar von uns einschließen ließ, ohne etwas zu merken! Ein allgemeines Gelächter folgte.

Joseph schwoll die Galle. Also absichtlich war er eingeschlossen worden, gleichviel zu welchem Zweck, und er eilte auf die entgegenstehende Seite des Hauses, wo sich im Erdgeschoß die Küche befindet, die durch eine schmale Treppe mit dem obern Stockwerk in Verbindung steht und deren Thüre unmittelbar ins Freie führt. Joseph wollte dort hinein, ohne zu bedenken, daß er es, nach den Stimmen zu schließen, mit mehr als einem Gegner zu thun haben würde. Die Thüre war indessen verschlossen, und sein Rütteln an derselben blieb vergebens. Dieser Umstand kühlte seinen Zorn keineswegs ab. Er lief wieder zurück, nahm einen Stein von der Erde auf und warf ihn nach dem erhellten Fenster. Klirrend zersprang eine Scheibe desselben. Zugleich schrie er: Kommt heraus, wenn ihr Muth habt! Ich will euch lehren, mich einschließen! Droben erlosch das Licht, und dem Gesumme der Stimmen, welches eben noch vernehmbar gewesen, folgte eine Todtenstille. Joseph erwartete, seine Gegner aus dem Hause kommen zu sehen, und fester faßte er seinen Stock, ohne den er nie einen Schritt that. Allein es kam Niemand; aus der Stube aber rief eine Stimme: Wart nur, du Horcher und Herumtreiber; wir werden dir den Stein schon heimgeben!

Haben's schon! rief eine andere Stimme, worauf ein allgemeines Gelächter folgte.

Wenn ihr Murmelthiere nicht herauskommen wollt, schrie Joseph wüthend zurück, so werd' ich euch herausräuchern! und er ließ seinem ersten Wurf einen zweiten und dritten folgen. Doch die savoyischen Murmelthiere schienen aus ihrem Schlaf der Langmuth nicht aufzurütteln zu sein; in der Stube oben blieb alles still, und Joseph mußte sich, nachdem er noch eine Weile gewartet hatte, unverrichteter Sache entfernen. Die vermeintliche Feigheit seiner Gegner verwünschend, ging er nach Herbagères, wo er sein Nachtlager in einem der Heuschober nahm.

Der Zweck, zu welchem man ihn in der Schenkstube eingeschlossen hatte, sollte Joseph schon am folgenden Morgen deutlich werden. Als er von seinem improvisirten Nachtlager etwas spät aufgestanden war, fand er die Sennen von Herbagères aufgeregt beisammenstehen. Der Stein, welcher die Grenze ihrer Alpen gegen die von Savoyen bezeichnete, und welcher in Uebereinstimmung der Regierungen von Sardinien und Wallis aufgerichtet worden, war während der Nacht von seiner ursprünglichen Stelle verschwunden und wohl an dreißig Fuß rückwärts auf walliser Gebiet versetzt worden. Für Joseph war's eben nicht schwer, die Thäter zu errathen, die ihn offenbar nicht zum Zeugen gegen sich hatten haben wollen, und darum auch seine Herausforderung unbeachtet ließen.

Sie sind nicht dumm, äußerte Vater Brisar, nachdem Joseph sein Abenteuer berichtet hatte. Es ist fast das beste Stück Weide, das sie uns auf diese Art abschwindeln wollen.

Wir wollen ihnen den Appetit nach unserm Land schon vertreiben, rief Joseph und rieth, den Stein sofort an seine frühere Stelle zu versetzen, da dieselbe, nach Heberts Versicherung, welcher den Einbruch der savoyer Hirten entdeckt hatte, noch kenntlich sei. Sie war nur oberflächlich mit Steinen und Erde zugeschüttet worden. Man fand Josephs Rath zwar gut, allein der Obersenne von La Croix gab zu bedenken, daß die Savoyer sich widersetzen würden. Wir ragen nicht gegen sie, sagte er kopfschüttelnd; es sind ihrer wohl doppelt so viel als wir!

Joseph erbot sich, die Landsleute von den nächsten Sennhütten aufzurufen. Wollen die Murmelthiere und Leierkasten nicht Fried' halten mit uns, so sollen sie schweizer Hiebe kennen lernen! Wollen ihnen ein Stück aufspielen, daß sie ihr Lebtag danach tanzen und pfeifen sollen.

Josephs Vorschlag wurde mit allgemeinem Beifall aufgenommen. Er machte sich auch sofort nach den benachbarten
Sennhütten auf den Weg, und gegen Abend waren ein
zwanzig nacktarmige, stämmige Bursche in Herbagères versammelt, um mit tüchtigen Knütteln die Grenzen des Vater-
landes zu vertheidigen. Joseph war in seinem Element, und
seinen Eichenstock schwingend, stellte er sich an die Spitze
des Zuges, welcher den Grenzstein unter Singen und Jubeln an seine frühere Stelle zurücktrug. Während Einige
das alte Lager des Steins wieder aufgruben, stellte Joseph
die Andern in Fronte gegen die Grenze auf, um sofort auf
einen etwaigen Angriff gefaßt zu sein. Er irrte sich auch
in der Voraussetzung eines solchen nicht; denn die Grube
war noch nicht fertig, als die Savoyarden in einer den
Schweizern gleichen Stärke, mit Hurrah von dem Sattel
heruntergestürmt kamen, in dem das Wirthshaus liegt.

Drauf! drauf! commandirte Joseph, und warf sich mit
seinen Landsleuten den Angreifern entgegen. Die Stöcke
und Knüttel sausten und krachten. Auch die Gräber griffen
zu ihren Waffen und stürzten sich in das Kampfgewühl.
Einen Augenblick schien es, als ob die Schweizer den Kürzern ziehen sollten; denn ihre Gegner kamen auf sie den
Abhang herabgeschossen, wodurch die Wucht ihres Anpralls
verstärkt wurde. Doch das Gleichgewicht stellte sich schnell
wieder her.

Hoch die Schweiz! donnerte Joseph, indem er seinen
Eichenstock um sich sausen ließ. Seine Landsleute jauchzten
seinen Ruf nach, und heißer wurde der Kampf. Da setzte
es von beiden Seiten wuchtige Hiebe, daß die Spuren davon
noch wochenlang nachher sichtbar blieben. Joseph, welcher

durch seine Größe alle übrigen Ueberragte, befand sich in dem dichtesten Gewühl. Die savoyer Sennen hatten es offenbar zunächst auf ihn abgesehen, während er vor allen Dingen nach denen ausschaute, die er am gestrigen Tage in der Schenkstube gesehen hatte. Doch er hatte zu wenig Acht auf dieselben gegeben, um sie mit Sicherheit wieder zu erkennen, und so mochten seine kräftigsten Streiche wohl Manchen treffen, dem sie im Grunde nicht zugedacht waren. Er schlug aber mit solchem Nachdruck zu, daß es immer öder um ihn ward, und da seine Landsleute auch nicht das Mark ihrer Arme schonten, so wälzte sich das Gefecht immer mehr dem Col de Balme zu und löste sich endlich von Seiten der Savoyarden in den schleunigsten Rückzug auf.

Joseph hielt die Seinigen von einer weitern Verfolgung des Feindes ab. Ein dreimaliges Hurrah auf der Walstatt verkündete ihren Sieg, worauf sie an die Grenze zurückkehrten und den Markstein an seiner alten Stelle wieder einsetzten. Auch diese That feierte ein dreifaches Hurrah, von dem die Berge wiederhallten.

Der Sieg war errungen; aber Joseph wußte besser, als mancher Feldherr, daß kein Sieg etwas nützt, der nicht auch behauptet wird. Deshalb widersetzte er sich dem Vorhaben seiner Genossen, nach gethaner Arbeit heimzukehren. Er stellte ihnen vor, daß ihre Gegner wiederkommen und ihren Erfolg zu Schanden machen würden, wenn sie sich entfernten. Die Schaar lagerte sich daher im Grase, mit Lebhaftigkeit die begangenen Heldenthaten durchsprechend, während die Einen ihre blutenden Köpfe verbanden, die Andern ihre Beulen besichtigten. So lagerten sie bis nach Mitternacht im Sternenschein auf dem tapfer behaupteten Schlachtfelde.

Die Sennen von Savoyen ließen sich in dieser Nacht nicht mehr blicken; dafür kamen sie gegen Sonnenuntergang des folgenden Tages wieder. Joseph, der etwas der Art erwartet, hatte seine Leute hinter dem Grenzstein in Schlachtordnung gestellt. Wie Tags zuvor, so kamen die Savoyarden auch jetzt mit Hurrah den Abhang heruntergeeilt; als sie aber ihre Gegner sie ruhig auf walliser Gebiet erwarten sahen, machten sie vor dem Grenzstein Halt, schwangen ihre Knüttel und forderten die Schweizer zum Kampfe heraus. Diese gaben indessen ihre vertheidigende Haltung nicht auf. Nehmt doch den Stein heraus, ihr Maulhelden! riefen sie zurück. Hin und her flogen die homerischen Kraftausbrücke. Da sich die Schweizer aber nicht aus ihrer Stellung herauslocken ließen, so gingen die Savoyarden endlich, von dem Hohngelächter ihrer Gegner verfolgt, zurück.

Nun kommen sie wohl nicht wieder, meinte einer von den schweizer Sennen.

Joseph schüttelte jedoch bedenklich den Kopf. Sie lassen's nicht, bis wir's ihnen gehörig eingesalzen haben, äußerte er, und ließ sich von den Sennen versprechen, daß sie auch noch den folgenden Tag, sobald sie ihre Geschäfte abgethan hätten, nach Herbagères kämen.

Diesmal schien sich Joseph in seiner Voraussetzung getäuscht zu haben, denn die Sonne sank hinter den Alpen hinweg, ohne daß der Feind sich zeigte. Die Sennen verließen daher mit einbrechender Dunkelheit den Plan.

Plötzlich, es mochte gegen eilf Uhr sein, erschienen die Savoyarden mit großem Geschrei bei den Sennhütten von Herbagères; aber ihre Herausforderung blieb unbeantwortet, und kein Gegner zeigte sich. Hierdurch sicher gemacht, zogen sie nach dem Grenzstein zurück, den sie, ihre Knüttel bei Seite legend, mit manchem Spott über die kurzsichtigen, dummen Tölpel von Schweizern aus der Erde zu reißen begannen.

Allein Joseph war kein solcher Tölpel. Hi Wallis! hi Wallis! scholl es plötzlich in ihrem Rücken, und ehe sie noch zu ihren Waffen greifen konnten, fielen die Schläge der Schweizer wie Hagel auf sie. Joseph hatte mit seinen Landsleuten, nachdem sie den Plan verlassen, an dem Abhang gelagert, der sich rechts von den Sennhütten bis in die Nähe des Balmepasses hinzieht. Die Nacht und die Schatten des Abhanges hatten sie dort völlig vor ihren Gegnern verborgen. Bei ihrem plötzlichen Hervorbrechen von dort geriethen die Savoyarden in Verwirrung. Sie faßten sich indessen schnell wieder, und Hi Wallis! und Nieder mit den Schweizern! klang es hüben und drüben durch die Nacht, und wieder tobte der Kampf bei dem Markstein.

Ein Theil der savoyer Sennen hatte bei dem Ueberfall Stöcke und Knüttel im Stiche lassen müssen, sie gingen mit den bloßen Fäusten auf ihre Gegner los, suchten ihnen ihre Waffen zu entreißen, rangen mit ihnen, würgten sie. Es war ein unbeschreibliches Gewühl, ein Stürzen und Wiederaufspringen, ein Schreien, Fluchen, Stöhnen, Aechzen, Krachen; auch geschah es wohl, daß in der Dunkelheit Freund an Freund gerieth und mit ihm handgemein wurde. Joseph's Donnerstimme übertönte das Toben. Hi Wallis! drauf! drauf! schrie er unaufhörlich, und jeder Ruf war zugleich ein Schlag. Wie tapfer die Savoyarden sich auch zur Wehr setzten, sie wurden weiter und weiter zurück den Sattel hinaufgedrängt. Dort versuchten sie bei dem Wirthshaus Stand zu halten, allein die Ueberlegenheit der Bewaffnung auf Seiten der Schweizer war zu groß, und nach einem letzten heißen Kampf flohen die Savoyarden ihren Sennhütten zu.

Na, ich denk', diesmal haben wir ihnen das Wiederkommen versalzen! rief Joseph, als der Sieg entschieden war.

Du bist aber auch ein Teufelskerl! scholl ihm das Lob der Kameraden entgegen.

Bah! erwiderte er, bin schon dabei gewesen, wo es schärfer herging. Aber heiß war's doch! setzte er hinzu, sich die Stirn trocknend. Mir klebt die Zung' am Gaumen!

Mir auch, rief Paul Hebert. Wenn wir nur Wein hätten!

Hast Geld? fragte Joseph.

Eine Flasche geb' ich! entgegnete Paul, und sein Beispiel fand Nachahmung.

Das macht zehn Flaschen, sagte Joseph, die Angebote zählend. Er ging auf das Wirthshaus zu, wo noch aus allen Fremdenzimmern Licht schimmerte. Der Schlachtenlärm hatte die Reisenden wach erhalten. Joseph wollte durch die Küchenthüre in das Haus; sie war verschlossen. Desgleichen auch der Haupteingang.

Der Wirth ist schwerhörig! sagte er, nachdem er an beiden vergeblich gepocht hatte. Wir müssen ein wenig lauter klopfen!

Da begann an beiden Eingängen zugleich von den Siegern mit Stöcken und Fäusten ein Pochen und Hämmern, daß es ein Tauber hätte hören müssen. Die Touristen, männlichen und weiblichen Geschlechts, fuhren entsetzt an die

Fenster. Wein! Wein! schrien ihnen die Sennen entgegen, unermüdlich forthämmernd.

Wir werfen euch das Haus über dem Kopf zusammen, brüllte Joseph, wenn ihr uns keinen Wein herausreicht!

Da wurden im Innern des Hauses alle Schlafkammerthüren aufgerissen, und zu dem Lärmen draußen rief es innen in mehreren Sprachen: französisch, englisch, deutsch nach dem Wirthe; er sollte die Ruhestörer zufrieden stellen. Dieser, welcher sich bisher weder geregt noch gerührt hatte, mußte auf diese Aufforderung wohl endlich zum Vorschein kommen. Vorsichtig öffnete er ein Fenster im Speisezimmer, wo ihn die Stürmer nicht erreichen konnten, und begann mit diesen zu parlamentiren. Er wollte erst Geld sehen, und nachdem Joseph dasselbe eingesammelt und ihm gezeigt hatte, mußten ihm die Sennen versprechen, nicht ins Haus zu bringen. Das Versprechen wurde gegeben, und jetzt schloß er die Küchenthür auf, nahm das Geld und zählte es, und als er es richtig befunden, holte er den Wein.

Jubelnd zogen die Bursche mit ihren Flaschen davon.

Und jetzt wollen wir Viktoria schießen! rief Paul, als sie bei dem Grenzstein angekommen waren. Auf seinen Vorschlag lagerten sie sich bei demselben und begannen die Flaschen mit einem Hurrah zu entkorken.

An Schlaf war für die Reisenden auf dem Col de Balme aber auch für den Rest der Nacht nicht zu denken. Das Jubeln, Lachen und Singen, mit dem die Sennen ihren Sieg bei dem Grenzstein feierten, an welchem jede geleerte Flasche unter einem dreimaligen Hoch auf das Vaterland zerschlagen wurde, dauerte bis zur Morgendämmerung fort.

4.

Bei den Hütten von Herbagères herrschte ein gar fröhliches Treiben. Man feierte das Mittsommerfest. Die Eigenthümer der Almen und der Heerden, die droben weideten, waren heraufgekommen, um den Zustand ihres Viehs und der Sennerei in Augenschein zu nehmen und die Hirten mit einem frischen Vorrath der nöthigsten Lebensmittel, namentlich mit dem längst schon entbehrten Brode, zu versehen. Sie hatten ihre Frauen und Töchter mitgebracht, und die jungen Bursche und Mädchen aus den Dörfern hatten sich, sonntäglich geputzt, gleichfalls eingestellt. Ihnen voraus war der Dorfvirtuose gezogen und ihnen nach auf schwankendem, ächzendem Karren einige Fäßchen Wein, die nun zu Jedermanns Erquickung im Schatten eines Felsenblockes lagerten. Auf einer Tonne, über welcher ein rother Regenschirm an einer Stange zum Schutz gegen die Sonne befestigt war, stand in Hembärmeln der Geiger. Lustig klang seine Fiedel, und nach ihrem Takte drehten sich die Paare auf dem grünen Plan, während die Alten die Heerde und die Käserei besuchten oder beim Glase plauderten.

Reisende, welche auf ihren Maulthieren des Weges kamen, machten Halt, um sich an dem muntern Leben und Treiben eine Weile zu ergötzen, und brachten auf diese Weise noch größere Mannichfaltigkeit in das bewegte, bunte Bild unter dem reinsten Sommerhimmel, welches die grünen Höhen, die Gletscher und Firnen in einen prächtigen Rahmen faßten. Hei, wie sich die Paare schwenkten, wie die bunten Röcke der Mädchen flogen, ihre Bandkronen mit den goldenen und silbernen Spitzen in der Sonne glitzerten! Wie die kräftigen Bursche den Boden stampften, und ihr Juch aus voller Brust hell in die Luft klang! Die Kinder thaten wie sie; sie hüpften und sprangen unter sich herum, geriethen auch wohl in den Tanzkreis der Großen hinein und wurden von den wirbelnden Paaren umgerissen, daß sie unter dem Gelächter der Andern am Boden hinrollten und die Hunde bellend nach ihnen sprangen. Lachen und Jauchzen überall! Selbst die Alten in ihren breitkrämpigen Hüten und hohen steifen Hemdekragen hatten heute ihre Fränkligesichter abgethan und schauten wohlgefällig von ihren schattigen Plätzen dem fröhlichen Treiben der Jugend zu.

Es war aber unverkennbar, daß ein höherer Schwung durch das Fest ging als in andern Jahren. Diesen Schwung verlieh ihm die Grenzschlacht, welche sich seit der dritten Nacht nicht wieder erneuert hatte. Das Mittsommerfest ward durch sie zu einer allgemeinen Siegesfeier, und es war nicht mehr wie billig, daß die Helden jener Kämpfe bei ihr eine hervorragende Rolle spielten. Die Bursche beneideten sie um ihre Thaten, die in Aller Munde waren, die Mädchen zeichneten sie aus und mit den Alten mußten sie trinken. Auch Joseph hatte als Schlachtenlenker seinen Antheil an der Auszeichnung. Er zeigte, daß er ebenso gut tanzen wie schlagen konnte; aber er hielt sich doch mehr zu den Alten, denen er den ganzen Hergang umständlich erzählen mußte, und die wiederholt mit ihm anstießen. Der üble Ruf, in dem er stand, schien durch seine Heldenthaten ausgelöscht zu sein. Niemand empfand darüber eine innigere Freude als Manon, und ihre Augen leuchteten hell, als sie den Bruder unter den vermögenden Männern stehen sah, die ihm auf-

merksam zuhörten. Manon war mit Zagen zum Feste gekommen; jetzt fiel eine schwere Last von ihrem Herzen, und
sie faßte für Joseph's Zukunft die besten Hoffnungen. Der
Vater machte sie noch besonders darauf aufmerksam, wie
die reichen Alpenbesitzer mit Joseph scherzten und tranken.
Er war stolz darauf; denn auf dem Lande ist die Ehrfurcht
vor dem Besitz ungleich größer als in den Städten, wo die
Menschen schneller denken und leben.

Ich hab's ja immer gesagt, äußerte Brisar zu seiner
Tochter, obgleich er nie etwas der Art gesagt hatte, daß
aus dem Joseph noch was rechtschaffenes wird; gieb nur
Acht! gieb nur Acht!

Gewiß, Vater, das will ich! versetzte Manon, indem sie
ihr jüngstes Schwesterchen, das sie schon verschiedene Male
an der Schürze gezupft hatte, bei den Händen nahm und
sich mit ihm nach dem Takt der Geige im Kreise herumdrehte. Als sie ihren Tanz beendet hatte, nahm der Alte
wieder das Wort und erzählte, daß auch Gaingratte, ihr
Gläubiger, da sei. Er verwunderte sich, was denselben her-
geführt haben könnte.

Auch Andern fiel seine Anwesenheit auf. Niemand erinnerte sich, denselben je bei einem Fest gesehen zu haben,
und dem fröhlichen Gewühl schaute er mit der Miene eines
Leichenbitters zu. Dabei schien ihn eine innere Unruhe zu
quälen; denn er hielt es auf keiner Stelle lange aus, und
wenn ihn Jemand anredete, was wohl selten genug geschah,
so suchte er schnell wieder loszukommen.

Der eigentliche König auf diesem Feste aber war Paul
Hebert. Ob ihm auch der Schweiß in Strömen von der
Stirn rann, er tanzte unermüdlich fort, und immer waren

es die hübscheften Mädchen, mit denen er sich im Kreise schwang. Man sah es dem Blitzen seiner kecken Augen an, welche Luft ihm der Tanz war. Seine Jauchzer klangen vor allen hell und übermüthig in die Luft, und zwischen den Tänzen drängten sich gleich die Mädchen neckend um ihn und ließen sich von ihm necken. Seine Zunge war ebenso flink wie seine Beine, so daß die Mädchen aus dem Gelächter über seine Späße nicht herauskamen. Sie brachten ihm Wein und gaben ihm ihre Taschentücher, um sich den Schweiß abzutrocknen. Wollte er dann wieder tanzen und fragte scherzhaft, wer seine Partnerin sein möchte, so scholl ihm von allen Lippen ein Ich! Ich! entgegen. Da nahm er das ihm geliehene Tuch und warf es in die Luft. Diejenige, welche es auffing, sollte seine Tänzerin sein, und alle griffen mit Gelächter und Gekreisch danach. Ja, der Paul Hebert war so recht Hähnchen im Korbe. Die meisten von den jungen Burschen gönnten es ihm. Sie hatten selbst ihren Spaß daran, wie ihm die Mädel den Hof machten, und wenn er sich auch etwas mit deren Gunst wußte, so ließen sie es um seiner Gutmüthigkeit willen hingehen. Denn er war ebenso gutmüthig als leichtblütig, zwei Eigenschaften, die ihm die Jugend zu Freunden machte, aber in den Augen des Alters gerade nicht als Vorzüge galten. Er mußte es wohl zuweilen hören, daß er es trotz seiner Arbeitsamkeit nicht weit im Leben bringen würde, da er zwar das Schaffen verstünde, allein nicht das Erhalten und Behalten. Paul meinte dagegen, darum sei er ja eben so lustig; wenn er reich wäre, würden ihm immer wie dem Gaingratte die Fränkli schwer auf der Zung' liegen, so daß er keinen Spaß mehr herausbrächte.

Manon hielt sich sorgfältig von den Gruppen der Mädchen fern, die sich um Paul bildeten; doch beobachtete sie
dessen Treiben aufmerksam und verfolgte ihn mit ihren
Blicken, wenn er tanzte. Annette war nicht so zurückhaltend.
Sie war stets mitten unter den Kurmacherinnen des hübschen
Burschen; allein Manon bemerkte nicht, daß Paul dieselbe aus-
zeichnete oder sie minder vergnügt mit Andern tanzte.
Manon selbst war nur zweimal zum Tanz aufgezogen worden. Sie machte sich nicht besonders viel aus dem Tanz,
und sie fand es in ihrer Bescheidenheit natürlich, daß die
jungen Bursche sie unbeachtet ließen: sie hielt alle andern
Mädchen für hübscher als sich selbst. Allein es war ihr
ernstes, zurückhaltendes Wesen, welches die Bursche mit einer
gewissen Scheu vor ihr erfüllte, und die Jugend ist kein
Freund irgend welchen Zwanges. Das aber erkannten die
jungen Leute an, daß Winters in den Spinnstuben niemand
so hübsche Geschichten zu erzählen wußte als Manon. Dort
hingen aller Augen an ihren frischen Lippen. Die Frauen
und ältern Männer ließen ihr aber auch hier Gerechtigkeit
widerfahren, und wenn sie zufällig in deren Nähe kam,
wurde manche beifällige Bemerkung über das stattliche
Mädel laut.

Die Achtlosigkeit der jungen Bursche ließ Manon unge-
rührt; aber je länger sie dem Treiben Paul's zuschaute, je
trüber wurde ihr Blick. Er hatte noch kein Wort mit ihr
gesprochen. In einer Pause kam er einmal dicht an ihr
vorüber. Lachend und scherzend ging er zwischen zwei Mädchen, die er untergefaßt hatte; aber Manon sah er nicht.
Sie kannte Paul von Kindheit auf, lagen ihre beiden Hei-
matdörfer doch dicht bei einander; indessen war sie erst in

den letzten Jahren in nähere Berührung mit ihm gekommen, seit er als Senne die Alpen befuhr. Da war aus dem wohlthuenden Gefühl, welches ihrem ernstgestimmten Gemüth Paul's unverwüstliche Munterkeit und übersprudelnde Lebens- luft verursachte, allmälig, und ihr selber lange Zeit unbewußt, die Neigung zu dem hübschen Burschen erwachsen und hatte ihre Wurzeln tiefer und tiefer in ihr Herz gesenkt: Paul's ganzes Wesen, wenn er nicht über die Schnur sprang, hatte für sie etwas unbeschreiblich Erfrischendes, und wenn sie mit ihm zusammen gewesen, so war es in ihr immer hell und sonnig wie an einem Maitag. Ja, sie liebte ihn und zwar mit einem starken, kräftigen Gefühl, wie alles was ihr Ge- müth ergriff, ohne gegen seine Schwächen blind zu sein. Sie sah dieselben wohl schärfer als Andere, und suchte sie auch keineswegs vor sich zu beschönigen. Wußte sie doch, daß kein Mensch fehlerlos sei und daß es nur darauf an- komme, das Gute zum Gedeihen zu bringen, das jeder in sich trägt, wie es auch Paul in sich trug. Sie hätte demselben aber um alles in der Welt nicht auch nur durch das geringste Zeichen verrathen mögen und können, daß sie ihn gern habe. Sie war gegen keinen so scharf und zurückweisend wie gegen ihn. Wenn er sich darüber beschwerte, so nahm sie sich wohl vor, freundlicher gegen ihn zu sein; allein sobald sie wieder mit ihm zusammenkam, war sie wie immer, und nie herber, als wenn er, durch ihr Benehmen gereizt, es geflissentlich darauf anlegte, daß sie ihm etwas Freundliches sage.

Er legte es aber nur dann darauf an und sie war nur dann für ihn vorhanden, wenn keine andern Mädchen zu- gegen waren, mit denen er seinem Charakter gemäß scher- zen konnte. Manon wußte es freilich, und sie hatte es ihm ja selbst nur noch vor wenigen Tagen ins Gesicht gesagt, daß er sich nichts aus ihr mache, aber weh mußte es ihr dennoch thun, daß er sie wie heute völlig übersah.

Plötzlich fragte eine schnarrende Stimme neben ihr, warum sie denn nicht tanze? Es war Gaingratte, welcher mit ihrem Vater herangekommen war, während ihre Blicke Paul verfolgten, der eben mit ihrer Schwester Annette tanzte.

Wollt ihr's einmal mit mir versuchen? fragte Gaingratte weiter.

Ihr scherzt wohl! versetzte Manon, die Leute würden euch auslachen.

Ich scherze freilich! rief er mit einer grämlichen Ver-zerrung seines eben nicht kleinen Mundes, denn ich bin in meinem Leben nie ein solcher Narr gewesen, mir den Kopf zu verkränzeln. Aber mit dem Auslachen hat es gute Wege; ich will den sehen, der den Gaingratte auslacht! Wer Geld hat, wird nicht ausgelacht.

Das muß wahr sein, stimmte Brisar bei, und wenn du reich wär'st, Manon, dann würden sich die Bursche nach dir reißen, wie die Mädchen nach dem Hebert thun. Aber es ist noch nicht aller Tage Abend.

Er lächelte vergnügt, und Manon sah ihn verwundert an.

Und ich meine, nahm der alte Gaingratte wieder das Wort, indem er seine hagere Gestalt hoch aufzurichten suchte, daß ein Mann, der Tags noch seine zehn Stunden Weges zu machen im Stande ist, wohl auch noch eins herumsprin-gen könnte, wenn er wollte. Aber das sind Narrensposen, die ich nie gemacht. Ich habe eine gute Wurst und Brod zu mir gesteckt; ihr könnt beide mitessen, wenn ihr wollt. Kommt!

Manon hatte Luft, die Einladung abzulehnen. Der Mann mit dem stets griesgrämigen Gesicht und dem stahlharten, scharfen Blick hatte ihr immer einen unangenehmen Eindruck gemacht, und kein Gang kam ihr je so schwer an, wie der, wenn sie an Stelle des Vaters das bestellte Wildheu an den reichen Viehhändler abzuliefern hatte. Wie derselbe jetzt gar scherzhaft zu sein versuchte, war er ihr vollends zuwider. Ein verstohlener Blick des Vaters ließ sie indessen ihre Weigerung unterdrücken, und sie bedachte, daß sie die Schuldner dieses Mannes seien.

Sie folgten ihm daher nach einem schattigen Platz, der ein wenig erhöht lag, so daß man von dort einen freien Ueberblick über die ganze Festversammlung, die Tanzenden, so wie die zerstreut gelagerten Gruppen genoß. Brifar ging nach Wein aus, und es gelang ihm, eine Flasche zu erobern, die er aus den gemeinschaftlichen Fässern füllte. Auch ein Glas trieb er auf. Unterdessen holte der Viehhändler seine Vorräthe hervor und zertheilte sie mit seinem Taschenmesser, wobei das Papier, in welches sie gewickelt gewesen waren, als Teller diente. Es war bewunderungswürdig, in wie dünne Scheiben er die Wurst zu zerlegen wußte. Da ihm Manon schweigend zusah, so fragte er, warum sie nicht spreche? Sie entgegnete, daß sie nichts zu sagen wüßte.

Das gefällt mir, rief er. Wenn man nichts zu sagen hat, soll man den Mund halten. Das ist gut von euch, da ihr ein Frauenzimmer seid, die immer schwatzen müssen, selbst wenn sie nichts zu sagen haben. Ich kann das Schwatzen nicht leiden. Es ist Zeitverschwendung.

Er nöthigte sie mit einem Wink seines Messers zuzulangen, indem er sich selbst zu einem Stück Brod und Wurst verhalf. Brifar, welcher inzwischen zurückgekommen war, lobte seine Tochter als Eine von wenig Worten; aber man könnte über alles mit ihr sprechen, was Verstand habe.

Ja, ich habe es wohl im Geschäft mit ihr bemerkt, murmelte Gaingratte, sonst —

Er brach ab, und der Wildheuer lachte laut auf. Gaingratte versuchte mit einem hohlen Ho, ho, ho! mit einzustimmen, ohne daß sich dabei seine Mienen verzogen.

Was wär's denn sonst, wenn ich keinen Verstand hätte? fragte Manon zerstreut.

Hm, räusperte sich Gaingratte, sonst könnte man mit euch über gewisse Dinge so wenig sprechen, wie mit den andern Frauensleuten; eben über's Geschäft zum Beispiel.

Der alte Brifar schien diese Antwort außerordentlich spaßhaft zu finden, denn er brach abermals in ein lautes Lachen aus. Manon zuckte die Achsel.

In diesem Augenblick ging ihr Bruder Karl vorüber, der sehnsüchtig nach den Seinigen hinaufschaute, als er sie essen sah. Manon winkte und reichte ihm Brod und Wurst, welche sie noch immer unberührt in der Hand hielt. Der Bube sprang fröhlich mit seiner Gabe davon. Gaingratte aber sandte ihm einen zornigen Blick nach, und murrte gegen das Mädchen: Ich dächte, ich hätte den Jungen nicht zum Mitessen eingeladen! Dieses Wort trieb Manon das Blut in die Wangen. Es ist mein Bruder! sagte sie mit Nachdruck. Gaingratte murmelte etwas zwischen den Zähnen, und Manon wandte ihm halb den Rücken zu, das Räuspern ihres Vaters unbeachtet lassend. Sie rührte auch von den Speisen nichts mehr an.

Gaingratte aß und trank eine Weile schweigend fort.

Dann begann er, dem alten Brisar von seinen Geschäften zu erzählen. Er rühmte den guten Stand derselben, und rechnete seinem Begleiter, der ihn mit manchem Ausruf des Staunens unterbrach, weitläufig die bedeutenden Summen vor, die er Jahr aus Jahr ein gewänne. Er berichtete, wie er sein Capital hier und dort auf Grundstücken vortheilhaft untergebracht hätte, wie sein Handel sich immer weiter ausdehnte, und sein Vermögen sich vergrößerte. Dabei warf er von Zeit zu Zeit einen Seitenblick auf Manon, um zu sehen, ob sie ihm zuhörte, und sein Reichthum auf sie einen ähnlichen blendenden Eindruck machte, wie auf den Vater, der zuletzt das Essen darüber vergaß. Manon aber, deren Blicke über den Tanzplatz schweiften, hörte nur zerstreut zu, und plötzlich sprang sie erschreckt auf und eilte davon. Indem die Männer in der Richtung hinblickten, in der sie sich rasch entfernte, gewahrten sie bei einer der Sennhütten einen Menschenknäuel, der sich mit jeder Secunde verdichtete. Ein Paar nach dem andern unterbrach den Tanz und eilte dorthin.

Muß eure Manon auch überall dabei sein, wo es etwas zu gaffen giebt? brummte Gaingratte.

Nein, nein! rief der Wildheuer aufstehend, um besser sehen zu können. Herr Gott, fuhr er fort, da ist wieder der Joseph mitten drin! und auch er wollte fort. Gaingratte aber zog ihn wieder mit den Worten auf seinen Sitz zurück: Wenn er darin ist, so wird er auch wieder ohne euch herauskommen. Bleibt, ich habe noch mit euch zu sprechen.

Ja, der Joseph war wieder mitten darin, und je näher Manon kam, je deutlicher vernahm sie seine und Anderer heftig streitende Stimmen. Sie sah Joseph seinen Stock erheben, während Andere ihm mit geballten Fäusten drohten.

Voll Angst brach sich Manon durch das zunehmende Ge-
dränge zu ihm Bahn; aber auf ihre Frage, was es gäbe,
wurde sie von dem Bruder mit der linken Hand zurückge-
stoßen, während von seinen Gegnern die schwersten Beschul-
digungen gegen ihn erhoben wurden. Man schalt ihn einen
Betrüger, der mit falschem Golde spiele, und verlangte
schuldig gebliebenes Geld von ihm.

Die Anklage war leider nur zu gegründet. Des Tanzens
und Erzählens seiner Heldenthaten müde, hatte er bald Gelegenheit zu einem Spiel gesucht und gefunden. Ein Paar
Würfel trug er bei sich; die zog er hervor, und ein flacher
Stein mußte als Tisch dienen. Allein das Glück erwies sich
unfreundlich gegen Joseph, und nachdem er seine ganze geringe Baarschaft verloren, hatte er jene Münze hervorgezogen, welche die Seinigen schon bei seinem ersten Besuche
bei ihm bemerkt hatten. Seine Gegner hielten dieselbe für
ein Zwanzigfrankenstück und ließen ihn darauf hin weiter
spielen. Als es aber zur Abrechnung kam, erwies sich der
Napoleond'or als die Denkmünze einer Bleistiftfabrik in Lyon.
Der trefflich geprägte Kopf des französischen Kaisers auf
derselben hatte die Täuschung auf Seiten der Gegner veranlaßt, die, nun über den Betrug aufgebracht, um so heftiger
nach ihrem Gelde und Rache verlangten, als Joseph sie noch
darüber ausspottete, daß sie nicht bessere Augen hätten.

Die durch den Streit herbeigelockten Zuschauer nahmen
gegen Joseph Partei, welcher schnell darauf bedacht gewesen
war, sich den Rücken durch die Sennhütte zu decken, in
deren Schatten man gespielt hatte, und seiner Gewandtheit
und Körperkraft vertrauend, erwartete er trotzig den Angriff.
Da erscholl aus der Menge der Ruf: Schlagt ihn zu Boden,

ben Betrüger! und auf dieses Wort wollten sich die Erzürnten auf Joseph stürzen. Manon, welche angstvoll hierhin
und dorthin gehört hatte, um die Ursache des Streites zu
erfahren, warf sich den Angreifern entgegen. Man wollte
sie bei Seite drängen, aber sie widerstrebte, indem sie rief,
daß der Bedrohte ihr Bruder sei, von dem sie nicht lassen
würde. Sie erinnerte, daß Joseph bei dem Grenzstreit das
Beste gethan habe, und man ihm Dank dafür schuldig sei.
Sie bat und flehte, man möchte doch nur ruhig sein; sie
selbst wollte ja gern alles thun, was in ihren Kräften stände,
um die Gewinner zufrieden zu stellen. Ihre Worte wären
indessen wohl ohne Erfolg geblieben, wenn sich nicht Paul
Hebert jetzt aus der Menge hervorgedrängt hätte.

Nun ja, sagte er, die Manon hat Recht; und da sind
auch die Sennen, die können's bezeugen: ohne den Brisar
wären wir nicht so mit den Savoyarden fertig geworden.
Mächtig tapfer geführt hat er uns, das ist wahr! Er redete
den Erzürnten noch weiter zu, wenn nicht um Joseph's, so
um dessen Schwester willen es gut sein zu lassen und ihr
schönes Fest nicht zu stören.

Bei dieser Einmischung des allgemein beliebten Burschen
legte sich die Aufregung ein wenig, und einer von den Spie-
lern rief, man wolle Joseph die Prügel schenken, die er verdient habe, wenn er bezahle. Joseph aber entgegnete: Man
hängt keinen, den man nicht hat; wahre du nur deinen
eigenen Buckel vor Schlägen! Dieser unzeitige Trotz drohte
alles wieder zu verderben. Die Zuschauer begannen zu schreien
und zu pfeifen, und der Verhöhnte stürmte auf Joseph ein.
Manon sprang mit der Schnelligkeit des Gedankens zwischen
ihn und den Bruder, und während sie ihre Rechte dem

20

Angreifer abwehrend entgegenstreckte, löste sie ein silbernes
Kreuz mit einem Kettchen von demselben Metall mit der
Linken hastig von ihrem Halse und reichte es ihm dar. Es
war dasselbe Kreuz, dessen Joseph kürzlich in seinen Ge-
wissensbissen gedacht hatte.

Nimm! nimm! rief sie mit wogender Brust, und was
noch fehlt, will ich bezahlen, sobald ich kann. Eine allgemeine Stille folgte diesen Worten, und Manon stand wohl
eine Secunde lang mit der ausgestreckten Linken, aus der
das silberne Kettchen herabhing. Der Bursche zögerte, ihr
den Schmuck abzunehmen, und sie mußte ihre Aufforderung
wiederholen, ehe er es that. Durch die Menge lief ein beifälliges Gemurmel, das immer lauter wurde. Man rief
Manon ein Bravo zu und klatschte in die Hände, während
andere Stimmen, namentlich weibliche, ihren Groll gegen
Joseph ausließen und es ihm deutlich genug zu verstehen
gaben, daß er eines solchen Opfers gar nicht werth sei.

Indessen hatte Manon's That den Frieden hergestellt,
und die Menge verlief sich. Die Fiedel rief wieder zum
Tanz. Als sich Manon nach dem Bruder umsah, war aus
dessen Mienen jeder Hohn und Trotz verschwunden. Er war
bleich. Die Blicke der Geschwister begegneten sich; der seinige war unheimlich finster, Manon's voll Jammer; aber
sie versuchte zu lächeln. Joseph wandte sich ab und schlich
davon. Manon wurde von Frauen und Mädchen umringt,
die ihren Muth, ihre That lobten und priesen. Von ihnen
erst erfuhr sie vollständig die Veranlassung des stattgehabten
Auftritts, dessen Folgen sie glücklich abgewendet hatte. Ihr
war das Herz schwer, und sie machte sich so schnell als möglich von ihrer Umgebung frei, hinter die Sennhütten flüch-

tend, wo sich Aufregung, Angst und Jammer ihres Herzens
in reichen Thränen Luft machten. Annette und noch einige
von den Schwestern, die ihr gefolgt waren, vermischten ihre
Thränen mit den ihrigen.

Es dauerte lange, bis Manon sich zu fassen vermochte.
Die Hoffnung, welche sie kurz zuvor noch auf Joseph gegründet hatte, war zertrümmert. Er war, von seiner Leidenschaft zum Spiel verleitet, zum Betrüger geworden. Was
fehlte jetzt noch zur Vollendung seines Elends und ihrer
Aller Unglück. Joseph ein Betrüger! Sie die Schwester
eines Betrügers, ihrer Aller ehrlicher Name durch ihn ge-
brandmarkt! Ihm selbst dadurch jede Aussicht auf die Zukunft verlegt; denn wer würde jetzt noch einen solchen Menschen in seine Dienste nehmen? Dieses alles wühlte in ihrem
Busen und zeigte ihr die Lage von ihnen Allen als eine
völlig trostlose. Sie wagte nicht, sich wieder unter die Leute
zu mischen, und bat Annette, die übrigen Geschwister aufzusuchen, um nach Hause zu gehen. Annette erfüllte den
Auftrag. Obgleich sie ihrem Charakter gemäß das Gesche-
hene nicht so schwer nahm, als Manon, so fühlte doch auch
sie, daß es nach einem solchen Auftritte kaum schicklich sei,
sich noch weiter unter die Tänzer zu mischen. So gingen
sie denn alle heim, sehr zum Leidwesen der Kleinen, die
unterwegs nicht müde wurden, von der genossenen Lust zu
plaudern, während die drei ältern Schwestern in traurigem
Schweigen daherschritten. Das muntere Geräusch des Festes
war noch lange hinter ihnen vernehmbar.

Mit so schwerem Herzen hatte sich Manon noch nie auf
ihr ärmliches Lager gestreckt, wie an diesem Abend. Sie
hatte sich indessen kaum niedergelegt, als sie die Ziegen un-

gewöhnlich laut und wie ängstlich meckern hörte. Da das
Geschrei eine Weile fortdauerte, so stand Manon auf und
trat vor die Hütte. Hier fand sie ein Paar von den Thieren,
die sich sofort an sie brängten und sich durchaus nicht fort-
treiben lassen wollten. Zugleich sah sie in der Ferne etwas
Dunkles über den Bach huschen, das sie nach seiner Gestalt
und Größe für die Katze aus dem Gasthaus des Col be
Balme hielt. Wie dumm ihr seid, euch vor einer Katze zu
fürchten, sagte sie zu den Thieren, ihnen den Kopf krauend,
und ba biese jetzt still waren, auch sonst außer bem Gur-
geln bes Baches kein Laut sich weiter vernehmen ließ, so
suchte sie wieder ihr Lager auf.

Aber was sie gesehen hatte, war keineswegs die herum-
schweifende Katze des Wirthshauses gewesen. Als Karl am
folgenden Morgen die Ziegen zum Melken rief, stellten sich
von ihnen nur fünf ein, und sein fortgesetztes Locken blieb
vergebens. Da überflog Manon eine böse Ahnung, und sie
machte sich mit Karl auf, die Vermißten zu suchen. Am
Abend vorher, als sie vom Feste gekommen, war das Dutzend
noch vollzählig gewesen. Sie brauchten nicht weit zu suchen,
sie fanden die Vermißten balb zwischen bem Gestein umher-
liegen in ihrem Blute. Sie waren erwürgt, und Flocken
von Ziegenhaar umhergestreut. Eins von den Thieren war
halb aufgefressen.

Es wäre unmöglich, den Schreck Manon's, das Weh-
klagen ihrer Geschwister zu beschreiben. Manon schickte ihren
Bruder sofort zum Vater, damit derselbe heraufkäme, und
unterdessen trug sie mit Hülfe ihrer Geschwister die todten
Thiere nach der Hütte. Sie klagte nicht; was nutzte es, da
das Unglück einmal geschehen war, aber es überkam sie ein

innerliches Frösteln, wenn sie an Gaingratte dachte. Und ihr armer Vater, welche Luftschlösser hatte er nicht auf die Heerde gebaut!

Dieser zeigte sich jedoch gefaßter, als Manon erwartet hatte; ja, sie hörte ihn zu ihrem Erstaunen sogar scherzen. Er erkannte aus der Art der Verwundung sofort, daß der Ziegenmörder niemand anders als ein Luchs gewesen sei, und er meinte, es sei Schade, demselben zum Dank, daß er ihnen so unverhofft frisches Fleisch geliefert habe, eins auf den Pelz brennen zu müssen. Nun werden auch die Herrschaften auf dem Col de Balme wieder Gemsfleisch zu essen bekommen, lachte er, indem er die erwürgten Thiere auszubälgen und zu zertheilen begann. Ja, die wollen immer Gemsfleisch haben, als ob es Gemsen gäbe wie Alpenrosen!

Manon begriff die Laune des Vaters nicht, und als sie ihn an ihre Schuld gegen Gaingratte erinnerte, rief er, ihr zublinzelnd, der könne warten, sie habe ja gehört, wie reich er sei. Er setzte hinzu: Wenn du willst, laß ich ihm sagen, daß er uns andere Ziegen heraufschickt!

Die Tochter sah ihn sprachlos an. Er schmunzelte, sagte aber nichts weiter. Manon machte sich allerlei Gedanken. Sie merkte wohl, daß der Vater in Gegenwart ihrer Geschwister, die ihm wie sie bei der Arbeit zur Hand gingen, nicht deutlicher sich erklären wollte. Ueberdies war auch kaum Zeit zum Schwätzen. Manon schwieg deshalb gleichfalls, bis am Nachmittag das Geschäft abgethan, die Felle zum Trocknen an der Luft ausgespannt waren. Annette und Karl gingen mit einem Theil des Ziegenfleisches nach dem Col de Balme, wo ihnen ihre Waare von dem Wirthe mit Freuden abgenommen wurde; die britt- und viertälteste

Schwester wurden zu gleichen Zwecken nach Trient hinabge-
schickt. Karl sollte auf dem Heimwege Hebert's Gewehr
mitbringen, das einzige, welches es in Herbagères gab, um
damit dem Luchse im Abendgrauen aufzupassen.

Karl's Rückkehr erwartend, ging der alte Brisar hin
und her. Er wich sichtlich Manon aus. Diese, ununterbrochen thätig, hatte ihre Strohflechtarbeit hervorgesucht, da
der Tag doch für das Wildheuen verloren war. Es entging
ihr nicht, daß in der Stimmung des Alten ein Umschlag
eingetreten war. Seine muntere Laune hatte nur so lange
angehalten, als Manon's erwachsene Schwestern zugegen
waren. Nun er mit seiner ältesten Tochter so gut wie allein
war, denn die Kleinen gingen ihren Spielen nach, hatte sich
seiner eine auffallende Unruhe bemächtigt. Er erschrak fast,
als ihn Manon zu sich heranrief, um mit ihm das Unglück,
welches sie betroffen hatte, und die Mittel zu besprechen,
den Folgen desselben zu begegnen. Er wollte das Gespräch
auf einen andern Gegenstand lenken, allein Manon war
nicht geeignet, sich mit dem von ihm angeführten Sprüchwort zu begnügen, daß mit der Zeit auch Rath komme.

Die Zeit bringt keinen Rath, sagte sie, wenn wir nicht
bei Zeiten auf Rath denken, und sie erinnerte ihren Vater,
daß Gaingratte durchaus nicht der Mann sei zu warten,
wenn er nicht spätestens zum Neujahrstage sein Geld für
die Ziegen erhielt, wie festgesetzt worden. Zu ihrem Be-
fremden begann aber der Vater manches zu Gunsten des
Viehhändlers anzuführen. Manon wußte freilich, daß ihr
Vater gern vor einem drohenden Unheil, gleich dem Vogel
Strauß, den Kopf versteckte; allein wenn sie seine Aeußerungen am Morgen zu den gegenwärtigen hielt, so wurde

sie in dem Gedanken bestärkt, daß der Alte mit etwas zurückhielt.

Ich versteh' dich gar nicht mehr, sagte sie, und was meinst du damit, daß es nur von mir abhinge, frische Ziegen an Stelle der Erwürgten zu erhalten?

O, ich sagt's nur so, entgegnete er verlegen.

Manon glaubte ihm nicht, und ihr geäußerter Zweifel vergrößerte seine Verlegenheit. Er vermied es, ihrem klaren Blick zu begegnen.

Na, fing er endlich an, indem er sich nach einem Steinchen am Boden bückte und dasselbe aufmerksam von allen Seiten betrachtete, es ist doch ein elendes Leben, was wir führen.

Manon seufzte, und er setzte zögernd hinzu: Und wir könnten's besser haben, wenn du wolltest.

Wenn ich's wollte? wiederholte sie gedehnt. Sie ließ ihre Arbeit in den Schooß sinken und sah ihren Vater scharf an. Der aber fuhr fort, das Steinchen zu begucken, welches er hin und her drehte. Dann fragte sie, nicht ohne Beklommenheit: Denkst du das oder der Gaingratte?

Es erfolgte nicht gleich Antwort. Nach einer Weile sagte er, und man hörte es ihm an, wie es ihm an Muth gebrach, gegen seine Tochter mit der Sprache herauszugehen: Der Gaingratte meint — das heißt, wenn du wolltest — nun ja — hm — zur Frau will er dich.

Manon schnellte von ihrem Sitze auf, daß ihre Arbeit zu Boden fiel, während der Vater erleichtert aufathmete. Das entscheidende Wort war endlich heraus. Wie leicht hatte es ihn noch am Morgen gedünkt, dasselbe auszusprechen, und wie schwer war es ihm geworden, da er sich seiner Tochter allein gegenüber befunden. Auch jetzt wagte er noch nicht, derselben frei in das Gesicht zu sehen. Er stand wie ein Schulbube da, der gestraft werden sollte; und mit einem kläglichen Ton erzählte er, wie der reiche Vieh-händler auf dem gestrigen Feste bei ihm um sie geworben, und er von seiner Seite zugesagt habe.

Manon hatte sich wieder niedergesetzt und ihre Arbeit aufgehoben; aber in ihren Mienen verrieth sich die stürmische Bewegung ihrer Brust.

Mich will er zur Frau? sagte sie endlich leise. Mich, Joseph's Schwester?

O! rief Brisar, indem er den Stein wegwarf und seine Tochter zum erstenmal anzusehen wagte; als er von Joseph's Dummheit hörte, da lacht' er und meint', der sei gescheut!

Manon stützte den Kopf in die Hand und schaute finster sinnend vor sich hin. Der Vater trat näher zu ihr heran und berichtete, daß Gaingratte sich nicht abgeneigt gezeigt habe, Joseph in sein Geschäft zu nehmen. Dann pries er ihr, ängstlich in ihren Mienen nach dem Eindruck seiner Worte spähend, den Reichthum des Freiers; was sie für eine angesehene Frau werden würde; wie ihnen dann allen geholfen wäre, und es nur von ihr abhinge, sie alle glücklich zu machen.

Die Tochter schüttelte leise den Kopf und seufzte.

Es geht nicht, Vater! sagte sie dumpf.

Ich dacht's wohl! rief er kleinlaut. Aber wenn er dir zu alt ist —

Sie verneinte.

Möchtest wohl einen Andern? fragte er. Aber der Gaingratte kann's ja nicht mehr lang' machen.

Eine leise Röthe überzog Manon's Wangen. Sie richtete den Kopf auf, und den Vater trübe anblickend, sagte sie: Das ist's alles nicht. Gott weiß, wie es mit uns werden soll; aber ich kann nicht! Ich kann nicht, Vater! Lebhafter setzte sie hinzu: Ich will's dir sagen, Vater! Ich kann keinen heirathen, den ich nicht achten kann, und wär' er so reich und so vornehm wie ein Prinz. Und du weißt, Vater, der Gaingratte ist ein steinharter Mann, der nichts liebt als sein Geld; der Jeden drückt und plagt, wo er nur kann, und ihn wegstößt, wenn er nichts mehr von ihm haben kann. Du weißt ja, wie schlecht die Menschen von ihm reden, und du weißt auch, daß sie Recht haben. Dann fragte sie mit plötzlicher Wendung, warum denn der Alte auf einmal heirathen wolle, da er schon mit einem Fuß im Grabe stände.

Ja, es ist wohl darum, entgegnete der Vater, daß er mit seinem Bruder in Feindschaft ist und nun selber Kinder haben möcht', denen er sein Vermögen lassen könnte. Aber just gesagt hat er's nicht! setzte er rasch hinzu, denn er sah es in den Augen seiner Tochter hell aufflammen.

Und dazu soll ich die Hand bieten? rief diese. O pfui, wie schlecht er ist. Und du kannst mir dazu rathen, Vater? Nie und nimmermehr! Sag's ihm nur, er könnt' sich wo anders umsehen. Es giebt genug Mädchen, die nicht genau zuschauen, wie's innen beschaffen ist, wenn der Freier nur reich ist. Nie! nie! nie!

Der Vater stand mit einer Jammermiene vor ihr und kläglich bat er sie, sich's doch noch zu überlegen. Ihre Entgegnung wurde durch die Ankunft Annettens und Karl's unterbrochen. Mit ihnen kam Paul Hebert, mit Flinte und

Schießtasche ausgerüstet. Er schlug dem alten Brisar vor, statt seiner auf den Luchs zu passen, da seine jungen Augen in der grauen Abend- oder Morgendämmerung, in welcher das Raubthier auf Beute auszugehen pflegt, schärfer sehen dürften, als die des Alten. Brisar war es gern zufrieden.

Paul schoß gleich seine Flinte aus, um sicher zu sein, daß ihm dieselbe in dem entscheidenden Augenblick nicht versage. Er war lustig und gesprächig wie immer und wußte von dem gestrigen Feste manches Spaßhafte zu erzählen. Die Abwesenden fuhren dabei nicht immer zu best; denn er konnte es sich nicht versagen, diesen und jenen komischen Zug, den er bemerkt hatte, schärfer als nothwendig hervortreten zu lassen. Er that's, um seine Zuhörer zu belustigen, und da seine drollige Manier Annettens Lachen erregte, so wurden seine Schilderungen noch schärfer. Auch manche ungeschickte Schöne bekam von ihm etwas ab, die mit längst verblühten Reizen in übertriebener Weise die Jugendliche gespielt hatte, um die Aufmerksamkeit der jungen Männer auf sich zu ziehen. Des Tumultes, den Joseph veranlaßt hatte, erwähnte er mit keinem Wort, und Manon wußte es ihm Dank. Seine wortsprudelnde Gesprächigkeit gestattete ihr, sich unbemerkt zu fassen, und auch der Vater richtete sich aus seiner Niedergeschlagenheit allmälig auf. Er mußte selbst lachen, als Paul mit wirklichem Humor die lustig kläglichen Bemühungen eines allgemein als Tölpel bekannten Burschen schilderte, der sich gerade bei den schönsten Mädchen beliebt zu machen suchte und deren unverhohlenen Spott sich als Gunstbezeugungen auslegte.

Unterdessen war es Zeit geworden, die nöthigen Vorkehrungen zum Empfang des Luchses zu treffen, wenn sich derselbe wieder einstellen sollte. Da es die Art dieses Thieres ist, auf Bäumen oder Felsen oder hinter Gebüschen seiner Beute aufzulauern, ihr von dort auf den Rücken zu springen und die große Halspulsader entzwei zu beißen, so wurden die noch übrig gebliebenen Ziegen unterhalb eines mäßig hohen Felsenabhangs angepflöckt, dem gegenüber sich der Schütze hinter zerstreuten Blöcken leicht verbergen konnte. Der alte Brisar kehrte hierauf nach Herbagères zurück, und Paul lud sein Gewehr. Dabei sagte er zu Manon: Wenn ich Glück hab', so kannst von dem Preis für das Fell dein Kreuz wieder einlösen. Es macht zwei und einen halben Franken, die der Joseph verloren hat.

Manon seufzte in der Erinnerung an den gestrigen Auftritt. Zu Paul's Vorschlag aber schüttelte sie den Kopf und sagte: Das Fell gehört dem Schützen! Sie bestand darauf, obgleich Paul geltend machte, daß ihr Vater wohl ein eben so guter Schütze sei, wie er selbst, und er nur, um das Vergnügen des Schusses zu haben, sich zum Stell-vertreter angeboten habe. Schon gut, sagte er endlich. Es hat mit dem Bezahlen keine Eile. Aber nimm's nicht für ungut; heraus muß es doch! Siehst, es hat mich verdrossen, was du gestern für den Joseph thatest; denn er ist's einmal nicht werth.

Sag' das nicht, bat sie. Er ist mein Bruder!

Na, nun ist's gesagt, rief er, und da hast dein Kreuz wieder!

Damit griff er in die Tasche und reichte ihr Kreuz und Kette hin. Manon war aufs Freudigste überrascht. Sie griff hastig nach dem kleinen Schmuck und drückte ihn an ihre Lippen. Ihre Augen wurden feucht. Gott lohn's dir, Paul! sagte sie mit bewegter Stimme. Das vergeß ich dir nie! Aber wie kommst du denn dazu?

Nun, sagte er, der Bursche, der's genommen hatte, schämte sich denn doch hinterher, und so beredete ich ihn gar leicht, es herauszugeben.

Manon reichte ihm mit einem innig dankenden Blick die Hand.

Schon gut! stotterte er in einiger Verlegenheit und eilte auf seinen Posten. Nie hatte ihn aus ihren Augen ein solcher Blick getroffen: Ihm ward ganz warm um's Herz. Es wollte ihn doch bedünken, daß Manon nicht so kalt sei, wie er geglaubt. Schon gestern war ihm der Gedanke gekommen; denn wie wenig auch das Grübeln in seiner sorglosen Natur lag, so mußte er sich doch sagen, daß ein kaltes Herz nicht wie Manon für einen Bruder eingetreten wäre, der ein Taugenichts war. Der Muth, mit dem sie diesen gegen die erhitzten Bursche zu vertheidigen gesucht, ihre unverkennbare Angst um denselben, hatten um so mehr Eindruck auf ihn gemacht, als es in Herbagères kein Geheimniß war, wie rauh und selbst roh Joseph der Schwester zu begegnen pflegte. Und für diesen Bruder hatte sie ohne Zögern ihren einzigen Schmuck hingegeben. Aber er hatte ihr nicht alles gesagt. Er hatte ihr verschwiegen, daß er sich für die kleine Schuld hatte verbürgen müssen. Er hätte dieselbe wohl gern gleich selbst bezahlt; aber er war dazu augenblicklich außer Stande, und jetzt verdroß es ihn zum ersten Male, daß er mit seinem Geld so wenig haushälterisch umzugehen pflegte. Manon sollte indessen durch diese Schuld nicht gedrückt werden, an deren Berichtigung sie nach dem Unheil, welches der Luchs unter ihren Ziegen angerichtet hatte, sobald nicht denken konnte. Das nahm er sich jetzt vor. Er war ein warmherziger, gutmüthiger Bursche, wenn seine Großmuth auch oft genug aus seiner Eitelkeit entsprang.

Er hatte sich zwischen dem Gestein den geeignetsten Platz zum Anstand ausgesucht. Während er hier unbeweglich, als wäre er ein Theil des Felsblockes, der ihn überschattete, auf den Ziegenräuber paßte, saß Manon in der Hütte auf dem Heerdstein in unerfreulichen Gedanken. Sie hatte die Kleinen mit dem Versprechen zur Ruhe gebracht, sie zu wecken, sobald der Luchs erlegt sein würde, und auch die ältern Geschwister hatten sich, nachdem die letzte Tageshelle verflüchtet war, in dem kammerartigen Verschlag niedergelegt. Der ereignißreiche Tag gab Manon genug zu denken. Was sie an jenem ersten Sonntag auf der Alm als unbestimmte Ahnung angefröstelt hatte, war jetzt in Erfüllung gegangen. Die Schuld gegen Gaingratte war zu einer Schlinge für sie geworden. Sie sah nicht ab, wie sie dieselbe bezahlen konnte, und nach der Zurückweisung seiner Hand mußte sie sich auf das Aergste gefaßt machen. Sie hatte ihr ganzes Leben mit Armuth und Noth gerungen, aber wenn sie sich vorstellte, daß sie alle, Vater und Geschwister, wohl selbst aus ihrer heimathlichen Hütte in La Croix ausgetrieben werden könnten, wenn Gaingratte nicht zur richtigen Zeit sein Geld erhielt, so wollte ihr fast der Muth entsinken. Sie erinnerte sich, daß Gaingratte häufiger armen Grundbesitzern bereitwilligst Vorschüsse gethan und sie dann von Haus und Hof vertrieben hatte, wann sie die Zinsen oder das Capital nicht pünktlich zu zahlen vermochten. Nun begriff sie, warum er ihrem Vater eine so große Heerde aufgenöthigt hatte. Sie schauderte und faßte nach dem Kreuz der Mutter, das wieder an ihrem Halse hing. Gern hätte sie dessen unerwartete Wiedererlangung als eine günstige Vorbedeutung genommen. Allein dieser augenblickliche Trost wollte jetzt nicht bei ihr verfangen, wie oft sie sich auch sonst aus dem Ruf des Kuckuks, dem eigenthümlichen Rauschen des Windes und andern Zeichen Muth und Entschluß geholt hatte.

Paul's Stimme unterbrach ihr trauriges Sinnen. Er fragte durch die Thüre herein, ob sie schon schlafe. Manon ging zu ihm hinaus. Es war völlig Nacht geworden.

Nun kommt der Luchs nicht eher als bis gegen Morgen, sagte Paul.

Manon schlug ihm vor, daß er sich ein Paar Stunden ins Heu lege; sie wollte ihn zur rechten Zeit wecken. Er müßte von gestern müde sein, meinte sie.

Er lehnte es lachend ab. Das bischen Tanzen sei gar nicht zu rechnen, und er erzählte, wie er bei der Hochzeit seiner Schwester drei Tage und drei Nächte auf dem Plan gewesen sei, ohne auch nur eine Viertelstunde zu schlafen. Diese Schwester war mit ihrem Manne nach Buenos Ayres in den argentinischen Republiken ausgewandert. Es waren seine einzigen Verwandten, und er berichtete weiter, wie gut es denselben dort ginge. Er hatte im Frühjahr den letzten Brief von ihnen erhalten, worin sie ihn, wie in allen frühern, hinüberzukommen einluden. Nach diesen Briefen schilderte er das dortige eigenthümliche, fast nomadische Hirtenleben auf den unermeßlichen, baumlosen Grasflächen, den Pampas, auf denen Millionen von Schafen und Rindern in völliger Freiheit weiden. Er fragte Manon, ob sie sich wohl eine Wiese vorstellen könnte, auf der man nichts fähe, wenn man auch tagelang wanderte, als Gras und nichts als Gras um sich und über sich den Himmel. Er könnte es sich nicht denken; aber das ungebundene Leben in diesen ungeheuren Ebenen, wo der Hirt mit der Fangschnur ausreitet, wenn er ein Thier schlachten oder verkaufen will, schien nicht ohne Reiz für ihn. Er äußerte, daß er wohl Lust hätte, den Seinigen nachzuziehen. Denn hier, sagte er, bring' ich es doch nicht weiter, als ich's gebracht habe. Mein eigner Herr werd' ich nie, dazu sind Land und Vieh zu theuer.

Manon hatte ihm aufmerksam zugehört. Es that ihr wohl, durch die Schilderung fremder Zustände und Verhältnisse von ihrer eigenen Lage abgelenkt zu werden. Jetzt schüttelte sie den Kopf. Sie stimmte Paul in den Vortheilen bei, die sich einem jungen kräftigen Burschen, der die Arbeit nicht scheut, jenseits des Oceans böten; aber sie rieth ihm um seinetwillen noch einige Jahre zu warten, wenn er Ernst machen wollte. Ihre Gründe waren gewichtig genug. Der Mann, meinte sie, welcher in einem fremden Lande und für ihn ganz neuen Verhältnissen eine Existenz sich gründen wolle, der müßte den Leichtsinn des Lebens erst ganz abgethan haben; Paul sollte erst austollen. Aber Zeit sei es, daß er ein Ende zu machen begänne. Sie lobte seine guten Eigenschaften; er sei fleißig, zuverlässig und rechtschaffen; allein er kenne die Menschen nicht. Er halte Jeden für seinen Freund, der ihm schmeichele, und wer ihm hofire, der könne alles von ihm erlangen. Er hätte die Augen zu, und den Geldbeutel offen; damit müßte er überall, und in Amerika schneller als anderwärts, an den Bettelstab kommen. Und weil ihm die Menschen schmeichelten, so hielt er sich auch für beſſer als Andre. Er ſollte nur geſtehen, ob es nicht ſo ſei? Sein Herz ſei gut, aber ältere Leute verübelten es ihm, daß er ſich mit ſeiner Bevorzugung vor Andern etwas wüßte. Von den Mädchen ſei es freilich Unrecht, daß ſie ihm ſo offen zeigten, wie er ihnen gefiele; allein ein Mann dürfte damit nicht prahlen, um ſo weniger, als ſich die Mädchen wohl nichts weiter dabei dächten. Sie wollten eben auch nur in ihrer Weiſe luſtig ſein wie er. Er aber ginge in ſeiner Luſtigkeit oft zu weit, und wenn die Leute über ſeine Späße lachten, ſo begänne er Späße zu machen, um die Leute zum Lachen zu bringen. Es ſei freilich leicht, auf Koſten Andrer zu lachen; allein er ſchade ſich dabei am meiſten, wenn er auch die Lacher im Augenblick für ſich habe.

So ſprach ſie, neben ihm auf der Hüttenſchwelle ſitzend. Aber ſie war nicht herb in Stimme und Ausdruck, wie ſie ſonſt, namentlich vor Andern gegen Paul zu ſein pflegte. Ihr Gemüth war von den Ereigniſſen des geſtrigen und heutigen Tages, von dem Lieben, das ihr Paul nur eben erwieſen, in allen Tiefen erſchüttert und aufgewühlt, daß der herzliche Antheil, den ſie an dem jungen Burſchen nahm, ſich unwillkürlich in ihren Worten verrieth.

Ihm war es ſeltſam zu Muth. Er hätte gewünſcht, ſie hätte nur noch immer weiter von ihm geſprochen. Ihre Vorhaltungen verurſachten ihm ein wohliges Gefühl. Er gab ihr recht in dem, was ſie ſagte, entſchuldigte ſich und meinte, wenn ſie immer in dieſer Weiſe zu ihm geredet, ſo hätte es nicht ſo oft Streit zwiſchen ihnen gegeben.

Manon ſchüttelte den Kopf. Sie las deutlicher in ſeiner Seele als er ſelbſt. Weißt? ſagte ſie, das Herz kommt mir immer vor wie ein Weinberg. Darin muß man auch immer arbeiten, beschneiden und Luft schaffen, wenn es gute Trauben geben soll. Aber freilich, die Rebe fühlt's nicht, wenn man das Messer an die überflüssigen Ranken und Schößlinge setzt, und dem Menschen thut's weh, so oft er in sich herumschneiden soll. Ich weiß das wohl!

Wo du das nur immer hernimmst! rief er. Mir kommen nie solche Gedanken.

Sie lächelte. Ich weiß nicht! Manchmal ist's mir, als flüstert's mir die Stimme meiner Mutter ins Ohr. Die Mutter mußte sich bei allem immer etwas denken. Sie war gar grausam klug, und wenn ich's denken muß, daß sie todt ist —. Sie brach ab. Nach einer Weile fuhr sie fort:

Ich hab' sie so lieb gehabt! Und siehst, Paul, darum weiß ich nicht, wie ich's dir danken soll, daß du mir das Kreuz wieder verschafft hast! Ich hab's von der Mutter, Paul, die trug's bis an ihr unglückliches Ende.

Denk' jetzt nicht daran, bat er bewegt, indem er seine Hand auf die ihrige legte.

Ich kann ja nichts besseres denken, als an sie, versetzte sie mit wehmüthig weicher Stimme und blickte zu den Sternen hinauf. Das Licht derselben ließ ihr Antlitz bleich erscheinen. Paul war sie nie so hübsch vorgekommen wie in diesem Augenblick. Die Erinnerung an die Verstorbene war in ihr mächtig, und sie begann von ihr zu erzählen, von ihrem Walten im Kreise der Ihrigen.

Paul hatte dieselbe nur wenig gekannt. Sie war ihm immer nur als eine thatkräftige, in ihrem Wesen wohl oft zu scharfe, durch das Elend ihrer Lage etwas verbitterte Frau erschienen. Manon zeigte sie ihm in einem andern Lichte; denn es war ja der Finger der kindlichen Liebe,

welcher den Schleier von dem Innern der Verstorbenen abhob. Paul hörte ihr aufmerksam zu. Aber schloß er wohl
auch aus der Schilderung, welche die Schwächen der Todten
dem Blick entrückte, indem sie deren gute Eigenschaften mit
Wärme hervorhob, auf das Herz derjenigen, welche eine
solche Schilderung zu entwerfen vermochte? Ihre Stimme
klang ihm wie das Murmeln des unfernen Baches ins Ohr.
So saßen sie neben einander in der milden Sommernacht,
bis die Sterne zu erbleichen begannen. Da stand Paul auf,
nahm sein Gewehr, das neben ihm an der Hütte lehnte,
und kehrte auf den Anstand zurück. Ihm war's, als hätte
er geträumt.

5.

Wie Manon, so hatte sich auch Joseph in der Stille
von dem Feste weggeschlichen. In einer aus Scham und
Wuth gemischten Stimmung kehrte er nach La Croix zurück.
Diese Scham galt keineswegs seinem entlarvten Betruge.
Er entschuldigte denselben vor sich als eine Spielerlist, um
das ungetreue Glück zu sich zurück zu zwingen, und daß es
nicht seine Absicht gewesen zu betrügen. Es brannte ihm
auf der Seele, daß die Schwester für ihn eingetreten war,
für ihn, den Hochmüthigen, auf seine Kraft Pochenden. Er
fühlte sich von Manon besiegt, und zwar durch eine Waffe,
die er nicht zu führen wußte, die ihn zugleich vertheidigte
und verwundete: den Edelmuth. Es machte ihn wild, daß
sie ihn endlich doch „untergekriegt", und daß ihre Dazwischen-
kunft ihn gehindert hatte, seine Gegner dafür zu züchtigen,

daß sie ihn, dem sie die Unverletztheit ihrer Grenzen dankten, wegen ein Paar elender Fränkli, die er nicht auf der Stelle zu bezahlen vermochte, einen Betrüger zu schelten wagten. Wie hätte er sie züchtigen wollen, wenn sich nicht seine Schwester hineingemischt hätte!

Aber sie hatte sich einmal hineingemischt, und Joseph hatte das Kreuz wohl erkannt. Und wie wenig derjenige des Opfers werth war, dem sie dasselbe gebracht, sollte ihm auch nicht verborgen bleiben, er mochte seine That vor sich beschönigen, wie er wollte. Er gestand es sich nicht, allein es war in der That so. Die Anerkennung und Aufmerksamkeit, welche ihm zu Anfang des Festes allgemein gezollt worden waren, hatten nicht nur seiner Eitelkeit geschmeichelt. Es liegt eine sittlichende Kraft in der Achtung, welche demjenigen erwiesen wird, der sich im Grunde seines Herzens bewußt ist, dieselbe eigentlich nicht zu verdienen. Diese Achtung hatte Joseph für sein Benehmen in der Grenzstreitigkeit genossen, und sie hatte ihm besonders wohlgethan nach den innern Erschütterungen, die ihn, als er in dem Wirthshaus des Col de Balme allein bei der Flasche gesessen, durchwühlt hatten. Jetzt hatten ihm die Leute einen Spitznamen gegeben. Wie er am zweiten Tage nach dem Feste ausging, schrien im Dorf die Kinder hinter ihm: Denkmünze! Denkmünze!

Dabei war seine ökonomische Lage nun die übelste. Er war ohne einen Heller in der Tasche von dem Feste zurückgekommen und wußte nicht, wo er Geld auch nur zu einem Stück Brod hernehmen sollte. Seine bisherigen Trink- und Spielgefährten liehen ihm wohl am ersten Tage einige Centimes, aber das nächste Mal entschuldigten sie sich, daß sie selbst nichts hätten. Als er in den Schenken sein Glück versuchte, wo er so manche Flasche geleert hatte, wollte man überall erst Geld sehen, ehe man ihm Speise und Trank verabreichte. Wohin er sich in seiner Noth wandte, scholl ihm mit Achselzucken das alte Sprüchwort entgegen: Kein Geld, kein Schweizer!

Das alles zerrte und riß an seiner Seele, und vergebens fluchte und wetterte er dagegen. Das war zum toll werden; aber es war nicht zu ändern. Doch, Joseph, doch! rief ihm eine innere Stimme zu, und er sah Manon, wie sie ihn mit dem Kreuz der Mutter aus den Händen seiner Feinde löste. Es kostete ihn einen schweren, schweren Kampf; dennoch gewann er es endlich über sich: er wollte arbeiten. Aber auf dem Lande hatte die stille Zeit begonnen, und er hatte kein Handwerk gelernt. In seiner Noth faßte er sich ein Herz und ging zu den Eigenthümern der Almen von Herbagères. Es war ein saurer Gang für den Hochmüthigen. Er erinnerte sie an das, was er für sie gethan hatte. Statt der Arbeit gaben sie ihm ein Almosen. Er hätte den reichen Bürgern, die sich's auf dem Feste fast als eine Ehre zu schätzen schienen, mit ihm anzustoßen, die Gabe gern vor die Füße geworfen, wenn ihn nur nicht gehungert hätte. Zähneknirschend nahm er das Almosen und verwünschte sie und die ganze Menschheit.

Er hatte seinen letzten vergeblichen Gang gethan und sich rathlos auf das Bett, das Ehebett seiner Eltern, in der großen Stube geworfen, als einer seiner frühern Gesellen zu ihm hereintrat. Joseph hatte denselben immer von allen am wenigsten gemocht, obgleich ihm jeder recht war, der mit ihm trinken und spielen wollte. Der Bursche war

Knecht bei Gaingratte, ein verschmitzter hinterlistiger Mensch, dem sein Herr am meisten mißtraute. So muß wohl gesagt werden; denn Gaingratte traute keinem Menschen. Er war übrigens nicht der Mann, mit den Aeußerungen seines Mißtrauens oder Argwohns gegen seine Dienstboten zurückzuhalten, und so kam es, daß ihm ehrliche Leute auf die Dauer nicht dienen wollten, zumal die Kränkungen, denen sie von seiner Seite ausgesetzt waren, durch keinen guten Lohn aufgewogen wurden. Seine Knechte waren daher gewöhnlich schlechte Subjekte, die anderwärts nicht leicht unterkommen konnten.

Ein solches Subjekt war auch Boland, so hieß der Bursche, den Joseph zu sich hereintreten sah. Joseph hatte mit demselben manchen Hader und Zank gehabt, und so war sein Empfang eben nicht der freundlichste. Boland ließ sich dadurch nicht irre machen. Er nahm ohne weitere Aufforderung neben dem Bette Platz, auf dem Joseph liegen geblieben war, wischte sich den Schweiß von dem blatternarbigen Gesicht und sagte:

Muß doch mal nachfragen, was du schaffst. Läßt dich ja nirgends mehr sehen.

Was kümmert's dich? brummte Joseph.

Kümmert mich freilich nicht viel, versetzte der Andere phlegmatisch. Seit du aber fehlst, ist's lang' nicht mehr so lustig. Bist krank?

Joseph fuhr auf und rief: Willst du mich zum Narren halten? Weißt ja, daß ich kein Geld hab'!

Du spaßest wohl, meinte Boland. Du und kein Geld!

Joseph hieß ihn wüthend, sich zum Teufel scheeren. Boland aber rief mit dem Ausdruck der Treuherzigkeit: Na, siehst, es ist 'ne Schande, daß ein Kerl wie du kein Geld hat. Wenn ich deinen Kopf hätt', mir sollt' es nimmer an Geld fehlen.

Dir ist wohl der deinige zu lieb, um ihn vom Profoß scheeren zu lassen, brummte Joseph und kehrte sich der Wand zu.

Voland lachte und betheuerte, das sei ein vortrefflicher Spaß. Dann zog er eine Flasche hervor und sagte: Da du kein Geld hast, so trink' einen Schluck Kirschwasser für nichts. Er goß ein Wasserglas, welches auf dem Gesimse des Kamins stand, halb voll und reichte es Joseph, der sich jedoch nicht rührte. Voland ließ sich nicht abweisen. Hast beine üble Laune wohl zu lieb, um sie wegzutrinken? fragte er. Wenn einer am Beutel krank ist, da giebt es keine bessere Medicin als einen guten Schluck. Ich mein', du kennst das Recept. In jedem Tropfen steckt ein guter Rath. Trink', sag' ich dir! Ein Kerl wie du hat kein Recht, mürrisch zu sein, wenn der Bach einmal trocken liegt.

War es die mit Schmeichelei gewürzte Ueberredung des Gesellen, oder der Duft des schon länger entbehrten Kirschgeistes, genug, Joseph setzte sich aufrecht, nahm das Glas und leerte es auf einen Zug. Dann stand er auf, reckte sich und ging in der Stube auf und nieder. Voland füllte das Glas aufs neue, welches Joseph auf den Tisch gesetzt hatte, und stellte die Flasche daneben, worauf er wieder seinen vorigen Platz einnahm, mit lauerndem Blick den hin und her Gehenden verfolgend. Nach einigen Gängen blieb dieser neben dem Tische stehen, und Voland fixirend, fragte er:

Was willst eigentlich von mir?

Nichts, entgegnete der, die Achseln zuckend. Aber das muß ich wiederholen: für einen so gewitzten Kerl, wie der Joseph Brisar, ist's eine Schande, wenn er so arg auf dem Trockenen sitzt.

Zum Teufel, ist's meine Schuld, wenn ich Unglück im Spiel hab'? murrte Joseph, griff abermals zum Glase und that einen zweiten tüchtigen Schluck. Durch die Erinnerung und den Branntwein aufgeregt, verwünschte er sein Unglück aufs heftigste und machte seinem Grimm über die Menschen in den leidenschaftlichsten Ausdrücken Luft. Was hilft's, ein ehrlicher Kerl bleiben zu wollen, knirschte er, wenn sie einen zum Schurken haben wollen.

Das ist ein wahres Wort, sagte Voland. Die Menschen wollen es so; aber was willst? du kannst doch nicht die Welt zusammenschmeißen!

Ich wollt', ich könnt's! knirschte der Andere, indem er eine Faust machte.

Ist auch der Mühe werth! bemerkte der Gast ruhig. Was hast davon? Ich begreif' nicht, wie du, der in seinem kleinen Finger mehr Verstand hat als alle Geldprotzen in Martigny zusammengenommen, so toben kann, statt sich einfach aus der Klemme zu helfen. Und an Muth fehlt's dir doch auch nicht? Es giebt ja Geld und Gut genug in der Welt für jeden, der es nur geschickt anzufangen weiß.

Du! drohte Joseph, indem er mit finster zusammengezogenen Brauen dicht vor Voland trat.

Was giebt's? fragte dieser und sah seinen Wirth unschuldig ins Gesicht. Dann fuhr er fort: Wenn ich deinen Verstand hätt', mir sollt's nicht fehlen. Ich wüßt' schon, was ich thät'!

Und was denn? fragte Joseph, sich auf den Rand des Bettes setzend.

Voland aber rief statt zu antworten: Es ist doch ein Hundeleben, daß du jetzt führst! und er malte Joseph im Gegensatz zu der unerquicklichen Gegenwart das lustige Leben, das dieser vor dem geführt hatte, in der heitersten Weise aus. Er verhieß seinem Zuhörer eine viel herrlichere Zukunft, wenn derselbe nur wollte. Und warum sollte Joseph nicht wollen, meinte er, da derselbe nichts zu verlieren, wohl aber alles, bei seinem Verstande und seinem Muthe, die er immer wieder rühmte, zu gewinnen hätte. Ein Kerl wie der Joseph sei zum Genuß des Lebens geschaffen. Solche Leute hätten daher auch ein Recht auf die Mittel zum Genusse, und er gab zu verstehen, daß er wohl Einen wüßte, der für sie beide genug hätte.

Joseph hatte ihn ohne Unterbrechung ausreden lassen. Vor seiner Einbildungskraft wogten, blinkten, winkten und schäumten volle Becher, schöne Mädchen, Haufen von Gold. Sein Blut gerieth in Feuer. Bei den letzten Worten des zischenden Verführers aber sprang er auf und schrie:

Geh zum Teufel, du gottesjämmerlicher Lump.

Voland zuckte mit den Schultern. Jeder weiß am besten, ob ihn sein Rock wärmt, sagte er. Manchem macht auch das Betteln Spaß. Aber mich könnt's toll machen, wenn ich hören müßt', wie die Leut' von dir sprechen: da steht der Joseph an der Kirchthür und streckt die Hand aus. Na, ich hab's ja immer gesagt, daß er ein Taugenichts ist. Und ein Prahlhans und ein Maulheld dazu, sagt der Andere. Hätte er Muth, so würd' er's wenigstens mit dem Schmuggel versucht haben, aber er hat so wenig Herz wie ein Huhn.

Joseph schlug mit der Faust auf den Tisch, daß Glas und Flasche tanzten. Der Knecht aber sagte kaltblütig: Beweise es ihnen, daß du Muth hast! Hast freilich gesunde Zähne fürs Bettelbrod; wohl bekomm's dir. Wenn ich aber an deiner Stelle wäre, ich wüßt' schon, wie ich mich an all den hochmüthigen Lumpen rächte, die jetzt auf dich herabsehen, als seist du nur eben gut genug, um sich die Schuhe an dir abzuputzen. Vor vollen Taschen kriechen die alle zu Kreuz. Mordelement, ein Bursche wie du soll trockne Brodrinden nagen und Trübsal blasen!

Wie meinst es denn? murmelte Joseph, indem er sich wieder aufs Bett setzte. Ein kalter Schweiß bedeckte seine Stirn.

Voland stand auf. Ich sag' dir schon ein anderes Mal mehr, wie ich's meine, wenn ich erst weiß, daß du auch willst. Aber das glaub' mir: so gut kommt die Gelegenheit nicht oft.

Er entfernte sich, und Joseph ließ ihn gehen, ohne seinen Abschiedsgruß zu erwidern. Er war in einer unbeschreiblichen Aufregung, Voland's Reden gingen ihm nicht aus dem Sinn. Daß dieser seine Absicht nicht bestimmt ausgesprochen hatte, wirkte um so mächtiger auf seine Phantasie. Er war freilich ein gewaltthätiger Bursche; aber er war es nur, wenn er gereizt wurde, was leider leicht genug geschah. Sein Haar sträubte sich. Es überrieselte ihn mit kaltem Schweiß, und er sah zuweilen alle Gegenstände wie durch ein rothes Glas. Namentlich in der Nacht schien es ihm, als ob ein röthlicher Schimmer die Stube erhellte. Er hätte gern Licht angezündet, aber er hatte keins, und schlafen konnte er nicht. Es nützte ihm auch nichts, daß er die Augen schloß; er sah durch die Lider hindurch.

Daß er nicht einmal Licht anmachen konnte, um das Phantom seines erhitzten Blutes zu verscheuchen, rückte ihm wieder die ganze Erbärmlichkeit seiner Lage vor. Er sah keine Möglichkeit, sich aus ihr zu befreien, und es war ihm unerträglich, ein solches Leben weiter fortzuführen, zumal wenn er an die schönen Dinge dachte, von denen Voland ihm vorgesprochen hatte. Er wollte nicht an sie denken, aber sie drängten sich ihm immer wieder auf. Und warum sollte er sein elendes gegenwärtiges Dasein fortführen, wenn es nur von seinem Entschluß abhing, fortan herrlich und in Freuden zu leben? Er glaubte zu fühlen, daß unter dem Druck von Noth und Entbehrung die Spannkraft seines Geistes nachgelassen habe, und er wollte sich überreden, daß darin die Ursache läge, warum er vor jenem Entschluß zurückschreckte. Er meinte, vielleicht stelle er sich dasjenige, was Voland im Sinne habe, ärger vor, als es sei. Hören könnte er doch wenigstens, was derselbe beabsichtigte; es stand ja dann noch immer bei ihm, zurückzutreten.

Erst mit Tagesanbruch schlief er ein. Allein sein Schlaf war unruhig wie sein Wachen, und voll beängstigender Träume, von denen der eine immer gräßlicher war als der andere. Zuletzt stand er an dem Rande eines jähen Abgrundes. Er wußte, daß Voland hinter ihm herschlich; aber er konnte sich nicht umwenden, noch regen, er war wie gelähmt; er wollte um Hülfe rufen, aber er bekam keinen Laut aus der Kehle. Jetzt fühlte er Voland's Hand auf seiner Schulter, ein Stoß, er stürzte hinab.

Er erwachte und starrte in das pockennarbige Gesicht Desjenigen, von dem er eben geträumt hatte. Du schläfst ja, wie ein Todter, sagte Voland, trotz all meines Schüttelns und Rüttelns.

Joseph war von seinem Traum noch so befangen, daß er kein Wort hervorbringen konnte. Erst allmälig kam er zu dem Bewußtsein seines wachen Zustandes; allein das Grauen, welches er vor dem hinterlistigen, heranschleichenden Voland empfunden hatte, wollte nicht weichen.

Der Knecht hieß ihn aufstehen und mit ihm nach Martigny kommen. Sein Herr habe nach ihm geschickt; der wolle ihn sprechen. In welcher Angelegenheit wußte Voland nicht anzugeben. Aber das trifft sich gut, lachte er, während Joseph sich anzog. Sieh dir doch alles genau an, wenn du zu dem Alten hineingehst; du könntest es brauchen.

Joseph blieb stumm. Ihm war erbärmlich zu Muth. Aber da stand noch die Branntweinflasche auf dem Tisch, welche Voland wohl nicht ohne Absicht zurückgelassen hatte. Joseph goß sich daraus ein und trank.

Ich weiß nicht, wie du mir vorkommst, sagte Voland. Du bist ja so stumm, wie die Wand. Joseph entschuldigte sich, daß er schlecht geschlafen habe.

Hast wohl keinen Schlaftrunk genommen, bevor du dich hinlegtest? fragte Voland, ihn mit einem bedeutenden Blick ansehend. Ich thu's immer. Da träumt man nicht. Sie gingen. Auf ihr gestriges Gespräch kam Voland nicht zurück. Die Landstraße war wohl nicht der geeignete Ort, dergleichen Dinge zu bereden.

Gaingratte's Wohnung lag in einer Nebenstraße des Fleckens. Es war ein Eckhaus, welches mit den dazugehörigen Stallungeu ein großes Viereck bildete. Das Haus gehörte Gaingratte; er hatte aber nur das Stockwerk zur

ebenen Erbe inne. Die andern, zu benen ein besonderer
Eingang führte, hatte er vermiethet. Seine Geschäftsstube
befand sich gleich neben der Hausthüre. Dorthin wurde Joseph von Boland gewiesen, der ihn mit der Aufforderung
verließ, zu ihm in den Stall zu kommen, sobald Gaingratte
mit ihm gesprochen hätte. Die Stube, in welche Joseph
trat, war nur klein, und das einzige Fenster derselben, wie
alle übrigen im Erdgeschosse, von außen mit einem Gitter
versehen. Ein altes Stehpult, ein Zähltisch und ein Stuhl
bildeten das einzige Geräth dieses Raumes. Gaingratte
stand in einem schmutzigen, zerrissenen Schlafrock am Pulte
und schrieb in seinen Büchern. Er ließ sich in dieser Beschäftigung auch durch den Eintretenden nicht stören, schielte
aber wiederholt über die Blätter seines großen Buches nach
Joseph. Er hatte denselben nnr flüchtig auf dem Feste gesehen, und er pflegte die Leute scharf zu mustern, bevor er
sich mit ihnen einließ. Joseph's Stückchen, von dem er auf
der Alp Zeuge gewesen, hatte ihm gefallen. Es zeugte nach
seiner Meinung von Witz und Ueberlegenheit; denn er selbst
bildete sich etwas darauf ein, daß es noch Keinem gelungen
sei, ihn beim Empfange, selbst von großen Summen, auch
nur mit einem falschen Centimestücke anzuführen. Einen
gewitzten Burschen aber konnte er brauchen, zumal wenn
derselbe, wie Joseph, lange Jahre in Italien gelebt hatte.
Es war mit der Rüstigkeit des Alten doch nicht mehr ganz
so beschaffen, wie er auf dem Mittsommerfeste gegen Manon
sich gerühmt hatte. Die Reisen über die Alpenpässe zu den
Viehmärkten Oberitaliens fingen ihm beschwerlich zu werden
an, und es war daher kein leerer Vorwand gewesen, wenn
er sich bei dem Wildheuer nach einem zuverlässigen Menschen

erkundigt hatte, der schreiben und rechnen könne. Ob Joseph ein solcher sei, war freilich die Frage; allein der Viehhändler stimmte darin mit den Frommen überein, daß diese
Welt höchst verderbt sei und es keine Tugend mehr auf
Erden gäbe. Lief er bei Joseph möglicherweise Gefahr, daß
ihm derselbe Geld im Spiele veruntreute, so war er überzeugt, daß ihn ein Anderer auf andere Weise betrügen
würde. Indem er aber Joseph in seine Dienste nahm, wie
er dessen Vater halb zugesagt, erschien er vor Manon in
einem vortheilhaften Licht; denn er wußte noch nicht, daß
diese inzwischen seine Werbung zurückgewiesen hatte. Dagegen war es ihm wohl bekannt, daß sich Joseph in
der höchsten Noth befand, und er konnte daher hoffen,
dessen Dienste billiger, als die eines Anderen, zu erhalten.

Er legte endlich die Feder weg, die er nur noch zum
Schein geführt hatte, und ging auf den Zweck ein, zu welchem er Joseph hatte rufen lassen. Nach seiner Versicherung
geschah es nur aus Freundschaft zu dem alten Brisar, daß
er Joseph in seine Dienste nehmen wollte; er wüßte noch
gar nicht einmal, wozu er ihn brauchen könnte. Der Lohn,
den er bot, war erbärmlich.

Joseph sah ihn mit weitgeöffneten Augen an. Voland's
Bemerkungen am Morgen hatten ihm kaum noch einen
Zweifel übrig gelassen, auf wen der Knecht zielte, und nun
bot ihm dieselbe Person die Hand, ihn in sein Haus zu
ziehen. Einen Augenblick war er keines Gedankens mächtig,
und sein Herz schlug so gewaltig, als wollte es ihm die
Brust zersprengen. Dann rief er mit einer Rauhheit und
Heftigkeit, über die Gaingratte fast erschrack:

Laßt das Schwätzen. Ich nehm' den Hundelohn an. Was soll's dafür?

Gaingratte griff in die Tasche, und Joseph ein Zweifrankenstück gebend, sagte er: ein Wort, ein Mann, und hier ist Handgeld. Joseph sollte sich bereit halten, innerhalb acht Tagen mit einem Viehtransport zum Herbstmarkt nach Turin aufzubrechen; Voland würde ihn als Knecht und Gehülfe begleiten.

Der Voland? fragte Joseph betroffen.

Er ist ein Taugenichts; aber das sind heut zu Tage alle Dienstleute, rief Gaingratte brutal. Sieh ihm nur scharf auf die Finger!

Er entließ Joseph mit der Weisung, am folgenden Morgen wiederzukommen, wo er ihn bis zu seiner Abreise mit seinen Obliegenheiten bekannt machen würde.

Joseph ging davon, ohne seines Voland gegebenen Versprechens zu gedenken. Als er den Flecken hinter sich hatte, begann er einen Marsch zu pfeifen. Zu Hause trank er den Rest des Branntweins aus, worauf er sich aufs Bett warf. Ah! rief er, sich streckend, und einige Secunden darauf war er eingeschlafen.

Unterdessen herrschte auf den Alpen große Bestürzung. Paul hatte dem Luchs vergebens aufgepaßt. Im Lauf des folgenden Tages erfuhr man, daß das Raubthier auf savoyer Seite in eine Heerde eingebrochen sei, und ähnliche Hiobsposten brachten die nächsten Tage von den Sennhütten des Ferretthales. Paul ließ sich durch das Herumschweifen des gefährlichen Thieres nicht abhalten, allabendlich seinen Wachtposten bei Manon's Hütte zu beziehen. Ein Paar Stunden Schlaf über Mittag genügten ihm für die entbehrte Nacht-

ruhe. Die Sennerin neckte ihn, daß es wohl nicht der
Luchs, sondern die Annette sei, welche ihn in einen so hart-
näckigen Jäger verwandelt habe. Er ließ sie in diesem
Glauben; aber die scherzhafte Unterhaltung mit der muntern
Dirne schien ihren frühern Reiz für ihn verloren zu haben.
Annette legte sich gewöhnlich nieder, wenn er seine erste
Wacht bezog, und er vermißte sie nicht. Manon leistete ihm
getreulich Gesellschaft. Er verwunderte sich über sich selbst,
daß er so ernst sein könnte, und mehr noch, daß ihm die
Unterhaltung mit der sinnigen Manon ein solches Vergnügen
gewährte. Es kam ihm vor, als sähen die Dinge und Verhältnisse in der Welt eigentlich ganz anders aus, als sie
ihm bisher erschienen waren, und als sei auch die Manon
im Grunde eine Andere. Freilich war sie es auch in dem
traulichen Beisammensein in der Stille der Nacht. Sie bemerkte wohl, daß Paul gern mit ihr allein war, und Neigung und Einsamkeit lösten ihr unbewußt das Siegel von
den Lippen. Sie sprach manches aus, was sie allein gedacht und geträumt hatte. Zuweilen erschrak sie selbst davor;
es kam ihr vor, als ob ein fremder Geist aus ihr gesprochen
hätte. Es war der Geist der Einsamkeit, dem sie an so
manchem stillen Sonntags-Nachmittag gelauscht hatte. So
saßen sie die Nächte bei einander, auf der Schwelle der
Hütte oder einem Stein, mit gedämpfter Stimme zu einander redend, sich erzählend wie in einer Kirche. Paul's
Händedruck beim Kommen und Scheiden ward immer wärmer.
Manon saß oft noch sinnend draußen, wann er schon längst
fortgegangen war.

Sein beharrliches Wachehalten sollte indessen nicht unbelohnt bleiben. Es war bei Anbruch der fünften Nacht.

Er befand sich etwa seit einer halben Stunde auf seinem Posten, als die Ziegen unruhig zu werden begannen. Sie meckerten ängstlich und zerrten an den Leinen, mit denen sie angebunden waren. Paul schaute scharf aus. Da gewahrte er zwischen den Steinen über den unruhigen Thieren zwei schimmernde Punkte, die unbeweglich gegen ihn standen. Vorsichtig hob er sein Gewehr; da verschwanden sie. Er blieb im Anschlag liegen. Fünf Minuten später glitzerte es wieder droben auf. Er feuerte, und eine dunkle Masse stürzte vom Felsen herab und mit einem dumpfen Aufschlag mitten unter die Ziegen, welche entsetzt aus einander fuhren, so weit es ihre Fesseln erlaubten. Es war der Luchs; der Schuß war ihm zwischen den Augen ins Gehirn gedrungen, und regungslos lag er da. Paul, welcher schnell auf seine Beute zugesprungen war, mußte den Ziegen wehren, welche sich jetzt mit ihren Hörnern wüthend auf den todten Feind werfen wollten.

In der Hütte hatte man den Schuß gehört, und als Paul mit seiner Beute dort erschien, versammelte sich Groß und Klein um ihn. Die ältern Geschwister waren noch aufgewesen; die jüngern hatte Manon ihrem Versprechen gemäß geweckt. Sie hielt den Kindern immer ihr Wort, denn sie versprach ihnen nie etwas, um sie nur für den Augenblick zu beschwichttgen. Deshalb galt ihr Wort auch bei Allen als ein Evangelium.

Gott Lob, daß der Schlafräuber todt ist! sagte Annette, während die Kinder den Luchs umstanden, denen Karl mit großem Selbstbewußtsein zum Besten gab, was er von dem Vater und den Sennen von Herbagères über die Naturgeschichte des Raubthieres herausgefragt hatte.

Wie so nennst ihn denn einen Schlafräuber? fragte Paul.

Da hört man's, daß du seit vier Nächten kein Aug' zugethan hast, rief Annette, sonst hätt'st nicht so dumm gefragt. Aber jetzt schlaf' einmal ordentlich aus! Bist ja langweilig geworden zum Sterben.

Ja, das will ich! versetzte er; denn über deine Klugheit fallen mir schon jetzt die Augen zu.

O Paul! Paul! wo ist dein Witz geblieben? lachte Annette, du schlägst ja mit Knütteln um dich. Geh' heim, armer Paul!

Aber er ging nicht; er zögerte, er hätte gern noch wie sonst wenigstens ein Stündchen mit Manon geplaudert. Annette ließ ihn jedoch nicht dazu kommen. Sie umschwärmte ihn mit ihren Neckereien wie eine Mücke, und er schien wirklich schwerfälliger geworden zu sein, was sie noch mehr reizte. Manon mußte von Zeit zu Zeit über die Schwester lachen, während Paul immer ungeduldiger wurde.

Nun ist's aber wirklich Schlafenszeit, sagte sie endlich. Die Kinder haben sich an dem Luchs müde gesehen.

Ja, Paul! rief Annette. Und siehst du oben die sieben Sterne? Das ist der große Bär. Wenn du dem nachgehst, kannst deinen Weg nicht fehlen; er steht just über Herbagères. Gute Nacht!

Sie nahm die jüngsten Kinder an die Hand und ging in die Hütte.

Paul mußte jetzt wohl aufbrechen.

Ich wollt', der Luchs wär' erst morgen gekommen, sagte er, indem er das Thier über die linke Schulter warf und dann Manon die Hand reichte.

Dann wär's morgen wie jetzt! lächelte sie.

22

Freilich; es ist dumm. Aber es ist doch eigen, daß ich morgen Abend nicht wiederkommen soll. Gute Nacht!

Sie erwiederte seinen Gruß; aber er hielt ihre Hand noch fest und zögerte unschlüssig. Endlich sagte er:

Glaubst noch, daß ich mir nichts aus dir mach'?

Ich weiß nicht; bist du doch nicht um meinetwillen heraufgekommen! versetzte sie ausweichend.

O! rief er, ich will dir zeigen, daß ich auch ohne den Luchs wiederkommen kann.

Nein, nein, thu's nicht! bat sie lebhaft. Es paßt nicht.

Schon gut; aber wenn ich käm'?

Du wirst nicht kommen, Paul! entgegnete sie mit einiger Verlegenheit. Gute Nacht! Sie löste ihre Hand aus der seinigen, und er ging eben nicht ganz zufrieden davon. Seine Unzufriedenheit schien indessen nicht lange anzuhalten; denn nachdem er mit einem mächtigen Satz über den Bach gesprungen war, hörte ihn Manon ein lustiges Lied anstimmen. Sie hörte ihm eine Weile zu; dann schüttelte sie den Kopf und ging in die Hütte.

6.

Paul Hebert's Ruhm als glücklicher Schütze verbreitete sich von einer Alp zur andern. Er selbst hatte nichts Eiligeres zu thun, als den Luchs auszubälgen und einen ihm bekannten Touristenführer aus Martigny mit dem Verkauf des Pelzes zu beauftragen. Von dem Gelbe sollte derselbe Joseph's Spielschuld entrichten und für den Rest ein breites Band von blauem Atlas mit silbernen Spitzen einhandeln,

wie dergleichen die Walliserinen um ihre niedrigen schmal-
bortigen Strohhüte tragen, so daß die Krone derselben von
dem steifen, gefälteten Bande überragt wird.

Voll Ungeduld erwartete er die Rückkunft des Führers;
noch ungeduldiger machten ihn die Abende. Gewohnheit und
Neigung trieben ihn nach der Hütte der Wildheuerin.
Manon's Bitte hielt ihn zurück. Keine Arbeit wollte ihm
zu dieser Stunde behagen. Zuletzt haderte er in seinem
Innern mit dem Mädchen, daß sie seine Abendbesuche nicht
wollte. Jede Andere hätte dieselben mit Freuden angenommen und sich seines Kiltganges gerühmt. Freilich traf er
Manon am Tage, wann sie Wildheu nach Herbagères brachte;
aber das rechnete er für nichts, und sie gönnte ihm dann
auch kaum eine Minute. Sie entschuldigte sich, daß sie bei
dem schönen Wetter keinen Augenblick zu verlieren hätte.

Eines späten Nachmittags erhielt er endlich das Band.
Nun mußte er doch seine Ungeduld noch bis zum nächsten
Tage zügeln, ehe er es Manon geben konnte. Es brannte
ihn in der Tasche und er mußte es der Sennin zeigen.

Diese lobte das Band, welches auch gar prächtig war.
Na, die Annette wird sich freuen! äußerte sie; denn da sie
Paul immer mit dieser hatte scherzen sehen, so glaubte sie,
daß das Geschenk auch für Manon's muntere Schwester sei.
Paul war es gar nicht Recht, daß die Sennin nicht auf
Manon rieth, auf welche sie, wie er wußte, große Stücke
hielt. Indessen besänftigte ihn bald wieder die Vorstellung,
was die Frau für Augen machen würde, wenn sie Manon
mit dem Bande geschmückt sähe, und daß diese besser wüßte,
was er werth sei.

Aber seine Eitelkeit sollte in dieser Beziehung einen

unerwarteten Stoß erleiden. Als Manon am nächsten Tage nach Herbagères kam, und er nun in dem Heuschober mit schmunzelnder Miene das Band aus dem Papier wickelte, bewunderte auch sie den kostbaren Putz; als er ihr aber sagte, daß derselbe für sie bestimmt sei, zeigte sie mehr Betroffenheit als Freude. Sie weigerte sich hartnäckig, das Geschenk anzunehmen, und schalt ihn ernstlich aus, daß er sein Geld auf diese Weise verschwende. Aber es ist ja für den Luchs! wandte er kleinlaut ein. Das wäre gleichviel, meinte sie, er brauchte darum nicht das Sprüchwort wahr zu machen: wie gewonnen, so zerronnen. Er ließ indessen nicht nach mit Bitten und Schmeicheln, bis sie nachgab. Aber er mußte ihr versprechen, ihr nie mehr etwas zu schenken.

Bist du aber stolz! rief er froh aufathmend, als sie endlich das Papier mit dem Bande zu sich steckte.

Ist's denn Stolz, wenn man nicht Geschenke annehmen mag, die man nicht erwidern kann? fragte sie mit höher glühenden Wangen, indem sie einen Nachdruck auf das Wort „kann" legte. Es wäre mir lieber, Paul, du hättest mir nichts geschenkt.

Den Ihrigen sagte sie von dem Bande nichts, das sie daheim sorgfältig verwahrte. Es war ihr werth, wie der erste warme Hauch, welcher die Ankunft des Frühlings verkündet. In der That schien das Geschenk der Vorbote einer freundlicheren Wendung der Verhältnisse, welche die arme Manon bisher so schwer gedrückt hatten, denn einige Tage später an einem Sonnabend, kam Joseph mit der Nachricht herauf, daß er im Begriff stehe, im Dienst Gaingratte's nach Italien zu gehen. Daß Gaingratte sein Brodherr geworden, war Manon freilich nicht angenehm, allein die Hauptsache war doch, daß Joseph ein thätiges Leben anfing. Als sie den Bruder kommen sah, schlug ihr das Herz bang auf; hatten ihr Joseph's Besuche bisher doch nimmer Gutes gebracht, und die Erinnerung an den letzten Auftritt in Herbagères machte sie anfänglich um seinetwillen verlegen. Nun machte die Freude ihre blauen Augen noch einmal so strahlend.

Joseph schaute düster darein und vermied es, den Blicken der Schwester zu begegnen. Er hätte eben keine Ursache sich sonderlich zu freuen, meinte er; der Lohn sei erbärmlich, aber er wollte schon zufrieden sein, wenn nur der Voland nicht wäre. Ich könnt' den Kerl erwürgen! knirschte er.

Auf Manon's Frage, was er gegen den Voland habe, antwortete er nicht. Er hatte sich auf einen Stein gesetzt und bohrte mit seinem Stock fortwährend in den Boden. Es schien ihm etwas schwer im Sinn zu liegen, allein er sprach es nicht aus.

Wann reist denn? unterbrach Manon endlich das Schweigen.

Montag! murrte er und setzte mit einem Seufzer hinzu: Ich wollt', es wär' schon heut!

Was haft nur? fragte Manon, durch sein seltsames Wesen beunruhigt.

Er blieb stumm. Manon erzählte ihm das Unglück, welches der Luchs unter ihren Ziegen angerichtet hatte; Joseph bohrte fort und fort mit finsterer Miene in den Boden. Nach einer Weile sagte er:

Daß ich's nicht vergeß'! Der Gaingratte läßt dem Vater sagen, er möchte morgen Nachmittag in die Schenke von Trient hinunterkommen; er hätte nöthig mit ihm zu reden.

Manon fragte ihn, ob er denn nicht vom Vater Abschied nehmen würde?

Grüß' ihn, murrte er zurück. Ich mag nicht nach Herbagéres gehen.

Manon begriff, daß er sich schämte. Sie freute sich dessen, und ihm die Hand auf die Schulter legend, sagte sie mit herzlichem Tone: Bruder, es ist alles gut!

Den Teufel ist's gut! rief er mit ausbrechender Heftigkeit, indem er aufstand. Zum erstenmale traf sein Blick voll die Schwester. Da blitzte ihm das silberne Kreuz an ihrem Halse ins Auge. Er fuhr zusammen und stammelte: Hast's wieder?

Es ist alles in Ordnung, lieber Joseph! sagte sie mit freundlichem Lächeln.

Seine Brust wogte. Er kämpfte sichtlich mit sich; aber das störrische Herz fesselte seine Zunge. Plötzlich wandte er sich ab. Leb' wohl! rief er kaum verständlich und wollte fort. Manon warf ihren Arm um seinen Nacken. Lieber, lieber Joseph! sagte sie innig. Er riß sich los und stürmte fort, indem er sich die Mütze tief in die Augen drückte.

O, nun wird alles gut werden! sprach die Schwester, ihm nachblickend, mit einem frohen Lächeln zu sich selbst.

Gleich darauf schickte sie Karl mit des Bruders Auftrag nach Herbagéres. Der alte Brisar machte ein klägliches Gesicht, als er die Botschaft vernahm. Es kam ihm gar zu sauer an, dem reichen Gaingratte eine abschlägige Antwort auf seine Werbung zu geben, und mit schwerem Herzen stieg er am Sonntag nach Trient hinab. Seine Pfeife war

ihm nie so oft ausgegangen als auf diesem Wege, und als
er in das Dorf kam, fing er mit dem Schmiede, der vor
seinem Schuppen stand, ein langes Gespräch über Wind und
Wetter an. Der Schmied meinte, das Wetterchen sei ein
ganz gutes Wetterchen, es sei hübsch trocken; da fielen
die Nägel aus den Hufeisen und Radreifen, daß es eine
Freude sei.

Ja, aber für das Wildgras ist's zu trocken.

Freilich, für das Graschen ist's zu trocken.

Endlich mußte Brisar doch weiter gehen. Gaingratte
wartete schon in der Schenke. Er hatte durch Joseph das
von dem Luchs angestiftete Unheil erfahren und war deshalb
in ungewöhnlich guter Laune. Es war ihm allerdings nicht
denkbar, daß ein so reicher Freier, wie er, von der armen
Wildheuerin abgewiesen werden könnte, aber jetzt glaubte er
seiner Sache so gewiß zu sein, als er zu Trient in der
Schenke saß. In seiner rosigen Laune ließ er Brisar auch
gleich ein Gläschen Kirschwasser einschenken, und sobald er
mit dem Alten allein war, rief er: Nun Schwiegerpapa
— he! he! he! Schwiegerpapa, kurios das — wann soll
die Hochzeit sein?

Die Hochzeit? stotterte Brisar mit einer Jammermiene.
Die Manon will ja nicht.

Wenn Gaingratte plötzlich die Nachricht erhalten, daß
seine sämmtlichen Rinder an der Seuche gefallen, er hätte
nicht versteinerter dasitzen können, wie jetzt. Und mein
Geld! Dies war seine erste Frage, nachdem er wieder von
seinem grenzenlosen Erstaunen zu sich gekommen war.

Brisar seufzte, und er fuhr fort, indem seine grauen
Augen zu funkeln begannen: Ihr bildet euch wohl ein, ich

hätte euch meine Ziegen auf euer blankes Angesicht kreditirt? Entweder die Manon wird meine Frau, oder ihr mögt zusehen, was euch geschieht!

Ihr sollt euer Geld ja haben! sagte der Wildheuer kleinlaut.

Wovon? Haltet ihr mich für einen Narren? rief Gaingratte grob. Aber bei Gott, ihr sollt an mich denken!

Wenn ihn Manon's Schwestern einen Wolf genannt hatten, so verdiente er diese Bezeichnung in diesem Augenblicke vollständig. Seine Augen funkelten so ingrimmig und tückisch, wie die jenes Raubthieres, wann ihm plötzlich eine Beute entgeht, die es schon sicher in seinen Zähnen zu haben glaubte. Sein Gesicht hatte in der Wuth eine grünliche Färbung angenommen. Er stand auf, um fortzugehen, aber an der Thüre kehrte er wieder um. Er hatte sich eines bessern besonnen. Was nützte es ihm, wenn er auch Brisar mit den Seinen vollends ins Elend stieß; die Rache, die er an seinem Bruder nehmen wollte, entging ihm doch. Sein Haß gegen diesen war in der Zwischenzeit noch gestiegen.

Der Kampf zwischen den „großen" und den „kleinen Glocken" war zwar durch die Regierung entschieden worden; allein die aus ihm entstandenen Feindschaften währten mit der ganzen Verbissenheit fort, welche die Leidenschaften in kleinen Städten und Ortschaften anzunehmen pflegen, wo man einander nicht ausweichen kann. Auch erinnerte die große Glocke, welche jetzt auf dem Schulgebäude prangte, die Besiegten täglich viermal an den Triumph ihrer Gegner. Den Goldkaspar erinnerte sie zugleich an einen Bruder, der auf sein Erbe lauerte. Er kannte seinen jüngern Bruder jetzt gar nicht mehr; wenn er demselben auf der Straße begegnete, so sah er weg und ließ seinen Gruß unbeachtet. Es gab überdies Leute genug, welche sich bei dem reichen Viehhändler dadurch einen Stein ins Brett zu setzen hofften, daß sie ihm manche eben nicht schmeichelhafte Aeußerung hinterbrachten, die Peter über ihn gethan haben sollte. Die Glocke ließ seinen Haß nicht einschlafen, und mitunter kam es ihm vor, als riefe ihm dieselbe ganz deutlich mit der Stimme Peters zu: Kratz' ab! kratz' ab! Freilich mußte er einmal „abkratzen“, aber der Peter und die Seinigen sollten sich zuvor noch verwundern, daß ihnen die Augen übergingen.

Der reiche Viehhändler hätte ohne Zweifel eine andere Frau als Manon suchen können, und wohl auch gefunden. Alle Mädchen dachten sicherlich nicht so, wie die arme Wildheuerin; sind es doch eben nur Ausnahmen, wenn die Gesinnung schwerer wiegt, als das Geld! Allein von der Zähigkeit abgesehen, mit der das Alter auf einmal gefaßten Plänen beharrt, und von der Gaingratte einen nicht geringen Theil besaß, hatte Manon zu ihrem Unglück alle Eigenschaften, welche ihrem Bewerber die Rache an seinem Bruder versüßen mußten. Hatte er auch bisher nie Zeit gefunden, sich zu verheirathen, so war er darum keineswegs gegen äußere weibliche Vorzüge blind. Die blonde, stattliche Tochter des Wildheuers hatte ihm immer gut gefallen, und dieser Eindruck war noch verstärkt geworden, als er sie am Mittsommerfest in ihrem reinlichen Sonntagsanzuge gesehen. Indessen war es mehr noch ihre Armuth gewesen, die seine Aufmerksamkeit auf sie gelenkt hatte. Eine Frau ohne jede Mitgift mußte ja mit dem wenigsten von seiner Seite zufrieden sein.

Sie war ihm als ihrem Wohlthäter zur Dankbarkeit verpflichtet, und konnte keinen Willen gegen den seinigen haben.
Eine solche Frau kam ihm eigentlich billiger zu stehen, als
seine Haushälterin, die Frau Centamour, und der alte Brisar
hatte ihm ja deutlich genug ins Ohr gesungen, wie haushälterisch Manon sei. Wegen dieser letztern Eigenschaft
konnte er sich's denn auch zu ihr versehen, daß sie das Seinige auch nach seinem Tode wohl zusammenhalten würde.
Der Gedanke, daß sein schwer, wenn auch mit etwas weitem
Gewissen, zusammengescharrtes Gut lustig verthan werden
könnte, sobald er die Augen geschlossen, hätte ihn nicht ruhig
sterben lassen. Eben hierin lag einer von den Gründen,
welche ihn von jeher gegen seinen Bruder Peter eingenommen hatten. Derselbe war durchaus kein Verschwender;
allein der Goldkaspar wußte keine andere Bezeichnung für
einen Mann, der gern, statt zu sparen und zu sparen, das
Seinige mit den Seinigen heiter genoß. Er selbst war ja
sein ganzes Leben ausschließlich Geld zu machen bestrebt gewesen, und so wußte er natürlich Manon's unermüdlichen
Fleiß zu schätzen. Und konnte er sich eine bessere Frau wünschen, als das ernste, schweigsame Mädchen, er, der weder
Zeit noch Verständniß für den Scherz hatte, und dem alles
zwecklose Geschwätz ein Gräuel war? Daß Manon eben so
sauber als angenehm in ihrer äußern Bildung erschien, ließ
ihn kälter. In diesem Punkte war er ein ächter Walliser.
Lieber wäre ihm dagegen gewesen, wenn Manon allein in
der Welt gestanden hätte. Indessen war er Philosoph und
Christ genug, nichts Vollkommenes in dieser Welt zu verlangen, und überdies wußte er, daß der Tod das einzige
Uebel sei, gegen welches kein Kraut gewachsen ist.

An alles dieses denkend, kam er wieder zurück.

Ihr müßt doch zugeben, rief er, den Rest seines Aergers niederkämpfend, daß die Verbindung mit mir für die Manon, wie für euch Alle ein Glück ist?

Brisar schaute trübselig in sein leeres Glas und seufzte: Freilich! freilich!

Ein Kalb müßte das einsehen. Die Manon aber hätte er für verständiger gehalten. Es sei nicht seine Sache, sich selbst zu loben, aber das müßte er doch sagen, was er für den Taugenichts, den Joseph, gethan, das würde sobald kein Anderer thun. Es verstände sich ja von selbst, daß er ebenso auch für die übrigen Geschwister sorgen würde.

Wie gut sollte es der alte Brisar und seine Kinder nach den Verheißungen Gaingratte's nicht haben! Die Versprechungen gingen dem armen Wildheuer gar honigsüß ein. Aber was nützte alles, wenn die Manon nun einmal nicht wollte?

Nehmt mir's nicht übel, rief Gaingratte dagegen. Ihr seid ein Narr! Seid ihr nicht der Vater? Braucht euer Ansehen, und wenn die Manon ihr Bestes nicht einzusehen vermag, so zwingt sie dazu. Ich will noch warten. Stellt ihr die Sache von beiden Seiten vor: sie muß gehorchen!

Der Wildheuer versprach's, und beide Männer verließen die Schenke. Es kam dem alten Brisar fast komisch vor, daß er sein väterliches Ansehen gegen die Manon brauchen sollte. Er, und Manon zwingen! Unter andern Verhältnissen hätte er über die Zumuthung gelacht. Aber die Sache hatte, wie Gaingratte richtig bemerkt, zwei Seiten, und die eine derselben benahm ihm das Lachen.

Sie will aber doch nicht! kopfschüttelte er auf dem Heim-

wege für sich, und so sagte er auch seiner Tochter von dieser
Unterredung nichts weiter, als daß Gaingratte gemeint hätte,
sie sollte es noch überlegen.

Ist schon überlegt, Vater! entgegnete sie fest, und auf
Nimmertag soll die Hochzeit sein; sag's ihm. Manon war
den ganzen Sommer über nicht so heiter gewesen wie jetzt.
Sie sah Joseph endlich seinem unthätigen Leben entrissen,
und sie hätte kein Weib sein müssen, wenn sie Paul's auf-
keimende Neigung zu sich nicht bemerkt hätte. Sie war
immer freundlich gegen den jungen Burschen; doch war ihr
ganzes Benehmen für ihn keineswegs ermunternd. Das
Band, welches er ihr geschenkt hatte, sollte für ihn keine
Fessel werden. Sie hatte es schon überlegt, als er noch
Nachts auf den Anstand kam, und es sich später ganz klar gemacht. Paul war zu arm, und sie hatte ihn zu lieb, um
ihm, selbst wenn er gewollt hätte, eine solche Bürde aufzu-
lasten, wie sie in der Sorge um ihre zahlreichen Geschwister
trug. Diesen eine Mutter zu sein, hatte sie sich selbst an
der Leiche der Verunglückten gelobt, und sie sah an dem
Beispiel ihres Vaters, daß auch der fröhlichste Muth erlahmt
und zerbricht, wenn die Sorge um das tägliche Brod zu
schwer wird. Wer ihre Hand nahm, der mußte auch ihre
unerzogenen Geschwister mitnehmen, als ob es ihre eigenen
Kinder wären. Das allein wäre eine Last gewesen, die Paul
an seinem Fortkommen in der Welt gehindert hätte, den
leichtlebigen, fröhlichen Paul, der so garnicht daran gewöhnt
war, irgend welche Lasten zu tragen. Aus Liebe zu ihm gelang es ihr, ihre Wünsche schweigen zu heißen, und sie hatte
den Muth, wenn er auch nicht ohne manches schmerzliche
Sinnen gestählt wurde, von ihm nichts weiter zu fordern.

Allein darum durfte sie sich doch seiner Neigung freuen, wie die Blüthe nichts von ihrem Reiz verliert, wenn auch keine Frucht aus ihr entsteht.

Sie selbst wandte dies Gleichniß auf ihr stilles Glück an, ohne sich dadurch warnen zu lassen, daß die Blüthe, welche nicht zur Frucht sich gestaltet, vertrocknet.

Paul war es noch mit keinem Mädchen ergangen, wie mit Manon. Er kam in seinem Verhältniß zu ihr keinen Schritt weiter. Sie wußte ihm stets mit der größten Gewandtheit auszuweichen, sobald er in einen wärmern Ton fallen wollte. Das verdroß ihn; denn die Eitelkeit ist wie das Kupfer in einer Silbermünze. Es bedarf eines mächtigen Feuers, um dasselbe herauszuscheiden, und es befand sich noch viel von diesem Kupfer in dem Silber von Paul's Neigung. Manon's Freundschaft war ein Ding, mit dem er nichts anzufangen wußte, und zum Unglück für sie und Paul war Annette da.

Annette hatte nicht nur von ihrem Vater das heitere Temperament geerbt, sie blühte auch wie eine Rose, voll und glühend. Ihrem Herzen war Paul völlig gleichgültig, aber sie scherzte eben so gern wie er. Seine Laune, in die ihn sein unklares, aus Liebe und Aerger gemischtes Gefühl für Manon versetzte, forderte sie heraus, und in seiner verletzten Eitelkeit war er nur zu geneigt, die muntere Dirne liebenswürdiger als Manon zu finden. Die Gewohnheit seiner eigenen heitern Natur schlug wieder immer mehr vor.

Eines Sonntags, da Paul mit der Sennin heraufgekommen war und mit Annette seinen Muthwillen trieb, sagte die Frau: Wenn ihr einmal ein Paar seid, so bewahre

Gott jeden Menschen vor eurer Nachbarschaft. Euer Gespaß' gäb' ihm Tag und Nacht keine Ruh!

Ja, wenn wir erst ein Paar sind! rief Annette. Was meinst Paul? Ich denk', ich bin hübsch genug, um dich unter den Pantoffel zu kriegen!

Sie hatte aus Gräsern und Alpenblumen eben einen Kranz gewunden. Den setzte sie jetzt auf, rückte ihn sorgfältig zurecht und stellte sich herausfordernd vor Paul. Dieser sprang auf sie zu und wollte sie umfassen. Sie aber wehrte und sträubte sich, und ergriff endlich die Flucht. Paul lief ihr nach, erhaschte sie und küßte sie. Als er sie jedoch losließ, gab sie ihm eine schallende Ohrfeige.

Ja, ja, lachte die Sennin, was sich liebt, das neckt sich.

Manon lachte auch, aber gezwungen.

Annette war über die Freiheit, die sich Paul erlaubt, ernstlich böse, und er hatte Mühe, sie zu versöhnen. Das Zürnen kleidete sie fast hübscher als ihre Lustigkeit, und es ist für einen jungen Burschen ein gefährliches Ding, eine unwillige Schöne zu beschwichtigen. Paul's Schmeicheln und Bitten wurde durch Annettens Schmollen immer feuriger. Er hatte sich neben sie gesetzt; er sah ihr so flehend in die Augen, und er hatte so hübsche, schelmische Augen! Er legte seinen Arm um ihren Leib und sie — sie wußte nicht, wie es kam — sie neigte ihm allmälig die Wange hin, die er küßte. Dann nahm das Scherzen wieder seinen Anfang, und als Paul mit der Sennin heimging, bestand er darauf, daß ihm Annette auch zum Abschied die Wange reiche, sonst glaube er nicht, daß sie wirklich versöhnt sei. Sie that es lachend.

Manon gingen die beiden Küsse wie ein Stich durch

das Herz, und sie ertappte sich auf einer eifersüchtigen Regung gegen die Schwester. Sie rang dies Gefühl nieder, aber es blieb doch der Schmerz, daß sie bei Paul immer mehr hinter die Schwester zurücktrat, und es ward ihr klar, daß sie nicht auf seine Hand verzichten und doch seine Neigung sich bewahren konnte.

Die Sennin war übrigens nicht die Einzige, welche auf ein Verhältniß zwischen Paul und Annette schloß. Es hätte dies vielleicht Jeder gethan, der ihr Treiben beobachtet hätte. Auch der alte Brisar meinte gegen Manon, daß die Beiden etwas mit einander hätten, und er verhehlte nicht, daß es ihm lieb wäre, wenn aus ihnen ein Paar würde. Manon glaubte es endlich selbst und fand es nach ihrem Charakter natürlich, daß Annette ihre Neigung ableugnete, so lange sich Paul nicht offen erklärt hatte. Wem aber hätte sie Paul lieber gönnen mögen, als der Schwester? Es war ein kurzer Sonnenblick gewesen, der ihr Leben verschönt hatte. Sie war um eine Hoffnung ärmer, um eine schmerzliche Erinnerung reicher. Dieselbe kostete sie manche schlaflose Nacht. Niemand, und am wenigsten Annette, hatte eine Ahnung davon.

Unterdessen war die Mitte des Monats September herangekommen, und damit die Zeit der Rückkehr ins Thal. Nach einem heißen trocknen Sommer stellte sich der Herbst frühzeitig ein. Die Nächte waren bereits empfindlich kalt. Auf allen Alpen wurde zur Heimkehr gerüstet. Die Bewohner von Herbagères wollten den letzten Sonntag noch einmal lustig sein. Sie erwarteten dazu die ihnen bekannten Mädel und Bursche aus Les Rapes und La Croix, die sich auch mit einigen Flaschen Wein und einem Imbiß einstellten.

Annette hatte Paul den ersten Tanz versprechen müssen. Das war ein Vorzug, von dem sie wußte, daß sie ihre Dorfgenossinnen darum beneiden würden, und so freute sie sich auf den Tag mehr als auf das Mittsommerfest. Manon schob ihrer Freude eine andere Ursache unter, und als sich Annette am Sonntag ankleidete, erbot sie sich, ihr zu helfen. Sie that auch ihr Möglichstes, die muntere Dirne recht hübsch zu machen. Sauber glättete sie ihr das blonde Haar und flocht es kunstvoll in breite Zöpfe. Dann heftete sie Paul's Band um den Hut der Schwester, die über die prächtige Krone außer sich vor Entzücken gerieth. Ihrer Frage, woher sie das schöne Band habe, wich Manon aus, und Annette war in diesem Augenblick über den Putz viel zu glücklich, um weiter zu fragen. Als sie sich mit demselben in dem Stückchen Spiegelglas betrachtet hatte, das auf dem Fensterbrett stand, fiel sie Manon um den Hals und küßte sie.

Manon lächelte ihr wehmüthig nach, als sie mit Karl und den beiden ihr im Alter zunächst stehenden Schwestern fortging. Sie hatte Annette in ihren Gedanken für Paul geputzt. Sie selbst blieb mit den andern Kindern zu Hause. Paul hatte sie zwar auch gebeten, daß sie ihm einen Tanz zusagen und kommen möchte; aber er hatte es doch nur so obenhin gethan, und ihr war weniger tanzlustig als je zu Muthe.

Sie hatte ihm in ihrem Herzen jetzt völlig entsagt, und sie meinte, daß, wenn er sich noch irgendwie gegen sie verpflichtet glaube, so würde ihm die Bandkrone auf den blonden Flechten der Schwester sagen, daß sie ihn ganz frei gäbe und selbst an Diejenige wiese, der ja sein Herz schon lange gehörte. Sie hatte keine Ahnung davon, daß Paul ihre Handlungsweise ganz anders auslegen würde.

Er war betroffen, als er das bekannte Band an dem Hut Annettens bemerkte, die in ihrem Putze glücklich und stolz auf dem Tanzplatz erschien. Als er sich mit ihr im Tanze drehte, fragte er sie, woher sie das Band habe? Sie sagte es ihm, indem sie Manon lobte: die habe sie so herausgeputzt. Er sagte nichts weiter, aber er war zerstreut, so daß er einmal sogar aus dem Takt kam.

Du machst's schön, lachte Annette. Ich putz' mich, damit du Ehr' mit mir einlegst, und du machst deine Sach' so schlecht wie noch nie.

Er entschuldigte sich, es müsse wohl ein Stein dagelegen haben, an den er gestoßen habe. Sie ließ es gelten und dachte bald nicht mehr daran. Sie bemerkte, daß die andern Mädchen sie gar aufmerksam musterten, und sie stolzirte mit ihrem schimmernden Bande wie ein kleiner Pfau umher. Auch drängten sich die jungen Bursche, welche sie wegen ihrer Munterkeit immer gern mochten, heute noch eifriger wie sonst zu ihr. Unter diesen zeichnete sie ein Bauernsohn von La Croix besonders aus. Es war ein stattlicher, ernster, etwas phlegmatischer Bursche, der in seiner Milizenuniform heraufgekommen war. Er war Artillerist. Annette tanzte sehr viel mit ihm. Sie war seelenvergnügt.

Paul war dagegen gar nicht so lustig wie gewöhnlich. Da konnte er erfahren, wie wankelmüthig Frauengunst sei. Als die Dirnen merkten, daß er lau war, da wurden auch sie lässiger gegen ihn und suchten ihr Vergnügen mit Andern. Er war verstimmt und gereizt. In dieser Stimmung machte er Annetten Vorwürfe, daß sie so viel mit dem

Soldaten tanze. Annette lachte ihn aus und tanzte nur um
so flotter mit ihrem neuen Courmacher, dem Gottfried
Faivre, der ihr kein Gespaß zu machen verstand, wie der Paul,
aber ihr doch mit jeder Minute besser gefiel. Paul war wüthend,
wüthend auf Annette, daß sie das Band trug, und wüthend
auf Manon, daß sie es weggegeben hatte. Es kam ihm
wie ein Schimpf von ihrer Seite vor, und in seinem Aerger
überredete er sich sogar, daß sie nur deshalb von Herbagères
weggeblieben sei, um ihm die Kränkung recht fühlbar zu
machen. Aber wenn es so gemeint sei, schloß er endlich bei
sich, so wolle er Manon beweisen, daß er sich nichts daraus
mache. Er schraubte sich gewaltsam zu der ihm sonst eigenen
Lustigkeit hinauf und überbot sie, damit Manon durch ihre
Schwester erführe, daß er vergnügter wie je gewesen sei.
Da sprang und jauchzte er wieder wie kein Anderer, und
als gegen Sonnenuntergang die wenigen Flaschen Wein
ausgetrunken waren, welche die Mädchen aus den Dörfern
mitgebracht hatten, da machte er den Vorschlag, daß sie alle
nach dem Wirthshaus auf dem Col de Balme zögen. Der
Vorschlag fand Beifall und wäre auch ausgeführt worden,
wenn nicht Gottfried besonnen dazwischen getreten wäre. Er
stellte vor, daß die Sennen aus Savoyen dort Sonntags
zu trinken pflegten, und so würden neue Händel mit ihnen
unausbleiblich sein, wenn sie hingingen. Paul wollte sich
jedoch der vernünftigen Vorstellung nicht fügen und er erklärte, daß er allein hingehen würde, wenn die Andern nicht
mitkämen. Die Mädchen umringten ihn und suchten ihn
selbst mit Gewalt zurückzuhalten. Er aber riß sich los und
ging.

Es waren wirklich mehrere Savoyarden dort. Sie saßen

auf dem Rand des Brunnentroges vor dem Wirthshaus und machten große Augen, als Paul daher kam. Der gab ihnen ihre Blicke trotzig zurück, und statt ins Haus zu gehen, wie ihm der Wirth wohlmeinend rieth, setzte er sich auf die Bank vor dem Erdgeschoß und ließ sich auch den Wein dorthin bringen. Nicht lange, so stand einer von den Sennen auf, ein untersetzter, breitschultriger Bursche, ging langsam auf Paul zu, und vor ihm stehend bleibend, sagte er:

Bist du nicht der Hebert von Herbagères, der den Luchs geschossen hat?

Was kümmert's dich? fragte Paul hochfahrend.

Na, wenn du es so meinst, entgegnete der Andere; dies ist kein Schweizerboden; willst du hier trinken, so magst du auch die alte Zeche bezahlen. Komm und ring' mit mir, wenn du's wagst!

Paul stand ohne ein Wort zu erwidern auf und folgte ihm nach einem mehr ebenen Platze hinter dem Hause, wo beide ihre Westen abwarfen und die Hemdärmel über die Ellbogen zurückstreiften. Die übrigen Sennen kamen unterdessen auch herbei und bildeten einen Halbkreis mit dem Rücken gegen die Sonne. Die beiden Gegner faßten sich um den Leib und rangen. Den Oberkörper vorgebeugt, breitbeinig standen sie gegen einander, festgewurzelt wie die Säulen des Herkules. Keiner vermochte den Andern von der Stelle zu ringen oder gar niederzuwerfen, welche Kraft, Gewandheit und List er auch anwendete. Die Zuschauer verhielten sich schweigend wie die Ringer, deren Athem man keuchen hörte, während ihnen der Schweiß in Strömen von der Stirn rann. Dann ließen sie einander gleichzeitig los und standen eine Sekunde lang Athem schöpfend, worauf sie sich von neuem faßten. Dreimal rangen sie mit einander, ohne daß es zu einer Entscheidung gekommen wäre. Nach dem dritten Gange schüttelte der Savoyarde Paul die Hand und trat ab. Ein Anderer nahm seine Stelle ein. Er schien seinem Vorgänger nicht gleich an Kraft; aber auch Paul war nicht mehr im Vollbesitz der seinigen; doch war sein Griff so gewaltig, daß sein Gegner nach kurzer Zeit aufs linke Knie fiel. Schon glaubte Paul gewonnen Spiel zu haben. Allein während er noch strebte, seinen Gegner vollends zu Boden zu werfen, drückte dieser seinen Kopf gegen Paul's Brust und erhob sich, Paul, den er bei dem Gürtel seiner Beinkleider gefaßt hatte, vom Boden lockernd. Paul fühlte dies und strebte vergebens, wieder festen Fuß zu fassen. Höher und höher hob ihn sein Gegner, und jetzt schleuderte ihn derselbe mit einem mächtigen Stoß rückwärts über sich fort, daß er wie ein Pfeil durch die Luft schoß. Lebhafter Beifall der Sennen lohnte dem Sieger. Paul aber lag bewußtlos da. Er war gegen einen Stein gefallen, den er im Sturz mit der Stirn gestreift hatte, und blutete stark. Die Sennen liefen nach Wasser, und das eisige Naß, das sie dem Ohnmächtigen reichlich über das Gesicht gossen, brachte diesen bald wieder zu sich. Der Sturz war indessen so heftig gewesen, daß Paul sich nur mit Beihülfe der Sennen vom Boden erheben konnte. Sie führten ihn zum Brunnen, wo er seine Wunde wusch und mit seinem Taschentuch verband. Sie erklärten ihn für einen braven Burschen, schüttelten ihm die Hand, und er mußte, wie übel ihm zu Muth war, mit ihnen trinken. Dabei sagte sein erster Gegner zu ihm: Wärst du nicht der Hebert, es wär' dir schlimm ergangen. Aber wir danken's dir, daß du uns von dem Luchs befreit hast.

Ja, wär'st nicht so patzig gewesen, rief ein Anderer, wir hätten gleich Frieden mit dir gemacht von wegen der dummen Grenzgeschichte. War da so ein Herumlungerer unten in Argentine, ein Franzos', der hatt' uns angestift't zu der Dummheit.

Der Wein gab Paul, wenigstens für den Augenblick, seine Spannkraft wieder, so daß er den Rückweg ohne Unterstützung antreten konnte. Die Sennen gaben ihm das Geleit, und an dem Grenzstein lud Paul sie ein, mit ihm nach Herbagères zu kommen, um vollends Frieden zu schließen. Sie willigten ein, und Paul's Erklärung und Fürsprache beseitigte schnell das Mißtrauen, mit dem man die unerwarteten Gäste anfänglich in Herbagères betrachtete. Man schüttelte einander die Hände, und zur Bekräftigung des Friedens tanzten die Sennen von Savoyen mit den schweizer Mädchen. Wir sind ja eigentlich auch Schweizer, erklärten die Hirten, und über kurz oder lang tritt Savoyen doch einmal in die Eidgenossenschaft!

Paul schlich sich bald auf sein Lager, von dem er erst am dritten Morgen wieder aufzustehen vermochte. Dort lag er mit schwerem Kopf und schmerzenden Gliedern, während draußen die Vorkehrungen zur Heimkehr getroffen, die riesigen mühlsteinrunden Käse verladen, und von Brisar und seinen Töchtern das Wildheu aus der oberen Sennhütte heruntergeschafft und mit dem in Herbagères aufbewahrten theils auf Schleifen, theils zum Tragen in Bündel gepackt wurde. Ein Theil des Heues mußte noch in dem Schuppen zurückgelassen werden.

Nun hatte der arme Paul auf seinem Schmerzenslager Zeit genug nachzudenken. Da fragte er sich, ob denn wirklich Manon die Schuld an seiner Niederlage sei, die ihn mit ärgerlicher Scham erfüllte. Hatte er nicht durch sein Benehmen gewissermaßen verdient, daß Manon weiter keinen Werth auf sein Geschenk legte? Freilich nur gewissermaßen, denn das Selbstgeständniß des Unrechts kriecht langsam wie eine Raupe. Nun hegte er den ganzen ersten Tag die thörichte Hoffnung, daß Manon kommen und nach ihm sehen würde. So oft er ihre Stimme draußen hörte, glaubte er, sie würde hereintreten. Sie kam nicht, und dies ärgerte ihn wieder. Sie hätte doch errathen sollen, daß das dumme Band an allem Schuld sei. Gegen Abend hörte er sie abermals und jetzt unter seinem Kammerfenster reden. Sie sprach mit Annette und der Sennin. Da das Fenster aufgeschoben war, so entging ihm kein Wort. Es war von ihm die Rede, und die Sennin warf Annette vor, daß sie an seinem Unfall Schuld sei. Sie hätte ihn durch ihre gar zu große Vertraulichkeit mit Gottfried zur Verzweiflung getrieben.

Wie du nur redest, versetzte Annette. Freilich brennt er gleich auf wie ein Kienspan. Aber was geht mich seine Eifersucht an? Ich hab' mit ihm nichts zu schaffen.

So, du willst es abstreiten, rief die Sennin ärgerlich. Hast nichts mit ihm zu schaffen und trägst doch seine Geschenke? Meinst wohl, ich kannte das blaue Band nicht, das du gestern aufgesteckt hattest?

Annette machte große Augen, Manon aber sagte hastig: Streitet doch nicht! Wir wissen's ja alle, daß die Eitelkeit dem Paul die Gedanken kurz macht. Hinterher bereut er's.

Annette ließ sich hierdurch jedoch nicht ablenken. Sie hatte ihrer Schwester so viel von Gottfried und immer wieder von Gottfried zu berichten gehabt, daß sie an das Band nicht weiter gedacht hatte. Selbst Paul's Abenteuer hatte sie bei ihrer Rückkehr vom Feste nur nebenher erwähnt.

Du kennst also das Band? fragte sie die Sennin, und diese erzählte, daß Paul es ihr gezeigt, bevor er es weggegeben.

Dann mußt du es wohl kennen, sagte Annette, der die Schuppen von den Augen zu fallen begannen.

Und er sagte dir auch, daß es für mich sei?

Hast du's denn nicht? fragte die Sennin. Und er widerstritt's damals auch nicht.

Ja dann! rief Annette und brach in ein lautes Gelächter aus.

Geh, geh! du willst mich foppen; such' dir eine Andere dazu aus! sagte die Frau unwillig und entfernte sich.

Dann bin ich freilich schuld, daß er ins Wespennest gestochen hat, fuhr Annette fort, und die verlegen gewordene Schwester ansehend, setzte sie energisch hinzu: Nun thut es mir gar nicht leid um ihn; er hat die Schläge verdient. Wär' er zur Stell', ich wollt' ihm den Kopf noch obendrein gehörig waschen!

Der arme Junge! sagte Manon. Aber die Sennin hat doch wohl so unrecht nicht; er ist dir gar gut, und weil ich glaubte, du liebtest ihn, darum ließ ich dir das Band!

So? Na, ich weiß schon, was ich weiß! rief Annette, die Schwester schelmisch anblickend. Aber laß ihn nur gesund sein!

Mach' nichts Ungeschicktes! sagte Manon mit höher

glühenden Wangen haftig. Weil ich ihn die Nächte nicht allein ließ, da er auf den Anstand kam, darum wollte er mir mit seinem Geschenk was Freundliches thun. Ich nahm's nur, um ihn nicht zu kränken. Das ist alles!

Annette lachte, er wolle allen Mädchen was Freundliches thun wie der Großsultan, daher sei er für Keine etwas nütze. Manon aber bat, sie möge ihn nicht schelten: die Mädchen trügen mehr Schuld an seinem Wesen als er; es sei doch ein ernster Kern in ihm, sonst wäre er durch die Dirnen längst verdorben. Der Kern hätte aber eine gar dicke Schale, scherzte Annette, indem sie sich mit der Schwester entfernte, sonst wäre sie schon aufgegangen.

Das war eine bittere Medizin, die Paul's verwöhntes Ohr einnehmen mußte. Aber sie wirkte allmälig und ward ihm heilsam. Die Nächte, die er mit Manon droben unter dem Sternenhimmel zugebracht hatte, traten wieder lebhaft vor seine Seele. Er erinnerte sich ihrer Unterhaltungen, seines Zustandes dabei, und er mußte sich gestehen, daß ihm alles Scherzen und Schäkern mit den andern Mädchen kein solches Vergnügen gemacht, wie er es an Manon's Seite empfunden hatte. Es bestätigte sich auch hier, daß die Erinnerung die Probe des Genusses ist. Bei den andern Mädchen hieß es doch: aus den Augen, aus dem Sinn. Er dachte kaum noch an sie, wenn sie weg waren, und mit dem Scherz war auch die Lust vorüber. Er erinnerte sich nicht mehr, was er mit ihnen getrieben, während er noch alles wußte, was er mit Manon gesprochen, was sie ihm erzählt hatte. Er vergegenwärtigte sich, wie ihre frühere Schroffheit gegen ihn droben in eine freundliche Milde sich verwandelt habe, und sie trat in ihrem ruhigen, stillen Wesen weit über alle Mädchen hinaus. Es fiel ihm schwerer und schwerer aufs Herz, daß er sie später so vernachlässigt hatte, und damit schwand auch die Täuschung hinweg, in die er sich hineingescherzt und geküßt hatte, daß ihm die Annette wirklich mehr sei als andere Dirnen. Das Erwachen aus dieser Täuschung war für seine Eitelkeit eben kein sanftes; denn wie Annette, so dachten wohl auch die andern Mädchen, die ihm so eifrig den Hof machten: sie hielten ihn nur gut zum Spaßmacher. Ihr gestriges Benehmen zu Anfang des Tanzes kam ihm dazu in den Sinn, und er fühlte an dem Brennen seiner Wangen, daß er roth wurde. Ja, als er übellaunig war, da ließen sie ihn alle seiner Wege gehen! Es erschien ihm ganz unbegreiflich, daß er es nicht früher gemerkt, wie er eigentlich das Spielzeug der Mädchen gewesen sei, während er sie immer dafür gehalten hatte.

Und seltsam! Hatte ihm nicht schon Manon etwas Aehnliches vorgehalten? Warum hatte ihm dies denn damals nicht weh gethan? Nun ja, es hatte ihm geschmeichelt, daß auch Manon, die immer so schroff gegen ihn war und sich fern hielt, so viel in ihren Gedanken mit ihm sich beschäftigt hatte. Sonst hätte sie seine Schwächen nicht so genau kennen können. Ihr Urtheil hatte ihm nicht weh gethan, aber es hatte ihm auch nichts genützt. Jetzt fühlte er den Stachel, der in demselben lag, und ihre wohlwollende Vertheidigung löschte das Wort nicht hinweg, daß die Eitelkeit seine Gedanken verkürze. Er warf sich ärgerlich auf seinem Lager hin und her. Er, der verhätschelte Paul Hebert in den Augen aller Frauen nichts als ein Lustigmacher! Das war ein Dorn, der ihm gewaltig ins Fleisch stach.

Er litt davon mehr als von seinen körperlichen Schmer-

zen, und es war eben kein Trost, daß er sich auch diese
letztern als verdient zuschreiben mußte. Er verbrachte eine
üble Nacht, und zu dem Feuer brannten ihn die feurigen
Kohlen, die Manon auf sein Haupt gesammelt, indem sie
das Gute, was in ihm war, gegen die Schwester vertheidigt
hatte. Ja, die Schale um dasselbe war dick genug; aber
sie begann zu brechen. Er wollte fortan nicht mehr der
Spaßmacher der Dirnen sein. Es war wirklich Zeit, daß
er ernst wurde.

Manon hatte ihm einmal mit großer Wärme das Bild
eines Mannes nach ihrem Sinn vorgezeichnet, eines Mannes, der ernst und fest auf sich selbst ruht und mit sicherm
Blick seinen Kreis beherrscht. Daß sie ihn dadurch hatte
anspornen wollen, ahnte er nicht. Er sah nur den Abstand
zwischen sich und jenem Bilde, und er sagte sich verzagend,
daß es nichts nütze, verständiger zu werden, da sich die Manon
nichts aus ihm mache. Sie hatte ja sein Geschenk nur genommen, um ihn nicht zu kränken. Wäre es anders gewesen,
warum hätte sie ihm stets das Wort abgeschnitten, so oft
seine Neigung hervorzutreten im Begriff stand? Hatte ihn
dies früher verdrossen, so machte es ihn jetzt traurig. Denn
nun erkannte er wohl, daß ihm Manon werther war, als
irgend eine Andere in der Welt. Was aber seine und
Annettens fälschlich vorausgesetzte Liebe mit seinem Geschenk
zu thun hatte, das wollte ihm noch nicht klar werden.

Hatte er am Tage zuvor Manon herbeigewünscht, so
fürchtete er jetzt, so oft er ihre Stimme hörte, daß sie
hereinkommen möchte. Er hätte nicht die Augen vor ihr
aufschlagen können aus Scham und Reue; und so wich er
ihr auch am folgenden Tage sorgfältig aus, als die Heimkehr

angetreten wurde. Manon ließ ihn gewähren; er aber sah darin, obgleich sie doch seiner Absicht entgegenkam, nur einen weitern Beweis von ihrer Gleichgültigkeit gegen ihn. Freilich, er war ja kein solcher Mann, wie ihn die Manon nach ihrer Beschreibung wohl gemocht hätte.

Annette aber ließ ihn nicht ungeschoren. Sie machte sich an ihn, da er eben das Zeichen zum Aufbruch gab; und da er noch eine Binde um den Kopf trug, so neckte sie ihn, er möchte sich dieselbe lieber um das Herz legen, damit ihm dies nicht immer gleich davon liefe, sobald er eine Dirne pfeifen hörte.

O, du kannst mir lange pfeifen! rief er.

Gott segne dich, Paul! lachte sie. Das ist das erste verständige Wort, welches ich in meinem Leben von dir gehört hab'. Und, Paul, ich mag dich zwar nicht, aber gern hab' ich dich doch. Gräm' dich nicht.

Paul machte eben keine höfliche Pantomime mit den Schultern. Stumm und niedergeschlagen zog er an der Spitze seiner Heerde voraus.

Von allen Höhen läutete es zu Thal; aber kein froher Jauchzer, kein Reigen ließ sich vernehmen. Der Abschied von den freien, duftigen Höhen lag eben Jedem mehr oder weniger wehmüthig im Sinn, und selbst die Thiere schienen es zu fühlen, daß die Zeit der Freiheit vorüber sei und sie wieder den dumpfen Ställen zuzogen. Lautlos schritten sie hintereinander die gezackten Pfade hinab.

7.

In der Hütte am Kreuzwege zu La Croix hatte wieder das alte Leben begonnen. Wer vorüberging, konnte durch

das offene Fenster wie sonst Manon mit ihren Schwestern
bei der Strohflechtarbeit in der großen Stube sitzen sehen.
Auch Karl mußte jetzt bei dieser Arbeit helfen, für welche
jede Minute ausgekauft wurde. Aber es war doch nur äußerlich das alte Leben. Wie die Luft im Thal und die nah
zusammenstehenden Berge die Brust beengten, welche so lange
auf den Alpen frei geathmet hatte, so lastete auch die Sorge
schwerer denn je auf dem Herzen Manon's.

Wenn die Lage der Familie eine bedrängte gewesen war,
bevor sie auf die Alpen zog, so stellte sie sich jetzt Manon
als eine trostlose dar. Wie sie auch rechnete, die Einnahmen
wollten mit den nöthigsten Ausgaben nicht stimmen. Gaingratte hatte von den Armen einhundert zwei und neunzig
Franken zu fordern. Das Wildheu stand im Preise ziemlich
hoch; bei der Trockenheit des Sommers war die Erndte
jedoch nur gering ausgefallen, und der Verlust der sieben
Ziegen hatte die Hoffnung auf den Gewinn zerstört, den
die Käsebereitung verhieß. Es war vielleicht möglich, von
den noch vorhandenen Ziegen einige mit einem kleinen Vortheil zu verkaufen. Aber damit konnte doch nur ein sehr
geringer Theil der Schuld abgetragen werden, und selbst in
günstigen Jahren hatte der Erlös aus dem Wildheu im
Verein mit des Vaters Lohn und der Strohflechtarbeit der
Kinder doch nur hingereicht, die beiden Enden des Jahres
nothdürftig zu verknüpfen. Wie sollte es jetzt werden?

Die Aussicht in die Zukunft war schwarz genug, und
der alte Brisar, der sich wieder bei einem Bauern als
Knecht verdungen hatte, trübte sie Manon noch mehr. Seit
seiner Zusammenkunft mit Gaingratte in Trient hatte er
zwar keinen Versuch weiter gemacht, Manon für dessen

Werbung zu gewinnen, aber die Versprechungen des reichen
Freiers lagen ihm fortwährend im Sinn. Er grübelte immer
darüber, und die Vergleichung, wie gut er es haben könnte,
wenn Manon ihre Einwilligung gäbe, mit der Kümmerlich-
keit seines Zustandes, vergällte allmälig sein von Natur
gutes Herz. Diese stete Vergleichung machte ihm die Arbeit
wirklich schwer, und er kam sich alt und morsch vor, obgleich
er erst zwei und fünfzig Jahre zählte. Er wurde grämlich,
verdrossen und begann sich nun mit Bitterkeit über sein
schweres Loos zu beklagen. Seine Kinder hätten kein Herz,
meinte er in Bezug auf Manon, sonst könnten sie es nicht
ruhig mit ansehen, wie er sich bei seinen Jahren noch so
quälen müßte. Andere Männer säßen in seinem Alter gemächlich auf der Ofenbank und ließen sich von ihren Kindern
pflegen. Es sei am besten, er ginge nur gleich ins Wasser,
dann hätte die Plackerei doch auf einmal ein Ende. Manon's
Versuche, seinen gesunkenen Muth aufzurichten, wies er grämlich ab. Es sei ihr kein Ernst damit, sonst brauchte sie nur
ein Wort zu sagen. Was sie auch that oder sagte, nichts
war ihm mehr recht. Freilich wagte er nicht, dies geradezu
auszusprechen; allein seine mittelbaren Anspielungen waren
für Manon noch schmerzlicher. Von seiner frühern Anerkennung ihrer Ueberlegenheit war nur noch die Scheu übrig
geblieben; ihre Charakterstärke erschien ihm als Trotz und
Eigensinn, und in seiner Selbstsucht klagte er: Du könntest
ihn doch nehmen, den Gaingratte. Er kam immer wieder
darauf zurück, bald grämlich, bald schmeichelnd wie ein
Kind.

Es ist schwer zu sagen, wie Manon dabei litt. Der
Zustand des Vaters, die ohne einen glücklichen Zufall trost-

lose Zukunft der Ihrigen zerschnitten ihr das Herz. Sie
hatte darauf verzichtet, mit Paul glücklich zu werden, weil
sie ihm die Sorge für ihre Geschwister nicht auflasten wollte.
Jetzt legte sie sich wiederholt die Frage vor, ob es nicht ihre
Pflicht sei, den Ihrigen dieses andere Opfer zu bringen?
Bei Gaingratte's Geiz stand allerdings zu befürchten, daß
er später nicht daran denken würde, seine dem Vater gegebenen Verheißungen zu erfüllen, allein es stand ja in ihrer
Macht, ihre Einwilligung an ganz bestimmte Bedingungen
zu knüpfen. Sie konnte ihn dadurch zwingen, für die Ihrigen zu sorgen, und sie selbst malte es sich aus, wie gut es
diese haben sollten. Sie dachte daran, daß sie dann nicht
mehr nöthig haben würde, jedem Kinde sein Stückchen Brod
so sorgsam abzuzirkeln; sie dachte daran, wenn sie die kärg-
lich magere Mahlzeit, die für Alle ausreichen mußte, auf
den Tisch brachte, wann ihr Blick auf die ärmliche, vielfach
geflickte Kleidung ihrer Geschwister fiel, und sie dachte sich
den Vater, wie er in der bessern Lage auch seine heitere
Laune wiederfand, wie die alten Lieder und Geschichten wieder auf seinen Lippen lebendig wurden, wann er ohne Sorgen
für den folgenden Tag am warmen Ofen saß, gepflegt von
seinen Kindern, wie er es wünschte und sein Alter verlangte.

Aber wie prächtig sie sich dies Alles auch vorstellte, der
Rückschlag blieb nie aus. Ihr weibliches wie ihr sittliches
Gefühl sträubten sich gleich unbezwinglich gegen die Ver-
bindung mit dem alten Geizhalse. Die bittersten, schmerz-
vollsten Gedanken durchwühlten ihren Busen, während ihre
Hände rastlos thätig aus dem feinen Stroh das zierlichste
Geflecht zu Frauen- und Männerhüten schuf. Dabei war

es sicherlich nicht das am wenigsten quälende Gefühl, daß
ihr und ihrer Geschwister unermüdlicher Fleiß das unheimlich drohende Gespenst der Noth nicht zu verscheuchen vermochte.

Ohne Annette wäre es bei dieser Arbeit und überhaupt
im Hause gar still und stumm hergegangen. Weder des
Vaters grämliche Reizbarkeit, welche die Andern verschüchterte,
noch die traurige Lage, in der sie alle sich befanden, vermochte ihrer rosigen Laune Eintrag zu thun. Sie schwatzte
und sang den ganzen Tag. Die Zunge bewegte sich ihr so
flink wie die Finger; nur wann sie gegen Abend zum Brunnen nach Wasser ging, war sie von einer auffallenden Langsamkeit. Es dauerte immer sehr lang', bis sie wiederkam,
obgleich der Brunnen in der Nähe war. Aber durch den
merkwürdigsten Zufall von der Welt begegnete sie auf diesem Wege stets dem Gottfried, und da wäre es doch unhöf-
lich gewesen, wenn sie dessen freundlicher Ansprache nicht
Stand gehalten hätte. Sie hatte übrigens dessen kein Hehl
vor Manon, die ihr von Herzen ihr Glück gönnte. Die
Krönung desselben stand jedoch leider noch in sehr ungewisser
Ferne; denn Gottfried hatte fast ebensoviel Geschwister wie
Annette, und dies ist ja in Europa ein Segen, der auch
den Reichen arm macht. Gottfried's Eltern konnten sich
außerdem nicht rühmen, daß sie tief in der Wolle säßen.
Annette ließ sich dadurch jedoch nicht anfechten. In ihrer
heitern Weise genoß sie den Augenblick.

Eines Tages kam sie ungewöhnlich schnell vom Brunnen
zurück, und die Thüre aufstoßend, welche aus der Küche in
die große Stube führt, rief sie, noch mit dem Wassergefäße
auf dem Kopfe: Manon, der Wolf! der Wolf!

Einige Sekunden später trat Gaingratte, der Viehhändler, herein.

Manon war eine Sekunde lang wie gelähmt. Gaingratte fragte nach dem Vater, welcher von seiner Arbeit noch nicht daheim war.

Ich kann's ihm wohl ausrichten, was ihr wünscht, meinte Manon bekklommen.

Ich kann schon warten, entgegnete Gaingratte und rückte sich einen Stuhl in ihre Nähe. Ihr wißt, die Wahlen zum großen Rath sind zur Hand; darüber wollte ich mit dem Vater sprechen. Ich denke, wir werden diesmal den Herren Staatsräthen die Parteilichkeit heimgeben, mit der sie uns die große Glocke aufgedrängt haben. Und der Peter, der Hungerleider, setzte er mit einem grimmigen Grinsen hinzu, wühlt auch wieder auf der andern Seite.

Annette, welche die nach der Küche führende Stubenthür ein wenig offen gelassen und gehorcht hatte, schlüpfte wieder zur Hütte hinaus. Sie hatte Gottfried, dem sie bei ihrer Rückkehr vom Brunnen wie gewöhnlich begegnet war, warten heißen, und jetzt begann sie mit diesem höchst angelegentlich zu flüstern. Was sie mit ihm verhandelte, mußte wohl gar ernster Natur sein; denn man hörte sie nicht ein einziges Mal lachen, dagegen summte es in ihrem Gespräch von großen und kleinen Glocken. Endlich schlüpfte sie in die Küche zurück, und Gottfried eilte mit großen Schritten das Dorf hinauf.

Für Gaingratte waren die Wahlangelegenheiten allerdings nur ein Vorwand, aber die beiden Parteien von Martigny rüsteten sich in der That, ihre Sache auf der Wahlstätte für den großen Rath auszufechten. Große und

kleine Glocke wurden zum politischen Feldgeschrei und beide
strebten mit gleichem Eifer danach, die Landgemeinden für
sich zu gewinnen. Es erschienen oft Abgesandte in den um-
liegenden Dörfern, um für die eine oder die andere Partei
zu werben und zu wühlen. Indessen gewann es mit jedem
Tage mehr an Wahrscheinlichkeit, daß die kleinen Glocken
auch diesmal wieder den Kürzern ziehen würden. Die Dorf-
gemeinden in manchen Beziehungen, durch Straßenbauten
und dergleichen von der Regierung begünstigt, erklärten sich
wenigstens immer offener für die großen Glocken, was deren
Gegner nur noch mehr erbitterte.

Gaingratte wußte ganz gut, daß der arme Wildheuer
nicht den mindesten politischen Einfluß in seinem Dorfe
besaß; aber er war auch nur gekommen, um seine Angelegenheit mit dessen Tochter zum Abschluß zu bringen. Auf
diese lenkte er denn auch ein, nachdem er seinem Grimm
gegen Peter Luft gemacht, indem er seine Verwunderung
darüber äußerte, daß der Joseph so lange ausbleibe. Als
er selber zu Markte gegangen, sei er um diese Zeit schon
immer heim gewesen. Er sei immer einige Tage früher
zurückgekommen als die Andern. Das sei allerdings kein
Wunder, denn der eigene Herr sei immer sein bester Diener
selbst.

Manon fand hierauf nichts zu entgegnen, sie arbeitete
ohne aufzublicken fort, obgleich es schon fast ganz dunkel in
der Stube geworden war, und so fuhr er nach einer Pause
fort, in der er bei sich überlegt hatte, daß gute Augen eine
Oelersparniß seien:

Ja, ja, der Joseph hat es jetzt gut. Loben will ich mich
nicht; aber ihr müßt doch zugeben, daß ihn kein Anderer

so leicht in Lohn genommen hätte. Er hat's arg getrieben, und ich weiß wirklich nicht, warum er nicht schon heim ist.

Daß ihr ihn in Dienst genommen habt, dafür dank' auch ich euch, sagte Manon, indem sie ihre Arbeit bei Seite legte. Aber daß er's gut hat, das wüßte ich nicht. Ich will euch nicht wiederholen, wie er den Lohn nannt', den ihr ihm gebt.

Ta! ta! rief er beschwichtigend. Das ist ja nur für den Anfang. Wenn ich auch Einer bin, der seinem Nächsten gern hilft — ihr habt's ja an euch selbst erfahren von wegen der Ziegen — die Katz' im Sack kauf' ich doch nicht. Zu einem so vornehmen Herrn, der hundert Fränkli für ein einziges Abendbrod ausgeben kann, werde ich ihn nie machen können. Sieben Ziegen, das Stück zum halben Louisd'or gerechnet, macht einhundert und zwölf Franken. Einhundert und zwölf Franken für eine einzige Mahlzeit, ha! ha! ha!

Er lachte laut auf. Manon aber blitzte ihn mit ihren strahlenden Augen finster an und sagte: Ihr seid zwar in diesem Augenblick unter meines Vaters Dach, Herr Gaingratte, doch ist's nicht meine Art, mit dem zurückzuhalten, was ich denk'. Unverdientes Unglück soll man nicht ausspotten, und es ist schlecht von euch, daß ihr es thut. — Ich will zusehen, ob der Vater nicht kommt.

Damit stand sie auf und ging hinaus, den Freier verblüfft zurücklassend. Sie kam auch nicht wieder, sondern ging durch die Hinterthüre in die Küche, als sie des Vaters auf der Straße ansichtig wurde. Da sie nicht wiederkam, so fing das jüngste Kind an zu schreien, wodurch Gaingratte's Humor eben nicht verbessert wurde.

Macht doch den Balg still! rief er ärgerlich.

Paß auf! raunte indeſſen Annette ihrer älteſten Schweſter zu und trat in die große Stube, wo ſie über die Anweſenheit des Viehhändlers ein großes Erſtaunen heuchelte.

Es muß doch wahr ſein, ſagte der Schelm; je ſpäter am Abend, je ſchöner die Gäſte!

Ganz ſo! murrte er grämlich.

Indem kam Briſar, und Annette nahm das Kind auf den Arm, welches ſich bei ihrem Eintritt gleich an ihre Röcke geklammert hatte.

Sei ſtill! beſchwichtigte ſie dasſelbe. Der Herr ſchenkt dir auch was!

Gaingratte machte, als hörte er nicht. Er ſprach mit dem Vater über die Wahlangelegenheit, konnte ſich indeſſen nicht enthalten, einen ſtechenden Seitenblick auf Annette zu werfen, die mit harmloſer Miene fortfuhr: Der Herr iſt reich; ſehr reich iſt der Onkel Gaingratte; der wird uns allen was ſchenken. Das wird ein luſtiges Leben werden.

Mit ſolchem Geſchwätz macht ihr das Kind nur habſüchtig! ſagte Gaingratte und griff nach ſeinem Hut. Vergeßt auch nicht die andere Sache, Briſar! rief er noch unter der Thüre. Ich will Gewißheit haben.

Das loſe Mädchen aber ſang ihm nach:

Ein Fuchs wohl in der Falle ſaß, o weh!
Aus Angſt er ſich das Bein abfraß, juchhe!
Da lief er auf drei Beinen fort,
Hurrah! hurrah! hurrah!

Ein Klingen von Schellen, wie man ſie den Kühen um den Hals zu hängen pflegt, ließ ſich in dieſem Augenblick draußen vernehmen. Annette unterbrach ihr Lied und lief ans Fenſter, Gaingratte, der nur wenige Schritte von der Hütte entfernt war,

blickte verwundert um, daß noch so spät Vieh durch das Dorf
getrieben würde. Statt der Heerde aber gewahrte er mehrere
junge Leute aus dem Dorfe, welche die Schellen gegen ihn
schüttelten. Zugleich ließ sich dasselbe Geräusch zu seiner
Rechten und zu seiner Linken vernehmen. Er fand sich plötzlich von einer Schaar Bursche und Buben umgeben, die
mit Schellen und Kuhglocken ein ohrenbetäubendes Rasseln,
Klingeln und Läuten vollführten. Dazwischen riefen sie:
Das sind die kleinen Glocken! — Läutet ihm heim! Läutet
ihm heim! Mit diesem wiederholten Ruf und mit Gelächter drängten sie Gaingratte vor sich her, ihre Schellen und
Glocken dicht vor seinem Ohr mit aller Macht schwingend.
Der Lärm lockte überall die Leute an die Fenster und an
die Thüren. Wie sie den Ruf der tollen Bursche vernahmen,
stimmten sie in das Gelächter mit ein, und viele schlossen
sich dem Schwarm an, der Gaingratte zum Dorfe hinaustrieb. Der Verhöhnte hatte den Hut tief in die Augen gedrückt und beschleunigte, kochende Wuth im Herzen, seine
Schritte, so sehr er konnte. Das ganze Dorf war in Aufregung und hinter ihm her. Oho, der Goldkaspar! hieß es,
und: Läutet ihm tüchtig heim, dem Goldkasperle! Vor
dem Dorfe ward ihm noch die Drohung nachgerufen, wenn
er wiederkäme, würden sie ihm auf andere Weise den Weg
zeigen; sie brauchten keine solche kleinen Glocken im Dorfe.
Niemand hatte Mitleid mit ihm.

Unterdessen tanzte Annette in der Stube herum und
wiederholte jubelnd den Ruf, der draußen hinter Gaingratte
erschallte. Ja, was würde der Fuchs jetzt darum geben,
wenn er vier Beine hätte! lachte sie. Wie würde er laufen!
Sie umfaßte Manon, welche nach Gaingratte's Entfernung

wieder hereingekommen war, und zerrte sie mit sich herum, wobei sie ihr zuflüsterte: Den bist du los, der kommt nicht wieder! Hat's der Gottfried nicht gut gemacht?

Der Gottfried hatte Annettens Auftrag allerdings vortrefflich ausgeführt. Manon aber hatte ein Gefühl, welches sie nicht froh darüber werden ließ, und sie war daher auch weniger überrascht wie Annette, als einige Tage später, wie die Familie eben bei ihrem kärglichen Mittagsmahl saß, plötzlich Gaingratte in die Stube trat. Ohne zu grüßen oder auch nur den Hut zu lüften, brach er, noch athemlos von dem Gange, sofort in die Worte aus: Das ist nun mein Dank dafür, daß ich den Taugenichts, den Joseph, in Dienst genommen! Alle sahen ihn erschrocken an, und der Vater rief: Um Jesu willen, was ist denn geschehen?

O nichts, gar nichts, entgegnete Gaingratte höhnisch. Der Joseph hat nur mein Vieh verkauft, vortrefflich verkauft, wie ich höre, und mit dem Gelde ist er durchgegangen.

Manon sank bleich an die Lehne ihres Stuhls zurück, Annette stieß einen Schrei aus, die übrigen Kinder fingen an zu weinen, und der Vater stammelte, während ihm das Messer aus der zitternden Hand fiel: Durchgegangen!

Mit dem Voland, ergänzte Gaingratte knirschend. Die gottverdammten Schufte! Mein Geld! mein Geld! Er stampfte wüthend in der Stube auf und ab.

Aber ist's denn auch wahr? fragte endlich Manon mit leiser Stimme, indem sie sich aufrichtete.

Meint ihr, ich lüg'? schrie Gaingratte sie an. Fragt die Leute aus Martigny, die auch auf dem Markt waren! Der Joseph und der Voland waren schon drei Tage vor ihrer Abreise plötzlich aus Turin verschwunden, und angekommen sind sie nicht, und ein Unglück ist ihnen nicht zugestoßen. Die Leute sind ja dieselbe Straße gekommen.

Manon sank zitternd zurück. Gaingratte stieß seinen Stock heftig auf die Erde und fuhr fort: Das hat man davon, wenn man mit solchem Gelichter ein Herz hat. Aber das sag' ich euch, ich will mein Geld schon wiederbekommen, und sollt' ich die Diebe bis auf den Gipfel des Montblanc verfolgen. Noch giebt's Telegraphen und Steckbriefe und Gerichte in der Welt.

Annette fuhr händeringend von ihrem Sitze auf, während Manon tief aufächzte.

Was wollt ihr denn thun? fragte sie mit klanglosem Tone.

Ich sagt's ja schon! Oder versteht ihr nicht, was ein Gericht ist? versetzte er rauh. Ihr werdet es wohl auch noch näher kennen lernen; der zweite Januar ist just so fern nicht mehr.

O, die Schande! die Schande! wimmerte der Vater. Annette aber rief leidenschaftlich: Nein, nein, Herr Gaingratte, das werdet ihr nicht thun! Wenn ihr ein Herz habt, könnt ihr uns nicht alle unglücklich machen wollen. Habt doch nur Mitleid mit uns; wir haben euch ja nichts gethan!

Ei, seht doch! höhnte er. Habt ihr jetzt das Spotten verlernt?

Brisar rief seine Kinder auf, sie sollten Gaingratte alle bitten.

Narrenspossen! versetzte dieser. Er sah nach Manon hinüber. Beider Blicke begegneten sich; die seinigen stechend und doch lauernd, die ihrigen weit geöffnet und unbeweglich.

Gaingratte zeigte auf sie hin und sagte: Bittet die da! Wenn sie bis morgen um zwölf Uhr nicht „ja" sagt, so zeig' ich die Sache Nachmittags dem Gericht an. Das ist mein letztes Wort!

Er ging. In der Stube war nichts als Weinen und Seufzen. Nur Manon vergoß keine Thräne. Sie starrte noch immer auf die Thüre, durch welche Gaingratte sich entfernt hatte. Nach einer Weile sagte sie: Vater, du mußt nach dem Flecken hinüber und dich erkundigen.

Ja wohl! ja wohl! entgegnete er hastig, aber er rührte sich nicht.

Manon stand auf und holte ihm Stock und Hut.

Ja wohl! ja wohl! wiederholte er, und seine Tochter mußte ihm selbst den Rock anziehen und den Hut aufsetzen. Dann ging er, mechanisch wie ein Trunkener.

Manon setzte sich auf ihren gewohnten Platz ans Fenster, und auch sie that mechanisch, wovon ihr Geist nichts wußte. Sie griff nach ihrer Flechtarbeit, wie sie es gewöhnlich nach dem Essen that. Das Essen aber stand noch unverzehrt auf dem Tische.

Ungefähr zwei Stunden blieb der Vater aus, ewig lange, furchtbar qualvolle Stunden. Annette wollte ihrer lebhaften Natur gemäß der Hoffnung Raum geben; die Beschuldigung gegen Joseph war gar zu gräßlich. Manon schüttelte jedoch den Kopf. Sie gedachte an Joseph's seltsames Wesen beim Abschied von ihr, und sie sagte: Es ist wohl wahr, aber der Voland hat ihn verführt.

Sie schickte die Kinder hinaus: sie sollten im Freien spielen. Aber sie schärfte ihnen streng ein, nichts von dem zu erzählen, was sie gehört hatten.

Endlich kam der Vater. Schon sein schlotternder Gang, sein verstörtes Aussehen waren eine Bestätigung. In der Stube warf er sich wie ein Todtmüder auf die Ofenbank und ächzte und stöhnte. Seine Kinder fragten ihn nicht, aber ihre Augen hingen unverwandt an ihm.

Wahr, wahr, alles wahr! jammerte er endlich auf und fuhr sich mit beiden Händen ins Haar, während ihm die Thränen in großen Tropfen über die Backen herabzurollen begannen.

Manon ließ den Kopf auf die Brust sinken. Sie hatte das Treffen der Kugel gefürchtet; jetzt hatte sie getroffen.

Ich geh' ins Wasser! schrie Annette mit wildem Blick, und mit herzzerreißendem Ton setzte sie hinzu: O Gottfried! Gottfried! Plötzlich warf sie sich vor Manon nieder und drückte ihr in Thränen gebadetes Gesicht schluchzend in den Schooß der Schwester.

Arme Annette! murmelte diese.

Um achthundert Louisd'or, meinte der Gaingratte, haben sie ihn gebracht, sagte der Vater nach einiger Zeit. Aber was hilft's, wenn er sie auch vielleicht verschmerzen möchte, der Joseph bleibt doch — —. Er hatte nicht den Muth, zu vollenden.

Manon hob den Kopf, und ihm das Gesicht langsam zuwendend, sagte sie mit dumpfer Stimme: Ein Dieb!

Manon! Manon! wehklagte der Alte. Diese fuhr sich mit der Hand langsam über Stirn und Augen. Dann bat sie die Schwester, sie möchte aufstehen. Sie selbst erhob sich und ging in die Küche, wo sie sich in einer dunkeln Ecke auf einen Schemel setzte und sann und sann. Als es dunkel geworden war, wärmte sie das von Mittag übrig

gebliebene Essen; aber außer den Kindern rührte es Niemand an. Manon erschien bei dem Abendbrod in ihrem
Wesen, als ob nichts vorgefallen sei, nur war sie sehr bleich,
und von Zeit zu Zeit überflog es ihren Körper wie ein
Fieberschauer. Annette hatte sich in die Schlafkammer geflüchtet und kam nicht mehr zum Vorschein. Man hörte von
dorther ihr krampfhaftes Schluchzen. Nach dem Abendessen
las Manon in ihrem Gebetbuch, bis zur Schlafenszeit. Der
Vater warf dann und wann einen Blick des Jammers und
zugleich voll ängstlicher Spannung auf sie. Er vermochte
nicht, in ihrer Seele zu lesen. Am folgenden Morgen kam
sie gleich nach Tagesanbruch in die große Stube, wo Brisar
noch im Bette lag. Sie war fast so weiß im Gesicht wie
ihre Schürze. Ihre Augenlider waren roth und geschwollen
vom Weinen. Thränen und Gebet waren ihre Nachtruhe
gewesen.

Vater, sagte sie, an das Bett des Alten tretend, du
kannst dem Gaingratte sagen, daß ich mein Jawort gebe.

Das runzlige Gesicht des Alten leuchtete hell auf. Bevor
er jedoch etwas sagen konnte, hatte Manon schon wieder die
Stube verlassen. Sie fühlte sich unfähig, jetzt über diese
Sache zu sprechen, und während Brisar sich in Aufregung
und Hast ankleidete, um Gaingratte die Einwilligung seiner
Tochter zu bringen, stand diese in der Küche mit fest auf
das Herz gepreßten Händen, als könnte sie durch diesen
Druck den Schmerz in demselben ersticken. Einige Minuten
später ging sie an die gewöhnlichen häuslichen Beschäftigun-
gen, dieselben mußten gethan werden, wie auch die Seele
blutete.

Der Vater, welcher ohne das Frühstück zu erwarten nach

Martigny gegangen war, brachte den Bescheid zurück, daß Gaingratte ihn und Manon den folgenden Vormittag um eilf Uhr bei sich erwartete. Sie sollten mit ihm zu Mittag essen. Gegen Joseph würde er nichts unternehmen. Gaingratte habe es gar eilig, berichtete der Wildheuer, sonst würde er noch im Laufe des Tages nach La Croix kommen. Manon war es lieb, daß er nicht kam, und sie gab durch ein stummes Kopfnicken ihre Zustimmung zu erkennen, daß nach Gaingratte's Vorschlag der Ehevertrag schon morgen unterzeichnet würde.

Der alte Brisar, welcher sich durch diese Verbindung am Ziele aller seiner Wünsche glaubte, war wie verjüngt. Er war munter und gesprächig, wie in frühern Tagen, und schwelgte in dem Ausmalen der guten Zeiten, die nun für sie alle beginnen würden. Manon streichelte er zu wiederholten Malen die Wangen. Er nannte sie sein liebes, gutes Kind, und mit einem Stoßseufzer wünschte er, daß die Mutter noch diesen Tag erlebt hätte.

Wenn Manon etwas ihr schweres Opfer versüßen konnte, so war es das Glück, welches aus Annettens Augen leuchtete. Ihre Entschließung hatte der jungen Liebe der Schwester das Leben wiedergegeben, wie dieser Umstand denn mit dazu beigetragen hatte, ihren Schritt zu bestimmen. Zu des Vaters glänzenden Luftschlössern lächelte sie bitter. Sie hatte die Macht verloren, die Verwirklichung derselben als eine Bedingung ihrer Hand von Gaingratte zu erzwingen, und von dessen Großmuth hoffte sie nichts. Aber sie mochte des Vaters Freude nicht schon jetzt zerstören.

Als sie sich am folgenden Morgen zum Besuch bei Gaingratte ankleidete, kam ihr Paul's Geschenk unter die

Hände. Sie öffnete das Papier, in welches dasselbe geschlagen war, und betrachtete lange das schöne Band. Ihre Neigung zu Paul war nicht ohne Antheil, daß sie sich so lange gegen die Verbindung mit Gaingratte gesträubt hatte. Alles stand ja gegen Diesen auf Seiten Pauls! Es hatte sie den schwersten Kampf gekostet, die uneigennützige Neigung zu dem letztern aus ihrem Herzen zu reißen: fortan war dieselbe ein Unrecht. Das Band erinnerte sie wieder an das Keimen und Wachsen und das kurze Glück ihrer stillen Liebe. Sie dachte an die schönen Abende und Nächte, die sie mit Paul vor ihrer Hütte verplaudert hatte, und auch an sein seltsames Benehmen an jenem Sonntage vor ihrer Heimkehr von der Alp. Sie hatte sich dasselbe schon längst zurechtgelegt. Sie schloß nicht, daß er sie noch liebe, sondern nur, daß ihn das Band an sein Unrecht gegen sie gemahnt habe. Die Scheu, mit der er ihr am Tage der Heimkehr ausgewichen war, erschien ihr als eine Bestätigung dafür. Verhielte es sich nicht so, so wäre er ja wohl einmal nach La Croix gekommen. Aber er hatte sich seitdem nicht im Dorfe blicken lassen. Es lag darin doch ein Eingeständniß, daß sein Herz, wenn auch nur einen Augenblick, wärmer für sie gefühlt hatte.

Plötzlich ward sie rückwärts von zwei Armen umschlungen. Es war Annette, welche unbemerkt hereingekommen war. Sie drückte ihren Kopf gegen die Wange Manon's und rief lebhaft: Schwester! Schwester! Du liebst ihn!

Es ist vorbei! sagte Manon leise mit einem wehmüthigen Lächeln, indem sie sich aus den Armen Annettens frei machte, der die Thränen in den Augen standen.

Manon wickelte das Band wieder ein und verbarg es

auf dem Boden des Kastens, der ihre wenigen Habseligkeiten
enthielt. Von dort sollte es nie mehr aufgestört werden,
die Erinnerung sie nie mehr weich und schwach machen.
Sie tadelte sich, daß sie sich von ihr hatte übermannen
lassen, nachdem sie einmal entschlossen war, Gaingratte's
Frau zu werden. Ihre Pflicht forderte, der Zukunft fest
und besonnen ins Auge zu schauen, und ruhigen, festen
Schritts ging sie an des Vaters Seite nach Martigny
hinunter.

Frau Centamour, Gaingratte's Haushälterin, eine kleine
hagere Person mit einem mächtigen Kropfe, den sie als
eine Schönheit unverhüllt trug, wies die beiden Ankömmlinge nach dem Wohnzimmer. Die gute Frau besah sich
Manon und ihren Vater gar scharf. Es kam ihr doch zu
wunderlich vor, daß diese beiden die Gäste sein sollten, um
deretwillen ihr Herr solche Umstände machte. Denn wie alt
sie in Gaingratte's Dienst geworden, das hatte sich noch
nie ereignet, daß ihr Herr ein förmliches Mittagsmahl
gab, und es war überdies an sie der ausdrückliche Auftrag
ergangen, von ihrem gewöhnlichen Speisezettel eine Ausnahme zu machen. Sie hatte drei Gerichte herstellen müssen.
Drei Gerichte für den Wildheuer und seine Tochter, das
war für sie ein unlösbares Problem.

Freilich mußte sie sich gestehen, daß Manon trotz ihrem
abgetragenen Kleide von schwarzer Serge und dem ver-
schossenen Bande von karmoisinrother Seide um den schwarz
geränderten Hut eine gar stattliche Erscheinung sei. Es lag
etwas in dem Blick und der sichern Haltung des Mädchens,
was ihr unwillkürlich Achtung einflößte. Mit einer fast
feierlichen Ruhe trat Manon in die Stube, wo außer

Gaingratte auch bereits der Notar anwesend war. Dieser war ein langjähriger Geschäftsfreund des Viehhändlers. Er besaß ein hübsches Haus im Orte, das er sich von dem Ertrag seiner ländlichen Praxis erbaut hatte. Die Bauern nannten dasselbe den Palast der Thränen. Der Kalk zu demselben war mit ihrem Schweiße gelöscht.

Zu der gegenwärtigen festlichen Gelegenheit hatte der Notar einen altmodischen Frack und ein weißes Halstuch angelegt, welches vielleicht ein wenig sauberer hätte sein können. Gaingratte hatte sich ursprünglich in derselben Weise herausgeputzt. In diesem Augenblick aber saß er in Hembärmeln vor dem Kamin. Er entschuldigte sich damit, daß es ihm zu heiß sei, da er nicht gewohnt, Feuer in seinem Zimmer zu haben. Und wirklich, es brannte ein Feuer in dem Kamin. Aber man konnte nicht sagen, daß die Stube dadurch an Annehmlichkeit gewann. Seit fünfundzwanzig Jahren hatte der Kamin keine Gluth gesehen, und die Folge dieser langen Ruhe war, daß der Rauch die Stube dem Schlotte vorzog. Um diesem Uebelstande abzuhelfen, standen die Fenster offen, so daß ein eisigkalter Zug durch das Zimmer ging.

Dieses Zimmer war nur auf das Nothdürftigste mit veralteten Meublen ausgestattet. Die Wände waren einmal gelb getüncht gewesen, jetzt überzog sie dicker grauer Staub, so daß man mit dem Finger darauf schreiben konnte. Gaingratte schienen sie auch zuweilen als Schreibtafel zu dienen, denn hier und dort, namentlich auf dem Pfeiler zwischen den beiden Fenstern, war mancherlei angemerkt von Zahlen und Daten. Die vergitterten Fenster waren ohne Vorhänge und der Spiegel über dem Kamin so blind, daß er kein

Bild in erkennbarer Form zurückwarf. In der Mitte der Stube stand ein für vier Personen gedeckter Tisch.

Manon's weiblicher Scharfblick übersah die Einzelheiten fast in dem Moment ihres Eintritts, und dieselben dienten wahrlich nicht dazu, ihr die Zukunft in einem freundlichern Lichte zu zeigen. Ihr Empfang von Seiten Gaingratte's war glücklicherweise kein zärtlicher. Er begnügte sich, ihr mit einem grämlichen Grinsen die Hand zu reichen, die sie nur flüchtig berührte. Es war eine hagere, harte Hand, wie von Holz; die ihrige kalt und feucht. Gaingratte bemerkte es und sagte:

Ihr habt eine glückliche Hand. Sie ist feucht und kalt; das deutet auf Reichthum.

Und Fruchtbarkeit! setzte der Notar hinzu und schlug ein schallendes Gelächter auf.

Manon maß ihn mit ihrem Blick, und er sagte entschuldigend: Ich bin ein heiterer Mann. Warum sollte ich nicht? Nur böse Menschen wagen es nicht, heiter zu sein!

Ja, ja, mit schlechtem Gewissen kann man nicht lustig sein! bestätigte Brisar, um sich bemerklich zu machen. Denn bisher hatte weder Gaingratte noch der Notar Notiz von ihm genommen, und seinen Hut verlegen in der Hand drehend, hatte er hinter seiner Tochter gestanden.

Gaingratte lud seine Gäste zum Niedersitzen ein. Der Notar zog einige Bogen Papier aus der Brusttasche seines Fracks. Erst das Geschäft, dann das Vergnügen, sagte er, bat die Anwesenden um geneigte Aufmerksamkeit, faltete seine Papiere aus einander und begann den von ihm entworfenen Ehevertrag zwischen Manon Brisar und Kaspar Gaingratte zu verlesen. Manon hörte aufmerksam zu. Der

Vertrag schloß die Gütergemeinschaft zwischen den künftigen Eheleuten aus, aber er verschrieb Manon das Haus, in dem sie sich befanden, sammt dem Mobiliar, nebst einer Reihe von kleinen Grundstücken; doch behielt sich Gaingratte die Disposition über dieselben, sowie deren Revenüen Zeit seines Lebens vor. Es war ein rein illusorisches Geschenk, aber der Wildheuer war ganz geblendet von demselben. Manon verzog keine Miene. Nur bei einer Bestimmung blickte sie verwundert auf. Es war nämlich ein Reugeld von tausend Franken für denjenigen der beiden Contrahenten festgestellt, welcher von dem Verlöbniß zurücktreten würde.

Das ist nur so eine juristische Form, flüsterte Gaingratte seiner Braut ins Ohr. Aber er hatte bei dem Notar ausdrücklich auf deren Aufnahme in den Vertrag bestanden.

Manon lächelte bitter. Als ob sie nicht schon stark genug durch Joseph's That gebunden war!

So, jetzt frisch unterschrieben und dann zu Tisch, sagte Gaingratte, nachdem der Notar geendet hatte, und an den Tisch tretend, an dem dieser saß, streckte er die Hand nach der Feder aus, die auf einem dort bereit gestellten Schreibzeug lag.

Manon bat ihn jedoch, noch einen Augenblick zu verziehen. Sie wünschte noch etwas in den Vertrag aufgenommen zu wissen. Gaingratte und der Notar sahen sie erstaunt an, und beide fragten wie aus einem Munde, was es sei?

Verzeiht, Herr Gaingratte, sagte Manon aufstehend, bevor es niedergeschrieben wird, möchte ich mit euch allein darüber sprechen.

Wozu die Umstände? entgegnete der Bräutigam. Wir sind hier lauter gute Freunde.

Ich werd' nicht eher unterschreiben, als bis ich mit euch Rücksprache genommen habe, erklärte Manon ruhig.

Gaingratte führte sie mürrisch durch eine Seitenthüre in seine Schreibstube. Der Notar sah ihnen mit einem hämischen Zucken der Mundwinkel nach, und zu dem alten Brisar äußerte er: Ich glaube, eure Tochter hat ihren eigenen Willen?

Das muß wahr sein, versetzte der Vater lebhaft. Was die Manon will, das will sie!

Der Notar lachte laut auf. Er weidete sich innerlich an der Vorstellung, seinen halsstarrigen Clienten unter der Herrschaft der willensstarken Manon zu sehen.

Manon sollte indessen erfahren, daß der Willen Gaingratte's nicht minder fest sei, als der ihrige. Es war ihr bei dem Verlesen des Ehecontracts klar geworden, daß es jetzt geschehen müßte, wenn ihre Aufopferung den Ihrigen auch in materieller Weise zu Gut kommen sollte. Deshalb erinnerte sie Gaingratte, sobald sie mit ihm allein war, an die Versprechungen, die er ihrem Vater gemacht hatte. Sie wünschte, daß in dem Vertrage eine kleine jährlich zu zahlende Summe für die Ihrigen festgestellt würde.

Gaingratte schüttelte den Kopf. Deshalb hättet ihr mich nicht aus der Gesellschaft zu rufen brauchen, sagte er, als sie schwieg. Ihr habt mir damit eine Ueberraschung verdorben. Ich hab' an euren Vater wohl gedacht, und er wird's finden, wenn er bei Tisch sein Tellertuch aufhebt. Auch für euch ist etwas da, fuhr er mit einem schlauen Augenblinzeln fort und rieb sich die Hände.

Manon empfand im ersten Moment eine angenehme Ueberraschung. Sie hatte ihrem Bräutigam doch wohl Un-

recht gethan. Allein, wie er sie so schlau anblinzelte, wurde
sie wieder mißtrauisch. Es lag in seinem Blick zugleich etwas
Lauerndes. Darum erklärte sie ihm, daß sie nichts von ihm
verlange; aber sie könne nicht eher ruhig sein, als bis sie
die alten Tage ihres Vaters vor Noth geschützt wüßte.
Das demselben zugedachte Geschenk bat sie Gaingratte zurück-
zunehmen. Wie sie ihren Vater kenne, sei demselben mit
einem kleinen Zuschuß, den er monatlich in Empfang nehmen
könnte, mehr gedient, als wenn er auf einmal eine große
Summe erhielt. Ihr Vater verstände nicht zu best, mit
Geld umzugehen.

Sie möchte es nur gut sein lassen, beschwichtigte er sie
mit dem Anschein der Treuherzigkeit; er hätte für ihren
Vater alles gethan, was in seinen Kräften stände. Damit
forderte er sie auf, in die Wohnstube zurückzukommen; die
Suppe würde schon fertig sein. Und wißt ihr, schloß er, ich
freue mich auf die erste Suppe, die ihr mir kochen werdet.
Wer mir das vor einem Jahr gesagt hätte, daß ich noch
Ehemann werden würde, ha! ha! ha! Ja, und da wir davon
sprechen, was meint ihr? Wir haben heute Donnerstag;
wenn morgen über acht Tagen die Hochzeit wäre? Sonntag
ein für alle Mal das Aufgebot. Das trifft sich übrigens
gut; am Sonntag sind die Wahlen, da ist die Kirche immer
voll, so daß unser Verlöbniß gleich die ganze Welt erfährt.
Ist's euch recht? Er trat dicht vor Manon und fuhr ihr
mit dem Zeigefinger unter das Kinn. He! he! he! du
Schelm! lachte er.

Manon fuhr zurück. Sie entgegnete, daß ihr jeder Tag
recht sei; dann aber kam sie nochmals auf ihr Anliegen
zurück. Sie erbot sich, ihm mit einem Eide zu geloben,

25

daß diese ihre erste Bitte auch die letzte ihres Lebens sein
sollte. Sie faßte seinen Arm und beschwor ihn in der ein-
dringlichsten Weise, ihr diese Bitte zu erfüllen; bei seinem
Reichthum sei es ja nur eine Kleinigkeit.

Ich thu's nicht! rief er ärgerlich. Was kümmern mich
überhaupt eure Verwandten? Ich heirathe euch, aber nicht
euren Vater.

Manon ließ seinen Arm fahren. Ihr seid ein harter
Mann, flüsterte sie. Aber ich habe den Ehepakt noch nicht
unterschrieben.

He! he! Ihr seid spaßhaft! rief Gaingratte. Es kann
euch freilich eure Unterschrift Keiner abzwingen; aber ihr
vergeßt die achthundert Louisd'or, die mir euer Bruder ge-
stohlen hat. Ich mein', ich hab' euch theuer genug bezahlt!

Manon sank in sich zusammen, und eine Purpurröthe
überzog ihre Wangen. Er faßte ihre Hand, streichelte sie
und sagte: Kommt, kommt, ich weiß ja, daß ihr ein ver-
ständiges Mädchen seid. Wir werden gut mit einander aus-
kommen.

Er führte sie in die Wohnstube zurück. Alles in Ord-
nung! rief er dort mit dem heitersten Gesicht, trat an den
Tisch und unterzeichnete. Manon folgte seinem Beispiel.
Sie wunderte sich, daß ihre Hand nicht dabei zitterte. Ihr
war, als ob sie ihr eigenes Todesurtheil unterzeichnete.
Gaingratte rieb sich vergnügt die Hände, und dem Wild-
heuer auf die Schulter klopfend, rief er mit einem nervösen
Lachen: Schwiegerpapa!

Ueber's Jahr Großpapa! wieherte der Notar. Aber Gaingratte, alter Schwede, ihr vergeßt ja den Verlobungskuß.

He! he! den Verlobungskuß! schmunzelte der Bräutigam.

Als seine welken Lippen Manon's Wangen berührten fühlte sie es eisig durch ihre Adern rinnen.

Und nun müßt ihr mir noch einen Gefallen thun, sagte Gaingratte zu dem Notar, indem er aus der Schieblade des Tisches ein weißes Blatt Papier nahm und auf dem Ehevertrag als Unterlage ausbreitete. Schreibt, Freundchen, schreibt.

Aufgepaßt! rief der Notar, zur Feder greifend. Jetzt kommt der Hauptspaß. Die beiden würdigen Freunde lachten, und der Notar schrieb, während Gaingratte ihm über die Schulter blickte, und las: Kaspar Gaingratte — Manon Brisar — Verlobte! — So ist's recht! so ist's recht! Ich gäbe hundert — nein, aber fünf Franken gäbe ich drum, könnte ich dabei sein, wenn der Peter dies liest.

Der Notar faltete indessen das Blatt, überschrieb und siegelte es. Gaingratte steckte es zu sich, um es später an seinen Bruder abzuschicken.

Ich weiß Einen, rief er mit häßlich funkelnden Augen, mit dem ich heute Nacht nicht tauschen möchte.

Manon seufzte. Man ging zu Tisch.

Als Manon das Tuch von ihrem Teller abhob, fand sie darunter einen großen versiegelten Brief. Ein kleiner lag auf Brisar's Teller. Der Wildheuer wollte gleich das Siegel erbrechen; Gaingratte aber rief: Nicht jetzt! nicht jetzt! Steckt's in die Tasche. Ihr mögt's daheim lesen.

Manon reichte ihr Packet dem Vater, damit er dasselbe verwahre. Der Notar flüsterte ihr zu: Es ist eine Abschrift von des Alten Testament. Er hat euch zur Universalerbin eingesetzt, auch wenn er noch vor der Hochzeit sterben sollte.

Er hatte nicht so leise gesprochen, als daß es nicht auch

von den Andern verstanden worden wäre, und während
Brisar aus seinen Worten die angenehmsten Schlüsse auf
den Inhalt seines eigenen Briefes zog, schalt ihn Gaingratte
einen Schwätzer. Der Notar schlug seine gewohnte dröhnende
Lache auf. Einem heitern Mann wie mir, sagte er, müßt
ihr keine Geheimnisse anvertrauen, alter Freund. Ihr wißt,
ich muß in meiner Lustigkeit alles heraussagen.

Diese Lustigkeit bewies der Schloßherr des Thränen-
palastes auch während der ganzen Mahlzeit. Er bestritt
vorzugsweise die Kosten der Unterhaltung, erzählte kleine
Geschichten und Anekdoten und brachte in einer Rede, voll
eben nicht feiner Anspielungen, die Gesundheit des Braut-
paares aus. Auch auf die künftige Pantoffel-Heldenschaft
des Bräutigams stichelte er wiederholt und zwar mit einem
sichtlichen Behagen, welches jedoch von Gaingratte keineswegs getheilt wurde.

Ja, ja, alter Freund, lachte der heitere Mann des Ge-
setzes, es ist ein altes Sprüchwort: Gott will, was die
Frauen wollen!

Der arme Brisar war ganz bezaubert von ihm und
bedauerte nur, daß er keinen Prozeß habe. Er schwur, daß
er ihn Niemand Anders anvertrauen würde, als dem muntern Herrn, und von diesem, so wie dem geheimnißvollen
Geschenk in seiner Tasche, angeregt, sang er nach dem Bra-
ten ein paar Lieder, die beifällig aufgenommen wurden.
Manon saß während der ganzen Zeit bleich und einsilbig
neben ihrem Bräutigam, der seine Aufmerksamkeit zwischen
der Unterhaltung des Notars und den Schüsseln theilte, auf
die er ein Auge hatte, daß sie nicht zu oft die Runde machten. Ein verstohlener Wink gab der Haushälterin das Zeichen,

wann es Zeit war, das aufgesetzte Gericht wieder zu entfernen. Diese aber achtete zum erstenmal in ihrem Leben
nicht sonderlich auf ihres Herrn Augenblinzeln und Hüsteln.
Sie war über die Auflösung des Problems ganz verwirrt.
Mein Jesus, wer hätte das gedacht! murmelte sie wiederholt. Bald fuhr sie hastig auf, bald stand sie regungslos
da und vergaß, Manon anstarrend, die Schüssel hinzusetzen,
die sie eben in der Hand hielt.

Des Vaters Heiterkeit und Gesang stimmten Manon
noch trauriger, und es gewährte ihr eine große Erleichterung,
als man endlich von Tisch aufstand. Sie wollte sich gleich
mit ihrem Vater entfernen; allein Gaingratte ließ sie noch
nicht fort. Ihr müßt doch erst das Haus in Augenschein
nehmen, in dem ihr künftig walten sollt, sagte er. Frau
Centamour erbot sich rasch, Manon herumzuführen. Es war
eine Gelegenheit, ihr ein wenig auf den Zahn zu fühlen;
aber Gaingratte ließ es sich nicht nehmen, selbst die Honneurs
seiner Höhle zu machen. Und wahrlich, diese dumpfen, dunkeln
Stuben mit ihren vergitterten Fenstern, ihrem veralteten,
dürftigen Hausgeräth, ihren geschwärzten Wänden und Decken
glichen eher Höhlen des Elends oder Verbrechens, als der
Wohnung eines reichen Mannes.

Manon überkam ein Frösteln; aber sie sagte kein Wort.
Sie wollte nur fort und so trieb sie Gaingratte rasch von
Stube zu Stube. Dann nahm sie mit ihrem Vater einen
hastigen Abschied und ging. Als sie auf die Straße trat,
richtete sie die Augen zunächst gen Himmel. Wölbte sich
derselbe denn noch über ihr? Sie konnte es kaum glauben.
Sie athmete tief auf, aber es ward ihr nicht leichter, und
obgleich die Sonne hell schien, so blieb es doch in ihrem

Innern öde und kalt. Ihr Vater trieb sie zum schnellern Gehen. Er bezwang kaum noch seine Neugierde, einen Blick in Gaingratte's Billet zu thun. Er hatte schon die Hand in der Tasche, und sobald der Flecken hinter ihnen lag, zog er es hervor und erbrach das Siegel. In dem Umschlag lag ein zusammengefaltetes Papier. Mit zitternder Hand schlug er es auseinander. Ein Blick und er stand wie eine Säule. Das Papier entfiel ihm. Es war die von Gaingratte unterzeichnete Quittung über die zwölf Ziegen.

Manon! stöhnte der enttäuschte, arme Teufel. Mehr konnte er nicht sagen.

Die Tochter hob das Papier auf und las. Nach ihrer vergeblichen Unterhandlung mit Gaingratte hatte sie von seiner Großmuth gegen ihren Vater nichts Sonderliches vermuthet, diese Gabe erschien ihr aber doch als der schneidenste Hohn. Sie biß die Zähne zusammen. Aber sie warf das Papier nicht fort. Bei dem Charakter ihres Bräutigams war die Quittung keineswegs werthlos. Sie bot alles auf, den in seinen Hoffnungen betrogenen Vater zu trösten, indem sie demselben vorstellte, daß er und die Geschwister nach Erlassung dieser Schuld der Zukunft ruhig entgegen sehen könnten. Es war ein leidiger Trost für Einen, der bisher von goldenen Bergen geträumt hatte, und in seiner Selbstsucht entfuhr ihm das Wort: Wenn du früher „ja" gesagt hättest, wär's nicht so gekommen!

Manon zuckte zusammen. Auch das noch! stammelte sie in furchtbarem Weh. Er aber jammerte nur mit sich selbst beschäftigt:

Wenn's auch nur ein Frankenthaler gewesen wäre, ich hätt' mich darüber gefreut!

Diese Enttäuschung war zu viel für seine schwache
Kraft.

8.

Die Einkehr, welche Paul auf seinem Schmerzenslager
zu Herbagères in sich selbst gehalten, war nicht erfolglos
geblieben. Zur Verwunderung der jungen Leute im Dorfe
zog er sich allmälig von den lustigen Gesellschaften zurück,
deren Seele er bisher gewesen war. Er konnte eine Fiedel
hören, ohne daß es ihn in den Fußsohlen kitzelte, und in
die Schenke kam er nur noch sehr selten. Er war noch
immer witzig, wann es galt; aber er hörte auf, den Spaßmacher bei den Dirnen zu spielen und sich den Hof von
ihnen machen zu lassen. Verlor er durch sein gesetzteres
Wesen an Gunst bei der Jugend, so gewann er dafür in
den Augen der älteren Leute. Er sparte und war doppelt
so fleißig, und da er nicht mehr nur darauf dachte, sich zu
vergnügen, so kam auch sein gesunder Verstand in praktischen
Dingen immer mehr zur Geltung. Seiner Bravheit hatte
man immer vertraut, jetzt begann man auch Werth auf seine
Einsicht zu setzen, und mancher alte Wirth verschmähte es
nicht, in vorkommenden Fällen den jungen Burschen zu Rath
zu ziehen. Er galt als das Muster eines Sennen, und wenn
er gewollt, so hätte er sich vortheilhaft im Dorfe verheirathen
können. Es gab mehr als einen Bauer, der den fleißigen,
ordentlichen, verständigen Burschen nicht abgewiesen hätte,
und von ihren Töchtern hätte sicherlich keine „nein" gesagt.
Denn, hieß er auch nicht mehr der lustige Paul, so war er
doch noch immer der hübsche Paul, obgleich er ein wenig
blaß und hagerer geworden war, und man konnte nicht sagen,

daß ihn der Ernst, der sich auch allmälig in seinen Zügen ausprägte, zu seinem Nachtheil gekleidet hätte.

Manche gute Frau, die kein Heil in der Welt sah; wenn sich die Jugend nicht paarte, wies ihm die Thüren, wo er nur anzuklopfen brauchte, und gab ihm genau an, wieviel Fränkli der Alte im Sack hatte. Paul wies jedoch alle dergleichen Anerbietungen ab, und über das Warum zerbrach man sich wie billig die Köpfe. Da die Leute nicht davon starben noch verdarben, so ließ er sie gewähren. Wie hätte er sie auch hindern können? Uebrigens trafen sie so ziemlich das Rechte. Denn, wenn ein junger, munterer Bursche das Lachen verlernt und ernst und mager wird, was kann anders die Ursache sein, als daß er dem Ding zu nahe gekommen, welches heißer als Feuer und Kohle brennt? Und Paul war nicht nur ernst geworden, sondern er erschien auch zuweilen so traurig, als hätte ihm der Wolf den Mond verschlungen. Aber solche Stimmungen suchte er vor Andern so gut als möglich zu verbergen. Er, der früher das Herz in der offenen Hand getragen hatte, verdeckte es jetzt aufs Sorgfältigste.

Nun, er hatte seit seiner Rückkehr von den Alpen Zeit genug gehabt mit seinem Herzen ins Reine zu kommen. Ohne die Liebe wäre seine Umwandlung nicht vor sich gegangen. Aber er hätte nie geglaubt, daß Einem die Liebe das Herz so schwer machen könnte. Er fühlte das seinige immer schwerer und schwerer in der Brust. Wo er ging und stand, mußte er an die Manon denken, und es nützte ihm nichts, wenn er es sich auch noch so eindringlich vorhielt, daß sie ihn nicht liebe. Er wurde die Liebe nicht los; er konnte sie weder wegdenken noch wegarbeiten. Eher hätte

er sein Heimathsdorf auf den Gipfel des Montblanc versetzen können.

Er hätte die Manon wohl gern einmal wiedergesehen.
Wenn er am Abend seine Arbeit gethan hatte, so war es
ihm, als ob jedes Ding eine Stimme bekäme, der Wind in
den Bäumen, das prasselnde Heerdfeuer, das siedende Wasser
im Kessel, und ihm zuriefe: Du könntest einmal nach La
Croix hinunterspringen. War es dann aber anders, wenn
er sie gesehen hatte? konnte es anders sein? Er beant-
wortete sich diese Frage selbst mit nein; im Gegentheil, da
Manon nichts von ihm wissen wollte, so konnte es nur
schlimmer werden. Da schrieb er an seine Schwester in
Amerika, wenn sie ihm Reisegeld schicken könnte, wolle er
hinüber kommen. Es war wohl das Beste, wenn die tiefe
See zwischen ihm und Manon lag.

Eines Morgens, es war am zweiten Tag nach Manon's
Versprüch mit Gaingratte, stand er in der Thüre der Käserei, welche am obern Ende des Dorfes lag. Er hatte eben
von den verschiedenen Wirthen die Morgenmilch in Empfang
genommen und verzeichnet, und sah nun einen Augenblick
zu, wie die Kühe von den Höfen zum Brunnen kamen, um
ihren Durst zu löschen. Der Brunnen befand sich in seiner
Nähe. Da sah er Karl auf einem Pferde die Dorfgasse
herauskommen. Dieses Pferd war vor einen Schlitten ge-
spannt. Einige Schritte hinter diesem gingen Annette und
Gottfried. Paul versteckte sich hinter der Thüre, und mit
schneller klopfendem Herzen fragte er sich, ob auch wohl die
Manon kommen würde? Nicht lange, so sah er sie wirklich
heranschreiten. Wie sie an den Brunnen kam, stand die
Leitkuh von Les Rapes, die braune Jenny, zu oberst am

Troge. Manon blieb stehen und klopfte ihr auf den glänzenden Hals, sie bei Namen rufend. Die braune Jenny
blickte sie mit ihren großen Augen an und schüttelte den
schweren Kopf.

Ja, du armes Thier, sagte Manon, es mag wohl gar
traurig in dem engen, dumpfen Stalle sein. Aber Muth,
Jenny, du bist doch glücklicher wie ich! Du gehst den
nächsten Sommer wieder auf die Alm, und ich nehm' heut
Abschied von ihr für immer.

Sie ging langsam weiter. Was sie sagte, hatte Paul
nicht verstanden. Aber ihre liebe Gestalt sah er deutlich
durch die Thürspalte, und er erschrak über die Blässe und
die tiefe Traurigkeit, welche sich in ihrem Gesicht ausdrückte.
Gesenkten Hauptes, doch ruhigen festen Schrittes ging sie
vorüber.

Es hätte nicht viel gefehlt, so hätte Paul die Thüre
aufgestoßen und wäre dem Mädchen entgegen getreten. Ihre
Erscheinung übte den mächtigsten Zauber auf ihn aus. Er
fühlte es lebhafter, wie schwer es ihm werden würde, seinen
Entschluß der Auswanderung auszuführen. Ich wollt', ich
hätt' sie nicht gesehen! seufzte er, indem er unter dem großen
Kessel, welcher die zum Käse bestimmte Milch enthielt, Feuer
anmachte. Er sann darüber, warum Manon wohl so traurig sein möchte, während er den Quirl in der Milch langsam drehte. Sein Herz wurde immer weicher, je länger er
an ihre traurigen Mienen dachte. Ohne Abschied von Manon
wollte er doch nicht fortgehen. Es dünkte ihn, sein Herz
würde leichter werden, wenn er es gegen das Mädchen so
recht aussprechen könnte, wie lieb er sie habe. Ja, er wollte
es ihr beim Abschied sagen.

Die Geschwister gingen nach Herbagères hinauf, um den Rest des Wildheues von dort ins Thal zu schaffen, bevor der Schnee den Zugang zu den Sennhütten vollends versperrte. Gottfried hatte Pferd und Schlitten dazu geliehen. Es war Manon lieb, daß er mitkam, konnte sie doch um so ungestörter ihren Gedanken nachhängen, und die Arme hatte genug zu denken. Langsam und in sich gekehrt folgte sie der mit Gottfried plaudernden Schwester. Jeder Schritt rief eine Erinnerung in ihr wach. Sie kannte ja jeden Stein, jeden Quell, der über die mit scharfen Kieseln übersäete Straße sickerte, jeden Strauch und Baum von Kindheit an. Nun stand ihr junges Leben schmucklos und schwarz wie die entblätterten Bäume auf den im Thal noch grünen Wiesen.

Auf der Höhe von Herbagères lag bereits Schnee, Manon mußte es aufgeben, auch von ihrer noch höher gelegenen Hütte Abschied zu nehmen. Der Schnee war tief und machte den Weg an vielen Stellen gefährlich. Sie wäre, nachdem die Vorbereitungen zum Fortschaffen des Heues getroffen, noch gern dort hinaufgegangen. Die Hütte war ja ihr zweites Elternhaus. Alle Sommer ihres Lebens hatte sie dort zugebracht; alle ihre Erinnerungen hafteten an derselben. Dort war sie groß geworden, dort ihr Herz und ihre Liebe erwacht, dort hatte sie die hellsten und die dunkelsten Träume ihres Lebens in der Sonntagsstille durchgeträumt, hoch über der Welt, unerreichbar dem Glockenton, der in den Thälern zur Andacht rief. Das war nun vorbei! Die Frau Gaingratte's hatte droben nichts mehr zu schaffen. Die sollte nicht hier oben die Sonne aufgehen sehen, nicht mehr den würzigen Kräuterduft der Almen athmen, nicht mehr im Morgenstrahl die blitzende Sense schwingen, nicht mehr das Horn und das Liauba, Liauba der Hirten hören, wie es von Höhe zu Höhe klingend, Morgens und Abends die Kühe zum Melken ruft!

Es herrschte eine schneidende Kälte; aber Manon empfand sie ebenso wenig wie das Bedürfniß nach Essen und Trinken. Sie war noch seit dem frühen Morgen nüchtern, und während die Andern in der Sennhütte ihr mitgebrachtes Mittagbrod verzehrten, ging sie draußen umher und schaute nach den verschneiten Bergen und Gletschern, dem verlassenen Wirthshause auf dem Col de Balme, und neben den Hütten in die Schlucht, durch die ein Bach nach Trient hinunterrauscht. Das waren alles liebe Freunde, die nur noch in ihrer Erinnerung fortleben sollten! Sie schauderte, indem sie im Gegensatz zu dieser großartigen, lichterfüllten Natur an die vergitterten, dunkeln, verräucherten Stuben in dem Hause Gaingratte's dachte. Und wie ahnungslos sie zu Anfang des Sommers hier heraufgekommen war! und doch hatte sich schon damals das Band um ihre Füße zu legen begonnen, das sie fortan an ein schauerliches, lichtloses Dasein fesseln sollte. Ihre Zukunft glich den Matten, die rings um sie her unter dem eisigen Schnee begraben lagen. Lebendiger Tod! Sie faltete die Hände und betete: Heilige Mutter Gottes, gieb mir Muth, daß ich es trage!

Das Bitterste aber für sie war nicht, an den alten Geizhals gekettet zu sein, sondern die Ursache, weshalb sie es war. Joseph's That brannte sie am schmerzlichsten. Wohl ihr, daß sie es nicht ahnte, wie nahe ihr noch etwas Fürchterlicheres gestanden, und eine viel schwärzere That des Bruders ihr beinahe die Verbindung mit Gaingratte erspart hätte! Hätte Manon ihr gegenwärtiges Loos nicht noch segnen müssen, wenn sie gewußt, wie der Versucher ihrem Bruder nahe gewesen? wie Voland es nicht aufgegeben, in Joseph seinen Beistand und Theilnehmer zu gewinnen, da er es nicht allein mit Gaingratte aufzunehmen wagte? Denn, daß Gaingratte mit dem Manne gemeint sei, der für sie beide genug habe, war von Voland später deutlich genug gesagt worden, und er hatte Joseph auf eine eiserne Kiste in des Viehhändlers Schlafzimmer aufmerksam gemacht, die nach seiner Vermuthung unermeßliche Geldsummen enthielt.

Manon klagte nicht über ihr Loos; es lag nicht in ihrer Natur. Aber wie sie am Rand des Tannenwaldes, durch den der Weg im Zickzack nach Trient hinunterführt, noch einen letzten Abschiedsblick über die Almen warf, da empfand sie es so bitter wie nie, daß es das Verbrechen des Bruders war, welches sie für immer von den geliebten Höhen schied, und ihr Opfer für das materielle Wohl der Ihrigen fruchtlos machte. Auf den alten Brisar hatte dieser letzte Umstand so mächtig gewirkt, daß er daheim krank im Bette lag.

Wie beim Hinaufsteigen nach Herbagères, so bildete Manon auf dem Rückwege den Beschluß der kleinen Karawane. Gottfried und Annette gingen Hand in Hand dem mit Heu beladenen Schlitten voraus, welchen Karl lenkte. Es dämmerte bereits, als sie sich La Croix näherten, und von den entlaubten Bäumen krächzten die Raben ihren Abendsegen. Die Töne gingen Manon schrill durch die Seele. Aber es war ja thöricht, dieselben für eine üble Vorbedeutung zu nehmen. Welch ein Unglück konnte es denn noch geben? Wie sie es dachte, sah sie das Gebüsch

an der Seite des Weges sich theilen. Eine männliche Gestalt trat aus demselben hervor, und Manon prallte erschrocken zurück. Joseph stand vor ihr.

Schrei' nicht! rief er ihr mit gedämpfter Stimme zu.
Der Gottfried braucht nicht zu wissen, daß ich hier bin.

Manon zitterte an allen Gliedern, und ihr Herz schlug
so gewaltig, daß ihr im ersten Moment die Sprache versagte. Um Gottes willen, stammelte sie endlich; wenn dich
Jemand sieht, wenn's der Gaingratte erfährt!

Ich kann's mir denken, sagte er, daß du erschrocken bist;
fuhr doch der Vater im Bett auf, wie ich hereintrat, als
hätt' ihn ein Skorpion gestochen.

Wie du nur red'st! rief Manon. Ich versteh' dich nicht,
und mich bringt die Angst um!

Sei nur ruhig, ich hab' nichts Schlechtes gethan, und
der Gaingratte hat sein Geld wieder.

Ist's wahr? schrie sie in jäher Freude auf. O Joseph!
— Aber das Mißtrauen dämpfte ihre Freude wieder. Und
doch versteckst du dich? fragte sie.

Nun ja, erklärte er, wie ihr so lange ausbliebt, ging ich
euch entgegen; aber ich wußt' nicht, daß der Gottfried Faivre
mit euch war, und so ging ich hinter den Busch. Braucht
der Bursch' doch just nicht bei unserm Wiedersehen zugegen
zu sein.

Manon athmete tief auf. Gott sei gelobt! sagte sie
und reichte dem Bruder die Hand.

Ich bin unschuldig; aber dem Gaingratte werd' ich es
eintränken! rief Joseph. Der Voland war der Dieb!

Darum warst also so wild auf ihn, als du droben von
mir Abschied nahmst? fragte Manon. Wenn du ihm

aber schon damals nicht trautest, warum sagtest du nichts? Ich merkte wohl, daß dir was schwer auf dem Herzen lag.

Joseph schwieg verlegen. Sollte er der Schwester Voland's ursprüngliche Absichten und seine eigene Schwäche gestehen? ihr gestehen, wie der Versucher auch dann nicht von ihm abgelassen, als ihn der Dienst bei Gaingratte in seinem Vorsatz neu bestärkt hatte, ein ordentlicher Mensch zu werden? Er schämte sich, daß er, Einer gewesen, dem man Anträge machen konnte, wie es Voland gethan. Er schämte sich und bereute es, und die Reue preßte ihm aus, was die Scham gern verschwiegen hätte. Zögernd und stockend gestand er der schaudernd aufhorchenden Schwester alles, nachdem er sich überzeugt hatte, daß Niemand in der Nähe war. Er schilderte Manon, wie ihm der Voland fortwährend in den Ohren gelegen, und wie ihm himmelangst geworden sei, daß ihn der Versucher doch noch beschwätzen würde. Er wagte Manon nicht anzusehen, wie er ihr dieses Mißtrauen in seine eigene sittliche Kraft gestand, und der Angstschweiß trat ihm noch in der Erinnerung auf die Stirn, wie er sie ihm oft feucht gemacht, wenn Voland seine Ueberredungskünste und Philosophie der Schurkerei an ihm versucht hatte. Die Angst vor dem Versucher und seiner eigenen Schwäche, die eben hätten ihm so schwer auf der Seele gelegen, wie er zum Abschied auf die Alp gekommen sei, daß er die Schwester nicht anzusehen gewagt habe.

Wenn du aber doch nur ein Wort gesprochen hättest! sagte sie beklommen aufathmend.

Ich konnt' nicht, entgegnete er. Wie ich da bei dir saß, da dacht' ich, was du für mich auf dem Mittsommerfest ge-

than hattest, lebhafter als sonst dacht' ich's, und da war
mir's, als ob mir die Kehl' zugeschnürt war.

Es war aber eben diese Angst, welche ihn auf die Alp
getrieben hatte, als könnte ihn der Anblick der Schwester,
die in ihrer sittlichen Reinheit so hoch über ihm stand,
gegen die Sophismen des Verbrechens stärken. Dieser In-
stinkt hatte ihn nicht betrogen, wenn ihm auch im Moment
seine eigene Unwürdigkeit Manon gegenüber stumm gemacht.
Als er dann das Kreuz, welches er durch seine Schuld verloren geglaubt, das Kreuz der Mutter, an ihrem Halse er-
blickt, da war es ihm, wie er sich ausdrückte, erst recht wie
Donner auf die Seele gefallen, was er für ein bodenlos
schlechter Kerl sei.

Ja, rief er, es war alles wild und wüst in mir, wie ich
von dir weglief. Wie ich nun aber heimkam, und der Voland fing sein altes Lied an, siehst du, Morbelement! da
kriegt' ich ihn an der Brust und rannte ihn gegen die
Wand. Ich hätte ihm die Knochen zu Brei geschlagen,
wenn er noch einmal angefangen hätt'. Ich sagt's ihm, daß
ich ihn todtschlüg', wenn er noch ein Wort wegen des
Gaingratte spräch'. Da hatte ich Ruh' vor ihm. Ja, siehst,
so ein schlechter Kerl war ich, und nun weißt's, wie mir
droben das letzte Mal bei dir zu Muth war. Aber es war
doch gut, daß ich kam!

Ja, Joseph, das war's, versetzte Manon, indem sie seine
beiden Hände ergriff und herzhaft drückte. Die heilige Jungfrau sei gepriesen! Aber wie war's weiter mit dem Voland?

O, auf der ganzen Reise war er, als ob nichts zwischen
uns gewesen wär'. That seine Pflicht, wie nur Einer, und
war dabei so plaisirlich und gesprächsam, daß wir nach Turin

kamen, ich weiß nicht wie. — Doch komm' jetzt nur heim;
ich hab' nicht Luft, dieselbe Sach' zweimal zu erzählen. —
Aber hörst, was ich bir da gesagt, braucht eben kein Anderer
zu wissen!

Sie nickte, und er rief: Ja, bu bist gut! Aber curios ist
es doch, daß ich dir alles das hab' heraussagen müssen.
Ihm war nach der Buße, die in seinem Geständniß lag, so
leicht zu Muth wie noch nie.

Hand in Hand gingen sie dem Dorfe zu, wo schon aus
allen Fenstern die Lichter blinkten. Als sie nach Hause kamen,
war das Heu bereits abgeladen und untergebracht. Annette
stand aber noch bei Gottfried, und beide plauderten so angelegentlich, daß sie die beiden Ankömmlinge nicht bemerkten.
Joseph fragte, was es denn mit dem Gottfried sei?

Sie haben sich lieb, Joseph, versetzte Manon, und morgen
nach der Wahl zum großen Rath will der Gottfried zum
Vater kommen, um es auch mit dem richtig zu machen.

Na, lachte Joseph, wenn sich zwei Kirchenmäuse heirathen,
das giebt eine prächtige Eh'!

Den alten Brisar hatte Joseph's plötzliche Erscheinung
aus seiner tiefen Entmuthigung aufgerüttelt. Manon fand
ihn bei ihrer Heimkehr außer dem Bette. Joseph hatte ihm
nur flüchtig von dem Diebstahl Voland's erzählt, und er
brannte vor Begierde, die Sache ausführlich zu hören. Er
machte auch Annettens Ueberraschung, als sie bei ihrem
Eintritt in die Stube den Bruder fand, schnell ein Ende.
Es hatte ihn eine nervöse Aufregung ergriffen, und er
meinte, Joseph's Unschuld müßte seinen Verhältnissen eine
Wendung zum Bessern geben. Es war der Strohhalm eines
Ertrinkenden.

26

Nun gut! begann Joseph auf sein ungeduldiges Drängen zu berichten. Mein Marktgeschäft ging rasch und glücklich von Statten. Wie ich das letzte Stück Vieh verkauft und das Geld zu dem andern in meine lederne Geldkatz' gesteckt hatt', die ich Tags nicht vom Leib ließ, da meinte der Voland, könnten uns jetzt auch wohl einmal gütlich thun. Waren wir doch im Joch gewesen wie ein Paar Pflugochsen Tag für Tag und hatten uns kaum Zeit genommen, zu essen und zu trinken. Gingen also hin; wußte der Voland, denn er war schon öfter mit Gaingratte in Turin zu Markt gewesen, wo man den besten Wein kriegt in der ganzen Stadt, und wie ich den nächsten Tag aufwacht' — spät genug war's — wußt' ich nicht, wie ich Abends zuvor ins Bett gekommen war. Und war mir der Kopf so schwer wie nie mein Lebtag. Ich will erschossen sein, sag' ich euch, wenn mir der Voland nicht den Wein mit was vergeben hatt'. Gut! Wie ich aufwach', ist dem Voland sein Bett leer; denn der schlief in derselben Kammer mit mir. Denk' auch gar nichts Böses davon; wie ich aber aufstehe, und nun unter's Kopfkissen nach meiner ledernen Geldkatz' greif' — weg ist sie. Himmelsakrament —

Joseph! mahnte Manon.

Schon gut! Aber ihr könnt euch denken, wie ich da geflucht hab'. Himmel — Na, weg war dem Gaingratte sein Geld und meine Paar Franken dazu, und der Wirth sagte mir, daß der Voland gleich nach Tagesanbruch fortgegangen sei. Ihm thäte der Kopf weh, hatte er gesagt, und er wollte ein wenig in die frische Luft gehen. Ja, mir that meiner noch mehr weh. War aber ganz still und dacht': Italienisch kann der Voland nicht, da ist er nach Frankreich ausgerissen. Das war schon gut; aber nach konnt' ich nicht, denn ich hatte nur fünfundsechszig Centimes im Sack; das war alles.

Nun müßt ihr wissen, daß ich von dem Gaingratte einen Brief mit hatte an einen Landsmann aus Tessin. An den sollt' ich mich wenden, wenn ich irgendwie Rath brauchte. War ein Kaufmann und schon lange Jahre in Turin. Ging also hin und erzählt' ihm meine Sach'. Ja, machte der ein Gesicht! Na, ich sah wohl, er traute mir Anfangs nicht recht. Gab mir aber doch zuletzt Geld, daß ich dem Voland nachkonnte. Meint auch, es sei billiger, als wenn wir den Telegraphen und die Polizei in Bewegung setzten, und zuletzt bekäm' die Schweiz einen Taugenichts mehr zu füttern. Weit könnt' der Voland ja doch noch nicht sein. Ich also auf den Bahnhof, wo's nach Nizza und Genua geht. Beschreib' meinen Mann, daß ihn einer hätt' malen können. Na, er war leicht zu erkennen; hat er doch ein Gesicht, in dem der Teufel Erbsen gedroschen hat. Richtig, er war mit dem Frühzug fort nach Genua. Ich hinterdrein, und wie ich nach Genua komm', hör' ich, daß der Dampfer nach Marseille gleich abgeht. Frag' also gar nichts weiter, sondern von der Eisenbahn stracks in den Hafen, ins erste beste Boot und an Bord. Ist mein Mann da? Nein! Kreuzmillionen —

Wieder unterbrach ihn Manon, und das Donnerwetter kam nicht zum Ausbruch.

Gut! war der Voland nicht da. Frag' aber jeden von den Schiffsleuten, der mir in den Weg kommt, und zuletzt den Steuermann. Schüttelte den Kopf. Aber ein Herr sei vor einer Zeit an Bord gekommen, der hätte wohl ein Ge-

ficht, wie ich's beschrieb. Hätte erste Kajüte genommen.
Hm, denk' ich, erste Kajüte? Na, will ihn mir doch ansehen,
denk' ich, und so die Treppe hinunter; denn er war drin.
Hält mich aber der Kellner fest. Wenn ich kein Billet hätt'
zur ersten Klass', könnt' ich nicht hinein. Aber er kann
heraus, sag' ich. Beschreib' ihm meinen Mann und laß ihn
herausrufen. Kommt der Kellner wieder und sagt, der Herr
säße beim Frühstück; ich möcht' warten. Wart' also, und
wie ich so steh' und wart', da geht's droben bim! bim! bim!
mit der Schiffsglock'. War das Zeichen zur Abfahrt. Das
ging denn doch über den Spaß! Ich also reiß' die Kajütenthür auf, und da steh' ich wie ein Narr. War Niemand
da. Das Frühstück, von dem der Kellner gesagt hatte, stand
richtig auf dem Tisch. Waren aber drei Seitenthüren in
der Kajüte zu den Schlafkammern. Mach' die eine Thür
auf: Niemand! Die andere: auch Niemand. Die dritte
Thür war verschlossen. Und wie ich noch klopf', hör' ich
Passagiere auf der Treppe. Ich hinaus und krieg' mir den
Kellner vor. Ob er dem Herrn beschrieben hat, wer ihn
sprechen will. Ja, sagt er; und da fangen die Räder an zu
arbeiten. Gut, denk' ich, schaufelt ihr nur zu. Ich hab'
meinen Mann. Ging also sachte hinauf. Hatte das Boot
schon kehrt gemacht und hinaus ging's in die See. Das
Herz hätt' Einem im Leibe lachen müssen, so ein schöner
Tag war das. Mir war aber gar nicht lächerlich zu Muth.
Wollt' am Eingang der ersten Kajüte auf Posten ziehen.
Mußt' aber aufs Vorderdeck; war mir doch zu theuer die
erste Klass'. Gut, stand also Schildwach' am Schornstein
den ganzen Nachmittag und die Nacht und den folgenden
Morgen, bis wir nach Marseille kamen. Wer aber nicht

aufs Deck kam, das war mein Mann. War das gar nicht plaisirlich, kann ich euch sagen, und am End' war's vielleicht doch nicht der Rechte. Wie wir nun in den Hafen laufen, und so ein Durcheinander ist von den Reisenden und ihrem Gepäck, und Keiner Acht giebt, und mein Mann immer nicht kommt, so mach' ich mich ganz sachte hinunter in die Kajüt', und wie ich die Thür aufmach', da kommt der Herr just aus seiner Schlafkammer. Hatte den Hut auf und ein dickes Tuch um Hals und Gesicht gewickelt, so daß nichts zu sehen war, als die Augen. Aber die Augen kannt' ich, wie proper er sich auch angezogen hatt'. Wie er mich zu sehen kriegt, da fährt er zurück, als ständ' der leibhaftige Satan vor ihm. Ich aber pack' ihn und schüttel' ihn, wie ich mein Lebtag Keinen geschüttelt hab'. Hatt' ich aber auch eine Wuth auf den Hundsfott. Mordelement! — Gut! Und nun gieb's Geld her! sagt' ich. Da holt er denn meine Katz' hervor, und wie ich nachgezählt und es fehlt nichts, als das Geld für die Reis' und die Kleider, da ging's von ihm an ein Bitten vor und nach Gott, ich sollt' ihn nicht unglücklich machen. Nein, sagt' ich, ich hab' keine Zeit, mich mit der Polizei aufzuhalten; aber deinen Lohn kriegst doch! Die Kajütenthür hatt' ich von innen zugeriegelt, und da nahm ich ihn her. Ich denk', er wird's so bald nicht ver= gessen. Daß ich ihm aber die guten Kleider lassen mußt', thut mir noch jetzt in der Seel' weh. Aber was konnt' ich machen? Er hatte seine Lumpen in Genua gelassen. Na, wie er sein Theil hatte, ließ ich ihn laufen und ging ans Land. Mußte aber noch bis gegen eilf Uhr Abends in Marseille warten, bis der nächste Zug nach Lyon abging, und kam mit dem nur bis Avignon, wo ich wieder liegen bleiben mußt'. Und so war's eine donnerslange Reise, weil ich doch dem Gaingratte sein Geld nicht mit dem Schnellzug verfahren wollt'.

Aber du hätt'st doch gleich durch den Tessiner dem Gaingratte ein Wort schreiben lassen sollen, wie's mit der Sach' stand, bemerkte der Vater. Hast denn gar nicht an unsre Angst gedacht?

Hm, hatt' keine Zeit daran zu denken, versetzte Joseph. Aber von wegen des Schreibens, das hab' ich dem Tessiner gesagt und ihn gebeten, daß er's gleich thät'. Er versprach's auch, hatte er doch das Geld auch zur Reise ausgelegt, und nun sagt der Gaingratte, er weiß von keinem Brief nichts.

Da gedachte Manon des Reugeldes, welches in dem Ehevertrag festgestellt war, und sie sagte:

Der Gaingratte lügt! Denk' nur ans Reugeld in dem Ehevertrag, Vater!

Mordelement, ich will ihm das Anschwärzen schon eintränken! rief Joseph, mit der Faust auf den Tisch schlagend. Hast Recht! Auf die Art hat er dich ins Netz bekommen. Aber ich will es schon herauskriegen. Es kommen wohl just nicht viel Briefe aus Turin nach Martigny, und da werden sie's auf der Post wohl wissen.

Manon seufzte. Es half ihr ja nichts, wenn auch Gaingratte jenen Brief wirklich erhalten und denselben benutzt hatte, um sie in seine Gewalt zu bekommen. Die tausend Franken Abstandsgeld waren für sie unerschwinglich. Aber es war kein geringer Trost für die Arme, daß Joseph nicht nur unschuldig, sondern auch ein anderer Mensch geworden war. Sie dachte mit leichterem Herzen an die unvermeidliche Zukunft, und als sie zu Bette ging, umarmte sie den Bruder und küßte ihn.

Na, nimm dir's nicht zu Herzen, tröstete er sie in seiner Weise. Reich zu sein, ist just kein Unglück, und wie lange kann's der Filz noch machen, so holt ihn der Teufel.

St, Joseph, gewöhn' dir doch nur das lästerliche Reden ab.

Schon gut! rief er; aber ich wollt', ich könnt' den sakrischen Lumpenhund tausend Klafter in den Erdboden hineinwettern.

Der alte Brisar saß noch lange in sich versunken auf der Ofenbank, nachdem seine Kinder schon zu Bette gegangen waren. Seine glänzenden Luftschlösser zertrümmert, der Joseph ehrlich und Manon doch an Gaingratte gefesselt! Und was sollte nach der Hochzeit Manon's aus seinen Kindern werden, denen sie eine Mutter gewesen war? was überhaupt aus seinem Hausstande? Annette war freilich da, aber Annette war nicht Manon. Er dachte auch wieder daran, wie er seiner Tochter zugeredet, den Gaingratte zu nehmen. Ja, wenn sie sich damals dazu entschlossen hätte, dann stände es jetzt anders! Mit einem Fieberfrost in den Gliedern legte er sich nieder.

Joseph seiner Seits konnte es nicht verwinden, daß er von Gaingratte, während er dem Voland nachgesetzt, zum Dieb gestempelt worden war. Gleich am folgenden Morgen suchte er den Postboten von Martigny auf, und dieser erinnerte sich in der That, dem Gaingratte einen Brief aus Turin überbracht zu haben. Der Brief war unfrankirt gewesen, und dieser Umstand half dem Gedächtniß des Boten nach, so daß er auch den Tag anzugeben wußte. Nach der Berechnung Joseph's, der sich bei den Seinigen nach allem

genau erkundigt, hatte Gaingratte den Brief schon vierund-
zwanzig Stunden vor der Ankunft der andern Viehhändler
aus Turin in Martigny erhalten. Das Spiel Gaingratte's
war also durchsichtig genug, und Joseph knirschte vor Wuth
mit den Zähnen. Er wollte den Viehhändler gleich zur Rede
stellen und forderte den Postboten auf, ihn zu demselben zu
begleiten. Der Bote aber weigerte sich, gegen den reichen
Mann aufzutreten.

Nun gut, sagte Joseph, es ist eine Geschäftssache von
Wichtigkeit, und der Gaingratte leugnet den Brief ab. Ich
will's noch im Guten mit ihm versuchen. Kommt ihr aber
nicht mit, so verklag' ich ihn, und dann müßt ihr doch gegen
ihn zeugen.

Diese List, denn weiter war es nichts, hob den Postboten
über seine Furcht vor der Feindschaft des reichen Viehhändlers hinweg. Er ging mit. Unterwegs trafen sie Gottfried,
welcher zur Wahl nach der Kirche ging. Er hielt Joseph
auf, um mit ihm zu reden. Dieser aber rief, er hätte jetzt
keine Zeit; Gottfried sollte ihn begleiten, wenn er schwätzen
wollte. Der Bursche war's zufrieden. Als sie in das Haus
Gaingratte's traten, rief Frau Centamour dem Joseph zu,
er möchte machen, daß er auf den Futterboden käme, der
Herr hätte schon nach ihm gefragt.

Ja, was thut er denn heut' am Sonntag dort oben?
fragte Joseph verwundert.

Die Haushälterin wußte es nicht.

Joseph bat seine Begleiter, sie möchten nur mitkommen,
und so gingen alle drei über den Hof und stiegen in dem
Stallgebäude, welches die lange Seite desselben bildete, die
Treppe hinauf. Dieses Gebäude hatte in der Mitte eine

Einfahrt, und über derselben befand sich eine Oeffnung, um Heu und Futterkräuter unmittelbar auf den Boden schaffen zu können. Sie war unverschließbar. Gaingratte befand sich in der Nähe derselben, als Joseph mit seinen Gefährten die Treppe heraufkam.

Wo treibst du dich denn herum? rief der Viehhändler Joseph entgegen.

Halloh, was giebt's denn?

Es fehlt Heu!

Was kümmert's mich! versetzte Joseph. Kauft welches.

Was es dich kümmert? rief Gaingratte. Du bist noch eine Woche hier mit dem Voland zusammen gewesen, und nun ist über die Hälfte von dem Heu fort.

Mordelement! brauste Joseph auf. Aber gut, das Heu ist weg, und den Brief aus Turin habt ihr auch nicht bekommen, nicht wahr? Und hier ist der Briefträger, der ihn euch gebracht hat.

Was geht's dich an, ob ich ihn erhalten hab' oder nicht? fragte Gaingratte zurück.

Was es mich angeht? rief Joseph heftig. Ihr habt den Brief erhalten und ihr habt mich für einen Dieb ausgeschrien, das geht's mich an. Und nun kommt ihr mir noch mit dem Heu!

Was weiß ich, wer der Dieb ist, entgegnete Gaingratte. Ich hab' dir gesagt, du solltest auf den Voland Acht geben. Du bist dafür verantwortlich und für die Kleider auch. Ich hab's dich nicht geheißen, sie dem Voland zu lassen. Wenn du etwas wegzuschenken hast, gut für dich! Ich hab's nicht dazu, und du wirst's mir von deinem Lohn ersetzen, die Kleider und das fehlende Heu.

Das war zu viel für Joseph.

Du verwetterter Lump, du! schrie er mit wild aufflammendem Jähzorn und wollte sich auf Gaingratte werfen. Gottfried und der Postbote sprangen dazu und hielten ihn fest. Gaingratte aber trat in Furcht zurück. Er vergaß, daß hinter ihm im Boden die Oeffnung war. Er stürzte hinab.

Joseph's Jähzorn war plötzlich abgekühlt, und alle drei eilten erschrocken die Treppe hinunter.

Zur selben Stunde ward in der Kirche des Fleckens Gaingratte's Aufgebot mit Manon Brisar von dem Geistlichen verlesen.

Wegen der Wahlen, welche nach dem Gottesdienst ihren Anfang nehmen sollten, war die Kirche außergewöhnlich zahlreich besucht. Auch Paul Hebert war anwesend. Wenn das Verlöbniß des reichen Geizhalses mit dem jungen armen Mädchen allgemeines Staunen erregte, so war's Paul, als ob ihm das Herz abgedrückt wurde. Er vergaß darüber ganz die Wahl und wie betäubt trat er den Heimweg an. Daß Manon ihn nicht mochte, that ihm weh, aber daß sie den Gaingratte heirathete, war ihm unbegreiflich.

Der Zufall wollte, daß Annette vor der Thüre stand, als Paul nach La Croix kam. Sie schaute den Weg nach der Brücke hinunter, ob Gottfried noch nicht zurückkäme, der ja heut beim Vater um sie werben wollte.

Ei, du meine Güte, Paul! rief sie, als sie seiner ansichtig wurde. Was für ein Wind hat dich denn einmal nach La Croix geblasen?

Manon, welche an ihrer ärmlichen Aussteuer nähend, am Fenster saß, erschrack als sie den Namen Paul's hörte.

Aber sie öffnete doch das Fenster und sagte: Grüß Gott, Paul! Aber wie schaust du so anders aus? Bist krank gewesen?

Er verneinte, und sie forderte ihn auf hereinzukommen, der Vater würde sich freuen, ihn zu sehen; er läge krank im Bette.

Paul leistete fast mechanisch der Einladung Folge. Er hatte immer nur den einen stechenden Gedanken: sie ist Gaingratte's Braut.

Ha! ha! der lustige Paul, lachte der Alte, indem er sich auf seinem Lager nach dem Eintretenden hinwandte.

Aber das war nicht mehr der lustige Paul von der Alm, welcher jetzt vor seinem Bette stand. Er hatte ein viel männlicheres Aussehen und Wesen. Manon entging es nicht, und über ihre Wangen zog ein leises, flüchtiges Roth.

Der Besuch erkundigte sich, was dem Alten fehle?

O, es ist nichts, entgegnete dieser, ein Bischen Fieber. Ich hab' mich wohl irgend wie erkältet. Das geht vorüber. Ich wollt', es wäre erst wieder Sommer. Da wollen wir wieder lustig sein, auf der Alp.

Paul schüttelte den Kopf. Ich werd' nicht mehr droben lustig sein, sagte er dumpf. Ich geh' nach Amerika.

Was? rief der Alte, sich verwundert aufrichtend.

Um Pfingsten werd' ich wohl fort!

Manon's Herz stockte. Es war mit ihrer Liebe für Paul doch nicht so vorbei, wie sie gegen Annette behauptet hatte.

Ja weißt, ohne dich wird's lang nicht mehr so lustig sein droben, sagte Brisar.

Es find't sich schon ein Besserer statt meiner, antwortete Paul. Na, gute Besserung.

Er ging. Manon gab ihm das Geleit.

Ist's denn wirklich fest, daß du gehst? fragte sie ihn draußen.

Ja, entgegnete er finster, und ich denk', es ist das Beste.

Freilich! sagte sie kaum hörbar.

Sie standen an der Hausthüre. Paul zögerte. Endlich sagte er: Ich war in der Kirch', Manon.

Sie verstand, was er meinte, und sie drückte die Hand auf das Herz; aber sie sagte nichts.

Freilich, rief er bitter, er ist reich und alt!

Manon zuckte im Schmerz zusammen. Das thut weh, Paul! flüsterte sie. — Aber ich kann es dir nicht übel nehmen.

Ich begreif's nicht, murmelte er. Du machst dir freilich nichts aus mir; aber wenn ich's denk', daß du den heirathest, und ich hab' dich so lieb gehabt. Es ist kein Mensch auf der Welt, den ich so lieb hatt' wie dich!

Sprich nicht weiter, Paul, unterbrach Manon diesen plötzlichen Ausbruch seines Gefühls mit unsicherer Stimme. Wäre es nicht so dunkel auf dem Gange gewesen, Paul hätte es bemerken müssen, wie sie glühend roth und gleich darauf bleich wie der Tod wurde. Sprich nicht weiter, Paul! Nur das glaube mir, Paul, bei der heiligen Mutter Gottes, ich that's nicht um des Geldes willen!

Jetzt ist ja alles gleich! sagte er schmerzlich.

Nein, Paul, das ist's nicht, versetzte sie leise, und wenn du freundlich an mich denken willst, wie an eine Schwester, Paul, so werd' ich dir's danken. Du bist ein Mann, Paul!

Ich wollt' es einer Dirne kaum verzeihen, wenn sie Einen liebt, und grämt' sich, daß sie nicht an ihre Pflicht denkt. Es ist besser für dich, wie es ist, und du darfst dein Leben nicht d'ran hängen, weil's nicht sein kann, wie du möchtest. Wenn's anders wäre, siehst du, Paul, so könntest du nicht fort nach Amerika! Schaff' nur brav, und wenn's dir gut geht, dann denk: ja, hätt' ich meinen Willen gehabt, da säß ich jetzt daheim und zersorgte mich, wie ich Brod schaff' für all' die Mäuler, die fremden und die eigenen, und wär' ein elender Mensch. Denn als die Mutter starb, da hab' ich's Gott gelobt, daß ich deren Stelle bei den Kindern vertreten wollt', und du müßtest mit mir für meine Geschwister sorgen. Also ist es besser für dich, wie es ist. Und ich will Gott bitten, Paul, daß er dich segne und es dir gut ergehen lasse in der neuen Welt, als ob du mein eigener Bruder wärst. — Aber ich that's nicht, Paul, weil der Gaingratte reich ist. Sag', daß du mir glaubst!

Ich glaub's! stöhnte er aus tiefster Brust. Leb' wohl! Langsam und schwerfällig, als ob er die Welt auf seinen Schultern trüge, ging er davon. Manon flüchtete in ihre Schlafkammer, um sich zu sammeln. Ihre Kraft war zu Ende, und ihr war bänger und bänger geworden, daß er es merken würde, wie es in Wahrheit um sie stand.

Nach einiger Zeit hörte sie Männerstimmen in der großen Stube, und gleich darauf kam Annette zu ihr.

Du, sagte diese. Der Gottfried ist da und der Joseph.

So ist's in Ordnung? fragte Manon und versuchte zu lächeln.

Annette schüttelte den Kopf. Noch hat der Gottfried nichts gesagt. Es ist beinetwegen.

Meinetwegen?

Ja, versetzte Annette zögernd; der Joseph sagt, es könnte aus deiner Hochzeit in dieser Woche nichts werden!

Nun, wie Gott will! Mir ist's schon recht! Aber warum?

Der Gaingratte ist krank.

Jetzt gerade krank? fragte Manon verwundert. Er rühmte sich immer, daß ihm nie in seinem Leben auch nur der kleine Finger weh gethan hätte. Was fehlt ihm denn?

Er ist gefallen.

Gefallen?

Ja, vom Futterboden! Der Gottfried, der Joseph und noch Einer waren dabei, als er fiel; und erschrick nur nicht, Schwester, er ist todt!

Manon schnellte von ihrem Sitz empor, und Annette rief:

Nun bist frei! Er hat das Genick gebrochen! Sie erzählte mit kurzen Worten, wie es zugegangen, und eilte dann in die große Stube zurück.

Manon hörte kaum auf das, was sie sagte. Das Wort „frei" klang wie ein Jubelton durch ihre Seele. Doch in derselben Secunde schämte sie sich dieser Regung und flüsterte: Gott sei seiner armen Seele gnädig! Dann dachte sie an Paul, und es wollte sie ein bitteres Gefühl überkommen, daß sie denselben eben nur fortgeschickt hatte. Sie fiel auf ihre Knie und betete.

Nun bist du reich! jubelte der Vater in seinem Bette, als sie endlich in die große Stube trat.

Ja, Vater! sagte sie mit einer wunderbar milden Ruhe, dein Wunsch ist erfüllt. Dann drückte sie Annette und Gottfried, die nun ein Paar waren, stumm die Hände und trat auf Joseph zu, der am Fußende des Bettes stand. Sie legte ihm die Hand auf die Schulter und sagte leise, so daß es Niemand von den Andern hörte: Du bist unschuldig vor den Menschen, Joseph, aber deine Gedanken haben ihn getödtet! Er schlug die Augen nieder, und sie fuhr fort: In den Gedanken ist alle Sünde. Sei brav, und Gott wird dir vergeben! Sie neigte sich zu ihm und küßte ihn auf die Stirn.

Jesus! Jesus! stammelte Joseph erschüttert und eilte in die Küche hinaus. Er wollte verbergen, daß er weinte.

Manon setzte sich zu dem Vater ans Bett und hörte ihm zu, wie er sich das herrliche Leben ausmalte, das nun beginnen würde, während Gottfried und Annette mit einander flüsternd am Fenster standen.

Wenn das Testament gültig ist, wovon ich die Abschrift hab', sagte Manon endlich, so sind wir reich, Vater; aber du vergißt, Vater, daß der Gaingratte einen Bruder hat, und daß ich nicht die Hand dazu bieten kann, ihn zu berauben!

Der alte Brisar lag stumm und starr vor Schreck. Du willst nichts nehmen? jammerte er endlich. Wär's nicht um deinetwillen und wegen der Geschwister, versetzte sie, nicht einen Centime, Vater. So darf ich's freilich nicht zurückweisen; aber ich will mit dem Peter Gaingratte theilen. Ich muß, Vater!

Das Brautpaar war inzwischen auf ihre Worte aufmerksam geworden und herangetreten; auch Joseph, welcher wieder in die Stube gekommen war, hatte sie gehört. Sie Alle gaben Manon nach einem kurzen Nachdenken zur Verzweiflung des Alten Recht.

Es bleibt auch so noch mehr als genug für uns Alle, suchte sie den Aufgeregten zu trösten, und sie selbst begann, ihm nun seine Zukunft in so heiterer und liebevoller Weise auszuschmücken, daß er ihr ganz entzückt zuhörte.

Dann wandte sie sich an Gottfried und Joseph und fragte dieselben, was sie zu beginnen gedächten? Als Beide die Achseln zuckten, erzählte sie ihnen, daß Paul auszuwandern gedächte. Es sei vielleicht das Beste, was auch sie unternehmen könnten, und sie rieth ihnen, mit Hebert Rücksprache zu nehmen; die Mittel zur Uebersiedelung würde sie ihnen ja wohl beschaffen können. Sie berichtete, was Paul ihr über die Verhältnisse in Buenos Ayres erzählt hatte. Annette griff den Gedanken mit ihrer gewöhnlichen Lebhaftigkeit auf. Das Neue und Abenteuerliche reizte sie, und kaum war eine Stunde vergangen, so stand für sie, Gottfried und Joseph an dem Ufer des Rio de los Conchas eine Blockhütte da, war ein Stück Weide in Ackerland verwandelt, und die Pampas mit ihren Schafen und Rindern und Pferden bevölkert. Gottfried und Joseph sprengten auf ihren Pferden über die unermeßlichen Ebenen, während sie selbst daheim am Heerdfeuer das Abendbrod bereitete, und vor der Hüttenthüre eine Anzahl von Flachsköpfen, die theils der Manon, theils dem Gottfried ähnlich sahen, durch einander purzelten.

Ja, auf nach Amerika! lachte sie. Als sie aber Abends mit Manon in der Schlafkammer war, da sagte sie: Aber ich weiß Einen, der jetzt gewiß nicht mitkommt, und das ist der Paul.

Red' nicht ungescheidt, versetzte Manon.

Manon that übrigens, wie sie gesagt. — Als es sich bei der Testamentseröffnung bestätigte, daß sie von dem Verstorbenen zur einzigen Erbin eingesetzt sei, theilte sie mit Peter Gaingratte, und es blieb auch so in der That genug für sie übrig, die Zukunftsbilder zu verwirklichen, die sie dem Vater vorgezeichnet hatte. Unter anderm befand sich in der Erbschaftsmasse ein Bauernhof in La Croix. Manon nahm denselben auf ihren Theil; dort sollte der Vater nach seiner Genesung wirthschaften. Aber anders stand es in den Sternen geschrieben: der alte Wildheuer sollte die Erfüllung seiner Wünsche nicht genießen. Seine Krankheit war keine leicht vorübergehende Erkältung. Die Gemüthserregungen der letzten Zeit waren zu viel für ihn gewesen. Ein schleichendes Fieber zehrte langsam, aber trotz aller ärztlichen Hülfe, unaufhaltsam seine Kräfte auf. Es war ein unsäglich bitteres Gefühl für ihn, daß er gerade jetzt sterben sollte, da das Elend ein Ende hatte. Manon war unermüdlich in seiner Pflege und Tröstung.

Gottfried und Joseph nahmen mit Paul Rücksprache, und sie entschlossen sich, ihr Glück in der neuen Welt zu versuchen. Bei diesen Unterredungen erfuhr denn auch Paul, warum Manon dem reichen Gaingratte ihre Hand hatte geben wollen. Sie kam dadurch nur um so höher in seinen Augen zu stehen. Nach La Croix ging er aber auch jetzt nicht. Sie weiß, daß ich sie lieb hab', sagte er zu sich selbst, und wenn ich jetzt käm', so könnte sie glauben, es geschähe um ihres Geldes willen. Er gedachte ihrer letzten Ermahnungen und kämpfte wie ein Mann mit seiner Neigung.

Annette verging fast vor Ungeduld über ihn. Sie wußte ja, wie es mit Manon stand, und es fehlte ihr zu ihrem Glück, daß die Schwester nicht ein gleiches genoß. So kam Neujahr heran. Einige Tage vorher fragte sie Manon, ob

sie zum Neujahrstag in die Kirche gehen würde. Manon
verneinte es; sie wollte den Vater nicht allein lassen.

Am Nachmittage vor dem Fest hatte Annette eine un-
widerstehliche Lust zu einem Spaziergange.

Ja, wer geht denn nur an einem Wochentage spazieren?
stellte ihr Gottfried vergebens vor. Er mußte ihr nachgeben.
Sie war so munter auf dem Wege, daß Gottfried kaum
merkte, wie sie auf einmal in Les Rapes waren.

Mich wundert's doch, was der Paul treibt, sagte sie dort,
daß er sich gar nicht sehen läßt.

Das kannst ihn ja selber fragen, entgegnete Gottfried.
Er wird wohl in der Käserei sein!

Sie gingen dorthin, und Paul war wirklich da.

Du hältst wohl Winterschlaf? rief sie hineintretend. Aber
Blitz, das sieht hier sauber aus! fuhr sie fort, indem sie
sich überall umsah. Es muß doch hübsch sein, einem solchen
großen Wesen vorzustehen!

Es giebt halt viel zu thun! versetzte Paul.

Ich möcht' nur wissen, was die Manon mit ihrem Hof
in La Croix anfangen will, äußerte Annette. Der Vater
wird ihn doch nie bewirthschaften können.

Ja, steht's denn so schlimm mit dem Vater? fragte
Paul, der bei Manon's Namen feuerroth geworden war.

Statt zu fragen, hättest du wohl selbst einmal nachsehen
können, entgegnete sie vorwurfsvoll. Der Vater spricht oft
genug von dir und verlangt nach dir. Warum kommst nicht?

O! machte er verlegen.

Komm morgen, fuhr sie fort, es ist Neujahr.

Ich weiß nicht, versetzte er noch verlegener. Ich will's
mir überlegen.

Annette lachte laut auf. Dir scheinen die Gedanken in der Zeit gar grausam lang gewachsen zu sein. Früher überlegtest nie, wie Noth es auch that, und wo nichts zu überlegen ist, da thust du's jetzt. Du bist ganz blind, Paul. Komm nur morgen Vormittag, während wir Andern alle in der Kirch' sind, und leist' unterdessen dem Vater Gesellschaft. Kommst?

Er versprach es. Annette ging mit ihrem Bräutigam weiter.

Paul grübelte indessen fortwährend, was Annette damit meinte, daß er ganz blind sei. Er bekam es auch nicht eher heraus, als bis er am folgenden Vormittag in die Krankenstube trat. Er prallte betroffen zurück, denn Manon, die er in der Kirche wähnte, saß an dem Bette des Vaters, und wie er näher zusah, da begann alles vor seinen Blicken zu schwimmen; denn Manon hatte sich zu dem Festtage mit seinem Bande geputzt. Wie prächtig sie darin aussah! Manon, welche keine Ahnung davon hatte, daß er kommen würde, war im ersten Augenblick verlegen. Sie faßte sich aber schnell und bot ihm mit freundlichem Gruß die Hand. Manon! stammelte er und brach ab.

Steht sie heute nicht hübsch aus, die Manon? fragte der Vater mit einem matten Lächeln. Jetzt hat sie freilich auch Geld genug, sich hübsch zu machen und so schöne Bänder zu kaufen.

Manon wurde roth. Der Alte fuhr fort: Nicht wahr Paul, du mußt's auch sagen, daß sie hübsch ist?

Paul sagte aus voller und doch beklommener Seele ja.

Wenn du noch weiter von mir sprichst, Vater, dann geh' ich fort! drohte Manon, noch höher erglühend. Sie stand auf, Paul aber hielt sie bei der Hand zurück.

Laß sie nur gehen, Paul! scherzte der Alte. Es hört's doch jedes Mädel gern, wenn man sie hübsch findet.

Da ging Manon wirklich fort, und Paul blieb traurig an dem Bette des Alten sitzen. Er dachte nur an sie und hörte auf jedes Geräusch, ob sie nicht wiederkäme, so daß er dem Alten zu dessen Verwunderung manche zerstreute und verkehrte Antwort gab. Endlich stand er auf, um fortzugehen. Wie er den Stuhl schob, trat Manon wieder herein.

Willst schon gehen? fragte sie. Bleib' noch, bis die Andern kommen!

Ist's dir lieb, wenn ich bleib'? fragte er dagegen.

Ja! sagte sie und sah ihm voll in die Augen.

Ihm schlug das Herz froh auf, und er blieb. Er blieb auch zum Mittagessen da. Als Manon wegen desselben, nachdem die Andern nach Hause gekommen waren, in die Küche ging, schlich ihr Paul nach. Er blieb lange fort, und als er wiederkam, war in ihm der alte lustige Paul von der Alm wieder lebendig geworden.

Annette behielt Recht: Paul ging nicht mit nach Amerika, und auch die schwere Sorge war von ihrem Herzen genommen, wer Manon's Bauernhof in La Croix bewirthschaften würde, da des Vaters Leben allmälig wie eine Lampe erlosch, der es an Oel gebricht.

———

www.ingramcontent.com/pod-product-compliance
Lightning Source LLC
Chambersburg PA
CBHW021341110726
47900CB00005B/1556